황금 물고기

POISSON D'OR
by J.M.G. Le Clézio

Copyright © Editions Gallimard, 1997
Korean translation copyright © MUNHAKDONGNE Publishing Corp., 1998
All rights reserved.

Korean translation rights by arrangement with Editions Gallimard
through Sibylle Books Literary Agency, Seoul.

이 책의 한국어판 저작권은 시빌 에이전시를 통해
Editions Gallimard와 독점 계약한 (주)문학동네에 있습니다.
저작권법에 의해 한국 내에서 보호를 받는 저작물이므로 무단 전재와 무단 복제를 금합니다.

이 도서의 국립중앙도서관 출판예정도서목록(CIP)은 서지정보유통지원시스템 홈페이지(http://seoji.nl.go.kr)와
국가자료공동목록시스템(http://www.nl.go.kr/kolisnet)에서 이용하실 수 있습니다.
(CIP제어번호: CIP2009003141)

세계문학전집
005

J.M.G. Le Clézio : Poisson d'or

황금 물고기

르 클레지오 장편소설
최수철 옮김

문학동네

차례

황금 물고기　9

해설 | 표류, 혹은 근원에로의 항해　277
르 클레지오 연보　285

Quem vel ximimati in ti teucucuitla michin.

오, 물고기여, 작은 황금 물고기여, 조심하라!
세상에는 너를 노리는 올가미와 그물이 수없이 많으니.

1

 예닐곱 살 무렵에 나는 유괴당했다. 그때 일은 잘 기억나지 않는데, 너무 어렸던데다가 그 후에 살아온 모든 나날이 그 기억을 지워버렸기 때문이다. 그 일은 차라리 꿈이랄까, 아득하면서도 끔찍한 악몽처럼 밤마다 되살아나고 때로는 낮에도 나를 괴롭힌다. 햇살에 눈이 부시고 먼지가 날리는 텅 빈 거리, 푸른 하늘, 검은 새의 고통스런 울음소리, 그때 갑자기 한 남자의 손이 나를 잡아 커다란 자루 속에 던져 넣고, 나는 숨이 막혀 버둥거린다. 나를 산 사람은 랄라 아스마이다.

 내가 나의 진짜 이름과 나를 낳아준 엄마 아빠의 이름, 태어난 장소조차 알지 못하는 것은 그런 연유에서이다. 내가 아는 것이라고는, 랄라 아스마가 말해준 것들뿐이다. 내가 밤에 처음 그녀의 집에 왔다는 것과 그 때문에 그녀가 나를 '밤'이라는 뜻으로 라일라라고 이름 붙였다는 것 정도. 나는 남쪽, 아주 멀리, 아마도 이제 더는 존재하지 않는 어느 나라에서 온 듯하다. 그러나 이제 내게는 그날의 먼지 날리던 거리와 검은 새와 자루에 대한 기억 이전의 것은 아예 없었던 것이나 다름없다.

얼마 후에 나는 한쪽 귀가 멀게 되었다. 그 일은 내가 집 앞의 거리에서 놀고 있을 때 일어났다. 소형 트럭이 나를 쳐서 왼쪽 귀 안의 뼈 하나를 부러뜨린 것이다.

나는 어둠이, 밤이 무서웠다. 때로 잠에서 깨어나 차가운 뱀처럼 무서움이 내 속으로 들어오는 것을 느끼던 기억이 난다. 숨쉬기조차 어려울 지경이었다. 그럴 때면 나는 내 여주인의 침대 속으로 파고들어, 아무것도 보지 않고 아무것도 느끼지 않으려고 그녀의 두툼한 등에 내 몸을 바싹 붙이곤 했다. 분명 그때 그녀는 잠들어 있지 않았지만, 한 번도 나를 밀어낸 적이 없었다. 그것만으로도 그녀는 내게 할머니와 같은 존재였다.

오랫동안 나는 거리를 두려워했다. 마당을 벗어날 엄두를 내지 못했다. 거리 쪽으로 열려 있는 푸른색 대문 밖으로 한 발짝도 나서려 하지 않았고, 사람들이 나를 밖으로 데려 나가려 하면, 소리지르고 울면서 벽에 매달렸다. 때로는 도망쳐서 가구 밑에 숨기도 했다. 나는 극심한 두통에 시달렸으며, 하늘에서 쏟아져내리는 빛은 내 두 눈을 헤집으며 내 몸 깊숙이 찌르고 들어왔다.

바깥에서 들려오는 온갖 소리도 내게 두려움을 불러일으켰다. 멜라 지역을 가로질러 골목길에서부터 울려오는 발걸음 소리라거나, 벽 너머에서 큰 소리로 떠들어대는 남자의 목소리가 그러했다. 그러나 나는 새벽녘에 새들이 우는 소리와 봄에 명매기들이 지붕 위를 뛰어다니는 소리는 좋아했다. 도시 이쪽으로는 까마귀는 없고, 몇 종류의 비둘기들뿐이다. 봄이면 때로 길 떠난 황새들이 벽 꼭대기에 내려앉아 부리질로 소리를 내곤 한다.

여러 해 동안, 나는 작은 정원과 랄라 아스마가 나를 부르는 "라일라!"라는 목소리 외에는 아무것도 접하지 못했다. 이미 말했듯이, 나는 내 진짜 이름을 모르는데다가, 나의 여주인이 붙여준 그 이름에 익숙해져서, 마치 그것이 나의 어머니가 나를 위해 정해준 이름인 것처럼 여기고 있다. 그러나 나는 언젠가 누군가가 내 진짜 이름을 말해줄 것이고, 그러면 나는 흠칫 놀라면서 이름이 나의 것임을 단박에 알아차리게 될 것이라고 생각한다.

랄라 아스마, 그것도 그녀의 진짜 이름이 아니었다. 그녀의 이름은 아즈마였으며, 에스파냐계 유대인이었다. 지구 반대편에서 유대인들과 아랍인들 사이에 전쟁이 터졌을 때, 그녀는 멜라를 떠나지 않은 유일한 여인이었다. 그녀는 푸른색 대문 안쪽을 방책으로 막고 밖으로 나가려 하지 않았다. 내가 이곳에 왔던 그날 밤도 그런 상황이었는데, 그로 인해 그녀의 삶에서는 모든 것이 변했다.

나는 그녀를 '마님', 혹은 '할머니'라고 불렀다. 그녀는 내가 '마님'이라고 불러주기를 바랐는데, 그 이유는 그녀가 내게 읽는 법, 프랑스어와 에스파냐어로 쓰는 법을 가르쳤고, 암산과 수학을 사사했으며, 종교에 입문을―그녀의 종교에서는 신에게 이름이 없는 데 비해, 나의 종교에서 신의 이름은 알라이다―하게끔 해주었기 때문이었다.

또한 그녀는 내게 자기의 성스러운 책에 나오는 구절들을 읽어주었고, 해서는 안 되는 모든 일들, 이를테면 사람이 먹으려 하는 것들 위로 입김을 내뿜는다거나 빵을 뒤집어놓는다거나 오른손으로 밑을 닦는다거나 해서는 안 된다는 것을 가르쳤다. 그녀는 항상 진실을 말해야 하고 매일 머리에서 발끝까지 깨끗이 닦아야 한다고 말하는 것도 잊지 않았다.

그 보답으로 나는 그녀를 위해 아침부터 저녁까지 마당에서 비질을 하고 화로에 넣을 작은 나뭇가지를 자르고 빨래를 했다. 나는 빨래를 널러 지붕에 올라가는 것을 무척 좋아했다. 그곳에서 나는 거리와 이웃집 지붕과 길을 걸어가는 사람들과 자동차들, 그리고 늘어선 벽들 사이로 보이는 넓고 푸른 강의 일부도 바라보곤 했다. 그 높은 곳에서는 소음이 덜 끔찍하게 여겨졌다. 마치 아무것도 닿을 수 없는 곳에 있는 듯한 기분이었다.

내가 지붕 위에 너무 오래 머물러 있을 때면, 랄라 아스마는 소리쳐 내 이름을 불렀다. 그녀는 가죽 방석들이 놓인 커다란 방에서 낮 시간의 대부분을 보냈다. 그녀는 내게 책을 주고 읽어달라고 했다. 때로는 받아쓰기를 시키기도 하고, 지난번에 배운 내용에 대해 질문을 하기도 했다. 시험을 치르게 하는 적도 있었다. 그러고는 상으로 자기 옆자리에 앉도록 허락해주고, 축음기에 자기가 좋아하는 가수들, 움 칼숨, 사이드 다르비치, 히바 므시카, 특히 낮고 쉰 목소리의 파이루즈, 〈야 쿠드수〉를 부르는 아름다운 여가수 파이루즈 알 할라비야의 음반을 걸었다. 랄라 아스마는 예루살렘이라는 이름이 울려나올 때마다 어김없이 눈물을 흘렸다.

하루에 한 번, 푸른 대문이 열려 갈색 머리의 야윈 여인에게 길을 내주었다. 아이가 없고 조라라는 이름을 가진 그녀는 랄라 아스마의 며느리였다. 그녀는 시어머니에게 간단히 식사를 차려주기 위해 들렀는데, 그보다는 집안의 동정을 살피는 데 관심이 더 많았다. 랄라 아스마는 그녀가 자기를 언젠가 물려받을 유산처럼 감시하고 있다고 말하곤 했다.

랄라 아스마의 아들은 더 뜸하게 찾아왔다. 그의 이름은 아벨이었다. 키가 크고 건장하며 멋진 회색 양복을 걸친 사내였다. 그는 부자였고, 건설회사를 경영하고 있었으며, 때로 에스파냐 프랑스 같은 외국에서 사업을 벌이기도 했다. 랄라 아스마의 말에 따르면, 그의 아내는 그에게 처가 부모와 살 것을 강요하고 있는데, 그들은 인상이 고약한데다가, 허영심이 많은 사람들이어서 강 건너편의 신도시에서 사는 편을 좋아한다고 했다.

나는 항상 그를 경계했다. 어렸을 적에 나는 그가 도착하면 곧장 벽걸이용 휘장 뒤로 숨었다. 그러면 그는 웃음을 터뜨리며 말했다. "이런 버르장머리 없는 것 같으니라구!" 내가 좀더 자라자, 그는 나를 더욱 두렵게 했다. 그는 마치 자기 소유의 물건을 대하는 것처럼 특별한 눈빛으로 나를 바라보았다. 조라도 나를 겁나게 했지만, 방식은 전혀 달랐다. 그녀는 어느 날 마당에 떨어진 휴짓조각을 줍지 않았다고 피가 날 때까지 내 몸을 꼬집으며 야단을 쳤다. "이 가난뱅이 년, 고아라 길러주는데 청소도 못하다니." 나는 달아나며 소리쳤다. "난 고아가 아니에요. 랄라 아스마가 우리 할머니예요." 그녀는 코웃음쳤다. 그러나 더는 내 뒤를 쫓아오려 하지 않았다.

랄라 아스마는 항상 내 편을 들어주었다. 그러나 그녀는 늙고 지쳐 있었다. 그녀의 비대한 두 다리에는 온통 푸른 정맥이 드러나 있었다. 그녀가 기진맥진해 있거나 신음을 낼 때면 나는 묻곤 했다. "할머니, 어디 아프세요?" 그러면 그녀는 나를 자기 앞에 똑바로 서게 하고서, 그녀가 좋아하는 아랍 속담을 되풀이했다. 그럴 때 그녀의 목소리에는 약간의 위엄이 어려 있었는데, 프랑스어로 멋지게 번역하려 애쓰는 탓인 듯했다.

"건강이란 튼튼한 사람들의 머리 위에 놓인 왕관 같은 것이어서, 오직 병든 자들만이 볼 수 있는 거란다."

이제 그녀는 내게 더이상 읽기도 공부도 시키지 않았고, 받아쓰기 문제를 낼 수 있을 만큼 정신이 또렷하지도 않았다. 그녀는 주로 텅 빈 방에서 텔레비전 화면을 바라보며 낮 시간을 보냈다. 내게 보석함과 은제 식기 세트를 가져다달라고 한 적도 있었다. 어느 날 그녀는 내게 금제 귀고리 한 쌍을 보여주며 말했다.

"보거라, 라일라야, 내가 죽으면 이 귀고리는 네 것이 될 거야."

그녀는 그것들을 내 귀에 달아주었다. 그 귀고리는 낡고 닳았으며, 하늘에 떠 있는 초승달의 형상을 하고 있었다. 그때 랄라 아스마는 내게 힐랄이라는 이름을 말했다. 그 순간 나는 내 진짜 이름을 들었다고 믿었으며, 내가 처음 멜라에 왔을 때 바로 그 귀고리를 달고 있었던 것이라고 생각했다.

"참 잘 어울리는구나. 너는 사바의 여왕 발키스를 닮았어."

나는 귀고리들을 그녀의 손에 올려놓고 손가락을 하나씩 오므려준 뒤에, 그녀의 손에 입을 맞추었다.

"고마워요, 할머니. 할머니는 저한테는 너무도 좋으신 분이에요."

그녀는 나를 밀어내며 말했다.

"이런, 무슨 소리냐. 난 아직 죽지 않았어."

나는 랄라 아스마의 남편에 대해서는 거의 아는 바가 없었다. 그녀가 방 안에 간직하고 있는 사진, 멈춰버린 괘종시계 옆 옷장 위에 당당히 놓여 있는 그 사진을 제외하고는. 사진 속의 그는 검은 옷을 입은 근엄한 표정의 신사이다. 그는 변호사였고 무척 부유했지만 충실한 남편은 아니었으며, 죽을 때 아내에게 멜라의 저택과 공증인을 통해 약간의 돈을 남겨주었을 뿐이었다. 내가 이 집에 왔을 때 그는 아직 살아 있었지만, 그를 기억하기에 당시의 나는 너무 어렸다.

나로서는 마땅히 아벨을 경계할 수밖에 없었다.

내가 열한 살이나 열두 살이었을 무렵, 조라는 아주 드물기는 했지만 의사의 진찰을 받거나 물건을 사는 일로 시어머니를 모시고 밖으로 나갔다. 아벨은 내가 눈치채지 못하게 몰래 집 안으로 들어와 구석구석을 뒤지다가, 변소와 세탁장이 있는 마당 안쪽의 작은 방에서 나를 찾아냈다.

그는 너무 크고 강했다. 그가 출구를 완전히 막아버려, 빠져나갈 수가 없었다. 나는 겁에 질려 꼼짝도 할 수가 없었다. 그가 내게 다가왔다. 그는 신경질적으로 거칠게 행동했다. 뭐라고 말을 하는 것 같았지만, 나는 듣지 않으려고 왼쪽 귀를 그에게 돌려 댔다. 그는 우람하고 어깨가 벌어졌으며, 벗어진 이마가 빛을 받아 번들거렸다. 그는 내 앞에 무릎을 꿇고 앉아 옷 아래를 더듬어 내 궁둥이와 음부를 만졌다.

시멘트를 다루느라 거칠어진 그의 두 손은 마치 내 옷 밑으로 파고든 두 마리의 차갑고 건조한 동물 같은 느낌을 주었다. 나는 너무도 두려워서 내 심장이 거칠게 뛰는 것을 생생히 느낄 수 있었다. 그때 갑자기 그 모든 것들, 눈부시던 거리, 검은색 자루, 머리에 받은 타격이 되살아났다. 그 뒤로 느껴진 것은 나를 만지는 손, 나의 배를 누르는 손, 나를 아프게 하는 손이었다. 나는 내가 어떻게 했는지 알지 못한다. 아마도 너무 두려운 나머지 암캐처럼 오줌을 쌌다고 생각한다. 그러자 그가 몸을 떼고 손을 거두었으며, 순간 나는 그의 뒤로 몸을 빼서 짐승처럼 날렵하게 빠져나와, 소리를 지르며 마당을 가로질러 달려서 욕실 안으로 숨어들었다. 그곳이 열쇠로 잠그는 유일한 방이었기 때문이었다.

아벨이 쫓아왔다. 그는 문을 두드렸다. 처음에는 손가락 끝으로 약하게, 그러다가 급기야 주먹으로 강하게. "라일라! 문열어! 왜 이러는 거야? 열라구, 아무 짓도 안 할 테니까!" 그러다가 그는 떠난 모양이었다. 나는 아벨이 자기 어머니를 위해 만든 대리석 욕조에 등을 기대고 타일 바닥에 주저앉았다.

오랜 시간이 지난 후에, 누군가가 문 앞으로 왔다. 언뜻언뜻 목소리가 들렸지만 무슨 말인지 알아들을 수는 없었다. 다시 문 두드리는 소리가 났을 때, 나는 그것이 랄라 아스마의 손임을 알 수 있었다. 문을 열었을 때 내 얼굴이 너무도 공포에 질려 있었던지, 그녀는 두 팔로 나를 껴안았다. "대체 누가 너한테 무슨 짓을 한 거냐? 무슨 일이 있었니?" 나는 그녀를 꼭 껴안고 조라 앞을 지나쳤다. 그러나 나는 아무 말도 하지 않았다. 조라가 소리쳤다. "그앤 미친 거예요. 그뿐이에요." 랄라 아스마는 다른 질문을 하지 않았다. 하지만 그날 이후로 그녀는 아벨이 집에 올 때 더는 나를 혼자 있게 하지 않았다.

어느 날, 내가 랄라 아스마의 국을 끓이느라 부엌에서 야채를 씻는 일에 열중하고 있을 때, 집 안에서 큰 소리가 났다. 어떤 무거운 물체가 의자들을 넘어뜨리고 타일 바닥을 치는 것 같았다. 달려가 보니 노부인이 바닥에 넘어져 길게 누워 있었다. 그녀가 죽었다고 믿고 어딘가 숨을 만한 곳으로 달아나려 하는 순간, 신음과 그르렁거리는 소리가 들렸다. 그녀는 기절한 것이었다. 넘어지면서 머리를 의자 모서리에 부딪혔던 것이다. 검붉은 피가 관자놀이에서 조금씩 흘러나오고 있었다.

그녀의 몸은 경련을 일으켰고 눈은 뒤집혀 있었다. 나는 어찌해야 할지를 몰랐다. 잠시 후에 나는 그녀에게 다가가서 얼굴을 만져보았다. 그녀의 뺨은 물렁거렸고 섬뜩할 정도로 차가웠다. 그녀는 가슴을 들어올리며 힘겹게 호흡을 하고 있었고, 숨을 내쉴 때마다 입술이 떨려서 마치 코를 골 때처럼 푸르륵거리는 우스꽝스런 소리를 내고 있었다.

"랄라 아스마! 랄라 아스마!" 나는 그녀의 귀에 대고 속삭였다. 나는 그녀가 내 말을 듣고 있음을 분명히 알 수 있었다. 단지 말을 할 수 없을 뿐이었다. 나는 그녀의 허연 눈자위 위로 벌려진 눈까풀이 떨리는 것을 보았고, 그녀가 내 말을 듣고 있다는 것을 알았다. "랄라 아스마! 죽지 마요."

그러는 동안에 조라가 도착했다. 나는 랄라 아스마의 느린 숨결에

온 신경을 집중하고 있던 탓에 그녀가 들어오는 소리를 듣지 못했다.
"바보 같은 년, 쬐끄만 마녀 같으니, 지금 무슨 짓을 하는 거야?"
그녀가 거칠게 소매를 잡아채는 바람에 내 옷이 찢어지고 말았다. "가서 의사를 불러와라. 어머니가 얼마나 많이 다치셨는지 네 눈에도 보이겠지?" 그녀가 랄라 아스마를 어머니라고 부른 것은 그때가 처음이었다. 내가 문턱에 얼어붙은 채 서 있자 그녀는 신발을 벗어들어 내게로 집어던졌다. "어서 가! 뭘 기다리고 있는 거야?"

나는 마당을 가로질러 육중한 푸른 문을 밀어 열고서, 어디로 가는지도 모르면서 길을 달리기 시작했다. 내가 밖으로 나온 것은 그때가 처음이었다. 나는 어디로 가서 의사를 찾아야 하는지 알지 못했다. 내가 아는 것은 단 한 가지 사실뿐이었다. 랄라 아스마가 죽을지도 모른다, 그리고 그건 내 탓이다, 나는 그녀를 치료해줄 사람을 찾아내지 못할 테니까. 나는 숨을 헐떡이며 나른한 햇살에 잠긴 골목길을 계속 달렸다. 날은 무척 더웠고, 하늘에는 구름 한 점 없었으며, 건물의 벽은 하얗게 빛났다.

나는 이 길에서 저 길로 방향을 틀어, 이윽고 강물이 보이고 더 멀리로 바다와 범선들의 돛이 보이는 장소에 이르렀다. 그 풍경이 너무도 아름다워서 더이상 아무것도 두렵지 않았다. 나는 벽이 그늘을 드리운 곳에 멈춰 서서 할 수 있는 한껏 전경을 바라보았다. 그 풍경은 랄라 아스마의 지붕 위에서 바라보던 것과 다르지 않았지만, 그보다 훨씬 광대했다. 아래쪽 길 위로는 수많은 자동차들, 트럭들, 버스들이 다니고 있었다. 오후반 아이들이 학교에 가는 시간인 모양이었다. 많은 아이들이 길을 걸어가고 있었다. 여자아이들은 푸른 치마와 흰색 셔츠를 입고 있었고, 그보다 덜 차려입은 남자아이들은 머리를 밀어 반들반들했다. 아이들은 손가방이나 고무줄로 묶은 책 보따리를 들고 있었다.

마치 아주 오랜 잠에서 깨어난 기분이었다. 나는 아이들이 내 곁을 지날 때 웃고 놀리는 소리를 들은 것 같았다. 하기야 소매가 찢어진 프랑스풍의 긴 옷을 걸치고 곱슬머리를 무척 길게 기르고 있는 내 모습은 그 아이들 눈에 어느 다른 행성에서 온 사람처럼 이상하게 비쳤을 것이다. 게다가 벽의 그늘에 몸을 가리고 서 있었으니 훨씬 더 마녀처럼 보였을 것이다.

나는 아이들이 걸어간 쪽으로 무작정 길을 따라 걷다가, 사람들이 많이 모여 있는 쪽 길로 방향을 바꾸었다. 그곳에는 곳곳에 방수포로 햇살을 가린 시장이 있었다. 한 건물 입구에서 나이든 남자가 판자로 만든 간이 점포 안에서 가죽신에 둘러싸인 채 야트막한 탁자 모양의 의자에 책상다리를 하고 앉아 작은 구리 망치로 신발 밑창에 아주 가는 못들을 박아넣고 있었다. 내가 멈춰 서서 바라보자, 그가 내게 물었다.

"신발 사려고?"

그는 내가 맨발인 것을 본 것이었다.

"왜 그러고 있니? 너 벙어리냐?"

나는 간신히 입을 열었다.

"할머니가 아프셔서 의사 선생님을 찾고 있어요."

나는 이 말을 프랑스어로 하고 나서, 그가 알아듣지 못하고 멍하니 나를 바라보고 있기에 다시 아랍어로 되풀이했다.

"할머니에게 무슨 일이 생겼니?"

"넘어지셨어요. 곧 돌아가실 것 같아요."

나는 차분하게 말하는 나 자신에게 놀라고 있었다.

"여기에는 의사가 없어. 대신 저쪽 여인숙에 자밀라 아줌마라고 있지. 산파란다. 아마 그 여자가 뭔가 해줄 수 있을 거야."

나는 그가 가리킨 방향으로 달려갔다. 구두수선공은 작은 구리 망치를 든 채 그 자리에 그냥 앉아 있었다. 남자가 뭐라고 소리쳤다. 나는 듣지 못했지만 다른 사람들은 그 말에 웃음을 터뜨렸다.

자밀라 아줌마는 내가 상상조차 해본 적 없는 건물에 살고 있었다. 그곳은 높은 흙벽으로 둘러싸인 버려진 궁전이었다. 정문은 두 문짝이 너무 오랫동안 열려 있다 보니 이제는 진흙과 벽토 부스러기들로 막혀 닫을 수 없는 지경이었다. 건물의 전면 여기저기에는 그 벽들이 예전에는 장밋빛이었다는 것을 알려주는 흔적이 남아 있었다. 나무로 된 돌출식 창문과 벌레 먹은 발코니들도 있었다. 나는 두려움을 무릅쓰고 마당으로 들어섰다.

랄라 아스마의 저택 내부는 극도의 청결함을 갖춘 정연하고 엄격한 세계였고, 나는 모든 집들의 정원이 그러하리라고 믿었다. 그러나 이곳, 여인숙의 내부는 믿을 수 없을 정도로 혼란스러웠다. 사람들이 아무 데서나, 차양의 그늘에서거나 앙상한 아카시아 나무들 밑에서거나, 잠을 자고 있었다. 양들, 개들, 아이들, 저 혼자 타들어가는 화로들이 있었고, 독수리를 닮은 늙은 암탉들이 도처에 쌓여 있는 쓰레기 더미를 파헤쳐댔다. 마당 주위의 벽들 쪽으로는 차양을 지붕 삼아, 행상들이 쌓아놓은 봇짐 위에 누워 있었다.

　나는 그 많은 사람들이 무엇을 하고 있는지 이해할 수 없었다. 나는 여인숙이 어떤 곳인지조차 알지 못했다. 내가 어느 쪽으로 가야 할지 몰라 머뭇거리며 마당을 천천히 가로지르고 있을 때, 안쪽 발코니 위에서 누군가가 커다랗게 손짓을 하며 나를 불렀다. 나는 햇살에 눈이 부셔서 회랑의 그늘을 찾았다. 그때 맑은 목소리가 귓전을 울렸다.

　"누구를 찾니?"

　터키풍의 긴 드레스를 입은 나이 지긋한 한 여인이 눈에 들어왔다.

　그녀는 난간에 기댄 채 나를 바라보며 담배를 피우고 있었다. 내가 자밀라 아줌마라는 이름을 대자, 그녀는 고개를 끄덕였다.

　"위층으로 올라가. 계단은 저 안으로 곧장 들어가면 있어."

　내가 잘 알아듣지 못하는 기색을 보이자, 그녀는 말을 이었다.

　"날 따라와라."

　그녀는 나를 이끌고, 봇짐들이 쌓여 있고 그 위에서 사람들이 쉬고 있는 크고 어두운 방을 가로질렀다. 늙은이들이 커다란 수연통을 곁에 두고 낮은 탁자에서 도미노를 하고 있었다. 내게 주의를 기울이는 사람은 아무도 없는 것 같았다. 층계 위쪽의 회랑은 창이 없어서 드문드문 들어오는 햇살로만 밝혀져 있었다. 이층 전체에 정체를 알 수 없는 여인들이 살고 있었다. 몇몇은 어렸고, 다른 여자들은 나이가 조라 정도이거나 그보다 더 들어 보였다. 그녀들은 뚱뚱했고, 얼굴이 하얬고, 머리를 헤너 염료로 붉게 물들였고, 입술을 진한 갈색으로 칠했으며, 눈 주위에는 미묵(眉墨)을 바르고 있었다. 그녀들은 저마다 방문 앞 바닥에 책상다리를 하고 앉아 담배를 피우고 있었다. 그들의 담배에서 피어오르는 연기가 회랑의 그늘을 빠져나가 햇살과 어울려 춤을 추었다.

"내가 자밀라 아줌마를 찾아오마."

나는 한 발만 이층 바닥에 올려놓고 계단 맨 윗단에 멈춰 섰다. 아마도 의사도 없이 랄라 아스마의 저택으로 돌아갈 수는 없다는 생각이 나를 그 자리에 붙들어둔 것이 아닌가 싶다. 여자들이 다가와서 나를 둘러쌌다. 그녀들은 큰 소리로 떠들며 웃어댔다. 담배 연기가 들큰한 냄새로 대기를 가득 채워 내 머리를 어지럽혔다.

여자들은 내 머리카락을 쓰다듬으며 마치 처음 보는 신기한 것인 양 만지작거렸다. 그 중의 하나, 가늘고 긴 손가락에 보석으로 목을 장식한 젊은 여자가 내 머리카락에 붉은 실을 섞어 정수리에서부터 땋아내리기 시작했다. 나는 꼼짝도 할 수 없었다.

"애가 얼마나 예쁜지 좀 봐. 정말 공주님 같아!"

나는 그녀가 하는 말을 이해할 수 없었다. 나는 보석을 매달고 분을 칠한 그 아름다운 여자들이 나를 놀리는 것은 아닌지, 나를 꼬집고 머리카락을 잡아당기려 하지나 않을지 가늠하지 못했다. 낮은 목소리로 빠르게 속삭이듯 말하는데다가, 내 귀가 잘 들리지 않는 탓에 모든 말을 알아들을 수는 없었다.

이윽고 자밀라 아줌마가 나타났다. 나는 무뚝뚝한 얼굴에 키가 크고 살이 찐 산파를 상상했지만, 막상 보니 그녀는 짧은 머리에 유럽풍의 옷을 입은 작고 호리호리한 여인이었다. 그녀는 잠시 나를 주의 깊게 바라보더니 여자들을 헤치고 다가와, 내 귀에 문제가 있다는 것을 알고 있기라도 한 듯이, 내 얼굴 위로 몸을 굽히고 천천히 말했다.

"무슨 일이니?"

"할머니가 돌아가실 것 같아요. 집에 가서 할머니를 봐주세요."

그녀는 머뭇거리다가 말했다.

"그래, 내가 여기에 있는 건 죽어가는 아이들이나 할머니들을 위해서이기도 하지."

거리로 나서자 그녀는 성큼성큼 걸었고, 나는 그 뒤를 종종거리며 따라갔다. 그녀가 없었다면 나는 길을 찾지 못했을 테지만, 다행히 자밀라 아줌마는 랄라 아스마의 저택을 알고 있었다.

집에 도착했을 때, 내 심장은 죄어들었다. 나는 그 동안에 랄라 아스마가 죽었고 곧 그녀의 며느리가 내지르는 날카로운 목소리를 듣게 되리라고 생각했다. 그러나 랄라 아스마는 살아 있었다. 그녀는 평소의 자기 자리인 안락의자에 앉아 앞에 놓인 의자로 두 발을 받치고 있었다. 넘어지면서 부딪힌 그녀의 관자놀이에는 피가 약간 말라붙어 있었다.

나를 본 순간 랄라 아스마의 눈빛이 환해졌다. 그녀는 여전히 약간 떨고 있었다. 그녀는 내 손을 꼭 잡았다. 나는 그녀가 뭐라고 하고 싶어하지만 여의치 않다는 것을 알았다. 그녀가 나를 그 정도로 사랑하는지 몰랐기에 나는 왈칵 울음을 터뜨리고 말았다.

"움직이지 마세요, 할머니. 좋아하시는 차를 곧 끓여드릴게요."

그러고서 나는 문간에 서 있는 자밀라 아줌마를 보았다. 랄라 아스마가 죽어가고 있지 않은 터라 이제는 아무도 필요 없었다. 랄라 아스마는 낯선 사람이 집에 발을 들여놓는 것을 좋아하지 않았다. 나는 자밀라 아줌마에게 말했다. "이제 할머니는 많이 나아지셨어요. 아줌마도움이 없어도 되겠어요." 나는 그녀를 문까지 배웅했다. 몇 푼 안 되는 디르함으로 왕진비를 치르려 했으나, 그녀는 거절했다. 그녀는 내 얼굴을 들여다보면서 말했다. "아마도 조만간 진짜 의사를 불러야 할 거야. 할머니는 머릿속 어딘가에 병이 생겼어. 그래서 넘어진 거야."

내가 물었다. "다시 말을 할 수 있을까요?"

자밀라 아줌마는 고개를 저었다. "결코 전과 같아질 수는 없어. 언젠가 다시 넘어질 거고 그러면 깨어나지 못할 거야. 어쩔 수 없어. 하지만 너는 할머니가 마지막 숨을 거둘 때까지 곁에 있어줘야 한다." 그녀는 방금 한 말을 아랍어로 되풀이했고, 나는 그 말을 잊지 못했다. "케르자트 에르 로헤……"

조라는 잠시 후에 돌아왔다. 나는 그녀에게 자밀라 아줌마에 대해 말하지 않았다. 그녀는 내가 누구를 데려왔는지 알게 된다면, 그러니까 케케묵은 여인숙의 산파가 왔었다는 것을 알았다면 내 뺨을 때렸을 것이다. 나는 거짓말을 했다. "할머니는 괜찮을 거라고 의사 선생님이 그러셨어요. 다음 주에 다시 오시겠대요." "그런데 약은 어디 있니? 약을 주지 않았어?"

나는 머리를 저었다.

"의사 선생님 말씀이 별일 아니래요. 곧 전처럼 회복되신대요."

조라는 랄라 아스마가 귀머거리인 양 그녀의 귀에 입을 바싹 대고 큰 소리로 말했다.

"들으셨죠, 어머니? 의사 선생님 말이 곧 나으실 거래요."

그러나 랄라 아스마는 이미 몇 달 전부터 며느리에게 한마디도 하지 않았고, 단지 조라만이 그 사실을 깨닫지 못하고 있을 뿐이었다. 그녀가 떠나자 나는 랄라 아스마를 침대까지 부축했다. 그녀는 티티새처럼 깡충거리며 보기 흉하게 걸었다. 그녀의 푸르스름한 시선은 투명하고 우울하고 아득했다.

갑자기 나는 앞으로 일어날 일이 두려웠다. 여태까지는 랄라 아스마가 더이상 세상에 존재하지 않게 된다면 어떻게 될까 하는 따위의 질문을 가져본 적이 없었다. 높은 울타리에 둘러싸여 푸른 대문을 경계로 내내 집 안에만 살면서 빨래를 너는 지붕 꼭대기에서 마을을 바라보는 동안, 나는 내게 아무런 나쁜 일도 일어나지 않을 거라고 생각하고 있었다.

나는 나의 여주인을, 그녀의 늙고 부은 얼굴을, 아무 색깔도 없이 그저 벌어진 틈에 불과한 두 눈을, 헤너 염료가 벗겨져 허옇게 드러난 그녀의 듬성듬성한 머리카락을 바라보았다.

"할머니, 할머니, 나를 혼자 내버려두진 않으시겠지요?" 눈물이 뺨 위로 줄줄 흘러내렸건만, 나는 눈물을 멈출 수 없었다. "그렇지요, 할머니? 나를 혼자 내버려두진 않으시겠지요?" 그녀의 눈까풀이 떨리고 입술이 달싹거리는 것을 보며 나는 내가 하는 말을 그녀가 들었다고 믿었다. 나는 그녀가 꼭 쥘 수 있도록 내 두 손을 그녀의 손 안에 밀어넣었다. "내가 보살펴드릴게요, 할머니. 아무도 곁에 오지 못하도록 하겠어요, 특히 조라가요. 내가 차를 끓이고 먹을 것을 만들고 빵과 야채를 사오겠어요. 이제는 밖으로 나가는 게 두렵지 않아요. 이제 우리에게는 조라가 필요 없어요."

말을 하는 동안 내 눈에서는 눈물이 그치지 않고 흘러내렸다. 그때가 처음이었다. 나는 한 번도, 심지어 조라가 피가 나도록 꼬집을 때도 결코 울지 않았었다.

그러나 랄라 아스마는 전과 같지 않았다. 반대로 날마다 조금씩 나빠지다가 아무것도 먹지 않기에 이르렀다. 내가 식힌 차를 마시게 하려 하면 입가로 흘러나와 옷을 적셨다. 입술은 트고 갈라졌다. 피부는 말라서 모래색으로 변해갔다. 그녀가 용변을 가리지 못하게 되었다는 것도 밝혀야 할 것이다. 그토록 청결하고 빈틈없던 그녀가 말이다. 나는 기저귀를 갈아주었다. 나는 그녀가 그런 상태로 있는 것을 조라와 아벨이 보지 못하도록 했다. 나는 그녀가 수치스러워하고 있고 모든 상황을 자각하고 있다고 확신했다. 조라는 방에 들어서자 코를 찡그렸다. "이게 무슨 고약한 냄새지?" 그 말에 나는 옆집에서 일을 하고 있다고, 변소를 푸고 있다고 대답했다. 조라는 당황한 기색으로 랄라 아스마를 바라보더니 나를 야단쳤다. "네가 집안일을 제대로 못하기 때문이지 뭐야. 이 난장판 좀 봐." 그녀는 뭔가 잘못되어 가고 있다는 것을 감지한 듯했다. 조라가 랄라 아스마의 상태를 눈치 채지 못하게 하기 위해, 나는 아침마다 그녀의 머리를 손보고 뺨에 장밋빛 분을 바르고 입술에는 카카오 버터를 발랐다. 나는 그녀 옆의 탁자에 구리 쟁반을 놓고 그 위에 다기와 잔을 갖춰놓은 후, 잔에 설탕 넣은 차를 약간 부어놓아 랄라 아스마가 마신 것처럼 보이게 했다.

나는 한시도 그녀 곁을 떠나지 않았다. 밤이면 나는 침대 시트로 몸을 감고 바닥에 누워 그녀 곁에서 잤다. 모기들이 있었던 걸로 기억되는데, 나는 밤새도록 그것들이 내 귓전에서 울리는 노랫소리를 듣다가 아침이 오면 몸을 뒤채어 잠시 눈을 붙이곤 했다. 자는 동안 나는 랄라 아스마의 고통스러운 숨소리를 잊었으며, 우리가 함께 떠나는 꿈, 그녀가 자주 말한 대로 그 배를 타고 멜리야에서 말라가까지, 혹은 그보다 더 멀리 프랑스까지 가는 꿈을 꾸었다.

어느 날 밤, 상황은 더 나빠졌다. 처음에 나는 전혀 몰랐다. 랄라 아스마는 숨 막혀했다. 숨결은 그르렁거렸고, 숨을 내쉴 때마다 입에 거품을 물었다. 나는 움직일 엄두도 내지 못하고서 꼼짝도 않고 바닥에 누워 있었다. 방은 어두웠지만 마당에는 어렴풋한 달빛이 있었다. 그러나 나는 밖으로 나갈 생각을 할 수가 없었다. 나는 빨리 날이 밝기만을 바라면서 기다렸다. 나는 생각했다. 태양이 뜨면 랄라 아스마는 깨어나리라, 그르렁 소리도 그치고 거품이 끓어 숨이 막히는 것도 멈추리라.

새벽녘에 나는 잠들었다. 그 정도로 피곤했던 모양이다. 아마도 랄라 아스마는 바로 그 순간에 죽었고, 그때 비로소 나도 잠이 들 수 있었던 것이 아닌가 싶다.

내가 깨어났을 때 날은 환하게 밝아 있었고, 침대 곁에서 조라가 큰 소리로 울고 있었다. 그녀는 나를 보더니 갑자기 분노로 입술을 일그러뜨렸다. 그러고는 손에 잡히는 모든 물건, 수건이며 잡지를 들고 나를 때렸다. 그녀가 계속해서 나를 때리려고 신발을 벗어들자 나는 마당으로 달아났다. 그녀는 악을 썼다. "끔찍한 것, 쬐끄만 마녀 같으니! 내 어머니가 죽었는데 세상 모르고 자고 있다니. 넌 살인자야!" 나는 어렸을 적에 그랬던 것처럼 부엌 탁자 밑에 숨었다. 나는 무서워서 몸을 떨었다. 다행히도 그때 이웃집 여자가 악쓰는 소리에 놀라 달려왔다. 그리고 아벨도 나타나서 두 사람이 함께 조라를 달랬다. 그녀는 나를 죽이려는 듯이 손에 칼을 들고 있었다. 그녀는 다시 소리질렀다. "이 마귀! 살인자!" 그들은 그녀를 마당에 앉히고 물을 한 잔 가져다주었다.

나는 부엌을 빠져나와 그늘진 벽을 따라 네 발로 기어서 마당을 가로질렀다. 나는 맨발이었고 잠들 때 입었던 구겨진 옷을 걸치고 있었으며 머리가 마구 헝클어져 있어서 그야말로 살인자의 형상이었다.

나는 열려 있던 푸른 대문을 통해 간신히 밖으로 나올 수 있었다. 그런 후에 전에 산파를 부르러 가던 날처럼 길을 달리기 시작했다. 나는 랄라 아스마가 죽도록 내버려두었다는 이유로 사람들이 나를 붙잡아 감옥에 처넣을까봐 너무도 두려웠다.

그리하여 나는 멜라의 저택을 떠나 다시는 돌아가지 못하게 되었다. 나는 무일푼이었고, 맨발에 해진 옷을 입고 있었으며, 그 금귀고리 한 쌍, 랄라 아스마가 죽을 때 내게 주겠다고 약속한 그 힐랄의 초승달조차도 지니고 있지 못했다. 나는 아이 유괴범들이 나를 잡아 랄라 아스마에게 팔아버린 그날보다 더욱더 철저히 혼자가 된 기분이었다.

2

 여인숙은 지금까지 내가 알았던 세계와는 전혀 다른 곳이었다.
 트럭과 버스와 모터사이클로 북적거리는 거리에 자리잡고 있는 여인숙은 동서남북으로 열려 있고, 시장도 엎드리면 닿을 만한 곳에 있었다. 시멘트로 지어진 커다란 시장 건물 안에는 푸줏간 고기와 야채뿐만 아니라 가죽신, 양탄자, 플라스틱 양동이에 이르기까지 사람들이 찾는 모든 것이 있었다.
 랄라 아스마의 저택을 나왔을 때, 나는 어디로 가야 할지 알지 못했다. 내가 알고 있었던 것은 단 한 가지, 조라와 아벨이 나를 찾아내지 못할 장소, 그들이 나를 잡으려고 경찰을 보낸다고 해도 안전할 수 있는 장소에 몸을 숨겨야 한다는 사실뿐이었다. 나는 집 잃은 고양이처럼 벽에 몸을 바싹 붙이고서 후미진 길을 따라 종종걸음을 쳤다. 내 머릿속에서는 조라의 외침이 울리고 있었다. "마귀! 살인자!" 그녀가 나를 잡으면 감옥에 집어넣을 것이 분명했다. 나도 모르는 사이에 내 발걸음은 랄라 아스마를 위해 의사를 찾던 거리로 향하고 있었다. 그 건물의 활짝 열어젖혀진 큰 대문을 알아보았을 때, 내 가슴은 기쁨으로 뛰었다. 여기라면 조라가 나를 찾아내지 못할 것이라고 나는 확신했다.

자밀라 아줌마는 여인숙에 없었다. 급한 일이 생겨서 어딘가로 불려간 것이다. 나는 발코니로 올라가 벽에 등을 기대고 그녀의 방 문 옆에 얌전히 앉아 그녀를 기다렸다.

처음 왔을 때는 너무 경황이 없었던 탓에 여인숙 안에서 무슨 일이 벌어지고 있는지 살펴볼 틈이 없었다. 그러나 이제는 모든 것에 찬찬히 눈길을 줄 수 있었다. 끊임없이 사람들이 마당을 드나들었고, 당나귀처럼 짐을 잔뜩 짊어진 남루한 차림의 행상들과 장사꾼들이 기둥 밑동에 봇짐을 부렸다. 야채 장수와 대추야자 장수들도 눈에 띄었으며, 산더미처럼 짐을 쌓아올린 자전거를 탄 사내들이 간신히 균형을 잡으며 플라스틱 장난감이 든 상자들, 음악이 담긴 카세트 테이프, 시계, 색안경 등속을 들여왔다. 나는 그들이 어떤 물건들을 팔려 하는지 이미 알고 있었다. 간혹 그들은 랄라 아스마의 대문을 두드렸고, 그녀로서는 쇼핑을 하러 나갈 수 없었던 탓에, 그들로 하여금 짐을 풀어 마당에 물건들을 꺼내놓게 하고서 별 필요치 않은 것들, 만년필이나 화장 비누 같은 것들을 사들여 며느리의 빈축을 사곤 했던 것이다. "그걸로 뭘 하시려구요?" 조라가 그렇게 물으면 랄라 아스마는 고개를 끄덕이며 말했다. "언젠가는 이걸 샀다는 게 위안이 될 거야." 나는 행상들이 이런 여인숙의 마당 같은 곳에 모여들리라고는 짐작조차 못했다.

이층에는 처음 이곳에 왔을 때 보았던 젊은 여자들, 너무도 우아하고 아름다워서 순진하게도 공주님들인 줄만 알았던 그 여자들이 살고 있었다. 지금 그녀들은 각자 자기들 방에 들어가 반쯤 열린 높은 문 뒤편에서 잠들어 있었다.

벌어진 틈으로 안을 살피다가 나는 공주님들 중 한 사람이 커다란 침대 위에 누워 있는 것을 보았다. 잠시 후 나는 그녀의 몸을 자세히 살펴볼 수 있었다. 그녀는 얼굴이 머리카락에 덮인 채 완전히 발가벗고서 시트에 누워 잠들어 있었다. 나는 너무도 하얀 그녀의 배와 털을 모두 깎아버린 치골을 보고 깜짝 놀랐다. 그런 모습은 한번도 본 적이 없었다. 랄라 아스마는 나를 목욕탕에 데리고 들어간 적이 없었으며, 마지막 순간까지도 내가 자신의 알몸을 보는 것을 원하지 않았다. 나의 마르고 검은 몸은, 저토록 흰 살과 잠들어 있는 저 음부와는 조금도 닮은 데가 없었다. 그때 나는 손바닥에 땀이 밴 채로 약간 겁에 질려 뒷걸음질쳤던 것 같다.

나는 마당을 오가는 장사꾼들을 유심히 살피며 회랑 아래쪽에서 오랫동안 기다렸다. 전날부터 아무것도 먹지 않아 몹시 배가 고팠고, 견딜 수 없을 정도로 갈증이 났다.

저 아래, 마당에는 우물이 있었다. 그때 기둥 아래 놓인 말린 과일 보따리에 참새들이 내려앉아 그 벌어진 틈으로 부리질을 하는 광경이 내 눈길을 끌었다. 나는 층계를 내려가 그 보따리가 있는 곳으로 갔다. 랄라 아스마가 항상 말하길 남의 것을 도둑질하는 것보다 나쁜 짓은 없다고 했기 때문에 나는 조금 부끄러웠다. 그러나 나는 배가 고팠고, 랄라 아스마의 고상한 교훈은 너무도 멀게만 느껴졌다.

나는 열린 자루 곁에 쪼그리고 앉아 말린 대추야자와 무화과를 꺼내 먹었고, 비닐 주머니에 손을 넣어 건포도를 한 줌씩 집어 입에 넣었다. 주인이 뒤에서 몰래 다가와 붙잡지 않았다면 아마도 나는 그 안에 든 것의 상당량을 먹어버렸을 것이다. 그는 왼손으로 내 머리카락을 움켜쥐고 다른 손에 든 가죽끈을 쳐들었다. "이 쬐끄만 검둥이 계집애, 도둑년! 너 같은 것들을 어떻게 다루는지 보여주마!" 지금 기억하기로, 나를 가장 고통스럽게 한 것은 현장에서 붙잡혔다는 것이 아니라, 그 장사꾼이 내 머리카락을 그러쥐고서 내게 아랍어로 "사우다!"라고 소리쳤다는 사실이었다. 그때까지 아무도 내게 그런 심한 말을 한 적이 없었고, 심지어 조라조차도 아무리 화가 나도 그런 말을 입에 담지 않았었다. 그녀는 랄라 아스마가 그런 말을 듣는다면 그냥 넘어가지 않으리라는 것을 알고 있었다.

나는 한동안 얻어맞다가 그의 손아귀에서 풀려나기 위해 피가 나도록 그를 깨물고는 그를 똑바로 바라보며 소리쳤다. "난 도둑이 아니에요! 먹은 만큼 돈을 내면 되잖아요!"

바로 그때 자밀라 아줌마가 도착했고, 이층 공주님들이 발코니에 기대 서서 한번도 들어본 적 없는 욕설을 그 행상에게 퍼부으며 야유를 보내기 시작했다. 한 공주님은 마땅히 던질 것이 없자 십 상팀이나 이십 상팀짜리 동전을 던지며 소리질렀다. "받아라, 여기 돈 있다, 도둑놈, 개자식!" 어안이 벙벙해진 행상은 여자들의 조롱과 동전 세례를 받으며 슬금슬금 뒤로 물러섰고, 자밀라 아줌마는 내 팔을 잡고 이층으로 걸음을 옮겼다. 나는 그때까지도 손에 건포도를 한 움큼 쥐고 있었던 기억이 난다. 장사꾼이 내 머리카락을 잡아당기며 가죽끈으로 때릴 때도 그것들을 버리려 하지 않았던 것이다.

그러나 지난 몇 시간 동안에 일어난 모든 일들, 랄라 아스마가 죽고 조라가 내 소유인 귀고리를 빼앗고 나를 쫓아내고 했던 사건들이 비로소 나를 덮쳐눌러와 나는 갑자기 너무도 무서워졌다. 결국 나는 층계를 오르다가 그만 울음을 터뜨렸고, 너무도 큰 소리로 울다 보니 계단을 오르기 힘들 지경이었다. 그러자 나보다 그리 크지도 않은 자밀라 아줌마가 마치 어린애 다루듯 나를 끌다시피 하여 위로 데리고 올라갔다. 그녀는 내 귀에 대고 계속해서 속삭였다. "내 딸아, 내 딸아." 그 말에 나는 할머니를 잃은 바로 그날에 새로이 어머니를 얻었다는 생각이 들어 더욱 섧게 울었다.

계단이 끝나는 곳에서 기다리고 있던 공주님들(이 표현을 계속 쓰는 까닭은, 그들이 공주가 아니었다는 사실을 알고 난 후에도 내 마음속으로 그 여자들을 그렇게 부르고 있었기 때문이다)은 모두들 나를 쓰다듬고 어루만지고 하면서 다정하게 맞이해주었다. 그녀들은 내 이름을 묻더니 자기들끼리 반복하여 중얼거렸다. 라일라, 라일라. 그녀들은 내게 진한 차와 꿀 묻힌 과자를 가져다주었고, 나는 양껏 먹었다. 그런 후에 그녀들은 방석이 놓인 그늘지고 시원한 커다란 방에 내 잠자리를 마련해주었다. 나는 마당의 라디오에서 지직거리며 흘러나오는 음악소리 속으로 끌려들어가, 여인숙의 소란스러움 속에서도 곧바로 잠이 들었다. 그렇게 하여 나는 산파인 자밀라 아줌마와 그녀의 여섯 공주님이 사는 세계 속으로 발을 들이게 되었다.

3

 여인숙에서의 내 삶은 더할 나위 없이 안락하게 자리잡혀서, 그때가 내 삶의 가장 행복했던 시기였다고 해도 결코 과장이 아니다. 내게는 아무런 속박도 근심도 없었으며, 자밀라 아줌마와 공주님들은 그때까지 받아본 적 없는 환대와 애정으로 나를 대해주었다.
 나는 배가 고프면 먹었고, 졸리면 잠을 잤고, 외출을 하고 싶으면 (그런 일은 자주 있었는데) 밖으로 나갔으며, 무슨 일이든 허락을 구하지 않아도 되었다. 여인숙에서 누렸던 완벽한 자유는 함께 생활하던 여인들 덕분이었다. 그녀들은 시간이 없었기 때문에 나의 존재를 고마워했다. 그녀들은 나를 딸이나 인형, 혹은 여동생처럼 여겼고, 그렇게 불렀다. 자밀라 아줌마는 나를 "내 딸"이라고 했다. 파티마, 주베이다, 아이샤, 셀리마, 후리야, 그리고 타가디르는 나를 "내 동생"

이라고 했다. 그러나 타가디르도 때로는 "내 딸"이라고 불렀는데, 실제로 그녀는 내 엄마뻘의 나이였다. 나는 그녀들의 방에서 차례로 돌아가며 잠을 잤다. 두 명의 공주님이 한 방을 썼는데, 타가디르만은 내가 첫날 잤던 그 창문 없는 커다란 방을 혼자 쓰고 있었다. 자밀라 아줌마는 회랑 건너편, 거리 쪽으로 창문이 난 방에서 살고 있었다. 나는 가끔 거기서도 잠을 잤지만 그리 자주는 아니었다. 자밀라 아줌마가 직업상 그 방을 아이를 낳는 데 문제가 있는 여자들을 위한 진찰실로 사용하곤 했기 때문이었다. 나는 그녀가 환자들을 볼 때 그 방문을 두드려서는 안 된다는 것을 알고 있었다. 그런 날 저녁이면 그녀는 문을 걸쇠로 잠갔고, 나는 벽걸이 천 너머로 그녀가 방 안을 밝히려고 켜놓은 초롱불의 불빛을 보았다. 그 불빛은 그녀가 내게 보내는 신호였다.

공주님들은 나를 무척 좋아했다. 그녀들은 내게 잔심부름을 시키거나 크고 작은 일을 맡기기도 했다. 나는 마당에서 그들에게 차를 사다 주기도 하고, 시장으로 과자나 담배 심부름을 가기도 했다. 우체국에 가서 편지를 부치는 적도 있었다. 간간이 그녀들은 마을로 물건을 사러 갈 때 나를 데리고 가기도 했는데, 내게 가방을 들리기 위해서가 아니라(그 일을 위해서는 항상 어린 남자아이들이 따라다녔다) 물건을 고르고 값을 흥정할 때 내 도움을 받기 위해서였다. 랄라 아스마는 행상들과 흥정하는 요령을 내게 가르쳐주었으며, 나는 그 교훈을 잘 간직하고 있었던 것이다.

주베이다는 나와 함께 옷감 시장에 가기를 좋아했다. 그녀는 드레스와 시트를 만들기 위해 무명천을 골랐다. 그녀는 마르고 키가 컸으며, 피부는 우윳빛이었고 머리카락은 흑옥처럼 까맸다. 그녀는 천으로 몸을 감싸고서 햇빛 속으로 나섰다. "네가 보기엔 어떠니?" 나는 대답하기 전에 잠시 뜸을 들였다가 진지한 목소리로 말했다. "좋아요, 하지만 진한 청색이 더 잘 어울릴 것 같은데요."

상인들은 나를 알아보았다. 그들은 내가 마치 돈을 치르는 당사자인 양 심하게 값을 깎는다는 것을 알고 있었다. 그들은 내게는 물건의 질을 속일 수가 없었다. 그것 역시 랄라 아스마로부터 배운 것이었다. 언젠가 나는 파티마가 터키풍의 금제 패물을 사려는 것을 막은 적이 있었다.

"봐요, 파티마, 이건 진짜 금이 아니라, 도금한 쇳조각이에요." 나는 그것을 이에 대고 두들겼다. "들었죠? 안이 비었어요." 상인은 불같이 화를 냈으나, 파티마가 그를 호되게 나무랐다. "입 다물어요. 내 동생은 항상 진실만을 말해요. 당신을 법원으로 끌고 가지 않은 것만도 다행인 줄 알아요."

그날 이후로 공주님들은 내게 훨씬 더 관심을 베풀었다. 그녀들이 내가 행상의 코를 납작하게 만든 일을 모두에게 이야기한 덕분에, 이제는 다른 행상들까지도 나와 마주치면 경의를 표하곤 했다. 그들은 내게 다가와 누구누구와 다리를 놓아달라고 부탁하기도 하고, 선물을 사주며 나를 매수하려고도 했으나, 나는 귀가 얇은 사람이 아니었다. 누군가에게서 사탕이나 과자를 받으면 나는 파티마나 주베이다에게 이렇게 말했다. "그 사람을 조심해요, 분명히 정직하지 않은 사람이에요."

자밀라 아줌마는 무슨 일이 일어나고 있는지 모두 알고 있었다. 말은 하지 않았지만, 나는 그녀가 불만을 품고 있음을 짐작하고 있었다. 내가 장을 보러 가거나 공주님들 중 하나가 나를 데리고 나가려 할 때면 그녀는 눈으로 내 뒤를 쫓았다. 그녀는 파티마에게 묻곤 했다. "저 애를 거기로 데려간다는 말이냐?" 일종의 질책이었다. 그녀는 나를 곁에 붙잡아두려 하거나, 쓰기와 계산과 자연과학에 대한 숙제를 냈다. 그녀는 맘속으로 생각해둔 바가 있는 모양인지 내게 아랍어로 쓰는 법을 가르치려 했다.

그러나 나는 그녀가 하려는 말에 그다지 주의를 기울이지 않았다. 나는 그 동안 너무 오래 갇혀 살아온데다가, 자유에 취해 있었다. 나는 누군가가 나를 붙잡아두려 하면 달아날 준비가 되어 있었다.

지금까지도 그 공주님들이 진짜 공주가 아니었다는 사실이 쉬이 믿어지지 않는다. 나는 그녀들과 즐겁게 지냈다. 나이 어린 주베이다와 셀리마가 특히 재미있었다. 그녀들은 근심이 없었고, 웃음을 그치지 않았다. 둘 다 산 위 마을 출신으로, 가출을 했다. 그녀들은 남자들에 둘러싸여 살고 있었고, 멋진 미제 자동차가 여인숙 문 앞으로 데리러 오곤 했다. 어느 날 저녁, 유리창을 검게 착색한 길고 검은 자동차가 앞쪽 양 옆에 초록색, 흰색, 붉은색, 검은색이 섞인 깃발을 달고 나타난 것을 본 기억이 난다. 타가디르가 내게 말했다. "저 사람은 힘도 있고 부자야." 나는 안을 들여다보려 했으나, 검은 유리창 때문에 아무것도 보이지 않았다. "왕인가요?" 타가디르는 정색하며 대답했다. "왕만큼 중요한 사람이지."

나는 타가디르의 얼굴 생김을 좋아했다. 이제 그녀는 젊은 나이가 아니어서 눈가에는 마치 미소짓는 듯 주름살이 깊게 패어 있었고, 피부는 나처럼 검은색에 가까운 진한 갈색이었으며, 이마에는 작은 문신이 새겨져 있었다. 그녀와 나는 일주일에 두 번 목욕탕에 가곤 했다. 항구 부근, 선창가에 가까운 곳이었다. 타가디르는 내게 커다란 수건을 건네주고 자기는 몇 가지 깨끗한 물건이 담긴 가방을 들고서 집을 나섰다. 랄라 아스마와 함께 살던 시절 나는 그런 장소가 존재하리라고는 생각지 못했으며, 내가 발가벗고 다른 여자들 앞에 서게 되리라는 것도 상상조차 하지 못했다.

타가디르는 전혀 수줍음이 없었다. 그녀는 옷을 벗고 내 앞을 왔다 갔다하기도 하고, 속돌로 몸을 문지르고 말총으로 만든 목욕용 장갑으로 마사지를 하기도 했다. 그녀는 보랏빛 젖꼭지에 가슴이 컸고, 엉덩이와 배에는 살이 접혔다. 그녀는 정성들여 치골과 겨드랑이와 다리의 털을 뽑았다. 그녀 곁에서 나는 한갓 바싹 마른 흑인 계집애에 불과했지만, 설령 그렇다 하더라도 나로서는 수건으로 아랫배를 가리지 않을 수 없었다.

타가디르는 시장에서 산 고약한 바닐라 냄새가 진동하는 야자유로 등과 목덜미를 문질러달라고 했다. 공중 목욕탕의 그 큰 욕실 안에서는 수증기 구름이 사람들 몸과 어우러졌고, 말소리, 외치는 소리, 놀라서 내는 소리가 한데 뒤섞였다. 남자아이들은 뜨거운 물이 담긴 욕조 주위를 알몸으로 뛰어다녔다. 그 모든 것이 머리를 어지럽게 해, 나는 구역질이 날 것 같았다.

"계속해, 라일라. 네 손은 억세구나, 그래서 좋아."

내가 그 일을 좋아했는지는 잘 모르겠다. 단지 계속하여 야자유를 타가디르의 등에 바르면서 바닐라와 땀냄새를 깊이 들이마실 뿐이었다. 때로 그녀는 내게 찬물을 끼얹어 정신이 번쩍 들게 하고는 내가 달아나면 깔깔대고 웃었는데, 그럴 때면 온몸의 털이 바짝 곤두섰다.

나는 여인숙의 마스코트가 되었다. 아마도 그 때문에 자밀라 아줌마는 영 마음이 놓이지 않는 모양이었다. 그녀는 공주님들이 나를 너무 귀여워한 나머지 어떻게든 내 기분을 맞춰주려 하고, 그렇게 되면 내 성격이 비뚤어질지도 모른다고 생각하고 있었던 것이다.

하루 종일 그녀들이 "아! 얘는 정말 예쁘구나!" 하며 칭찬하거나 자기들의 환상을 내게 덧씌우는 말을 듣다 보니, 결국 나는 그 말들을 믿기에 이르렀다. 나는 허영심에 가득 차 그들의 변덕스러운 기분에 나를 맡겼다. 그녀들은 긴 드레스로 나를 꾸미고, 손톱에 붉은색을 칠하고, 입술에는 진홍빛 연지를 칠하고, 분을 바르고, 눈가에 미묵을 발라주었다. 수단인의 피를 가진 셀리마는 내 머리를 맡았다. 그녀는 내 머리카락을 조그만 사각형 모양으로 나누고서, 붉은 실이나 색진주를 넣어 땋아내렸다. 어떤 때는 코코넛 비누로 머리를 감겨, 머리카락이 사자 갈기처럼 바짝 말라 부풀어오르게 했다. 그녀 말로는 내게서 가장 아름다운 데가 이마와, 놀라울 정도로 길고 활처럼 휜 눈썹, 그리고 아몬드 모양의 눈이라고 했다. 아마도 그녀가 그렇게 말한 것은 내가 그녀와 닮았기 때문이었을 것이다.

타가디르는 내 손을 헤너 염료로 물들이거나, 지푸라기 끝으로 호롱불의 검댕을 찍어서 내 이마와 뺨에 자기한테 있는 것과 똑같은 표식들을 그려넣었다. 그녀는 내게 방 한가운데서 춤을 추며 다르부카를 연주하는 법을 가르쳤다. 작은 북이 울리는 소리를 들으면 여자들은 모두 모여들었고, 나는 그녀들을 위해 어지러워질 때까지 맴을 돌

황금 물고기 39

며 바닥에서 맨발로 춤을 추었다.

　나는 그런 어린애 같은 장난으로 오후 시간의 대부분을 보냈다. 저녁이면 공주님들은 손님을 맞이하기 위해 나를 혼자 내버려두었고, 나는 손님의 자동차를 타고 외출한 공주님의 방에 들어가 있곤 했다. 자밀라 아줌마는 젖은 수건자락으로 나를 박박 닦았다. "도대체 네게 무슨 짓을 해놓은 건지! 정신나간 것들." 머리카락이 치솟고 미묵이 흘러내리고 루주가 번진 내 모습은 그야말로 엉터리로 만든 인형을 보는 듯해서, 자밀라 아줌마도 나를 보고 웃지 않을 수 없었다. 매일 밤 나는 너무도 길고 길어 어떻게 시작되었는지 기억할 수도 없는 하루, 그 하루 동안 겪은 수많은 일들에 대한 기억에 잠겨 잠이 들었다.

　내가 가장 좋아한 사람은 후리야였다. 그녀는 여인숙에 가장 늦게 온 제일 나이 어린 여자였다. 나보다 며칠 전에 왔다고 했다. 그녀는 남쪽으로 멀리 떨어진 베르베르 족 마을 출신이었다. 탕헤르의 한 돈 많은 남자와 결혼했지만, 남자는 자주 그녀를 때리고 강제로 범했다. 어느 날 그녀는 작은 여행가방을 꾸려서 도망쳐나왔다. 타가디르가 역 근처 길에서 그녀를 발견해서는, 남편이 보낸 사람들로부터 몸을 숨겼다가 안전하게 달아날 수 있게 하려고 이곳으로 데려왔다. 자밀라 아줌마는 그녀를 경계했다. 그러나 위험한 고비를 넘기는 대로 떠난다는 조건하에 결국 승낙했다. 자밀라 아줌마는 경찰과 문제가 생기기를 원하지 않았다.

　후리야는 작고 가냘파 어찌 보면 어린아이 같았다. 우리는 곧 친구가 되었고, 그녀는 나를 어디든 데리고 다녔다. 저녁에는 식당이나 나이트 클럽에 가기도 했다. 그녀는 자기 친구들에게 나를 동생이라고 소개했다. "앤 우크티예요. 내 여동생이지요. 날 닮지 않았나요?"

그녀는 예쁘고 반듯한 얼굴과 선이 분명한 속눈썹, 그리고 여태껏 본 중에 가장 아름다운 푸른색 눈을 지니고 있었다. 나는 그녀가 돈을 버는 방식에 대해 묻지 않았다. 나는 그녀가 춤추고 노래할 줄 알고 얼굴이 예쁘기 때문에 사람들에게서 선물을 받는다고 생각했다. 나는 직업이라는 게 무엇인지, 선한 것이 무엇이고 악한 것이 무엇인지 전혀 알지 못했다. 집에서 기르는 애완동물처럼 살아온 탓에, 나를 즐겁게 하고 어루만져주는 것은 선한 것이고, 나를 잡아먹을 것처럼 바라보는 아벨이나 자기 시어머니의 물건을 훔쳤다고 경찰에 고발하여 나를 잡으려 하는 조라처럼 내게 위협적이고 겁을 주는 모든 것은 악한 것이라고 생각하고 있었다.

무엇보다도 나를 두렵게 하는 것은 고독이었다. 꿈 속에서 나는 때때로 오래전 유괴당하던 날 일을 다시 겪었다. 나는 온통 새하얀 거리 위로 쏟아져내리던 햇살을 다시 보았고, 검은 새의 끔찍한 울음소리를 다시 들었다. 때로는 트럭에 치였을 때 내 머릿속에서 뼈가 부러지던 소리를 다시 듣기도 했다.

그럴 때면 나는 후리야의 침대 속으로 파고들어 그녀에게 몸을 바싹 붙이고서 당장이라도 까무러칠 듯 그녀의 등에 매달렸다. 나의 고향에 대해 처음 말해준 사람은 그녀였다. 조라가 내게서 훔쳐간 귀고리에 대해 이야기하자, 그녀는 나의 종족인 힐랄이라는 초승달의 부족에 대해 알고 있으며, 그 부족은 몇 개의 산을 넘어 말라버린 큰 강 유역에 살고 있다고 말해주었다. 그날 나는 저 멀리 그 마을로 가서,

거리를 따라 걸어 강가로 나가 나를 기다리고 있던 엄마를 만나는 꿈을 꾸었다.

그러나 후리야는 여인숙에 오래 머물지 않았다. 어느 날 아침 그녀는 떠났다. 그러나 그것은 그녀의 남편 때문이 아니었다. 나 때문에 생긴 일이었다.

어느 날 저녁, 나는 후리야와 그녀의 친구들과 함께 바닷가에 있는 식당으로 갔다. 우리는 어둠 속을 한참 동안 달려서 인적이 없는 광활한 해변에 닿았다. 나는 메르세데스 뒷자리 문 쪽에 앉아 있었고, 후리야는 남자친구를 옆에 두고 가운데에 자리잡고 있었다. 앞자리에는 두 명의 남자와 금발 여자가 타고 있었다. 그들은 내가 알아들을 수 없는 언어로 소리 높여 말하고 있었는데, 아마도 러시아어인 듯했다. 운전을 하던 남자가 지금도 기억난다. 그는 아벨처럼 키가 크고 건장했으며, 검은 머리카락과 수염이 얼굴을 뒤덮고 있었다. 또한 나는 그의 한쪽 눈이 파랬고 다른쪽 눈은 까맸던 것을 기억한다. 한동안 식당에 머물러 있다 보니, 어느새 자정이 가까운 시간이 되었다. 그곳은 횃불을 켜놓아서 그 빛에 모래와 해변과 흰색 제복을 입은 남자 종업원들의 모습이 훤히 드러나는 호화로운 식당이었다. 나는 어두운 바다와 돌아오는 고기잡이배들의 불빛과 멀리 등대의 번쩍거리는 빛을 바라보며 밤 시간을 보냈다. 금발의 여인은 큰 소리로 떠들고 웃어댔으며, 남자들이 후리야를 둘러싸고 있었다. 열린 창문으로 들어오는 바람이 담배 연기를 흐트러뜨렸다. 나는 몰래 술을 홀짝거렸다. 메르세데스 운전사가 자기 잔에 부어주어 마시게 한 그 술은 아주 부드럽고 달면서도 목을 화끈거리게 했다. 그는 내게 프랑스어로 말했는데,

낱말들을 길게 끄는 조금 둔하고 이상한 억양이었다. 나는 너무 피곤해서 창가의 긴의자에서 잠이 들었다.

얼마 후에 잠을 깨고 보니, 나는 자동차 뒷자리에 혼자 있었다. 운전사가 나를 굽어보고 있었고, 나는 식당의 불빛이 그의 곱슬거리는 머리카락을 비추는 것을 보았다. 나는 곧바로 사태를 파악하지 못했지만, 그가 내 옷 밑으로 손을 집어넣자 완전히 잠에서 깨어났다. 역겹고 토할 것 같아서, 나도 모르게 악을 쓰기 시작했다. 두려웠던 탓이었는데, 운전사가 손으로 내 입을 막으려 했기 때문에 그를 깨물고 말았다. 나는 악을 쓰고 할퀴고 깨물었다.

곧 후리야가 달려왔다. 그녀는 나보다 더욱 화가 나서 그 남자를 밀어젖히고 주먹으로 때리더니 욕설을 퍼부었다. 남자는 변명을 늘어놓으며 해변 쪽으로 물러섰고, 후리야는 커다란 돌을 집어들었다. 그때 다른 사람들이 나타나지 않았다면 후리야는 아마도 그를 죽였을 것이다. 그녀는 줄곧 운전사를 욕하면서 울었고, 나도 울었다. 운전사는 자동차 반대쪽으로 숨더니 마치 아무 일도 없었다는 듯이 담배를 피워물었다. 잠시 후에 후리야가 진정이 되자, 우리는 차를 타고 그곳을 떠났다. 운전사는 담배를 입에 문 채 우리 쪽으로는 눈길도 주지 않으며 차를 몰았다. 아무도 입을 열지 않았다. 그 러시아 여인도 묵묵히 앉아 있었다.

메르세데스는 우리를 수이카에 내려주었고, 우리는 여인숙까지 걸어갔다. 거리에는 여전히 사람들이 많았다. 아마 토요일 밤이었던 것 같다. 연인들의 거리는 만원이어서 목련나무 아래마다 남녀 한 쌍의 모습이 보였다. 후리야는 차 두 잔과 과자를 샀다. 우리는 사고를 당하고 난 것처럼 힘이 없었고 몸을 떨고 있었다. 그녀는 방금 전에 일어났던 일에 대해 아무 말도 하지 않았다. 단 한 번 이런 말을 했을 뿐이다. "그 개자식이 나한테 뭐랬는지 알아? 그 아이를 자게 내버려둬요, 내가 아빠처럼 보살필 테니, 그러잖아."

자밀라 아줌마도 해변에서 있었던 일을 알게 되었다. 그러나 그녀가 떠나라고 한 것은 아니었다. 다음날 아침 후리야는 전에 타가디르가 역 주변에서 배회하던 그녀를 만났을 때 들었던 가방을 다시 집어 들었다. 그러고는 한마디 해명도 없이 떠나버렸다. 아마도 탕헤르에 있는 남편에게로 돌아갔을 것이다. 그 후 나는 몇 달 동안 아무런 소식도 들을 수 없었다. 그녀가 떠나서 나는 몹시 슬펐다. 내게 그녀는 정말로 언니처럼 여겨졌던 것이다.

그 일이 있고 나서 자밀라 아줌마는 내가 다른 공주님들과 외출하지 못하게 하려 했지만, 후리야와 함께 지내며 이미 자유에 익숙해져 있던 나는 머릿속 생각만으로 만족할 수 없었다. 아이샤, 셀리마와 더불어 나는 새로운 습관을 가지게 되었다. 도둑질을 시작한 것이다.

처음 시작은 셀리마와 함께였다. 그녀가 여인숙에서 남자 친구를 맞이할 때, 혹은 식당에 갈 때 나는 그녀와 함께 있었다. 나는 짐승처럼 문에 기대어 구석진 곳에 쪼그리고 앉아 때가 오기를 기다렸다. 셀리마의 남자 친구는 프랑스인으로, 고등학교 지리 선생이던가, 여하튼 그 비슷한 과목을 가르치는 사람이었다. 그는 회색 플란넬 양복과 조끼와 광이 나는 검은색 구두에 이르기까지 멋지게 차려입은 신사였다.

그는 셀리마의 단골이었다. 그는 먼저 그녀를 구시가의 식당으로 데려가 함께 식사를 한 후, 여인숙으로 돌아와 창문이 없는 그 방에 틀어박혔다. 그는 내게 사탕을 가져다주거나, 때때로 동전을 주기도 했다. 나는 그 방 앞에 집 지키는 개처럼 죽치고 앉아 한동안 기다리다가 마침내 그들이 서로에게 열중하게 되면 네 발로 기어서 안으로 들어갔다. 그러고는 어둠 속을 더듬거려 침대 쪽으로 다가갔다. 셀리마가 그 프랑스인과 무슨 짓을 하는지에 대해서는 관심이 없었다. 나는 그의 옷을 찾았다. 학교 선생인 그는 꼼꼼한 사람이어서, 항상 바지를 접어놓고, 상의와 조끼를 의자 등받이에 걸쳐놓았다. 이윽고 내 손가락이 민첩한 작은 짐승처럼 주머니 속으로 미끄러져 들어가 그 안에 들어 있는 모든 것들, 회중시계, 금반지, 지폐들로 뻣뻣해지고 동전들로 부풀어오른 지갑, 혹은 금장식이 있는 예쁜 파란색 만년필을 꺼냈다. 나는 나의 노획물을 회랑으로 가지고 나와 빛에 비추어가며 면밀히 살펴본 후, 지폐 몇 장과 동전 몇 개, 때로는 마음에 드는 물건, 예를 들어 나전으로 된 커프스 버튼이나 작고 파란 만년필 따위를 챙기곤 했다.

나는 그가 결국 뭔가 의심하게 되었다고 생각한다. 어느 날 그는 내게 작은 상자에 든 예쁜 은팔찌를 선물하면서 이렇게 말했다. "이건 정말로 네게 주는 거야." 그는 좋은 사람이었고 나는 내가 한 짓이 부끄러웠지만, 그렇다고 그 짓을 그만둘 수는 없었다. 그것은 나쁜 심성에서가 아니라 놀이 삼아 하는 일이었다. 내게는 돈이 필요 없었다. 셀리마와 아이샤 혹은 다른 공주님들에게 선물을 사줄 때를 빼면 돈은 내게 아무런 소용도 닿지 않았다.

아이샤와 함께 나는 상점에서 물건을 훔치는 일을 계속했다. 나는 그녀와 시내로 가서 가게에 들어가서는, 그녀가 사탕과자를 사는 동안 닥치는 대로 눈에 띄는 모든 것, 초콜릿, 정어리 통조림, 비스킷, 건포도를 주머니에 집어넣었다. 그리고 일단 밖으로 나오면 중고품을 사는 사람을 찾아다녔다. 얼마 후에는 아이샤도 필요 없게 되었다. 나는 내가 검은 피부의 어린아이여서 남들이 내게 주의를 기울이지 않는다는 것을 알고 있었다. 나는 그들 눈에는 보이지 않았다. 그러나 시장에서는 딱히 할 일이 없었다. 상인들은 나를 눈여겨보았고, 나는 그들의 눈길이 나의 일거수 일투족을 뒤따르는 것을 느꼈다.

그래서 나는 아이샤와 함께 아주 멀리, 아름다운 빌라와 새로 지은 건물들과 정원들이 있는 오세앙 구역까지 나가기도 했다. 아이샤는 종합상가 안을 돌아다니는 것을 무척 좋아했고, 그 동안 나는 바다를 바라보러 공동묘지로 가곤 했다.

그곳에서 나는 편안함을 느꼈다. 모든 것이 평화롭고 고요했으며, 도시의 소란스러움과는 거리가 멀었다. 오래전부터 그곳은 나의 구역인 것처럼 여겨졌다. 나는 무덤들이 모여 있는 둔덕에 앉아 꽃잎이 장밋빛인 작고 통통한 풀들의 꿀 향기를 깊이 들이마셨고, 무덤 주위의 땅을 손바닥으로 어루만졌다.

이곳에서는 랄라 아스마와 이야기를 나눌 수 있었다. 나는 그녀가 어디에 묻혔는지 알지 못했다. 그녀는 유대인이었으니 이슬람교도들 사이에 자신의 마지막 자리를 마련할 수 없었을 것이다. 그러나 그런 것은 전혀 중요하지 않았다. 단지 이 공동묘지에 오면 그녀와 아주 가까이 있고 그녀가 내 말을 듣고 있다는 느낌을 받았던 것이다. 나는 그녀에게 내 생활에 대해 이야기했다. 그러나 전부는 아니고 그저 몇몇 부분에 대해서만 이야기했을 뿐이며, 애초에 상세하게 밝히고 싶지도 않았다. "할머니는 내가 부끄러우실 거예요. 할머니는 항상 다른 사람의 물건을 넘보지 말고 진실만을 말하라고 당부하셨지만, 보시다시피 지금 나는 지상에서 가장 지독한 도둑에 가장 능란한 거짓말쟁이가 되어 있으니까요."

땅 속에 있는 랄라 아스마에게 그런 말을 한다는 것은 슬픈 일이었다. 나는 눈물을 흘렸으나 바람이 곧 말려버렸다. 이곳에 서면 모든 것이 너무도 아름다웠다. 작은 장밋빛 꽃잎으로 덮인 둔덕, 코란의 구절들이 지워진 이름 없는 무덤의 흰 묘석들, 그리고 저 멀리 푸른 바다, 정지한 듯 하늘에 떠 있다가 바람을 타고 미끄러지면서 붉고 냉혹한 한쪽 눈으로 나를 쏘아보는 갈매기. 공동묘지에는 다람쥐가 많았다. 다람쥐들은 무덤 속을 드나드는 것 같았다. 시신들과 살면서, 호두를 깨 먹듯 죽은 자들의 이를 물어 깨는지도 모르는 일이었다.

나는 죽음이 전혀 두렵지 않았다. 랄라 아스마가 방바닥에 넘어져서 코고는 소리를 내며 숨을 그르렁거리는 것을 보고 나니, 죽음은 깊은 잠처럼 여겨졌다. 공동묘지에서 두려워해야 할 것은 죽은 자들이 아니었다.

어느 날, 흰 수염을 기른 늙은 남자가 나타났다. 그는 오래전부터 내 동정을 살핀 것이 분명했다. 남자는 마치 갓 무덤에서 나온 듯한 모습으로 무덤 한쪽에 바싹 붙어 서 있었다. 내가 그를 바라보자 그는 옷 밑으로 손을 가져가더니, 옷자락을 들어올려 귀두가 가지처럼 큼직하고 보랏빛이 도는 성기를 드러냈다. 아마도 내가 겁을 집어먹고 울면서 달아나리라 생각했을 것이다. 그러나 나는 여인숙에서 거의 매일 벌거벗은 남자들을 보았고, 공주님들이 남자들 성기를 화제에 올려두고 조금 작은 편이라느니 어쩌느니 하며 희희낙락하는 소리를 들었던 것이다.

나는 그 늙은이에게 돌을 던지고 무덤들 사이로 빠져나갔다. 그러자 그는 내게 욕을 퍼붓더니 나를 뒤쫓으려고 가죽신을 발에 꿰었다.

"이 꼬마 마귀야."

"늙은 개 같으니."

바로 그날 나는 겉모습을 보고 사람을 판단해서는 안 된다는 것과, 흰옷을 걸치고 멋진 수염을 기른 노인이 늙고 고약한 개와 다를 바 없을 수도 있다는 사실을 깨달았다.

오세앙 구역은 도둑질을 하기에 적당했다. 그곳에는 구시가의 시장에서는 찾아볼 수 없는, 부자들을 위한 물건만을 파는 훌륭한 상점들이 있었다. 수이카에는 단지 한 종류의 비스킷, 한 종류의 추잉검이 있고, 음료수로는 오렌지 환타와 펩시콜라뿐이었다. 거기에 비해 오세앙의 상점에는 일본어, 중국어, 독일어 이름이 적힌, 새롭고 신비로운 맛, 타마린드, 탠저린, 꽃시계덩굴, 석류 맛이 나는 주스가 상자째로 있었다. 온갖 나라에서 온 담배들과—그 중에는 내가 아이샤를 위해 샀던 금빛 필터의 검고 길쭉한 담배도 있었다—내가 진열대에서 훔쳐낸 스위스산 초콜릿도 있었다.

나는 아이샤 뒤를 따라 가게 안으로 들어가 한 바퀴 돌면서 주머니를 가득 채워 밖으로 나왔다. 사람들은 내 행동을 눈치채지 못했고,

나를 의심조차 하지 않았다. 나는 흰색 깃이 달린 푸른색 드레스를 입고 머리에 흰 리본을 매고 있었으며 눈빛도 천진난만했기 때문에 얌전한 어린 여자아이처럼 보였다. 그들은 내가 그 지역에 새로 이사와 빌라에서 일하는 엄마를 따라나온 것으로 믿었다. 나는 많은 사람들이 순진하다는 사실을 깨달았다. 그들은 나처럼 일찍 인생의 교훈을 익히지 못했으며, 자기들이 본 것과 남들이 말하는 것과 남들이 믿게 하려는 것을 우선적으로 믿고 있었다. 나는 실제로는 열네 살이었으나 열두 살 정도로 보였으며, 그때 이미 악마만큼이나 교활해져 있었다. 그 말을 한 것은 타가디르였다. 그녀의 말이 맞는 것 같았다. 그녀는 셀리마와 아이샤를 상대로 말싸움을 벌이곤 했는데, 그녀는 두 사람을 아랍어로 알카위에트, 다시 말해 뚜쟁이 아줌마로 취급했다.

그때 이미 나는 절제나 권위 따위를 전혀 존중하지 않았던 것 같다. 나는 어떤 난처한 일도 감수할 준비가 되어 있었다. 내가 나의 성격을 형성해나가고, 모든 종류의 규율에 불복하여 내 욕망만을 따르는 성향이 되고, 그리하여 차가운 눈빛을 얻게 된 것은 내 인생의 바로 이 시기 동안이었다.

자밀라 아줌마는 뭔가 잘못되어가고 있다는 것을 알아차렸다. 그러나 그녀는 아이들의 속성에 대해 잘 모르고 있었다. 비록 어떤 의미로는 공주님들이 모두 그녀의 아이들이긴 했어도 말이다. 그녀는 나쁜 길로 빠져들고 있는 나를 바로잡기 위하여 나를 학교에 등록시키려 했다. 나는 공립 초등학교에 들어가기에는 아랍어 실력이 충분하지 않았고, 외국인 초등학교에 들어가기에는 나이가 너무 많았다. 게다가 내게는 아무런 신분증도 없었다. 그녀는 내 교육기관으로 로즈 부인이라는 야위고 까다로운 여자가 열두 명가량의 다루기 힘든 여자아이들을 맡아 책임지고 있는 일종의 기숙학교를 선택했다. 사실상 그곳은 교화원에 가까운 곳이었다. 로즈 부인은 환속한 프랑스인 수녀였는데, 경영과 재정을 담당하는 연하의 남자와 살고 있었다.

대부분의 여자아이들은 나보다 더 복잡한 과거를 가지고 있었다. 가출했거나, 혹은 애인이 있거나 결혼 약속을 받아놓아서 가족들이 그 관계를 끊어놓으려고 그곳에 가둬놓은 것이었다. 그들과 더불어 나는 자유로웠고 근심할 게 없었으며 아무것도 두렵지 않았다. 나는 로즈 부인의 집에 몇 달간 머물렀다.

기숙학교에서의 교육은 주로 여자아이들에게 뜨개질과 다림질을 시키고 도덕에 관한 책을 읽게 하는 것이었다. 로즈 부인은 프랑스 과목 몇 개를 없애버렸고, 훨씬 더 탐욕스런 그녀의 그 잘난 관리인은 산술과 기하에서의 몇몇 개념을 아예 뛰어넘어버렸다.

내가 공주님들에게 기숙사의 바닥을 쓸고 닦아야 하고 다리미나 냄비 손잡이에 손가락을 데기도 하는 여자아이들의 노예 같은 생활에 대해 이야기하면, 모두들 분개했다. 내 경우에는 수를 놓건 집안일을 하건, 무슨 일을 하든 그리 문제될 것이 없었다. 나는 예전에 랄라 아스마를 위해 그 모든 일을 했었고, 그녀는 나의 할머니였고 내 생활을 책임져주고 있었으니까. 그러니 나를 위해 돈을 내주는 한 나이든 여인을 기쁘게 하려고 그 일을 다시 시작하는 것도 크게 문제될 것이 없었다. 나는 기꺼이 내 의자에 앉아 로즈 부인이 쉰 목소리로 『베짱이와 개미』나 『표범의 꿈』을 읽으며 수업을 진행하는 것을 가만히 듣고 있었다. 나는 로즈 부인에게서 그다지 배운 것이 없었지만, 나의 자유가 얼마나 중요한가 하는 사실은 분명히 배웠으며, 그 결과 앞으로 어떤 일이 일어나든 결코 그 자유를 빼앗기지 않으리라고 다짐하게 되었다.

기숙학교에서 한 학기가 끝났을 때, 로즈 부인이 직접 여인숙으로 찾아왔다. 분명 대체 어떤 환경이기에 나 같은 괴물이 생겨났는가 알아보기 위해서였을 것이다. 마침 자밀라 아줌마는 왕진을 나가고 없어서, 셀리마와 아이샤와 주베이다가 회랑에서 파스텔조의 모슬린으로 만든 긴 실내복을 입고 미묵을 바른 눈으로 그녀를 맞이했다. "우리는 그 아이의 고모예요." 그녀들은 그렇게 말했다. 자기 눈과 귀를 믿을 수 없었던 로즈 부인 앞에서 그녀들은 나에 대한 불평을 늘어놓았다. 거짓말쟁이이고 도둑이고 말대꾸 잘 하고 게으른 아이여서, 만약 기숙사에 계속 머물게 한다면 다른 아이들을 모두 달아나게 하거나 다리미로 건물에 불을 놓을지도 모른다고 한 것이다. 그렇게 하여 나는 쫓겨났다. 자밀라 아줌마가 내 교육을 위해 내놓았던 돈이 마음에 걸려 나는 심기가 약간 불편했다. 그러나 단지 그녀를 즐겁게 하기 위해 그런 유형에 처해질 수는 없는 노릇이었다.

그리하여 나는 몇 달의 공백 후에 수이카와, 오세앙의 부자들 거리와, 바다를 굽어보는 공동묘지를 거니는 자유로운 생활을 되찾았다. 그러나 나의 행복은 짧았다. 공주님들에게 줄 잡동사니들로 주머니를 가득 채우고 원정에서 돌아오던 어느 날 정오에 나는 여인숙 입구에서 회색 양복을 입은 두 명의 남자에게 붙잡혔다. 소리지르거나 도움을 청할 틈도 없었다. 그들은 내 팔을 한 짝씩 단단히 붙들고 나를 들어올려 유리창에 철망이 달린 푸른색 소형 트럭에 밀어넣었다. 마치 모든 일이 새로이 시작된 것처럼, 다시금 공포감으로 마비되어버렸다. 나는 온통 새하얀 그 거리가 멀어지고 하늘이 사라지는 것을 보았다. 나는 트럭 안에서 무릎을 끌어당겨 배에 붙이고 손으로 귀를 막고 눈을 지르감은 채 몸을 둥글게 오그리고 있었다. 다시금 나는 나를 삼켜버린 커다란 자루 속에 들어 있었던 것이다.

4

 나는 내게 무슨 일이 일어났는지 알지 못했다. 나중에야 나는 자초지종을 알 수 있었다. 조라가 보낸 경찰이 나를 추적하여 덫을 놓은 것이었다. 내가 물건을 훔친 가게들에서도 나를 뒤쫓고 있었다. 나는 미성년자로 법원에 출두했는데, 법관은 무척 차분한 사람으로 목소리가 너무 낮아 알아듣기 어려웠다. 그가 던진 모든 질문에 내가 그렇다고 대답하자, 그는 내가 반성하고 있는 것으로 여겼다. 그러나 그는 여인숙에 대해, 자밀라 아줌마와 공주님들이 무슨 일을 하는지에 대해 묻고 싶어했다. 내가 아무 대답도 하지 않자 그는 화를 냈지만 그렇다고 온화함을 잃지는 않았다. 단지 나를 바라보며, 마치 그렇게 단번에 나도 부러뜨릴 수 있다는 사실을 내게 알려는 듯한 기색으로, 손가락 사이에서 돌리고 있던 연필을 부러뜨렸을 뿐이었다. 나는 며칠간 심문을 받은 후에 유리창이 창살로 막힌 방으로 보내졌다. 그곳은 학교나 병원 부속건물 같았다.

그 후 법관은 나를 조라에게 넘겼다. 만약 나에게 조라와 감옥 중에 선택하라고 했다면 감옥을 택했겠지만, 그는 내게 그럴 기회를 주지 않았다. 조라와 아벨 아즈마는 이제는 도시의 관문에 해당되는 곳에 새로이 지어진 건물에서 넓은 정원에 둘러싸여 살고 있었다. 그들은 멜라의 저택을 팔고서, 조라의 동의하에 그녀 부모를 떠나 이 호화로운 지역에서 살게 된 것이다.

처음에 조라와 아벨은 내게 잘해주었다. 마치 모든 과거의 잘못을 덮어버리고 새로운 기반 위에서 다시 시작하기로 결심한 것 같았다. 아마 그들도 자밀라 아줌마를 두려워한 나머지, 감시당하는 듯한 기분을 느꼈던 모양이었다.

그러나 천성은 어쩔 수 없는 법이었다. 얼마 후에 조라는 다시금 나에게 가혹해졌다. 그녀는 나를 때리면서, 내가 하녀에 불과하다고, 그것도 아무짝에도 쓸모없는 하녀에 불과하다고 소리쳤다. 그녀는 대수롭지 않은 일들, 푸른색 주발을 깨뜨렸다거나 시계추를 닦지 않았다거나 부엌 바닥에 자국을 남겼다는 트집을 잡아 끔찍할 정도로 나를 야단쳤다.

그녀는 내가 밖으로 나가는 것을 허락하지 않았다. 그녀는 내가 모든 불건전한 교제를 그만두어야 한다는 법원의 명령이 있었다고 말했다. 외출할 때면 그녀는 다리미질해야 할 것들을 쌓아두고 아파트를 이중으로 잠가버렸다. 한번은 내가 아벨의 셔츠 칼라를 늦게 했다는 이유로 벌을 준다고 하면서 내 손을 불로 지졌다. 나는 눈에 눈물이 그렁그렁 고인 채 비명을 지르지 않으려고 안간힘을 다해 이를 악물었다. 나는 누군가가 목을 조르기라도 하는 듯 숨을 헐떡거렸으며, 하마터면 정신을 잃을 뻔했다. 지금도 내 손에는 영원히 없어지지 않을 것 같은 작은 하얀 삼각형이 남아 있다.

나는 내가 곧 죽으리라고 믿었다. 내게는 먹을 것이 없었다. 조라는 약간 누르스름한 흰색의 긴 털을 가진 시추 종의 작은 개를 기르고 있었는데, 나는 그 개를 위해 쌀을 끓여야 했다. 그녀는 그 쌀 위에 닭 국물을 끼얹었고, 그것이 그녀가 내게 주는 전부였다. 나는 그녀의 작은 개보다도 먹을 것이 없었다. 때때로 나는 부엌에서 과일을 훔쳤다. 들킬 경우에 일어날 일이 두렵기는 했다. 내 다리와 팔은 그녀의 허리띠에 맞아 퍼런 멍으로 덮여 있었다. 그러나 나는 너무도 배가 고파 부엌 찬장에서 설탕과 비스킷과 과일을 계속하여 훔쳐먹었다.

어느 날, 그녀가 들라예라는 이름의 프랑스인 부부를 점심식사에 초대했다. 그들을 위하여 그녀는 오세앙의 슈퍼마켓에서 잘 익은 검은 포도 한 송이를 사왔다. 그들이 애피타이저를 먹는 동안, 나는 부엌에서 기다리며 포도알을 따먹었다. 오래지 않아 나는 내가 포도송이 아래쪽에 붙은 포도알을 모두 먹어버렸음을 알았다. 내 행위가 발각되는 순간을 늦추려고 포도송이 밑에 종이를 뭉쳐넣어, 여전히 접시를 가득 채우고 있는 것처럼 보이게 했다. 조만간 들통날 것임을 알고 있었으나, 어차피 상관없는 일이었다. 포도는 꿀처럼 부드럽고 달콤하고 향기로웠다.

식사가 끝나고 내가 포도를 가져갔을 때 초대받은 사람들이 나를 잠시 보자고 했다. 그들이 조라에게 말했다. "당신이 보호하고 있는 여자아이군요."

조라가 교태 섞인 미소를 지었다. 그녀는 내게 누더기를 벗게 하고 랄라 아스마의 저택에서 입었던 하얀 깃이 달린 푸른색 드레스를 입게 했었다. 그 옷은 약간 짧고 꽉 끼었지만, 조라는 지퍼를 열어둔 채로 그 위에 앞치마를 붙여놓았다. 그 후로 나는 계속 마르기만 했다.

"정말 예쁘고 매력적이군요! 이런 아이를 얻은 걸 축하합니다." 프랑스인들은 좋은 사람들인 것 같았다. 들라예 씨는 구릿빛 얼굴에 대비되어 더욱 빛나 보이는 푸른 눈을 가지고 있었다. 부인은 금발이었고 피부가 약간 붉은색이었는데, 아직 싱싱함을 잃지 않고 있었다. 나는 그들에게 나를 데려가달라고, 하녀로 써달라고 무척이나 말하고 싶었다. 그러나 그 말을 어떻게 해야 좋을지 몰랐다. 나는 그들이 내 눈빛에서 절망을 읽어주기를, 그리하여 모든 것을 이해해주기를 바랐다.

당연한 일이었지만, 디저트를 들던 중에 조라는 포도송이 아래쪽을 누군가가 이미 먹어치웠고 대신 종이 뭉치가 들어 있는 것을 발견했다. 그녀는 나를 소리쳐 불렀다. 포도알이 떨어져나간 줄기의 끝부분은 털처럼 곤두서 있었다. 포도송이도 부끄러워하는 듯이 보였다.

"야단치지 마세요. 어린애잖아요. 우리 모두 어렸을 때 이런 짓을 하지 않았나요?"라고 들라예 부인이 말했다. 그녀의 남편이 소탈하게 웃었고, 아벨은 희미하게나마 웃는 표정을 지었다. 그러나 조라는 웃는 척도 하지 못하고, 차가운 눈빛으로 오랫동안 나를 노려보다가, 프랑스인들이 떠나자 묵직한 구리 버클이 달린 허리띠를 꺼내왔다. "포도알 하나에 한 대씩이다. 나쁜 년!" 그녀는 피가 날 때까지 나를 때렸다.

들라예 부인 덕분에 나는 아파트에서 나올 수 있었다. 들라예 부인은 조라에게 전화를 걸었다. "내 부탁 좀 들어줘요. 댁에서 데리고 있는 그 여자아이를 잠시 빌려줘요. 집안일을 도와줄 사람이 필요하다는 거 알죠? 그 아이에게도 용돈을 벌 수 있는 기회가 될 거예요."

처음에 조라는 여러 가지 핑계를 대가며 거절했지만, 들라예 부인이 질책했다. "설마 그 아이를 감금하고 있는 건 아니겠지요?" 겁이 난 조라는 그 농담 속에 든 위협적인 기운을 감지하고 나의 외출을 허락했다. 일주일에 한 번, 얼마 후에는 두 번을.

들라예 부부는 오세앙 구역에 있는 멋진 집에 세들어 있었다. 그 집의 페인트칠과 수리를 담당한 것은 아벨의 회사였다. 오렌지나무와 레몬나무가 있는 정원에 협죽도 울타리가 둘러쳐진 조용한 곳이었다. 새들이 많았다. 나는 들라예 부부의 집에서 편안함을 느꼈다. 멜라에서의 어린 시절, 온 세상이 랄라 아스마의 저택에 있는 하얀 마당으로 축소되던 그 시절에 경험했던 평화로움을 되찾은 기분이었다.

쥘리에트 들라예는 나를 친절하게 대해주었다. 내가 오후 두시경에 도착하면, 그녀는 차와 붉은색의 아름다운 쇠상자에 든 작은 과자를 주었다. 마른 빵에 허겁지겁 달려드는 내 모습을 보고서 그녀는 내가 조라의 집에서 충분히 먹지 못한다는 것을 알았을 것이다. 나는 그녀가 나의 과거를 알고 있었다고 생각한다. 그러나 그녀는 아무 말도 하지 않았다. 내가 먼지떨이개를 들고 그녀의 방에 들어갈 때, 그녀는 모든 보석들을 서랍장 위에 눈에 띄게 꺼내놓고, 그 옆에 동전이 담긴 작은 은제 잔도 늘어놓았다. 나는 그녀가 나를 시험하고 있다 생각하고 거기에 손도 대지 않았다. 그녀는 내가 다녀간 후에 동전의 수를 헤아리곤 했는데, 그녀의 밝은 목소리를 통해 나는 그녀가 동전들이 모두 그대로 있다는 것을 확인하고 기뻐하고 있음을 알 수 있었다. 그러나 그녀가 그러고 있는 동안 나는 현관 옷걸이에 걸린 그녀 남편의 상의 주머니를 뒤질 수 있었다.

이미 노년에 접어든 들라예 씨는 코가 크고 커다란 푸른 눈을 더 커 보이게 하는 안경을 썼다. 그는 항상 멋지게 차려입었는데, 단추 구멍이 작고 붉은 공 모양으로 장식된 진한 회색 양복 상하의와 조끼를 걸치고 광이 나는 검은색 가죽 구두를 신었다. 예전에 외교관이었다던가 장관이었다던가, 잘은 모르지만 여하튼 중요한 인물이었다. 그는 내게 강한 인상을 남겼다. 그는 나를 "우리 아가"라거나 "아가씨"라고 불렀다. 아무도 그런 식으로 내게 말을 건넨 적이 없었다. 그는 내게 반말을 쓰긴 했으나 사탕이나 돈을 준 적은 없었다. 들라예 씨는 사진에 열을 올리고 있었다. 집안 도처, 복도에도, 거실에도, 침실에도, 심지어 화장실에도 사진들이 걸려 있었다.

어느 날 그는 나를 자기 스튜디오로 초대했다. 스튜디오는 정원 안쪽의 창문도 없는 작은 건물이었는데, 예전에는 차고였던 곳을 새로 꾸민 것이었다. 그가 사진을 현상하고 인화하는 장소가 바로 그곳이었다.

스튜디오에서 나를 놀라게 한 것은 핀으로 벽에 고정되어 있는 그의 아내의 사진들이었다. 약간 오래된 사진들이어서 그녀는 무척 젊어 보였다. 그녀는 옷을 벗은 채 금발머리에 꽃을 꽂고 있거나 수영복 차림으로 해변에 있었다. 어느 다른 나라, 멀리 떨어진 섬에서 찍었는지 종려나무와 흰 모래와 청록색 바다가 보였다. 그가 내게 이름을 말해주었는데, 마뉘레바였던가 그 비슷한 이름이었던 것 같다. 사진 속 바다에는 검은 가죽에 구리 못으로 장식된 이상한 물건이 떠 있었다. 처음에 나는 그것이 무기, 일종의 석궁이거나 짐승의 주둥이에 씌우는 망 같은 것으로 생각했다. 그러나 다른 사진들을 들여다보면서 나는 그것이 들라예 씨가 스튜디오에 전리품처럼 걸어놓은 들라예 부인의 앞가리개였음을 확인하고 깜짝 놀랐다.

나는 벗은 여자들을 보는 데 익숙해져 있었다. 타가디르가 목욕탕에서, 그리고 아이샤나 파티마가 자기 방에서 벌거벗고 왔다갔다했던 것이다. 그러나 나는 들라예 부인의 알몸 사진들을 보며 부끄러움을 느꼈다. 한 흑백 사진에서 그녀는 머리카락 색깔과 대조를 이루는, 배 아래쪽 풍성한 검은 삼각 지대를 드러낸 채로 햇살을 받으며 전라로 테라스에 누워 있었다. 들라예 씨는 은근한 미소를 지으며 안경 너머로 나를 살폈다. 나는 다시 시험에 들고 있다고 생각하며 나의 부끄러움을 감췄다. 그들의 마음에 들고 싶은 생각뿐이었다.

나는 스튜디오에 여러 번 들렀다. 들라예 씨는 내게 인화 기술과 음화 프린트를 현상액 통에서 핀셋으로 집어내어 실에 매달아 말리는 법을 가르쳐주었다. 나는 함지 속에서 얼굴이 나타나 점점 더 검게 선명해지는 과정을 지켜보는 것을 무척 좋아했다. 여자들과 아이들의 얼굴, 거리 풍경들, 그리고 옷깃이 어깨 위로 흘러내린 채 흐트러진 머리로 묘한 자세를 취하고 있는 여인들도 있었다.

들라예 씨는 내가 머리가 좋고 사진에 소질이 있다고 했다. 그는 들라예 부인에게 나에 대한 칭찬을 아끼지 않으면서, 나를 사진 연구소에 등록시켜 장차 그 일로 직업을 삼게 해야겠다고 말했다. 그러나 나는 그 고상한 부인을 볼 때마다 스튜디오 벽에 걸린 못 박힌 검은 가죽 조각을 머릿속에서 지워내려고 애썼다. 나는 그건 아무것도 아니라고, 마치 모자를 무심코 못에 걸듯이 그 사진을 벽에 걸어놓고 잊어버린 것이라고 스스로에게 말했다.

여름이 시작되던 어느 날 오후, 몹시 더운 날이었다. 평소처럼 나는 일을 마치고 프린트 인화 작업을 하러 갔다. 들라예 씨는 윗저고리를 옷걸이에 걸어놓은 채 셔츠 차림이었다. 그는 붉은 등을 켜지 않았다. 그가 내게 말했다. "오늘은 네 사진을 찍고 싶다." 그는 묘한 눈빛으로 나를 바라보며 그렇게 하는 것이 당연한 일인 양 말했다. 사실 나는 사진 찍히는 것을 원하지 않았다. 오히려 싫어했다. 지금도 나는 랄라 아스마가 사진 찍는 것은 나쁜 일이고 얼굴을 상하게 한다고 하던 것을 기억한다.

그러나 한편으로 나는 들라예 씨 같은 신사가 나 같은 흑인 여자아이의 사진을 찍고 싶어한다는 사실에 기분이 좋았다.

그는 집게 달린 전등들을 켜고, 못으로 벽에 고정한 커다란 흰색 천 앞에 등받이 없는 걸상을 놓았다. 모든 준비를 갖추는 모습으로 미루어, 이미 오래전부터 생각해왔던 일임이 분명했다. 그는 진지하게 몰두한 표정이었고, 이마는 전등의 열기로 맺힌 땀으로 빛났다. 그는 내게 상체를 똑바로 펴고 걸상에 앉으라고 했다.

그러고 나서 그는 작은 붉은 등이 켜져 있고 삼각대가 달린 사진기로 사진을 찍기 시작했다. 셔터 소리가 들려왔다. 내게는 그의 숨소리, 천식환자의 숨결이 들리는 것 같았다. 이상한 일이었다. 나는 그가 전혀 두렵지 않았다. 오히려 그와 함께 어떤 금지된 일, 위험한 일을 하는 것처럼 심장이 마구 뛰는 것을 느끼고 있었다.

그가 움직임을 멈추었다. 그는 내 머리카락이 잘 빗겨져 있지 않다고 생각했다. 아니, 차라리 그는 내 머리카락이 제대로 헝클어져 있지 않다고 생각한 것이었다. 그는 조라가 매고 다니게 한 머리띠를 벗겨내고 머리카락을 찬물로 축여 적신 후에 바빌리스 전기 건조기로 부풀어오르게 했다. 나는 내 목덜미에 와 닿는 뜨거운 숨결과, 목을 타고 흘러 옷을 적시는 차가운 물의 감촉을 동시에 느꼈다. 들라예 씨는 점점 이상해져서 랄라 아스마 저택 정원의 세탁장으로 나를 밀어넣던 아벨과 별다르지 않게 되었다. 그는 땀을 흘리며 타오르는 눈빛으로 나를 쏘아보았다. 그의 두 눈의 흰자위는 약간 붉어져 있었다. 나는 그의 아내가 당장이라도 들이닥칠지도 모른다고 생각했으며, 그도 그 점을 불안해하고 있었다. 그는 문 쪽으로 가서 밖을 내다보더니 문을 다시 닫고 자물쇠를 잠갔다. 자밀라 아줌마로부터 로즈 부인과 조라에 이르기까지 모두들 하나같이 나를 가두고 문을 잠그려 한다는 게 나는 너무도 이상했다. 그 순간부터 내 마음이 불편해졌다. 심장은 빠르게 뛰었고, 두려움에 내몰린 나머지 등골에 맺힌 땀이 흘러내리기 시작했다.

들라예 씨는 다시 사진을 찍기 시작했다. 그는 내 옷에 대해, 어울리지 않는다는 둥 너무 젖었다는 둥 뭐라고 말을 했다. 그는 내 얼굴에 어울리는 다른 어떤 것, 더 야성적이고 더 노골적이고 더 동물적인 것을 원하고 있었다. 그가 내 옷의 단추를 끄르고 깃을 젖혔다. 그의 손이 나의 목에, 어깨에 느껴졌다. 나는 그의 숨결을 느끼고 몸을 빼려 했지만, 그는 어떤 동작, 어떤 자세를 찾아내려는 듯 내 상체를 붙들고 이리저리 움직여보았다. 그때 나의 눈에 분노가 담겨 있었는지, 그는 뒤로 물러서더니 연이어 사진 몇 장을 찍으며 되풀이해 말했다. "그거야, 대단해, 넌 정말 대단해." 때때로 그는 내 등뒤로 돌아가서 단추를 더 끌러 어깨 위로 옷이 좀더 흘러내리도록 했다. 그러나 내 몸에는 손을 대려 하지 않았다. 그가 내쉬는 숨결만이 목덜미에 느껴질 뿐이었다.

어느 순간 더이상 참을 수 없었다. 토할 것만 같았다. 나는 벌떡 일어나 옷을 추스르려 하지도 않고 문 쪽으로 달려갔다. 자물쇠에 열쇠가 꽂혀 있지 않은 것을 보고 나는 돌아섰다. 들라예 씨는 뭔가 궁리하는 기색으로 사진기 앞에 서 있었다. 그의 얼굴에는 마치 무척이나 고통받고 있는 듯한 이상한 표정이 어려 있었다. 나는 화난 목소리로 대충 이렇게 말했던 것 같다. "내보내주지 않으면 소리를 지를 거예요." 그는 문을 열어주더니 전갈이라도 되는 양 내게서 비켜섰다. 그가 말했다. "왜 그러니? 내가 네게 무슨 짓을 했다고 그래? 널 겁주려했던 게 아니야. 네 사진을 찍으려 했을 뿐이지." 나는 그 말을 듣지 않았다. 나는 들라예 부인에게 작별인사도 하지 않고 그 집을 나왔다. 심장이 거칠게 뛰었고, 그 남자의 손가락 끝이 닿았던 곳, 뺨과 목이 불로 지진 듯 뜨겁게 느껴졌다.

이윽고 나는 조라의 집으로 돌아왔다. 아무도 없었다. 나는 층계참에 서서 조라가 돌아오기를 기다렸다. 이상하게도 그녀는 나를 때리지도, 질문을 하지도 않았다. 그 후로 나는 들라예 부부를 만나러 가지 않았다. 돌이켜보면 내가 그곳을 떠나 가능한 한 멀리, 지구 끝으로 갈 결심을 한 것은 바로 그 무렵이었다. 그리고 조라가 나를 결혼시키려 한 것도 그 무렵이었다.

처음에 나는 그녀가 그런 계획을 세웠다는 것을 모르고 있었지만, 들라예 씨 집에 가지 않게 된 이후부터 그녀가 나를 훨씬 부드럽게 대하고 있다는 사실은 깨닫고 있었다. 그녀는 나를 아파트에 가둬두기는 했지만 더는 때리지 않았다. 더욱이 그녀는 내게 먹을 것을 주었을 뿐만 아니라, 그 시추 종의 개와 나눠 먹는 음식 외에도 때때로 바나나, 사과, 속을 채운 대추야자도 먹도록 허락했다. 어느 날 그녀는 근엄한 표정으로 금귀고리, 내 부족의 이름이 새겨진 초승달, 아이 유괴범들이 나를 랄라 아스마에게 팔 때 함께 넘겨준 그 물건이 든 작은 상자를 돌려주기까지 했다. "이건 네 거다. 네가 잃어버릴까봐 내가 간직해두었지. 어머니의 유지가 그러하니 내가 어떻게 따르지 않을 수 있겠니." 나는 종종 그녀가 왜 그럴 마음을 먹게 되었을까 하고 나 자신에게 묻곤 했다. 내가 찾아낸 유일한 대답은, 랄라 아스마가 그녀의 꿈에 나타나서 그렇게 하라고 했다는 것이다. 그녀는 성격이 고약한 만큼이나 미신을 믿는 성향이 강했다.

들라예 부인은 여러 번 찾아와서 나를 내놓으라고 했다. 그러나 조라는 내가 그녀를 만나는 것을 원하지 않았고, 나 또한 그러기를 바랐다. 불현듯 무척 아름답고 세련된 그 사람들, 앞가리개를 가지고 장난을 치고 이상한 사진들을 찍어대는 그들을 싫어하게 된 것이다.

그 후 한 젊은 남자가 집에 찾아오게 되었다.

은행원이던가 그 비슷한 직업을 가지고 있었다. 그는 무척이나 근엄했다. 내가 아랍어를 잘 못한다는 것을 조라가 말해주었는지, 그는 고풍스럽고 점잔 빼는 프랑스어로 말했고, 나는 우스워서 견딜 수가 없었다. 조라는 그에게 거실에서 차를 대접했고, 양탄자에 담뱃재를 떨어뜨리지 않도록 재떨이를 가져다주었다. 그는 어색하고 진지한 자세로 담배를 연필처럼 똑바로 쥐었다.

그가 오기로 된 날이면, 조라는 내게 레이스 깃이 달린 푸른 드레스, 들라예 씨가 사진을 찍던 날 마음에 안 든다며 벗기려 했던 그 옷을 입게 했다. 내가 작은 금빛 잔들과 사탕이 담긴 쟁반을 들고 들어가면, 자마 씨(곧 나는 그를 자메Jamais 씨라고 부르기 시작했다)는 부드럽기 그지없는 눈으로 나를 바라보았다. 그의 희고 섬세한 얼굴에는 풍부한 감정이 담겨 있었다. 내가 그 앞에 방석을 깔고 앉으면 그의 시선은 간간이 내 다리를 몰래 힐끔거렸다. 그런 식으로 몇 달이 지났을 때, 나는 그와의 만남에서 즐거움을 느끼기 시작했다. 나는 아양을 떠는 척하고 은근히 암시적인 말을 하여, 그가 내게 점점 더 빠져들게 만들었다. 아벨은 질투하기 시작하여 유치한 모습을 보이곤 했다. 전에 내게 했던 짓들에 대한 복수의 일환으로 나는 그와 더불어 일종의 게임을 벌이고 있었다. 나는 내가 결혼식을 앞두고 행복해하고 있다고 아벨이 믿게 하려고 연극을 했다. 그가 곁에 있을 때면 나는 조라에게 자마 씨에 대해, 그의 재산과 가족들이 사는 집과 그의 형제들의 직업 등등에 대해 오랫동안 캐물었다.

어느 날, 아벨은 내 곁을 지나치며 독기 품은 시선을 던졌다. "여하튼 이제 너는 이 집에 더 있지 않아도 될 거다." 그는 내게 결혼식의 공표가 시월로 예정되었다고 말했다. "네가 호텔을 좋아하니 하는 말이지만, 결혼식은 바닷가 호텔에서 있을 거다. 방을 예약해두었다."

나는 의심을 사지 않으려고 가방도 꾸리지 않았다. 나는 그 동안 모아온 것들, 내가 훔친 물건과 들라예 씨 집에서 일해서 번 돈, 내가 잠자던 방의 구들 밑에 숨겨놓았던 그 모든 것들을 옷 속에 집어넣었다. 동전은 주머니에 넣고, 지폐는 블라우스의 아랫배 부분에 꿰매어 넣었다. 그리고 힐랄의 귀고리는 머리띠 밑에 끼워넣었다.

마침내 밖으로 나가기 위해, 나는 조라가 시장에서 돌아오기를 기다렸다가 세탁장 창문으로 빨랫감을 떨어뜨렸다. 나는 조라에게 그것들을 주우러 가야겠다고 했다. 내 가슴은 몹시 뛰었고, 조라가 내 목소리를 듣고 뭔가 심상치 않은 기색을 눈치챌까 걱정스러웠다. 오후에 조라는 졸음을 느끼곤 했다. 그녀는 망설였지만, 무척 피곤해했다. 그녀는 내게 열쇠를 건네주었다. "공연히 밖에서 어슬렁거리지 마!"

나는 내 귀를 믿을 수 없었다. 모든 것이 너무도 간단했다.

"그럼요, 아줌마, 곧 돌아올게요."

그녀는 하품을 했다.

"문 잘 닫아. 그러지 않으면 청소를 다시 해야 할 테니까."

나는 층계참으로 나왔다. 복수를 하기 위해 나는 개를 데리고 나와 문을 이중으로 잠갔다. 아벨에게 다른 열쇠가 있었지만, 나는 그가 저녁 전에는 돌아오지 않으리라는 것을 알고 있었다.

건물 아래에서 나는 개를 발로 차서 쫓아버리고 쓰레기통에 열쇠를 버렸다. 다른 사람들이 찾지 못하도록 쓰레기 속 깊이 열쇠를 찔러넣었다. 그리고 나서 나는 그곳을 떠나 햇살을 받으며 텅 빈 거리를 천천히 걷기 시작했다.

5

　당연히 나는 가장 먼저 여인숙으로 가서 자밀라 아줌마와 공주님들을 만날 생각이었다. 내가 조라와 아벨이 보낸 경찰에게 체포된 지 벌써 일 년이 다 되어가고 있었다. 그러나 여인숙 앞에 도착했을 때 나는 아무것도 알아볼 수 없었다. 마치 지진이라도 일어났던 것 같았다. 높은 담벽과 대문과 두 문짝은 사라졌고, 행상들로 북적대던 마당 자리는 아스팔트가 깔려, 시장에 오는 자동차들과 소형 버스들을 세워 두는 주차장이 되어 있었다. 건물의 아래층은 담이 둘러쳐져 있거나 철판으로 막혀 있었다. 그래도 이층은, 비록 아무도 살지 않고 낡은 채 방치되어 있기는 해도, 그런대로 옛 모습을 유지하고 있었다. 건물 전면 벽토는 벗겨지고, 겉창들은 떨어져 나가고 없었다. 회랑 천장에는 종달새들이 둥지를 틀어놓았다. 나는 이해할 수 없었고 겁에 질려버렸다. 배신당한 심정이었다.

주차장 입구에는 관리인이 지키고 서 있었다. 그 남자는 마르고 키가 컸으며 군인처럼 검게 그을린 얼굴에 긴 회색 작업복을 입고 머리에는 터번 같은 것을 느슨하게 두르고 있었다. 그의 뒤 주차장에서는 어린 남자아이들이 비눗물이 든 양동이와 낡은 걸레를 들고 열심히 자동차 유리창을 닦았다. 이윽고 관리인이 경계하는 눈빛으로 나를 주시했다. 나는 그에게 물어볼 엄두가 나지 않았다. 나를 경찰에 고발할지도 모르는 일이었다. 하기야 그가 뭘 알겠는가. 나는 여인숙이 나 때문에 더이상 존재하지 않게 되었다는 생각이 들어 고통스러웠다. 건물주는 계약 기간이 만료되었다고 으름장을 놓으면서, 도덕에 위배된다는 이유로 자밀라 아줌마와 공주님들을 쫓아내고는 그 건물을 은행에 팔아버렸다.

내게 그 동안의 소식을 알려준 사람은 로마나 할아버지였다. 전에 나는 타가디르를 위해 미제 담배를 사느라고 그의 가게에 자주 들렀었다. 자밀라 아줌마는 붙잡혀 감옥에 갔고, 공주님들은 뿔뿔이 흩어졌다고 했다. 그는 타가디르가 강 건너편의 타브리케트라고 불리는 천막촌에서 살고 있다는 것을 알고 있었다. 후리야도 그녀와 함께 살고 있었다. 나는 순전히 옛날을 기념한다는 의미에서 그에게서 담배를 샀다. 그러나 더이상 그곳에서 지체할 수는 없었다. 분명히 조라는 나를 찾으러 가장 먼저 여인숙 쪽으로 올 것이었다.

나는 배를 탔다. 하루해가 지고 있었고, 눈앞에는 모래톱이 넓게 펼쳐졌다. 고깃배들이 분분히 나는 갈매기들에 둘러싸여 조수를 타고 돌아오고 있었다. 도시의 윤곽은 엷은 안개 속에서 흐려져갔다. 강 저편은 이미 어둠 속에 잠겨들고 있었고, 불빛이 깜박거렸다. 처음으로 나는 자유로운 것 같았다. 이제 나는 아무 구속도 받지 않고 미래를 향해 나아갈 것이었다. 더이상 그 새하얀 거리와 새의 울음소리가 두렵지 않았다. 앞으로 나를 자루 속에 집어넣고 때리고 하는 사람은 없을 것이었다. 나의 유년 시절은 강 이편에 남아 있었다.

타가디르의 집을 찾기는 쉽지 않았다. 타브리케트 천막촌은 강에서 멀리 떨어진 고지대에 자리잡고 있었고, 트럭들이 오가는, 공사중인 넓은 도로로 막혀 있었다. 그곳은 판자로 지은 가건물 위에다 바람에 날려가지 않도록 함석판이나 자갈 섞인 석면을 덮은 아주 가난한 동네였다. 길들은 하나같이 똑같았고, 똑바로 뻗은 좁은 흙길에는 먼지가 뿌옇게 날렸다. 대로는 마을 위로 훨씬 더 큰 불그스름한 먼지 구름을 만들어놓고 있었다. 나는 골목길을 따라 발길 닿는 대로 걸었다. 내 더부룩한 머리카락과 누더기 같은 옷차림을 보고 개들이 짖었다. 수도꼭지 하나에 한떼의 여자들과 어린아이들이 매달려 플라스틱 물통에 물을 받고 있었고, 자전거를 탄 남자아이들이 핸들에 물통과 장작을 위태롭게 매달고 온 지역을 누비고 다녔다. 한 여자가 타가디르의 집을 가르쳐주었다. 그녀는 졸졸 흐르는 물을 받는 물통을 저 혼자 차도록 내버려두고 나를 안내했다. 그 길이 끝나는 곳에서 그녀는 초록색으로 칠한 작은 집을 가리켰다. 바로 그곳이었다.

많은 일을 겪고 난 지금 타가디르와 후리야가 나를 어떻게 대할지 몰라 내 가슴은 죄어들었다. 어쩌면 나를 맞아들이려 하기는커녕 돌을 던질지도 모르는 일이었다.

문을 두드릴 필요는 없었다. 누군가가 내가 온다는 것을 미리 알린 모양인지, 문 앞에 이르자마자 후리야가 밖으로 뛰어나왔다. 그녀는 나를 꼭 껴안고 입을 맞추면서 중얼거렸다. "라일라, 라일라!" 그녀의 눈에는 눈물이 고여 있었다. 그녀는 달라졌다. 더 마르고 창백해졌으며 눈 주위는 피로로 거무스레했다. 옷은 진흙으로 얼룩져 있었고, 맨발에 줄도 제대로 꿰지 않은 플라스틱 샌들을 신고 있었다.

마당 안쪽에서 타가디르의 가라앉은 목소리가 들렸다. 마당에서 흔히 볼 수 있듯이 그곳에도 플라스틱으로 된 초록색 물결 무늬의 차양 같은 것이 있었고, 그 밑에는 화로가 놓여 있었다. 타가디르가 보였다. 그녀의 옷도 초록색이었다. 그녀는 그다지 변하지 않았다. 단지 내가 좋아하던 눈가와 입술 양쪽의 주름살이 좀더 깊어졌을 뿐이었다. 나는 그녀가 약간 다리를 저는 것을 보았다. 그녀의 한쪽 발에는 붕대가 감겨 있었다.

우리는 서로를 껴안았다. 나는 이렇듯 다시 만나 그녀의 체취를 맡을 수 있게 되어 너무도 기뻤다. 오랜 세월 동안 헤어져 있던 친척이나 가족을 만나는 기분이었다. 타가디르는 평소에 그녀가 즐기던 '화약'이라는 잎과 부엌 옆 화분에서 기르던 박하로 차를 끓였다. 물어볼 것이 너무나 많아서 무엇부터 시작해야 좋을지 몰랐다. 후리야가 자밀라 아줌마에 대해 말해주었다. 감옥에 잠시 갇혀 있다가 다른 마을로 이사를 갔다고 했다. 아마도 멜리야나 프랑스로 간 모양이었다. 공주님들은 각기 제 갈길로 갔다. 주베이다와 파티마는 결혼했고, 셀리마는 지리 선생과 살림을 차렸으며, 아이샤는 장사를 시작했다. 여인숙은 오랫동안 폐쇄되어 있던 중에 벽이 무너져버렸다. 내가 경찰에

잡혔기 때문이니 모두 내 탓이라고 하자, 늙은 타가디르는 나를 달랬다. "언젠가는 일어날 일이었어. 이미 오래전부터 자밀라 아줌마는 집세를 내지 않았고, 상인들도 마찬가지였지. 그곳은 모든 사람의 집이었기 때문에 결국 그렇게 끝날 수밖에 없었던 거야." 그 말은 위안이 되었지만, 그렇다고 그 모든 원인이 고약한 조라에게 있다는 내 생각이 바뀐 것은 아니었다. 그녀는 내게는 악마였다.

나는 타가디르의 다리를 가리키며 물었다. "어떻게 된 거예요?"

그녀는 내 질문이 귀찮다는 듯이 어깨를 으쓱해 보이고는 대답했다. "아무것도 아니야. 거미한테 물린 모양이야."

그러나 얼마 후에 후리야는 내게 진실을 밝혔다. 타가디르는 당뇨병을 앓고 있었던 것이다. 의사가 그녀의 다리를 살펴본 후 후리야에게 알려주었다. "상태가 아주 나빠요. 다리가 괴저에 걸려 썩어가고 있어요. 아무래도 잘라내야겠어요." 그러나 후리야는 그 말을 전하고 싶지 않았다. "그래서 지금도 거미한테 물린 줄로만 믿고 있어. 나뭇잎으로 찜질을 하면서 나아지고 있다고 하지. 하지만 고통은 느끼지 않아. 다리가 죽어가고 있으니까." 끔찍한 일이었지만 어찌 보면 어차피 불치병 선고가 내려진 마당에 진실을 모르는 편이 나을지도 모르는 일이었다.

타브리케트 천막촌에서의 삶은 쉽지 않았다. 가난이라는 것을 경험하지 못한 내게는 특히 그랬다. 조라의 집에서도 나는 매일 밥을 먹었고, 물과 빛이 있었다. 그러나 이곳 타브리케트에서는 항상 배가 고팠고, 심지어 가장 기본적인 것들, 이를테면 매일 몸을 씻는다거나 찻물을 끓일 나뭇가지를 구한다거나 하는 일이 무척 어려웠다. 어린아이들은 멀리 길 저편의 야산에서 삭정이를 주워 와 팔았다. 조금 더 자란 여자아이들은 누더기 차림으로 제 키보다도 높이 쌓아올린 나뭇단을 줄로 묶어 등에 져 날랐다.

거기에 비하면 우리는 가난하다고 할 수 없었다. 타가디르는 우리의 집을 자랑스러워했다. 그 집은 그녀의 아들 이사가 저 혼자 벽돌을 하나씩 날라 지은 것이기 때문이었다. 이사는 미장이였으며 그 무렵에는 독일에서 일하고 있었다. 타가디르는 거실로 쓰는 방에 이사의 사진, 약간 얼룩이 진 커다란 사진 한 장을 걸어두었다. 그는 어머니를 닮아서 중국 사람처럼 약간 찢어진 눈을 가지고 있었다.

집을 초록색으로 칠할 생각을 한 사람은 타가디르였다. 초록색은 그녀의 색이었다. 그녀는 박하와 샐비어를 기르던 화분이며 의자들과 낮은 탁자들을 초록색으로 칠했다. 타가디르는 심지어 등나무 손잡이가 달린 청록색의 영국식 다기와, 끝부분이 완두콩처럼 생긴 둥근 모자까지도 구해놓았다.

집은 우리 모두에게 비교적 넓은 편이었다. 흙이 깔린 마당이 있고 부엌으로 쓰는 곁채와 타가디르의 방과 거실이 있었다. 나는 후리야와 함께 그 거실의 바닥에 늘어놓은 방석들 위에서 잠을 잤다. 이사의 방도 있어서 침대와 장롱을 갖춰놓고, 그가 예고 없이 돌아오는 경우를 대비하고 있었다. 타가디르가 부엌 옆에 판자로 일종의 욕실을 꾸며놓은 덕분에, 그곳에서 우리는 양철통으로 물을 떠 몸에 끼얹을 수 있었고 그 물을 플라스틱 수조에 받았다가 시트나 부피가 큰 세탁물을 빠는 데 쓸 수도 있었다. 후리야와 나는 물통을 들고 큰길의 수도로 가서 물을 받곤 했으며, 서로에게 물을 끼얹으며 비명을 질러댔다.

천막촌에는 공중 목욕탕이 없었다. 사람들은 너무 가난했고 물은 너무 귀했다. 그러나 타가디르의 욕실과 양철통 덕분에 우리는 사치를 누릴 수 있었다.

타가디르는 다리가 아프기 시작한 이후로 일을 못했다. 그녀의 일을 맡은 사람은 후리야였다. 그녀는 호텔들을 상대하는 한 세탁소에서 바느질과 다림질을 했다. 그녀는 아침 여섯시 전에 집을 떠나 나룻배를 타고 시내로 건너 나갔다. 나는 후리야에게 부탁했다. "내게도 일자리를 찾아줘." 그녀는 고개를 저었다. "그런 건 네게 어울리지 않아. 너는 다른 걸 해야 해. 학교에 가야지." 그녀는 내게 프랑스어와 에스파냐어, 영어로 된 책과 공책들을 사주었다. 타가디르도 그녀와 같은 생각이었다. "너는 우리처럼 돼서는 안 돼. 변호사나 의사 같은 뭔가 중요한 일을 하는 사람이 되어야지. 우리 같은 허드렛일이나 해서는 안 된단 말이야." 나는 그녀들이 왜 그런 말을 하는지는 알 수 없었다. 여하튼 내가 누군가와 결혼하기를 원치 않는 사람들은 그들이 처음이었다. 내게서 남편을 위해 부엌일이나 하는, 그저 하찮은 하녀와도 같은 존재가 아닌 다른 면을 보아준 사람은 그들이 처음이었다. 나는 눈물이 날 정도로 가슴이 벅찼다. 그녀들은 진실로 나의 착한 공주님들이었다. 나는 그들을 껴안았다.

그러나 집에서는 공부를 할 수 없었다. 어쩔 수 없는 노릇이었다. 그래서 나는 학교에 가는 아이들처럼 책을 고무줄로 묶어 들고 조용히 독서할 수 있는 곳을 찾았다.

처음 한동안은 시월의 좋은 날씨가 이어졌던 터라, 바다가 내려다보이는 공동묘지로 가서 수평선을 바라보기도 하며 무덤들 사이에 앉아 오전 내내 책을 읽었다. 때때로 바닷새들이 불어오는 바람을 받으며 내 앞에서 미동도 않고 떠 있곤 했다. 털이 불그스름한 귀여운 다람쥐들이 언덕에서 내려와 나를 빤히 바라보기도 했다. 그러나 지난번 그 늙은 개자식과 마주쳤던 일이 생각나 마음을 놓을 수 없었다. 나는 혹시 그가 보복하려고 경찰에 신고하지나 않았을까 두려웠다. 결국 나는 다른 장소, 고고학 박물관 옆에 있는 마을 도서관을 찾아냈다. 규모가 작아, 몇 개의 열람용 탁자와 무척 무겁고 오래된 의자들이 고작이었다. 토요일과 일요일을 제외하고는 매일 문을 열었는데, 수업이 끝난 후 숙제를 하러 오는 고등학생들 말고는 거의 사람이 없었다. 그곳에서 나는 몇 달 동안 닥치는 대로, 어떤 순서도 따르지 않고, 나 자신의 기분에 따라, 원하는 모든 책을 읽을 수 있었다.

나는 지리학과 동물학에 관한 책을 읽었고, 졸라의 『나나』와 『제르미날』, 플로베르의 『보바리 부인』과 『세 가지 이야기』, 빅토르 위고의 『레 미제라블』, 모파상의 『여자의 일생』, 카뮈의 『이방인』과 『페스트』, 슈바르츠 바르의 『마지막 의인』, 얌보 우올로겜의 『폭력에 대한 의무』, 벤 젤룬의 『모래의 아이』, 크노의 『내 친구 피에로』, 엑스브라야의 『모랑베르 패거리』, 바슐르리의 『벙어리 여인들의 섬』, 뱅스노의 『혼돈』, 상드라르의 『모라바진』 같은 소설들도 읽었다. 또한 번역본으로 『톰 아저씨의 오두막』 『잘나의 탄생』 『내 예쁜 손가락이 내게 말해줬어요』 『순결한 성자들』도 읽었다. 그 중에서 내가 가장 좋아한 책은 투르게네프의 『첫사랑』이었다. 밖은 여전히 더웠지만 도서관은 무척 조용하고 시원했으며, 그곳에 있으면 아무도 나를 찾지 못하리라는 느낌을 받았다. 도서관에서 나는 한때 고등학교 프랑스어 선생이었던 루시디 씨를 알게 되었다. 책 읽기에 싫증나면 도서관 앞 먼지 덮인 뜰로 나가 낮은 담에 앉아 있곤 했고, 그러면 루시디 씨가 다가와 담배를 피우며 함께 이야기를 나누었다. 그는 아무것도 묻지 않았지만, 아마도 내가 엄청난 양의 책을 읽는 것을 보고 호기심을 느낀 것 같았다. 그는 내게 이런저런 조언을 해주었다. 먼저 읽어야 할 책들을 소개해주었고, 볼테르와 디드로 같은 위대한 작가들과 아울러 콜레트와 랭보 같은 현대작가들에 대해서도 이야기해주었다. 특히 랭보의 시는, 이해하기 어렵기는 했지만 무척 아름답게 여겨졌다. 루시디 씨는 가난하기는 했어도 항상 다림질 잘 된 밤색 양복에 흰색 셔츠와 진한 청색 넥타이 차림의 우아한 사람이었다. 담배를 너무 많이 피워 회색 콧수염이 누르스름해지기는 했어도, 마치 자를 들고 무언가를 가리키듯이 엄지와 검지로 담배를 쥐는 모습이 보기 좋았다.

해가 기울면 나는 타브리케트 천막촌으로 돌아왔다. 나룻배가 강어귀의 희끄무레한 물 위로 미끄러질 때, 내 머릿속에서는 방금 읽은 단어들, 방금 경험한 인물들과 모험들이 윙윙거렸다. 천막들 사이의 길을 따라 걸을 때면 다른 세계에서 막 도착한 듯한 기분이었다. 타가디르는 국과 굳은 설탕처럼 마르고 단단한 부크리 대추야자를 준비했고, 벽돌과 양철 조각으로 만든 화덕에서 둥근 빵을 구웠다. 나는 여태껏 그보다 더 맛좋은 것은 먹어본 적이 없는 듯했고, 지금까지 살아오면서 이처럼 아무 걱정 없던 적도 없는 것 같았다. 나는 조라와 전에 내게 일어났던 일들을 모두 잊었다.

후리야는 밤이 되어서야 다리미 수증기에 뺨이 벌겋게 달아오르고 하루 종일 바느질을 하느라 빨개진 눈으로 녹초가 되어 돌아왔다. 그녀는 앓는 소리를 내며 차를 여러 잔 마시고 나서 자리에 누웠다. 그러나 그녀는 자지 않았다. 우리는 여인숙에서처럼 밤늦게까지 이야기를 했다. 그러나 거의 나 혼자 말을 한 셈이었다. 나로서는 그녀가 하는 말을 전혀 들을 수 없었고, 그녀의 입술도 읽을 수 없었다.

그녀는 토요일 오후에 가끔 외출했다. 사람들이 자동차로 그녀를 데리러 왔다. 그러나 그녀는 친구들에게 자기가 어디에 사는지 알리고 싶지 않았다. 그녀는 천막촌 입구의 헐벗은 아카시아나무 밑에서 기다렸다. 자동차는 그녀를 태우고 먼지구름을 남기며 떠났고, 사내녀석들이 돌을 던지며 그 뒤를 따라갔다.

어느 날 저녁 타가디르가 밖에 있을 때, 후리야는 내 성한 귀에 대고 자기가 세우고 있는 계획에 대해 속삭였다. 돈이 어느 정도 모이면 배를 타고 에스파냐로 가서, 그곳에서 다시 프랑스로 간다는 것이었다. 그녀는 그 동안 저축한 돈, 둥글게 말아 고무줄로 묶어서 화장품 케이스에 넣어 쿠션 밑에 감추어둔 달러 뭉치들을 내게 보여주었다. 그리고서 말하기를, 이제 몇 뭉치만 더 모으면 뱃삯을 치를 수 있을 것이라고 했다. 그녀는 술 마신 사람처럼 열에 들떠 소리 죽여 말했다. 그 돈을 보고 있자니 나는 후리야가 곧 떠날 것이라는 생각에 가슴이 미어졌다.

"왜 그러니?" 내가 당장이라도 울음을 터뜨릴 듯이 얼굴을 찡그리자 그녀는 놀라서 물었다. "언니가 가버리면 나는 어떻게 되는 거지? 나는 타가디르와 여기에 남고 싶지 않아." 그녀는 나를 가슴에 껴안았다. 그녀는 듣기 좋은 말로 위로하려 했지만, 나는 그녀가 마음을 굳혔다는 것을 알고 있었다. 이미 그녀의 마음은 우리와 함께 있지 않았다.

그녀는 외모는 인형처럼 귀여웠지만 항상 자신에 대해 확신에 차 있었다. 후리야는 몸이 아주 가냘프고 손이 작았으며, 이마가 튀어나와 고집스런 아이와도 같은 표정을 지니고 있었다. 이제 그녀는 이 모든 것, 트럭들이 시끄럽게 질주하는 이 길, 비가 내리면 눈사태 소리가 나는가 하면 햇빛에 벌겋게 달아오른 쇠처럼 뜨거워지는 이 석면 지붕으로부터 벗어날 결심을 한 것이다. 벽에서는 지린내가 진동했고, 우물의 물은 검게 변색되어 마실 수 없었고, 벌거벗은 아이들이 쓰레기 더미에서 놀고 있었으며, 새카맣게 그을린 어린 소녀들은 나뭇단을 져 나르느라 등이 노파처럼 휘어져 있었다. 이 모든 것이 그녀에게는 어렸을 때 시골에서 겪었던 그 비참하던 시절, 마시는 물에서조차 가난의 냄새가 나던 그 시절을 상기시키는 것이었다. 특히 그녀가 벗어나고 싶었던 것은 상류사회의 신사분들과 유리창을 착색한 검은 리무진 안에서 벌이는 파티였다. 불행해하는 모습을 보고 즐거워하는 사람은 아무도 없기 때문에 그곳에서 그녀는 항상 웃는 척하고 명랑하고 행복해하는 척해야 했다. 그리고 그녀는 그 외에도 그 야수 같은 남자, 그녀와 결혼했다는 이유로 그녀의 몸에 대해 모든 권리를 가지고 있다고 믿어 심지어 고문까지 서슴지 않았던 그녀의 남편과 그가 보낸 사람들로부터도 달아나야 했다.

어느 날 저녁, 그녀는 술에 취해 돌아왔다. 눈빛이 풀린 것이 거의 미친 사람처럼 보여서 보기에 무서울 지경이었다. 나는 그녀가 등잔불 밑에서 방석 속을 뒤져 밀매한 달러 뭉치를 꺼내들고 세는 광경을 지켜보았다. 그때 문득 그녀는 내가 자지 않고 자기를 바라보고 있다는 사실을 깨달았다. 그녀가 내 쪽으로 다가왔다. "내가 떠나는 걸 막을 수 없을 거야, 너뿐만 아니라 그 누구도!" 나는 말없이 그녀를 응시했다. "그랬다가는 너를 죽여버릴 거야, 죽여버리겠어. 여기서 살아야 한다면 차라리 죽어버리고 말겠어." 그렇게 말하고서 그녀는 알카위에트, 즉 뚜쟁이들로부터 자기를 방어하기 위하여 언제나 지니고 다니던 작은 칼을 꺼내어 자기 목에 댔다.

그 일이 있고 나서 그녀는 거의 말을 하지 않았고, 나 또한 그녀에게 말을 걸지 않았다. 나는 그녀가 곧 떠날 것이고, 이미 밀입국자 안내인을 만났을 것이라고 확신했다. 그때 문득 나도 떠나야겠다는 생각이 들었다. 바다를 가로질러 저편으로, 에스파냐, 프랑스, 독일, 벨기에까지. 그리고 미국까지도.

그러나 나는 준비되어 있지 않았다. 일단 떠난다면 다시는 돌아오지 못할 것이었다. 나는 밤낮으로 그 생각을 했다. 타브리케트 천막촌의 통로를 걸을 때도 나는 더이상 그곳에 없었다. 웅덩이와 진흙탕을 건너뛰고, 아이들이 모여 노는 곳을 지나치고, 큰길 끝 수도에서 플라스틱 물통에 물을 받을 때도, 나는 그 모든 일을 꿈속에서처럼 했다.

나는 길을 익히고 도시와 항구의 이름을 알기 위해 지도책을 읽기 시작했다. USIS의 영어 강좌와 괴테 문화원의 독일어 강좌에 등록도 했다. 물론 그곳에 드나들 자격을 취득하고 서류나 자료를 얻으려면 돈을 내야 했다. 그러나 나는 내 자랑거리인 흰 깃이 달린 바로 그 푸른색 드레스, 단을 조금 늘이고 단추를 옮겨 단 그 옷을 입고 불그스름한 머리카락을 순백에 가까운 흰색 머리띠로 묶고서, 직원들에게 나에 대한 이야기를, 고아이고 무일푼이며 한쪽 귀가 약간 멀었지만 공부하고 여행하고 중요한 인물이 되기 위해서라면 무슨 일이든 할 준비가 되어 있다는 것을 이야기했다. 나는 청소를 하거나 봉투를 쓰거나 도서관의 책들을 정리하거나, 손에 잡히는 대로 일해서 학비를 지불했다. 미국 문화원에서는 비서로 있던 뚱뚱한 흑인 부인이 내게 홀딱 반했다. 처음 사무실에 들어섰을 때 그녀는 내게 소리쳤다. "세상에, 네 머리카락은 정말 멋지구나!" 그녀는 고무 머리띠에 눌린 빳빳한 머리털 타래를 손으로 만져보고는, 다른 것은 아무것도 묻지 않고 나를 등록시켜주었다.

독일 문화원에는 키가 크고 마른 게오르크 쉰이라는 남자가 있었다. 금발의 곱슬머리가 듬성듬성 나 있고 회색 눈빛이 무척 심각하고 슬퍼 보이는 사람이었다. 나는 그의 마음에 들었다. 그는 시험 삼아 나를 자기 반에 넣어주었다. 나는 단어들과 어미 변화표를 완벽하게 암송했다. 그리고 명확한 목소리로 발음하여 암송하는 내용을 분명히 이해하고 있다는 사실을 알리고, 마치 시를 읊듯 즐거워하는 듯한 인상도 주었다. 쉰 씨는 내가 보통 이상의 기억력을 가지고 있다고 했다. 어쩌면 그 까닭은 귀가 잘 들리지 않는 데 있는지도 모르는 일이었다.

저녁에는 공붓거리를 집으로 가져왔다. 나는 촛불에 비추어 책을 읽고 숙제를 했다. 어느 날 학생들이 모두 보는 앞에서 쉰 씨가 내게 숙제지를 내밀었다. 그 숙제지의 아래쪽에는 커다란 기름 자국이 얼룩져 있었다.

"이게 뭐지? 식사를 하면서 숙제를 하는 거니?"

다른 학생들이 키득거렸다.

"아닙니다, 선생님. 그건 촛농 자국이에요."

쉰 씨는 얼른 이해가 가지 않는 기색이었다.

"전기가 없기 때문이지요. 저는 촛불을 켜놓고 공부를 해요. 숙제 다시 해 올까요?"

그는 당황한 표정으로 나를 바라보았다.

"아니, 아니야, 괜찮다."

그러나 그 후로 그는 약간 이상해졌다. 그가 나를 바라볼 때는 항상 숙제지 위에 묻은 촛농 자국을 생각하는 것처럼 보였다. 나는 그가 왜 그 정도 일로 그토록 혼란스러워하는지 알 수가 없었다. 때로 그는 수업이 끝난 후에 나를 붙들고, 어디 사느냐 누구와 함께 사느냐 하는 질문들을 늘어놓았다. 나는 그가 왜 그러는지 영문을 몰랐다. 나는 그가 나를 경찰에 고발할까 두려웠다. 그는 흐릿하고 항상 우울한 묘한 눈빛을 하고 있었는데, 내게 말할 때는 두 손을 모아쥐고 손가락을 만지작거렸다. 그는 들라예 씨를 연상시켰지만, 그보다 점잖고 친절했다. 그러나 속눈썹을 깜박이며 약간 옆을 바라보는 모습은 똑같았다. 그는 내게 독일 뒤셀도르프로 공부하러 갈 수 있도록 장학금을 얻어주겠다고 했다. 그곳은 그의 고향이었는데, 그는 내가 그곳으로 그를 만나러 와주기를 바랐다. 그는 분명 내가 큰 일을 할 것이라는 말을 자주 했다. 나는 유명해지고 부자가 될 것이며, 신문에 내 사진을 싣게 되리라는 것이었다.

루시디 씨는 이 모든 일들의 진행을 주시하고 있었다. 나는 독일어와 영어 강의 때문에 도서관에 전처럼 자주 갈 수는 없었어도, 내가 갈 때면 그는 언제나 그곳에 있었다. 그는 홀 안쪽에서 철학서를 읽고 있었다. 잠시 후에 그는 담배를 피우러 밖으로 나갔고, 나는 그 뒤를 따라 뜰로 나가 그를 찾았다. 내가 쇤 씨에 대해 말하자 그는 어깨를 으쓱했다. "그건 그 사람이 당신을 사랑하고 있다는 뜻이오. 그뿐이지." 그는 약간 무서운 표정으로 나를 응시했다. "그런데 아가씨는 어때? 당신도 그 사람을 사랑하나요?" 그 질문에 나는 웃음지었다. 루시디 씨는 결론내리듯 말했다. "어쨌든 결정은 당신이 내려야 해요. 당신은 젊고, 이제 인생이 당신 앞에 펼쳐져 있으니까." 그러고서 그는 내게 이탈로 스베보의 『제노의 의식』을 읽어보라고 권했다. "이 책을 읽지 않은 사람은 아무것도 읽지 않은 거나 다를 바 없어요." 그의 말은 수수께끼 같았다. 그 일 이후로 그는 그날의 화제를 다시 입에 올리지 않았다. 그는 내게 슈아데와 아도니스의 시를 읽어주었다. 어느 날 나는 그를 놀려주려고 말했다. "아무래도 정말 쇤 씨와 결혼해야 할 것 같아요." 갑자기 그는 고통스러워하는 기색을 보였다. 그가 말했다. "내 생각으로는 그러지 않는 편이 좋을 거요." 허영심에서 비롯된 장난이었다. 나는 루시디 씨가 나를 사랑하고 있음을 확신하고 있었으면서도, 내가 그에게 내 결혼 이야기를 꺼냈을 때 그의 표정이 바뀌는 것을 보고 재미있어했던 것이다.

나의 학구적인 일과는 봄이 될 때까지 여섯 달 동안 계속되었다. 그러다가 나는 독일 문화원에 가지 않기로 결심했다. 집에 문제가 있었다. 타가디르는 허구한 날 후리야와 입씨름을 벌였다. 타가디르는 후리야가 제 속만 차린다고, 돈을 내놓지 않는다고, 심지어 집안의 것을 훔쳐가기까지 한다고 비난했다. 후리야는 화를 내며 거친 욕설을 내

뱉다가 문을 소리나게 닫고 밖으로 나갔다. 그녀는 때로 며칠씩 돌아오지 않았고, 나는 잠을 이루지 못한 채 골목길에서 그녀의 발짝소리가 들리지 않을까 귀를 기울이곤 했다.

그러던 중 어느 날 오후 교실에서 그 일이 일어났다. 밖에는 비가 내리고 있었고, 나는 평소처럼 강의가 끝난 후 자리에 남아 동사변화를 복습하고 있었다. 쉰 씨는 내 뒤에 서서 어깨 너머로 넘겨다보고 있었다. 나는 후리야가 빌려준 등이 깊이 파인 검은 드레스를 입고 있었다. 그 옷을 입은 것은 그때가 처음이었는데, 봄이었던데다가 그 동안 뜨개질한 옷과 망토에 질렸던 탓이었다. 갑자기 쉰 씨가 몸을 숙여서 내 목에 살짝, 아주 가볍게 입맞추었다. 너무 순식간의 일이어서 나는 사태를 이해할 틈도 채 없었으며, 마치 파리 한 마리가 앉았다 날아간 듯했다. 그러나 뒤에 서 있는 쉰 씨를 볼 수 있었다. 그는 얼굴이 빨개져서, 달리기를 한 사람처럼 숨을 헐떡이고 있었다. 나는 아무 일도 없었던 것처럼 행동할 수도 있었지만, 조금 어처구니가 없었다. 차라리 우습기까지 했다. 그토록 슬프고 차가운 인상을 주는 남자가 난데없이 어린 소년처럼 행동했으니까.

그러나 그는 뒤로 물러섰다. 이제 그는 창백하게 질려 있었고, 훨씬 더 슬픈 안색이었다. 그는 악마라도 보는 듯 멀찌감치 서서 회색 눈동자로 나를 빤히 바라보았다. 그가 뭐라고 중얼거렸는데, 알아듣지는 못했지만 어서 빨리 자리를 떠야 한다는 사실은 알 수 있었다. 이 대단한 거물인 남자, 뒤셀도르프 대학의 독일어 교수인 그가 타브리케트 천막촌의 한 흑인 소녀의 목에 입맞출 생각을 했다는 것은 실로 믿을 수 없는 일이었다.

나는 공책과 책들을 집어들고 가는비 속으로 달려나갔다. 빗물이 방금 쉰 씨에게 그토록 강한 영향을 미쳤던 나의 드러난 어깨를 지나 등을 타고 흘러내렸다.

며칠 후에 나는 포르트 뒤 방 방향으로 나갔다가 우연히 독일어 강좌의 학생인 알린 보수트로를 만났다. 그녀는 쉰 씨가 내가 문화원에 발길을 끊어 무척이나 섭섭해하고 있고, 곧 돌아오기를 바라고 있으며, 독일 유학 장학금을 받을 수 있는 학생들 명단에 내 이름을 올려놓았다고 했다. 나는 왜 그 소녀가 내게 그 모든 이야기를 하는지 알 수가 없었다. 아마도 그녀가 쉰 씨와 밖에서 자리를 함께했을 때, 그쪽에서 그녀에게 속내를 털어놓았을 것이다. 그녀는 다정하고 꾸밈없는 태도를 보여주었다. 나는 그가 그런 그녀에게 그 일에 대해 이야기했다는 사실이 아무래도 믿기지 않았다.

나는 알겠다, 물론 가능한 한 빨리 돌아가겠다, 그러나 당분간은 너무 바쁘다고 했다. 그녀를 떼어버리고 싶었다. 그런 상태로 계속 있다가는 조라의 끄나풀들에게 간단히 잡혀버릴 것 같다는 생각에서 사방을 돌아보았다. 알린은 내 눈빛에서 뭔가 심상치 않은 것, 경계심과 두려움을 읽었다. 그녀는 내게로 몸을 기울이며 물었다. "라일라, 걱정거리가 있는 거니?" 그녀는 아프리카에서 중국산 자전거에 대한 독점권을 가지고 있는 프랑스인 거상의 딸이었다. 그녀가 내 삶에서 일어난 일들 중에 무엇을 이해할 수 있을까? 무엇보다도 나는 사람들이 멋진 금발에 용모가 너무도 매력적인 그녀로 인해 나를 발견하지 않을까 걱정이 되었다. 나는 아니, 아니라고, 만사가 오케이라고 말하고서, 몸을 빼쳐 군중 속으로 숨어들어가 길을 한참 우회하여 나룻배가 있는 곳으로 갔다.

그 사건이 있은 후, 다시는 강을 건너지 않았다. 나는 강 이편에서는 안전하다고 느꼈다. 나는 모든 강좌에 나가지 않았고, 박물관 도서관과 루시디 씨도 염두에 두지 않았다. 몇 주 동안 나는 타브리케트 천막촌 밖으로 나가려 하지 않았다. 타가디르의 집과 좁은 마당과 플라스틱 차양을 떠나지 않고서, 빗물이 석면 지붕 위로 떨어지며 내는 요란한 소리에 귀기울이고, 그 빗물이 한데 모여 물통을 채우는 광경을 지켜보곤 했다.

길고 슬픈 시간이었다. 후리야는 아기를 가졌는데, 타가디르와 싸운 것도 그 때문이었다. 나는 아무것도 묻지 않았지만, 자동차를 타고 그녀를 데리러 왔던 그녀의 애인이 그렇게 만든 것이라고 생각했다. 타가디르는 급격하게 악화되었다. 이제 그녀는 밤낮으로 서혜부에 통증을 느꼈고, 임파절이 올리브처럼 단단하고 검게 변했다. 그녀의 다리는 희끄무레한 색으로 부풀어올랐고, 나무토막처럼 아무 감각도 느끼지 못하게 되었다. 그녀는 안락의자에 앉아 다리를 내려다보며, 그리고 다리를 문 거미를 저주하며 하루를 보냈다. 그녀는 또한 다른 여자들, 셀리마, 파티마, 아이샤와 과거에 다투던 일을 떠올리며 그녀들을 욕했다. 그녀들이 모두 마녀이고 무당이라는 것이었다. 아랍어로 마귀라는 뜻의 '사라'라는 말은 전에 조라가 내게 하던 욕이기도 했다. 그녀는 헛소리를 하면서 그 여자들이 신발 속에 가시를 집어넣었다고 소리치기도 했다. 나는 조만간 그녀가 내게도 욕을 하리라고 생각했다.

처음으로 나는 멀리 떠나고 싶었다. 저 산들을 넘어 힐랄의 나라로

가 내 엄마와 내 부족을 찾고 싶었다. 그러나 나는 준비되어 있지 않았다. 그리고 어쩌면 그 모든 것은 존재하지 않고, 나 자신이 귀고리를 들여다보며 지어낸 것인지도 모르는 일이었다.

그날 밤 나는 후리야에게 몸을 바싹 붙이고서, 아가의 심장 박동 소리를 들으려는 듯이 그녀의 아랫배에 귀를 가져다댔다.

"우리 언제 떠나지?" 내가 물었다.

그녀는 대답하지 않았지만, 손의 감촉으로 나는 그녀가 소리 없이 울고 있다는, 혹은 어쩌면 웃고 있다는 것을 느낄 수 있었다. 잠시 후 그녀가 내 귀에 대고 말했다. "곧 그렇게 될 거야. 말라가로 떠나는 배에 두 자리가 나기만 하면 곧."

이제 우리는 공범자가 되었다. 오후에 타가디르가 자기 방에서 쉬고 있을 때 우리는 집안일을 잠시 접어두고 비밀 회의를 가졌다. 후리야는 우리가 가게 될 도시들과 우리가 만나게 될 사람들의 이름을 늘어놓았다. 나는 작가나 가수들의 이름밖에는 몰랐다. 나는 조제 카바니스, 클로드 시몽, 그리고 〈엘리자〉라는 노래로 유명한 세르주 갱스부르의 이름을 말했다. 후리야가 말했다. "네가 원하기만 하면 우리는 그 사람들도 만나러 갈 수 있을 거야." 그녀는 그들이 그녀와 나 같은 사람, 만날 수 있는 사람들인 줄로 믿고 있었다.

타가디르가 절뚝거리며 방에서 나왔다. 그녀는 우리에게 욕을 했다. 우리가 떠나려 한다는 것을 깨달은 것이다. 그녀가 소리쳤다. "프랑스든 미국이든 어디든지 가버려라. 원한다면 악마에게라도 가버려. 하지만 다시는 이곳에 돌아오지 마라."

나는 저축한 돈으로 강변의 밀매품 시장에서 라디오를 샀다. 작고 검은 것인데, 화가의 소유였었는지, 여기저기에 흰색 페인트칠이 되어 있었다. 상품명은 '리얼리스틱'이었다. 저녁이면 탕헤르 라디오 방송국을 통해 지미 헨드릭스의 노래를 들었다. 오후 늦게는 젬마의 방송 프로그램이 있었다. 나는 무척 젊고 신선하고 조금은 빈정거리는 듯한 그녀의 목소리를 듣는 것이 좋았다. 그녀는 내 친구이고 나와 삶을 공유하고 있다는 느낌이 들 정도였다. 나는 생각했다. "나도 저 여자처럼 되고 싶어." 나는 그녀가 소개하는 모든 가수의 이름을 수첩에 적어넣었고, 〈여우 같은 아가씨〉라는 영어 노래의 가사를 베껴 써보기도 했다. 그해 봄, 내가 아프리카에서 보낸 그 마지막 봄은 여러모로 이상했다. 마당에 있는 플라스틱 차양 위로 빗물이 폭포처럼 쏟아져 물통 위로 흘러넘쳤다. 그런가 하면 젬마의 목소리가 내 귓전에서 울리고 있었다. 라디오 방송국에서 틀어주는 음악, 니나 시몬, 폴 매카트니, 사이먼 앤 가펑클, 그리고 〈롱거 보우츠〉를 노래한 캣 스티븐스, 그것들 하나하나가 무척 긴 기다림의 순간들로 내게 다가왔다. 후리야도 방석에 누워 두 손을 배에 얹고 기다리고 있었다. 그녀는 겨우 한 달밖에 안 되었는데도 벌써 오리처럼 몸을 좌우로 흔들며 걷곤 했다. 우리를 둘러싼 타브리케트 천막촌도 뭔가를 끊임없이 기다리는 기색이었지만, 왠지 그것은 결코 오지 않을 것 같았다. 더럽기 짝이 없는 아이들이 사방의 진흙탕을 누볐고, 여자들은 높은 목소리로 악을 써댔다. 저녁이면 기도시간을 알리는 소리가 강 위에서 울리며, 물고기를 잡아먹고 돌아오는 갈매기들의 날카로운 울음소리와 섞였다. 우리 뒤로는 먼지 날리는 어둠 속에서 해충을 닮은 트럭들이 도로를 질주하고 있었다.

어느 날 저녁 타가디르의 상태가 급격히 악화되었다. 후리야는 내게 밖으로 나가 그녀의 아들에게 전화를 걸라고 했다. 나는 독일어를 할 수 있었던 것이다. 돌아와 보니 타가디르는 이미 병원으로 옮겨졌으며, 그곳에서 다리를 자를 것이라고 했다. 모든 일이 빠르게 진행되었다. 다음날, 오후가 끝날 무렵 우리는 떠날 준비를 했다. 트럭이 우리를 멜리야로 태워다줄 것이고, 그날 밤에 밀입국자 안내인이 우리를 말라가 행 배에 태워주기로 되어 있었다.

우리는 떨리는 손으로 돈을 세었다. 후리야는 밀입국자 안내인에게 지불할 돈을 챙기고 그 나머지, 굵은 고무줄로 묶은 이천 달러짜리 뭉치를 내게 주었다. 내가 돈뭉치를 주머니에 넣으려 하자, 그녀가 말했다. "거기가 아니야. 그러다간 모두 도둑맞을 거야." 그녀는 자기의 브래지어를 꺼내어 끈을 잡아당겨 줄인 후에 손수건에 나눠 싼 돈뭉치들을 캡 속에 집어넣었다. 그러고는 내게 그 브래지어를 차게 했다. "자, 이제 너도 진짜 여자처럼 보이는구나. 모든 남자들이 네게로 달려올 거야." 나는 가슴에 두 개의 커다란 주머니를 달고 있는 듯한 기분이었고, 끈이 어깨를 심하게 조였다. "못하겠어, 언니. 어깨가 아파. 돈을 모두 잃어버리고 말 거야." 후리야는 벌컥 화를 냈다. "징징거리지 마. 곧 익숙해질 거야. 돈은 네가 간수해. 그러는 수밖에 달리 도리가 없어."

내가 말했다. "병원으로 타가디르를 보러 가야 하지 않을까?" 그녀를 생각하면 양심의 가책이 느껴져서 모든 것을 포기하고 싶은 마음이 일었다. 그러나 후리야의 눈빛은 냉정하고 단호했다. 지난번 칼을 목에 가져다대던 날과 같은 표정이었다. "안 돼. 자리가 잡히는 대로 만나러 가겠다는 말을 전하게 했어."

우리는 도로변에서 밤이 올 때까지 소형 트럭을 기다렸다. 우리는 이미 먼지투성이여서 거지 같은 행색이었다.

이윽고 소형 트럭 한 대가 우리 앞을 지나쳤다. 트럭은 속도를 줄이더니 조금 떨어진 곳에 멈춰 서서 불을 모두 껐다. 나는 겁이 났지만, 후리야가 반강제로 나를 잡아끌었다. 운전사가 차에서 내렸다. 그는 나를 가리키며 물었다. "얘가 성인이요?" 후리야가 말했다. "가슴을 보면 몰라요? 눈이 멀었나요?" 나는 그때 그가 특히 내 피부색에 놀랐을 거라고 생각한다. 그는 내가 수단이나 세네갈에서 왔다고 생각했을 것이다. 후리야는 나를 트럭 뒤에 오르게 하고 자기도 올라탔다. 우리에게는 여행가방이 없었는데 미리 그렇게 하기로 합의를 보았던 터였다. 각자 등에 메는 가방 하나와 약간의 속옷, 그리고 결코 빼놓을 수 없는 라디오뿐이었다.

운전사가 곧바로 시동을 걸지 않자 그녀가 말했다. "이봐, 뭘 꾸물대는 거야?" 운전사는 반은 에스파냐어로 반은 아랍어로 투덜거렸다. 후리야가 내게 말했다. "멜리야에서는 모두 저런 식이란다."

우리는 아침 네시경에 항구에 도착했다. 세관을 지날 때, 운전사는 뒷유리창을 두드려서 우리에게 엎드리라는 신호를 보냈다. 짐칸은 세탁물이 든 종이상자로 채워져 있었는데, 그 위에는 '블랑코'*라고 쓰여 있었다. 후리야와 내가 갈색에 가깝고 보면, 다분히 희극적인 상황

황금 물고기 87

이었다.

　소형 트럭은 천천히 세관 검문소 앞을 지났다. 뒷유리창으로 노란색 가로등이 멀어지는 것이 보이다가 이윽고 온통 캄캄해졌다. 나는 밖을 내다보려고 몸을 일으켰다. 물 위 말뚝들 위에 거대한 건물들이 서 있는 불쾌한 인상의 현대식 도시였다. 그 위로 안개비가 내리고 있었다.

　부두에는 이미 많은 사람들이 모여 배를 기다리고 있었다. 주로 남자들이었지만, 망토로 몸을 감고 추위에 떨고 있는 여자들도 눈에 띄었다. 아이들은 보이지 않았다.

　후리야와 나는 가늘게 내리는 비를 피하여 정박장 벽에 등을 기대고 앉았다. 후리야는 내 어깨에 머리를 기대고 잠이 들었다. 실로 오랫동안 이 순간을 기다려왔던 그녀로서는 갑자기 밀려드는 피로감을 견딜 수 없었던 것이다. 나는 라디오를 켜볼까 생각했지만, 이 시간에는 젬마의 목소리가 나오지 않는다는 생각에 그만두었다. 간간이 바스락거리는 소리가 세상 끝에 사는 곤충들의 기척처럼 들려와 나를 소스라치게 했다.

　새벽이 오기 조금 전에 배가 부두로 들어왔다. 갑판이 방수포로 덮인 흰색의 큰 동력선이었다. 사람들이 승선하기 시작했다. 그들은 조타실 안에 자리를 잡으려고 서둘렀고, 우리는 맨 나중에 배에 올랐다. 우리는 갑판의 난간 벽에 기대 앉았다.

---

* 스페인어로 '흰색'을 의미한다.

밀입국자 안내인이 사람들 사이를 묵묵히 한 바퀴 돌았다. 그가 손을 내밀면 각자 나머지 돈을 건네주었다. 그는 지폐를 재빨리 주머니에 쑤셔넣고 간간이 비음 섞인 목소리로 말했다. 오케이, 오케이. 그러나 다른 사람들은 아무도 입을 열려 하지 않았다. 모두들 터빈의 진동음에 귀를 기울이며 빨리 그 소리가 커져 배가 떠날 시간이 되기를 기다리고 있었다.

몇 분이 지나 모든 준비가 갖추어졌다. 선원이 닻줄을 던지자, 배는 파도에 좌우로 흔들거리며 항구의 수로를 따라 천천히 미끄러졌다.

자초지종은 그러했다. 우리는 그곳을 떠나 멀리 갔다. 어디로 가는지도 몰랐으며, 언제 돌아오게 될지도 몰랐다. 우리가 알았던 모든 것이 떠나가고 사라지고 있었으며, 그때 나는 멜라의 저택을 생각하고 있었다. 강변의 수많은 집들 사이에 조그맣게 자리잡고 있는 그 집, 그 위로 해가 떠오르고 있었다. 또한 나는 여자들이 찬물이 나오는 수도꼭지 앞에 길게 줄서 있는 타브리케트 천막촌을 생각했다. 아마도 우리는 바다 저편 어디에선가 죽게 될 것이며, 이곳의 사람들은 아무도 우리에 대해 알 수 없을 것이었다.

6

 파리에 도착하기까지 여행이 어떠했는지에 대해서는 이야기하기 쉽지 않다. 집 밖으로 거의 나가본 적이 없는데다가, 어린 시절 대부분을 랄라 아스마의 마당에서 보냈고, 나중에도 오세앙 구역의 대로 끝까지밖에는 가보지 못했으며, 나룻배를 타고 살레와 타브리케트 천막촌 사이를 오가던 내가 빠른 속도의 큰 배를 타고, 장거리 버스로 에스파냐를 가로질러 발 드 아랑(결코 잊을 수 없는 이름이다)으로 가서, 그곳에서 다시 숨을 헐떡이는 후리야의 손을 잡고 눈 덮인 산을 걸어서 넘은 것이다.
 우리는 어디로 가는지도 모르고 서로의 이름도 모르는 채 산을 가로지르는 오솔길을 따라 함께 더듬거리며 나아갔다. 각자 자기 자신만을 생각할 뿐이었다. 안내인은 청바지를 입고 농구화를 신은 젊은 사내였는데, 자기가 안내하는 사람들만큼이나 피부가 거무스름했다. 사전에 주의를 받았음에도 불구하고, 몇몇 사람들은 짐짝이나 여행용 가방, 혹은 멜빵 달린 가방을 지니고 있었다.

땅거미 질 무렵에 우리는 고개를 넘었다. 골짜기 밑은 젖빛 안개와 불길 없이 피어오른 연기 같은 기운이 깔려 있었다. 나는 후리야에게 말했다. "저길 봐. 프랑스야. 정말 아름다워……" 그녀의 얼굴은 하얗게 질려 있었다. 그녀는 배에 통증을 느끼고 있었다. 안내인이 다가왔다. 그는 후리야를 보고 에스파냐어로 말했다. "아기가 나오려 하나요?" 내가 말했다. "모르겠어요. 무척 피곤한가봐요." 그는 어깨를 으쓱했다. 후리야는 다른 일행들을 먼저 떠나게 했다. 나는 한떼의 사람들이 구불구불한 산길을 내려가는 모습을 바라보았다. 그들은 아무 말도 하지 않았고, 어떤 소리도 내지 않았다. 눈앞에 펼쳐진 골짜기와 안개 낀 강은 실로 아름다웠다. 나는 지금 죽는다 해도 상관없겠다고 생각했다. 이곳, 산꼭대기에 서서, 커다란 문과 흡사한 저토록 광대한 골짜기를 보았으니까.

왠지는 모르겠지만, 나는 처음으로 나의 고향에 대해 진지하게 생각했다. 이곳, 이 골짜기에서 비로소 고향을 멀리 떠나왔고 모든 것을 내 뒤에 버려두었음을 실감할 수 있는 것 같았다. 나는 뒤로 처져서 천천히 걸음을 옮겼다. 나는 안개와 깊어가는 밤을 몸으로 느끼며 편안한 기분에 빠져들었다. 후리야가 재촉했다. "어서 와. 이러다가 길을 잃겠어."

산을 내려왔을 때, 일행은 작은 숲 가장자리에서 기다리고 있었다. 이미 사방이 어두워져서 보이지 않았지만, 어디선가 급류 흐르는 소리가 들려왔다. 내가 도착하자, 에스파냐인은 다른 사람들에게 통역해주기를 기다렸다는 듯이 내게 말을 건넸다.

"오늘 밤은 여기서 자야 합니다. 소리를 내서도 안 되고 불을 지피거나 담배를 피워도 안 됩니다. 알겠지요?" 그가 한 말을 내가 아랍어로 옮기자, 그는 덧붙여 말했다. "내일은 트럭이 와서 기차를 탈 수 있도록 여러분을 툴루즈로 데려다줄 겁니다." 그는 대답을 기다리지도 않고 떠났다. 숲속에는 우리들만 남겨졌다.

나는 그날 밤을 지금도 기억하고 있다. 산을 오르던 낮 동안은 찌는 듯이 더웠으나, 이제는 혹독하고 습기 찬 추위가 뼛속까지 스며들었다. 후리야와 나는 전나무들 사이에 깔린 바늘잎 위에 누워 잠을 자보려 했다. 그러나 땅바닥에서 올라오는 한기에 이가 덜덜 떨릴 지경이었다. 덮을 것이 아무것도 없었다. 결국 우리는 땅의 한기를 느끼지 않으려고 일어나 앉아 서로 등을 기댔다. 우리는 잠들지 않으려고 생각나는 대로 아무 말이나 주워섬겼다. 여인숙에서 있었던 일들을 회상하기도 하고 남들을 비웃고 헐뜯기도 했으며, 기발한 이야기를 만들어내기도 했다. 우리가 나눈 이야기를 모두 기억하지는 못하지만, 번갈아가며 속삭이고 웃고 하다가 때로 방심해서 "쉿! 쉿!" 소리를 들었던 기억은 지금도 선명하다.

다른 사람들도 잠을 이루지 못했다. 하늘의 별들이 희미한 빛을 비추고 있어, 그들이 누웠던 자리에서 일어나 나무에 기대어 앉는 것이 보였다. 누군가가 오줌을 누려고 몸을 움직이는지 간간이 전나무잎을 밟는 발짝소리가 들려왔다.

우리는 툴루즈까지 태워다준 트럭 위에서 눈을 붙일 수 있었다. 날이 밝을 무렵 트럭은 숲이 끝나는 곳 길 위에 서 있었고, 에스파냐인은 우리에게 서둘러 올라타라고 했다. 그러고서 그는 작별인사는커녕 눈길 한 번 주지 않고 산을 향해 떠났다. 트럭에서 나는 젊은 알제리인 압델의 어깨에 기대어 잤다. 너무도 피곤하여 걸으면서도 잘 지경이었다. 도로는 구불구불했다. 방수포 틈으로 음침한 그림자를 드리우고 있는 키 큰 전나무들과 마을을 가로지르는 길과 다리가 언뜻언뜻 보였다. 그리고 곧이어 툴루즈 역이었다. 대합실은 넓고 천장이 높았으며, 승차대에서 사람들이 파리 행 기차를 기다리고 있었다. 우리를 데려다준 운전사는 차표를 건네주며 주의를 주었다. "함께 모여 있지 말아요. 각자 흩어져서 남들 눈에 띄지 않게 해야 합니다." 나는 후리야의 손을 잡아끌고 승차대의 한쪽 끝, 유리 천장이 끝나고 햇빛이 들어오는 곳으로 갔다. 푸른 하늘을 보니 기분이 한결 나아졌다. 우리는 긴의자에 앉아 타가디르에게서 가져온 것 중에 남은 빵과 대추야자를 먹었다. 우리는 시선을 끌지 않으려고 온갖 애를 썼으나 소용없는 일이었다. 모두들 우리를 바라보았다. 하기야 푸른색 긴 드레스와 흰색 포나라를 입은 후리야와, 피부가 검고 잠을 자느라 머리카락이 마구 헝클어진 내 모습은 그곳에 있는 어떤 사람과도 비슷하지 않았을 것이다. 우리는 진짜 야만인이었다.

한번은 한 어린 소년이 다가와 앞에 버티고 서서 거만한 표정으로 우리를 뚫어지게 바라보았다. 후리야는 고개를 숙였으나 나는 화가 치밀었다. 내가 말했다. "왜 그러고 있니?" 그래도 가려 하지 않기에 내가 다가가려 하자 그제야 아이는 슬그머니 물러갔다. 승차대에는 우리만큼 낯선 사람들도 있었다. 피부가 검고 머리카락이 흑옥처럼 검은 남자들과 여자들이었다. 그들은 옷차림이 남루했고, 에스파냐어가 섞인 이상한 언어로 떠들고 있었다. 후리야가 내게 속삭였다. "집시들이야. 항상 여행을 하며 돌아다녀서 집이 없는 사람들이지." 나는 그런 사람들을 본 적이 없었다. 그들은 가난했지만, 눈빛에는 오만함 같은 것이 깃들어 있었다. 그들 중에 하나, 얼굴이 갸름한 젊은 남자가 마치 눈길을 뗄 수 없다는 듯이 나를 빤히 바라보았다. 그때 나는 실로 오랜만에 다시금 두려움이나 불안감, 혹은 그 비슷한 감정에 사로잡혀 가슴이 뛰는 것을 느꼈다. 후리야가 내 팔을 잡아끌었다. "저 사람을 쳐다봐선 안 돼. 문제를 일으킬 거야." 그 집시 사내가 우리에게 다가왔다. "어디서 왔나요? 파리로 가나요?" 그의 하얀 이가 검은 얼굴에 대조되어 빛났다. 그는 우리 앞에 버티고 서서 건달처럼 허리를 흔들었다. 후리야가 나를 승차대 다른쪽 끝으로 끌고 가더니 되풀이하여 중얼거렸다. "미쳤구나, 라일라, 넌 미쳤어. 저 남자는 위험한 사람이야." 이윽고 기차가 도착했고, 문 주위에 서 있던 일군의 사람들이 우리 뒤로 몰려들었다. 우리는 한 객실에서 빈자리를 발견했고, 기차는 천천히 움직여 역을 떠났다. 나는 집들이 뒤쪽으로 열지어 지나가는 것을 바라보며, 내가 버려두고 온 모든 것들, 타브리케트의 시끄러운 거리와 오밀조밀 모여 있는 작은 집들, 랄라 아스마 저택의 마당, 그리고 여인숙과, 한때 봇짐과 말린 과일 자루를 들고 방과 회랑을 메웠던 그곳의 상인들을 생각했다. 다시 돌아간다 하더라도 그곳에는 내 추억이 살아 있는 것은 아무것도 남지 않고 내가 알던 사람은 누구도 존재하지 않을 것처럼 여겨졌다. 특히 다리가 잘린 채 병실에 누워 있을 타가디르를 생각하니 가슴이 저며와 울고 싶었다. 그녀를 떠나며, 나는 내 마지막 가족을 잃은 것이나 다를 바 없었다. 후리야는 맞은편 자리에서 가방에 기대어 잠들어 있었다. 햇살이 때때로 그녀의 얼굴과 감긴 눈과 긴 속눈썹과 입술과 하얗게 빛나는 앞니를 비추었다.

나는 담배를 피우러 복도로 나갔다. 나는 배를 타고 다닐 때 담배를 피우기 시작했다. 멜리야에서는 미제 담배가 세금이 공제된 가격으로 팔렸던 것이다. 나는 바깥에 나와 담배를 피울 때 연기가 바람에 섞여 흐트러지는 것을 보기를 좋아했다. 후리야가 나를 보았다면 부끄러웠을 것이다. 그녀는 이렇게 말했을 것이다. "이젠 너도 담배 피우니?"

기차는 꽤 길었지만 객차에는 사람이 그리 많지 않았다. 나는 객차에서 객차로 연결 통로를 지나 앞쪽으로 거슬러가다가 갑자기 그 집시와 마주쳤다. 복도 끝에 혼자 서 있는 것으로 미루어 나를 따라온 것이 분명했다. 나는 그를 알아보지 못한 것처럼 객실로 돌아가려 했다. 그가 내 앞을 가로막았다. 키가 컸고, 피부가 검었으며, 아주 짙은 양쪽 눈썹이 이마 한가운데에서 만나고 있었다. 그는 미소를 짓고 있었다. 그가 내게 이렇게 물은 것 같다. "이름이 뭐지?" 그의 프랑스어 억양은 남아메리카인의 것처럼 낯설게 들렸다. 그가 다시 물었다. "내가 무섭니?" 나는 거만 떠는 사람들을 아주 싫어했다. 나는 그에게 말했다. "실례지만, 왜 내가 댁을 무서워한다는 거지요?" 그러면서 나는 그의 곁을, 그러니까 어린아이처럼 허리를 굽혀 팔 밑으로 지났다. 그는 내 뒤를 따라왔다. 나는 그에게 후리야가 있는 곳을 알리고 싶지 않았다. 나는 화장실 근처 복도에 멈춰 서서 담배를 한 대 더 피워물었다. 집시는 내 곁에 서서 승강구의 유리창으로 밖을 내다보았다. 기차의 요동에 우리는 넘어질 뻔했고, 연결 통로 쪽에서 들려오는 소음에 귀가 멍멍했다. 그가 소리지르다시피 하며 말했다. "내 이름은 알보니코야! 너는?" 바람이 머리카락을 헝클어뜨려서 검은 머리털 한 다발이 그의 얼굴 한가운데를 덮었다. 옆눈으로 힐끗 보니 그는 이 하나가 금니였고, 귀에 갈고리 모양의 금귀고리를 달고 있었다. 위험해 보이지는 않았다. 나는 아무렇게나 지어서, 아마도 데이지였던가 하는 식으로 이름을 댔고, 우리는 잠시 이야기를 나누었다. 어찌 되었든 우리는 같은 기차를 타고 있었고, 함께 파리로 가고 있었으며, 시간을 죽이려 그와 대화를 하는 것은 창밖을 내다보거나 잡지를 읽는 것과 다를 바 없었다. 게다가 나는 전혀 졸리지 않았다. 오히려 초조했고 잔뜩 긴장해 있었다. 그는 음악 이야기를 했는데, 그것이 그의 직업이었다. 그는 연주를 하고 노래를 한다고 했다. 그가 불쑥 말했다. "기다려." 그는 기차 앞쪽으로 갔다가 기타를 들고 돌아왔다. 그는 승강구 가장자리에 발을 올려놓고 기타를 연주하기 시작했다. 처음 듣는 음악이었는데, 기차의 소음과 섞여 우르릉거리며 구르는 듯한 소리를 내다가, 높이 튀어오르기도 하고 빠른 읊조림과 섞이기도 했다. 나는 내 낡은 라디오에서도 그런 노래를 들어본 적이 없었다. 그는 연주하면서 가사를 웅얼거리기도 하고 노래를 하기도 했는데, 자기 나라 언어로 중얼거리는 것이, 차라리 속삭임이나 흠흠, 아홈, 헴헴 같은 소리에 가까웠다. 그가 노래를 멈췄다. "마음에 드니? 내 음악이 좋았어?" 내 눈이 반짝거리고 있었던 모양이었다. 그가 노래를 계속했으니까. 사람들이 그를 보러 왔고, 객차의 다른쪽 끝에서 아이들이 나왔다. 진한 청색 정복에 제모를 쓴 검표원도 잠깐 멈춰 섰다가 지나갔다. 알보니코는 잠시 노래를 멈췄다가 가락이 잠시 쉬는 사이에 빠르게 말했다. "너도 보았지? 연주를 하고 있으면 표를 달라고 하지 않는단다." 마치 기타를 가져온 까닭이 그 때문이라는 듯한 말이었다. 나는 춤을 추고 싶었다. 나는 여인숙에서 보낸 처음 얼마 동안 공주님들을 위해, 그녀들의 노래와 손뼉에 맞춰 서늘한 방바닥에서 맨발로 춤추던 것을 기억했다. 집시의 음악은 그때의 것과 흡사하게, 내 속으로 스며들어와 새로운 활기를 불러일으켰다.

후리야가 나타났다. 당연히 그녀는 내가 그 남자와 함께 있는 것을 보고 화를 냈다. 그녀는 이를 갈듯이 하며 아랍어로 내게 말했다. "어서 와! 저 남자와 함께 있으면 안 돼." 그녀는 도둑맞을까 두려워 우리의 가방과 내 낡은 라디오를 들고 있었다. 밤색 스웨터와 너무 길다 싶은 푸른색 드레스를 입고 있어서 임신한 것이 완연히 드러나는 그녀는 어딘가 애처로워 보였는데, 그 모습이 내 가슴을 흔들었다. 그녀는 실로 나의 유일한 가족, 나의 언니였다. 그녀는 나의 손을 잡아끌었고, 집시 사내는 우리가 떠나는 것을 웃으며 지켜보았다. 나는 그가 우리를, 후리야를 우습게 여기고 있는 것 같아 미웠다. 정말 건방진 위인이었다. 후리야는 내가 길을 잃을까 두려워한 것이 아니었다. 혼자 객실 안에서 잠을 깼을 때, 그녀가 두려워한 것은 그녀 자신이었다. 그녀는 나를 놓치고 길을 잃게 된 것이나 아닌지 두려웠던 것이다.

나는 자리에 앉아 그녀를 꼭 껴안고 등을 토닥거렸다. "여긴 프랑스잖아. 이제는 걱정할 거 없어. 아무도 언니를 찾아내지 못할 거야." 우리는 같은 처지에 놓여 있었다. 그녀는 남편에게 쫓기고 있었고, 나는 여주인의 며느리에게 쫓기고 있었다. 철도역 불빛이 하나씩 보일

때마다 우리는 우리를 괴롭히는 자들로부터 더욱 멀어지고 있었고, 우리와 그들 사이를 갈라놓은 바다도 점점 더 넓어져갔다.

기차가 파리에 도착했을 때 나는 깊이 잠들어 있었다. 후리야가 깨어 있다가 속삭이듯 말했다. "일어나, 라일라, 도착했어." 밤이어서 유리창 밖으로 춤추는 불빛들이 보였다. 기차는 삐걱거리는 소리와 함께 앞뒤로 흔들리며 접속을 시도하고 있었다. 비가 내리고 있었다. 나는 움직일 기력도 없이 유리창 위로 흘러내리는 물방울을 물끄러미 바라보았다. 내가 너무도 피로한 기색을 보였는지, 후리야는 걱정스러워하는 표정을 짓다가 갑자기 화를 냈다. "왜 그러고 있는 거야? 정신차려. 내려야 하잖아." 나는 이제 끝났다는 사실이, 여행의 끝에 다다랐다는 사실이 실감나지 않았다. 피로하긴 했지만, 생각 같아서는 기차를 더 멀리 떠나게 할 수 있다면, 그래서 다시 조용히 잠들 수 있다면 그 무엇이든 줘버릴 수 있을 것 같았다.

마침내 우리는 파리에 발을 디뎠다. 우리는 후리야의 접는 우산 아래 몸을 웅크리고서, 가방과 그물주머니에 든 오렌지와 그 고물 라디오 '리얼리스틱'을 들고 빗속을 걸었다. 우리는 철로를 따라 역 주변을 돌며 밤을 보낼 수 있는 곳을 찾다가 장 부통 가에 있는 마예르 부인의 하숙집에서 가구 딸린 방을 하나 얻게 되었다. 아마도 그 건물은 지금은 존재하지 않을 것이다.

7

파리는 처음에는 훌륭했다. 나는 길을 뛰어다녔다. 멈추려 하지 않았다. 후리야는 내내 방에 틀어박혀 요리를 하며 조심스레 주변을 살폈다. 그녀는 모든 것을 두려워했다. 전에 여인숙에서 그랬던 것처럼, 내가 장을 보고 어디든 돌아다녔다. 나는 아침 일곱시나 여덟시쯤에 비닐가방을 들고 집을 나와 감자(우리는 주로 삶은 감자를 먹었다)와 빵과 토마토와 우유를 샀다. 소고기는 너무 비쌌던데다가 후리야는 믿지 않았다. 돼지고기를 소고기로 속여 팔지도 모른다고 생각했던 것이다.

절약을 해야 했다. 방세는 주당 오백 프랑이었고 거기에 전기료가 가산되었다. 난방장치는 없었다. 주방은 입주자들이 공동으로 사용하였다. 모두 흑인들이었는데, 마예르 부인은 한 방에 네 명씩 세를 주었다. 그리고 그녀 자신은 입주자들과 같은 층에 살면서 무슨 일이 있는지 수시로 나와서 살피곤 했다. 며칠 후에 나는 마리 엘렌이라는, 부시코 병원에서 일하는 과들루프 출신의 여자를 알게 되었다. 그리고 그녀의 남자 친구이고 그녀처럼 서인도제도 출신인 조제와 다른 아프리카인들, 넴바예, 마디, 앙투안, 노노와도 사귀게 되었다. 그 중 노노는 나보다 작은 키에 피부가 아주 까맸고 복싱을 했다.

나는 그들을 무척 좋아했다. 그들은 재미있었고, 모든 것을 가지고 장난을 쳤으며, 주인인 마예르 부인을 '마귀할멈'이라고 불렀다. 또 그녀를 '치바니아'라고도 불렀는데, 그 이름은 전에 우리 방에 살았던 파티마가 붙여준 것이라고 했다. 마예르 부인은 우리가 왔을 때 말했다. "원칙적으로 나는 아랍인에게는 세를 주지 않아요." 그러나 그녀는 이번만은 예외를 두었는데, 아마도 내 피부색 때문인 듯했다.

한동안은 이 도시가 무척 마음에 들었다. 너무 커서 조금 두렵기도 했지만, 온갖 놀라운 일들과 상상을 넘어서는 사람들로 가득 찬 도시였다. 무엇보다도 이 도시는 내게 그런 모습으로 비쳤다.

처음에 나를 놀라게 한 것은 개들이었다.

도처에 개들이었다.

큰 것, 뚱뚱한 것, 다리가 짧은 것, 털이 너무 길어 어디가 머리이고 어디가 꼬린지 분간하기 어려운 것, 방금 미장원에서 나온 듯 털에 멋진 컬이 진 것, 사자처럼 양처럼 바다표범처럼 털을 깎은 것. 어떤 것들은 너무 작아서 쥐처럼 보였는데, 실제로 쥐처럼 발발 떨었고 쥐만큼이나 성질이 못됐다. 또 어떤 것들은 송아지나 당나귀만큼 컸는데, 붉은 입술이 축 처지고 볼이 늘어진 그것들이 머리를 흔들기라도 하면 주위에 온통 침이 튀었다. 그런가 하면 부자 동네의 아파트에서 살면서 미제, 영국제, 이탈리아제 자동차를 타고 다니는 것들도 있었다. 리본을 달고 바둑판 무늬 조끼를 입고서 여주인의 팔에 안겨 외출하는 것들도 있었다. 심지어 나는 긴 줄로 여주인의 자동차에 묶인 채 산책하는 개도 본 적이 있었다.

그렇다고 우리가 사는 집에 개가 없다고 말하려는 것은 아니다. 오히려 꽤 많았는데, 하나같이 먼지를 뒤집어쓴 것 같고 눈이 노랗고 배가 말벌처럼 쏙 들어가 있었다. 그곳에 살면서 나는 개 다루는 법을 배웠다. 너무 가까이 다가오거나 얼른 길을 비켜 물러나지 않으면, 나는 뾰족한 돌을 집어 머리 위로 들어올리곤 했는데, 대개의 경우에는 그 정도면 쫓아버리기에 충분했다. 나는 거의 습관적으로 그 행동을 했다. 그것이 몸에 배어 있다 보니, 자르댕 데 플랑트에서 크고 마른 개 한 마리가 꼭 태엽으로 조종되는 것 같은 무척 긴 줄을 끌며 다가와 내 발꿈치에 코를 대고 냄새를 맡았을 때도 그렇게 했다. 손에 돌이 쥐어져 있지는 않았는데, 파리에서는 길에서 작은 돌을 찾기가 쉽지 않았던 탓이었다. 개는 마치 내가 공놀이라도 하는 듯이 놀란 눈으로 나를 바라보았다. 그러나 그 개의 여주인은 내 의도를 알아차리고서, 마치 내가 자기에게 돌을 던지려 하기라도 한 듯이 욕을 퍼부었다.

그 후로, 나는 그 행동도 제대로 할 수 없게 되었다. 그러나 사실 나는 개들에게 덜 신경쓰게 되었다. 모든 개들은 줄에 묶어 끌고 다니는 사람들의 소유였으므로 그다지 위험하지 않았다. 위험한 것이 있다면 그것들의 똥이었는데, 밟아서 미끄러져 뼈가 부러질 수 있기 때문이었다.

 내게는 파리의 길들이 끝이 없는 것처럼 여겨졌다. 어떤 길들은 정말로 끝이 없었다. 한길과 대로들이 자동차 물결에 삼켜지고 건물들 사이로 사라졌다. 멜라라는 공간과 타브리케트 빈민굴과 오세앙 구역의 재스민이 자라는 골목길밖에 몰랐던 내게는 이 도시가 더할 나위 없이 크고 한없는 곳으로 보였다. 심지어 이곳의 길들을 하나씩 하나씩 모두 다녀보려면 평생을 바쳐도 모자랄 것이라는 생각이 들었다. 기껏해야 도시의 일부분과 제한된 수의 얼굴들만을 볼 수 있을 것이었다.

 특히 나는 사람들의 얼굴을 유심히 바라보았다. 개들이 그러하듯이 인간의 얼굴에도 수없이 많은 종류가 있었다. 두툼한 얼굴, 늙은 얼굴, 젊은 얼굴, 칼날 같은 얼굴, 흰 흙처럼 창백한 얼굴, 까무잡잡한 얼굴, 안쪽에 불이 켜진 듯한 눈을 가진 나보다 훨씬 까만 얼굴, 얼굴들.

 처음에 나는 사람들 얼굴에서 눈을 뗄 수가 없었다. 때로는 내 눈길이 남들의 눈길에 끌려 그 속으로 빨려들어가는 듯하여, 결코 벗어날 수 없을 것 같은 느낌도 받았다. 그리하여 나는 가면을 쓰듯이 검은 색안경을 쓰고 다니려 했다. 그러나 해가 충분히 나지 않아, 나로서는 미세한 부분, 어떤 표정이라거나 눈 속에서 타오르는 빛 같은 것을 놓칠지도 모른다는 사실이 견디기 어려웠다.

 곧 나는 문제를 일으키기에 이르렀다. 빤히 바라본 남자들이 나를 따라왔던 것이다. 그들은 나를 창녀로, 교외에서 중심가의 거리로 금을 찾아 나선 어린 이주민 소녀로 생각했다. 그들은 가까이 접근했다. 그러나 손을 뻗치지는 않았다. 그들은 함정에 걸리는 것은 아닐까 두려워하고 있었다. 한번은 한 늙수그레한 남자가 내 팔을 잡았다. "내 차로 갈까? 맛있는 과자를 사러 가자."

 그는 내 팔을 꽉 움켜잡았다. 그의 눈은 전에 후리야와 함께 식당에 갔을 때 나를 괴롭혔던 남자의 눈과 흡사했다. 그 눈이 무엇을 원하는지 나는 알고 있었다. 먼저 나는 아랍어로 욕을 퍼부었다. 개자식, 뚜쟁이, 제 에미까지 팔아넘길 악마 같은 놈. 그리고 나서 에스파냐어로도 욕을 했다. 코뇨, 펜데호, 마리콘! 그러자 그는 너무도 놀라 내 팔을 놓았고, 나는 달아날 수 있었다.

 그 후로 나는 남자들이 따라오면 즉각 알아차릴 수 있었다. 그런 경우에 나는 그들을 능숙하게 따돌렸다. 미행자 중에는 여자들도 있었다. 여자들은 훨씬 약았다. 여자들은 내가 빠져나갈 수 없는 장소, 통행 교차로라거나 상점의 에스컬레이터, 혹은 지하철 객차 같은 곳에 들어설 때까지 참고 기다렸다. 나는 그 여자들이 무서웠다. 키가 크고 백인이었으며, 하나같이 투구 모양의 검은 머리카락에 가죽 상의를 입고 장화를 신고 있었다. 목소리는 쉬고 닳아빠진 듯 듣기 거북했다. 그 여자들에게는 욕을 할 수 없었다. 나는 뛰는 가슴을 안고 몸을 빼서 자동차들 사이로 차도를 가로질러 정신없이 달렸다.

 언젠가 한 카페의 화장실에서 정말 무서운 일을 겪었다. 지하에 있는 커다란 홀이었는데, 작은 전구들로 테두리가 장식된 거울이 있는 꽤 호사스러운 곳이었다. 나는 손을 씻으면서 말 안 듣는 머리카락을 가라앉히려고, 항상 그래왔듯이 머리에 물을 조금씩 축였다. 그때 내 왼쪽으로 한 여자가 들어섰다. 젊은 편이고 큰 코에 뺨에는 자잘하게 살이 튼 자국이 나 있고 금발을 틀어올려 묶은 무척 비대한 여인이었다. 그녀는 화장을 시작했고, 나는 거울을 통해 한두 번쯤 재빨리 그녀를 힐끔거렸다. 그래도 그녀의 눈이 약간 초록빛 나는 푸른색이라는 사실은 놓치지 않았다. 그녀는 작은 붓으로 눈썹을 검게 칠하고 있었다.

그런데 갑자기 그녀가 사납게 화를 냈다. 내 귀에, 쌀쌀맞기 그지없고 금속성에 가까운 이상한 목소리, 조라가 기분이 상했을 때 내던 바로 그 목소리가 들려왔다. "왜 날 빤히 보는 거야? 내가 어디가 어때서 그래?" 나는 그녀 쪽으로 몸을 돌렸다. 나는 그녀가 무슨 말을 하는지 알 수가 없었다.

"대답해봐, 이 계집애야. 왜 그런 눈으로 날 보는 거야?"

그녀의 눈은 약간 튀어나왔고 색이 엷어 중앙의 동공이 선명히 드러나 있었는데, 그 동공은 마치 고양이의 것처럼 열렸다 닫혔다 하는 듯이 보였다. 나는 더듬거리며 말했다. "난 보지 않았어요……" 그러나 그녀는 싸늘한 분노가 어린 표정으로 내 쪽으로 몸을 밀어붙였고, 나는 겁에 질렸다. "이 거짓말쟁이, 날 본 게 아니라면 째려본 거겠지. 내가 널 보지 않는 틈을 타서 말이야. 네 눈이 내 몸을 훑는 걸 느꼈다구." 나는 화장실 반대쪽 끝으로 뒷걸음질쳤고, 그녀는 바짝 다가섰다. 그러더니 내 머리카락을 몰아쥐고 내 머리를 앞쪽 세면대 위로 눌렀다. 나는 그녀가 나를 때리고 내 머리를 대리석판에 짓찧어대리라 생각하며 울부짖었다. 그러나 그녀는 곧 나를 놓아주었다. "더러운 것, 꺼져! 쓰레기 같으니라구." 그녀는 자기 물건을 챙겼다. "날 쳐다보지 마. 눈 내리깔아! 눈 내리깔라니까! 날 쳐다보면 죽여버릴 테다." 그녀는 밖으로 나갔다. 나는 너무도 겁에 질려서 두 다리로 버티고 서 있을 수가 없었다. 심장은 격하게 뛰었고, 구역질이 났다. 나는 다시는 지하의 화장실을 찾지 않았다.

그런저런 일을 겪으며 나는 새로운 생활에 차츰 적응해나갔다. 그러나 후리야는 그렇지 못했다. 배가 불러 몸이 무거웠던 탓에 그녀는 거의 움직이지 않았고, 주방에 갈 때를 제외하고는 방을 나가지 않았다. 그녀는 주방에서도 마리 엘렌과 마주치는 것을 피했는데, 서인도 제도 출신의 사람들을 무서워했기 때문이었다. 그들이 모두 마술사 같다는 것이었다. 그러나 나는 그녀가 그렇게 말한 까닭이 그들의 피부가 나처럼 검기 때문이라고 생각했다. 후리야는 밤마다 남은 돈을 헤아렸다. 멜리야를 떠난 지 세 달밖에 되지 않았는데, 저축한 돈이 벌써 반으로 줄어 있었다. 그런 추세라면 가을이 되기 전에 아무것도 남지 않을 것이었다.

후리야가 무척 걱정하는 기색이어서 나는 기회가 있을 때마다 그녀를 안심시키려 애썼다. 나는 그녀를 껴안고 말하곤 했다. "다 잘 될 거야. 두고봐." 나는 그녀에게 수없이 많은 것들, 곧 일자리를 찾게 될 것이고 우르크 수로 근처의 멋진 아파트로 이사를 갈 것이며, 그곳에서는 마예르 부인의 이런 빈민굴에서와는 다르게 남들처럼 잘 살게 될 것이라고 약속했다.

우리를 구해준 사람은 마리 엘렌이었다. 여름이 끝나갈 무렵 우리에게는 집세를 낼 돈이 남지 않았고, 나는 옛 직업인 도둑질을 다시 시작하지 않을 수 없는 상황에 처해 있었다. 그러던 어느 날 주방에서 그녀가 내게 물었다. "저 말이야, 병원에서 일하는 게 어떻겠어?" 그녀는 짐짓 무심한 표정으로 말했지만, 눈빛을 보니 우리의 처지를 모두 알고 동정심을 느끼는 것이 분명했다.

병원 잡역부는 좋은 직업이었다. 나는 곧바로 일을 시작했다. 나도 피부가 까맸으므로 그녀는 나를 자기 조카라고 소개하고서, 과들루프에서 왔으며 신분증도 있다고 말했다. 사람들은 내가 서인도제도에서 쓰는 크레올어를 모른다는 사실에 놀랐지만 마리 엘렌은 그럴듯하게 둘러댔다. "거기서 나긴 했지만 태어나자마자 어머니가 본토로 왔기 때문에 말을 잊어버린 거예요." 라일라라는 이름은 그곳에서도 쓰이고 있었기 때문에 나는 이름을 바꾸지 않아도 되었다. 대신 성은 그녀의 것을 따서 망갱이라고 서류에 적어넣었다.

나는 부시코 병원에서 일곱시부터 한시까지 일했다. 반만 받는 월급은 집세와 사소한 경비에 충당되었다. 그 덕분에 후리야의 돈은 좀 더 오래갈 수 있었다. 게다가 나는 구내식당에서 식사를 할 수 있었다. 마리 엘렌은 자기 옆에 자리를 만들어두고 내게 줄 접시를 가득 채워 왔다. 그녀는 착했고, 나는 특히 그녀의 촉촉한 눈빛이 좋았다. 그녀가 불같이 화를 내는 경우도 있었다. 언젠가 마예르 부인이 무슨 일론가 후리야를 책망하며 쫓아내버리겠다고 위협했을 때, 마리 엘렌은 주방에서 고기 써는 칼을 들고 나와 곧장 집주인에게 달려들었다. "그 누구든지 쫓아내겠다느니 하는 소리 하지 않는 게 좋을 거야. 나쁜 마귀할멈 같으니라구. 우린 돈을 내고 여기 있는 거야!"

내가 가장 좋아한 것은 무엇보다도 파티였다. 때때로 생일이나 특별한 일이 있을 때, 그들 흑인들은 창을 커튼으로 가려 방을 어둠에 잠기게 했다. 아프리카인들은 촛불을 켜놓고서 나무에 가죽을 씌운 커다란 북을 손가락 끝으로 부드럽게 두드렸고, 남자아이들은 거기에 맞춰 춤을 췄다. 카메룬 출신의 복서인 노노는 거의 벌거벗고, 때로는 완전히 알몸으로 복도 한가운데서 춤을 췄고, 그럴 때면 방 안 여기저기서 웃음소리가 들려왔다. 마리 엘렌은 바이올린 같은 음색으로 노래를 불렀고, 그녀의 애인인 조제는 색소폰을 꺼내서 간간이 갈라지는 듯한 강렬한 음을 섞어가며 재즈풍으로 슬로댄스를 연주했다. 그런 날이면 마예르 부인은 문을 닫아 잠그고 파티가 끝날 때까지 밖으로 나올 엄두를 내지 못했다. 후리야도 문 밖으로 나오지는 않았지만, 음악에는 귀를 기울였다. 나는 내내 들락날락하면서 담배와 음식의 냄새에 취한 채 춤추는 사람들 사이를 빠져다니며 마리 엘렌을 도와 유리잔들을 치우곤 했다. 나는 코코넛을 넣은 쌀볶음과 생선스튜와 야채튀김 같은 음식을 접시에 담아 후리야에게 가져다주었다. 나도 아프리카인들과 함께 춤을 추었는데, 그들 중에는 이름이 드니라고 하는, 키가 크고 눈이 푸른 서인도제도 출신 흑인이 있었다. 그가 나를 바짝 끌어안자 마리 엘렌은 그를 거칠게 밀쳐냈다. "조심해, 앤 얌전한 애야, 내 조카라구!" 파티가 끝나면 나는 마리 엘렌이 뒤처리하는 것을 도왔다. 그녀는 종이접시나 클리넥스를 주워들려고 몸을 굽힐 때마다 힘들어했다. 그녀가 히죽거리며 말했다 "어쨌든 나는 이제 혼자가 아니야." 나는 무슨 말인지 알아듣지 못하고 그녀를 멍하니 바라보았다. "뭐라구? 혼자 사는 여자가 아이를 가진다니, 그럴 수가 있는 거야?" 그녀는 연민이 담긴 표정으로 나를 마주 바라보았다. "정말 넌 순진하구나. 인생에 대해 아무것도 몰라. 네 엄마는 뭘 가르쳐주었니?" 나는 그녀가 후리야를 말하는 것임을 알았다. "후리야는 내 엄마가 아니야. 너도 알잖아." 마리 엘렌은 웃음을 터뜨렸다. "그래, 맞아,

어찌 되었든 나보다 그쪽이 먼저 아이를 낳을 거야."

우리가 오래 이야기를 나눈 것은 그때가 처음이었다. 나는 그녀에게 이런저런 말을 늘어놓고 내 속내도 털어놓아야 할 필요를 느꼈다. 그러나 어떻게 시작해야 할지 몰랐다. 나는 마음대로 이야기를 꾸며낼 줄밖에 몰랐다. 랄라 아스마가 세상을 떠난 후로 내내 그 일만을 해왔기 때문이었다. 한번은 어렵게 말을 꺼낸 적이 있었다. "부모님이 안 계신다는 말을 너한테 했었니?" 그러자 마리 엘렌은 갑자기 내 말을 끊었다. "잠깐만, 라일라. 지금은 아니야. 그런 말은 듣고 싶지 않아. 너도 별로 말하고 싶지 않잖아." 그녀의 말이 옳았다. 아마도 그녀는 내가 진실을 말하지 않으리라는 것을 알고 있었던 것이리라.

나는 여름 내내 파리 탐색을 계속했다. 날씨가 기가 막히게 좋았다. 하늘에는 구름 한 점 없었고, 나무들은 눈부신 푸르름의 절정에 있었다. 팔월의 소나기가 센 강의 수위를 높였다. 오후에는 병원에서 나와 강을 따라 걸어서, 두 강줄기가 만나는 큰 성당 앞 다리들이 있는 곳까지 갔다. 거리와 대로를 아무리 걸어다녀도 싫증이 나지 않았다. 얼마 후에는 좀더 멀리까지 나아갔다. 때로 지하철을 타기도 했지만, 주로 버스를 이용했다. 지하철에는 익숙해지지 않았다. 마리 엘렌이 나를 놀리며 말했다. "넌 바보야. 얼마나 좋다구. 여름에는 시원하고 겨울에는 따뜻하지. 책을 들고 구석자리에 앉기만 하면 아무도 네게 신경쓰지 않는단 말이야." 그러나 사람들은 문제가 아니었다. 나를 어지럽게 하는 것은 땅밑에 들어와 있다는 사실이었다. 지하철을 타고서 햇살이 드는 곳을 찾다보면 가슴이 답답해졌다. 내가 견딜 수 있는 구간은 열차가 지상으로 달리는 오스테를리츠 역 근처나 캉브론 역 주변뿐이었다. 나는 아무 버스나 잡아타고 종점까지 갔다. 거리 이름을 살피지는 않았다. 나는 가능한 한 많은 것들을, 사람들과 사물들과 건물들과 상점들과 그 사이의 광장들을 보고자 했다.

또한 나는 모든 구역들을 걸어서 돌아다녔다. 바스티유, 페데르브 샬리니, 쇼세 당탱, 오페라, 마들렌, 세바스토폴, 콩트르스카르프, 당페르 로슈로, 생 자크, 생 탕투안, 생 폴. 오후 세시에도 잠든 듯 조용하고 더할 나위 없이 세련된 부자들의 구역이 있는가 하면, 사람들로 북적거리는 구역도 있었다. 그 어떤 구역은 무척 소란스러운데다가, 둘러보면 교도소 울타리와 흡사하게 붉은 벽돌로 된 기다란 담, 계단과 난간과 공터들, 이상한 차림의 사람들로 가득 찬 먼지투성이 공원들, 아이들의 간식시간을 맞은 작은 광장, 철교, 검은 가죽옷을 걸친 여자들로 붐비는 수상한 여관들, 시계와 보석과 손가방과 향수류를 파는 가게들이 눈에 띄었다. 내가 프랑스에 올 때 신고 온 가죽 샌들은 가을이 되자 못쓰게 되었다. 나는 포르트 디탈리 쪽의 한 가게에서 플라스틱 창을 댄 흰색 운동화를 샀는데, 모양이 별로 좋지 않기는 해도 그걸 신고 어디든 갈 수 있었다.

나는 길을 걸으며 누구와도 말하지 않았다. 간혹 사람들이 나를 바라보다가 가까이 다가오려는 몸짓을 보이기도 했다. 르장시 화장실에서의 일 이후로 나는 더이상 사람들의 눈을 바라보지 않았다. 나는 내가 어디로 가는지 아는 것처럼 하기 위해 무심한 표정으로 걸었다. 누군가가 따라오는 경우를 대비하여, 나는 건물 안으로 들어가 통로 안쪽의 어둠 속에 머물러 있다가 백까지 세고는 다시 나오곤 했다.

아무래도 낯설기만 한 장소도 있었다. 특히 역 주변의 장 부통 거리가 그랬다. 지나치게 헐렁한 점퍼를 걸친 젊은 사내들과 청바지에 짧은 상의 차림의 여자들이 몰려 있는 곳이었다. 그들의 특징은 염화칼슘에 감은 머리카락과 뾰족한 얼굴과 퀭한 시선이었다. 어느 날 나는 집에 돌아가던 중에 난투극에 휘말렸다. 무서웠을 뿐만 아니라 영문을 알 수 없었다. 처음에는 사람들이 서로를 밀치며 목쉰 비명을 내지르면서 달려갔다. 터키인들 같았는데, 혹시 러시아인들이 아니었는지는 잘 모르겠다. 그 뒤로 가죽 점퍼 차림의 젊은이 한떼가 곤봉과 야구방망이를 들고 쫓아왔다. 그들은 내 바로 옆을 지나쳤는데, 내가 보도 가장자리에 못박힌 듯 서 있자, 역시 가죽옷을 입은 한 사내가 손으로 나를 밀쳤다. 나는 잔뜩 찡그린 그의 얼굴과 입술과, 잠깐 동안 나를 노려보던 두 눈, 도마뱀의 눈처럼 경직되고 삭막한 그 눈을 보았다. 그들은 곧 그 자리를 떠났다. 나는 길가 하수도 앞에 무릎을 꿇은 채 꼼짝도 할 수 없었다. 그때 경찰차의 경적이 들렸고, 나는 아슬아슬하게 마예르 부인의 하숙집 건물 문 앞까지 달려갈 수 있었다.

후리야는 방 안에서 떨고 있었다. 어두운 방에 들어가 불을 켰을 때, 나는 그녀의 시선, 쫓기는 짐승의 시선과 마주쳤다. 가슴이 무너지는 것 같았다. 평소의 그녀는 태평하고 쾌활했기 때문이었다.

"무슨 일이야?" 그녀는 대답하지 않았다. 그녀는 내 다리를 뚫어지게 바라보고 있었다. 내려다보니 바지가 무릎까지 찢어져 있고, 그 위로 핏자국이 번져나가고 있었다. "넘어졌어. 계단에서 발을 헛디뎠지 뭐야." 그러나 나는 그녀가 속지 않으리라는 것을 알고 있었다. 그녀는 숨 넘어가는 목소리로 말했다. "난 떠나겠어. 더는 참을 수가 없어." 그녀가 타브리케트를 떠나기 직전에 그랬듯이, 이번에는 내가 칼로 자르듯이 말했다. "그건 불가능해. 돌아갈 수 없어. 언니나 나나 감옥이 기다리고 있을 뿐이야. 아이를 낳는다 해도 보지도 못할 거야. 그자들이 빼앗아가버릴 테니까." 그 말은 나 자신에게 한 것이기도 했다. 내가 어렸을 때 그자들이 내게 했던 짓을 잊지 않기 위해서 말이다. 그들은 나를 유괴해, 자루 속에 쑤셔넣고 때리고 팔아버렸다. 나를 향해 날아온 그자들의 손은 내 아랫배에 타는 듯한 통증을 남겼다. 그 기억이, 갑자기 목에 신 것이 걸린 듯 되살아났다. "차라리 죽어." 그녀가 타브리케트에서 자기 목에 칼을 들이대고 그렇게 말했듯 내가 말했다.

프로메제아 의사 선생을 만난 것은 여름이 끝나갈 무렵이었다. 짐작하기에 프로메제아 선생이 나를 눈여겨본 것은 내가 세탁할 물건들이 담긴 수레를 끌고 복도를 지날 때였던 것 같다. 그 여의사는 신경과 담당이어서 삼층에서 진료했지만, 수시로 여러 과를 드나들고 있었다. 그녀는 마리 엘렌에게 내 이름과 나에 대해 이것저것 물었다. 어느 날 식사시간에 마리 엘렌이 나를 한쪽 구석으로 데려갔다. 그녀는 평소처럼 느릿느릿하고 노래하는 듯한 어조로 말했는데, 나는 그 커다란 금빛 눈 속 깊은 곳에서 그녀의 감정을 읽을 수 있었다. 그녀는 거북함과 일종의 빈정거림과 경계심을 동시에 드러내고 있었다. 그녀가 말했다. "있잖니, 라일라, 너는 네가 내키는 대로 하면 돼. 하지만 윗분들 중에 너한테 관심을 가지고 있는 사람이 있다는 건 꼭 알려주고 싶어." 내가 무슨 뜻인지 몰라 말없이 바라보자, 그녀가 말했다. "프로메제아 선생 말이야, 신경과 과장으로 있는. 그분이 너를 돕고 싶어해. 너한테 일자리를 구해주려 하지. 네가 원한다면 만나볼 수 있어." 나는 아무 말도 하지 않았다. 달리 이유가 있어서가 아니라, 상대방이 누구라 하더라도 모르는 사람을 만나고 사귀고 하고 싶지 않았기 때문이었다. 나는 급류를 거슬러올라가는 물고기처럼, 지금처럼 다른 사람들, 다른 사물들 사이를 누비며 살아가고 싶었다.

마리 엘렌은 화를 냈다. "어쨌든 너도 네 미래를 생각해야 해. 나로서도 신분증이 없는 너를 언제까지고 여기서 일하게 할 수는 없어. 너무 위험해. 내 자리를 잃을지도 모른단 말이야." 그때 처음으로 그녀는 자기가 내게 도움을 주고 있다는 사실을 느끼게 했다. 할 수만 있었다면, 당장 병원을 그만두었을 것이다. 그러나 쇠약해진 후리야가 집에 홀로 남아 있었고, 우리는 너무도 돈이 필요했다. 내가 물었다. "뭘 어떻게 해야 하는 거지?" 마리 엘렌은 거칠게 말했다. "뭘 하긴. 달리 생각할 게 뭐 있어? 그 여자는 단지 네가 자기 집에 머물면서 집안일을 하고 장을 보고 하는 걸 원할 뿐이야. 그게 전부지. 매일 일하고 그 집에서 정오에 점심을 먹을 수 있어. 그 여자가 내일 집에서 너를 기다리고 있을 거야. 당장 일을 시작할 수 있는 거지. 네가 원했던 것도 그런 게 아니었어?" 나는 머리를 숙였다. 마리 엘렌의 기분을 거스르고 싶지 않았다. 그녀가 나를 위해 많은 일을 해준 것은 사실이었다. 그녀는 단지 연민의 감정을 가지고 있었기 때문에, 그리고 나의 머리카락과 검은 피부와 자기 것과 비슷한 내 눈, 랄라 아스마가 말한 것처럼 영양의 눈을 연상시키는 내 눈을 좋아했기 때문에 그렇게 했던 것이다. 그녀가 나를 껴안았다. "내 말 들어봐. 원한다면 내가 너와 함께 가서 소개해줄 수 있어. 세실에게 내일 오후에 교대해달라고 해놓을게."

그녀는 자기가 말한 대로 했다. 나는 그녀가 나쁜 의도를 가지고 있었다고는 생각지 않는다. 그녀는 나를 돕는다고 생각했고, 아마도 내심으로는 어떤 중요한 직책의 사람이 자기를 눈여겨보아주었으면 하는 마음에 조금은 질투심을 느꼈을 것이다. 마리 엘렌은 남들 앞에 내세울 거라고는 거의 없었고, 그 동안의 삶이 평탄치 않아 어린 딸이 딸려 있는데다가, 전남편으로부터 수년 동안 저녁마다 구타당했다. 그녀는 앞니 하나가 없었는데, 어느 날 남편이 그녀를 거울 달린 장롱에 떼밀었기 때문이었다. 그녀는 내가 그런 삶으로부터 벗어나기를 바랐다. 그녀는 입버릇처럼 말했다. "내 꼴을 봐. 이게 어디 사는 거니?" 그녀는 내가 후리야를 떠나기를 원했다. 내가 좀더 나은 인간이 되기를 원했던 것이다.

프로메제아 부인의 집은 파시에 있는 조용한 골목길 안에 있었다. 커다란 철제 대문이 있고, 양쪽으로 두 개의 기둥이 서 있고, 쇠를 벼려 만든 8이라는 숫자가 붙어 있고, 뾰족한 지붕에, 전면은 온통 흰색이고, 지붕 밑으로 작은 유리창 하나가 나 있는 집이었다. 나는 그 집을 보자마자 반해버렸다.

마리 엘렌은 나를 프로메제아 선생에게 소개했다. 나는 사람들이 그녀에 대해 하는 말을 많이 들었기 때문에 만나는 것이 두려웠다. 나는 라바에 살던 들라예 부인처럼, 금으로 된 장신구들을 매달고 흠 잡을 데 없이 완벽한 회색 맞춤복을 입고, 차가운 눈에 창백한 얼굴을 한 상류층 여자들 중 한 사람을 만난다고 생각하고 있어서, 행여 그 입에서 쌀쌀한 말이 한 마디라도 나오면 몸을 빼쳐 달아날 마음의 준비를 하고 있었다. 그러나 프로메제아 부인은 전혀 딴판이었다. 그녀는 키가 아주 작고, 활기차고, 까무잡잡하고, 눈에는 장난기가 반짝이고 있었으며, 옷차림도 괴상해서 폭이 지나치게 넓은 카키색 바지와 시골 아낙네의 앞치마와 흡사한 진한 하늘색의 긴 블라우스 같은 것을 입고 있었다. 그녀는 나를 보자 껴안고는 큰 소리로 말했다. "정말 예쁘구나!" 그녀는 우리에게 차와 과자를 대접했는데, 잠시도 한자리에 머물지 못하고 참새처럼 종종거리며 거실을 돌아다녔다. "라일라, 내 곁에서 나를 보살펴주겠지, 그렇지? 내게는 아이가 없으니, 네가 내 딸이 되는 거야. 너라면 이 집을 잘 꾸려나갈 수 있을 거야. 마리 엘렌에게 듣기로 예전에 거동이 불편한 늙은 부인을 돌봐준 적이 있다면서? 잘됐어, 나는 그 정도로 늙지는 않았고 몸이 불편하지도 않지만, 네가 나를 그렇게 대해주었으면 해. 내 말 알겠지?" 나는 차를 마시면서 고개를 끄덕였다. 나는 그녀가 예전의 내 여주인과 관련해서 한 말이 마음에 걸렸다. 늙은 불구의 여인들을 돌보는 것이 내가 진짜 해야 할 일이라도 되는 듯해 듣기에 거북했던 것이다. 그러나 가만히 따지고 보면 그 말은 사실이었다. 아주 어렸을 적부터 그 일은 내가 할 수 있는 진짜 일이었다.

나는 프로메제아 부인의 집에서 일하는 것이 정말로 즐거웠다. 나는 낮 시간 내내 그 집에 머물면서 청소를 했다. 나는 전에 멜라의 랄라 아스마 저택에서 하던 일들로 다시 돌아왔다. 마당에서부터 시작하여 현관을 쓸고, 마로니에에서 떨어지는 이파리들과 잔가지들, 인근 건물들에서 떨어지는 돌부스러기를 주웠다. 그러고는 타일바닥을 닦고 양탄자를 털고, 지하실에서 찾아낸 억센 비로 모케트 융단에 비질을 했다. 어느 날 부인이 와서 보고는 웃음을 터뜨렸다. "이럴 수가! 라일라, 진공청소기를 써야지." 나는 그르릉거리고 슉슉거리며 소리도 요란할 뿐만 아니라 양말이나 명주 망사커튼까지 모든 것을 삼켜버리는 그 기계가 겁이 났다. 그러나 곧 그것에 익숙해졌다.

나는 장을 보러 다녔다. 모퉁이에 있는 가게들은 너무 비쌌기 때문에, 버스를 타고 알리그르 시장까지 가서, 이 킬로들이 봉지로 오렌지를 사고 토마토와 호박과 멜론도 샀다. 부엌에는 과일들이 그득했다. 부인은 기뻐했다. 그녀는 백 프랑짜리 지폐를 현관의 작은 탁자나 굽 달린 쟁반 위에 놓아두곤 했는데, 나는 거스름돈을 그 자리에 되돌려 놓았다. 나는 가급적 적게 지출하려고 애썼다. 나는 그녀를 위해서 튀니지산 올리브, 건포도, 무화과, 호박, 키위, 아보카도, 팽이밥나무의 열매를 가지고 매일 다른 샐러드를 준비했다. 상추, 양배추, 양상추, 콘샐러드, 민들레, 애호박, 차요테, 붉은양배추 따위의 이파리를 곁들여서. 샐러드로 하얗고 커다란 주발을 가득 채워 탁자 위, 흰색의 아름다운 탁자보 한가운데에 올려놓고, 반짝이는 은그릇들과 신선한 물이 담긴 주전자를 그 주위에 놓았다. 그러고서 나는 집으로 돌아왔다. 마예르 부인의 하숙집 건물에 발을 들여놓으면, 모든 것이 음침하고 우울하고 비참해 보였다. 후리야는 소파에서 뒹굴며 빵을 뜯어먹고 있었다. 그녀는 냉랭했다. "날 버릴 셈이지. 혼자 내버려둬서 하루 종일 울며 지내게 하다니. 내가 널 여기에 데려온 결과가 고작 이거니?" 그녀는 나를 부러워한 나머지 질투를 하고 있었다. "이제 넌 내가 필요 없어. 나보다 훨씬 잘 견뎌내고 있으니까. 넌 가버릴 거야. 날 잊을 거야. 그리고 나는 이 컴컴한 방구석에서 도와주는 사람 하나 없이 혼자 죽어갈 거야." 나는 그녀를 달래려고 애쓰면서, 돈이 얼마간 모이기만 하면 남쪽으로, 마르세유나 니스로 함께 가자고 약속했다. 나는 아이를 다루듯 그녀에게 그렇게 말했다.

아마도 그녀가 옳았을 것이다. 나는 떠나고 싶었다. 장 부통 거리와, 이곳의 형편없는 호텔들과, 인도에 늘어선 마약 상인들과, 길목에서 아랍인들과 흑인들을 패주려고 노리고 있다가 몽둥이를 들고 달려드는 젊은 사내들 패거리로부터 가능한 한 멀리 떨어지고 싶었다.

나는 8번지의 쇠대문을 밀 때, 그리고 내가 깨끗이 치우고 정리해 놓은 그 조용하고 오래된 집 안으로 들어설 때에만 비로소 마음이 평안해지는 것을 느꼈다. 그럴 때면 랄라 아스마가 여전히 그곳에 있고, 그녀가 그 집의 진정한 주인인 것처럼 여겨졌다.

나는 어렸을 적부터 사람들이 끊임없이 나를 그물로 잡으려 했다고 생각했다. 그들은 나를 끈끈이에 들러붙게 했다. 그들은 그들 자신의 감상과 그들 자신의 약점으로 내게 덫을 놓았다. 랄라 아스마가 있었고, 그녀의 며느리인 조라, 자밀라 아줌마, 타가디르, 그리고 지금은 후리야가 있었다. 숨이 막힐 것 같았다. 그녀와 함께 있는 한 결코 여기서 벗어날 수 없을 것이었다. 다시금 타브리케트 천막촌으로 돌아가 타가디르의 집에 갇힌 채, 바닥이 팬 골목길과 머지않아 생겨날 고속기차의 철교만을 바라보며 지붕을 갉아대는 쥐들과 살아가야 할 것이었다.

나의 선택은 올바른 것이 아니었다. 나도 그 점을 인정한다. 하지만 달리 어쩔 수 없었다. 장 부통 거리의 집으로 돌아가야 할 시간에 나는 부인의 집에 남았다. 나는 계속하여 부엌을 정리했다. 냄비와 사기로 만든 타일벽과 수도꼭지를 윤이 나게 닦았다. 아무것도 생각하지 않기 위해, 잡념이 나지 않게 하기 위해, 나는 그 일에 몰두했다.

부인은 평소보다 조금 일찍 돌아왔다. 그녀는 나를 보더니 아무 말도 하지 않고 모든 것을 이해해주었다. 그녀는 비옷도 벗지 않고 열쇠도 내려놓지 않은 채 나를 껴안았다. 그녀가 말했다. "정말 기쁘다, 애야. 나도 이날을 기다려왔단다. 언젠가는 이렇게 될 줄 알고 있었거든." 나는 그녀가 무슨 말을 하는지 잘 알 수 없었다. 일전에 그녀는 부엌 옆에 있는, 뒷계단의 층계참 쪽으로 출구가 나 있는 방을 보여준 적이 있었다. 나는 그곳에 가방과 고물 트랜지스터와 내가 가지고 있던 모든 것을 놓아두었다. 부인은 아무것도 묻지 않았다. 이윽고 그녀는 모든 것이 미리 이야기가 된 듯이, 내가 이미 몇 달이나 몇 년 전부터 그 집에서 살고 있었던 듯이 행동했다. 후리야를 제외하면 그리 걱정할 것이 없었다. 마리 엘렌은 나를 피곤하게 했다. 모든 것을 알려 했고, 가급적 내 편을 들어주려 했다. 나는 노노에 대해서도 더는 생각하지 않았다. 그 역시 나를 자신의 그물에 가두려 하였다. 그는 나와 데이트하기를 원했고, 내가 자신의 청혼을 받아들여주기를 바랐다. 그는 마음이 착하고 웃는 모습이 보기 좋았으며, 그와 보내는 시간은 정말 재미있었다. 그러나 항상 걱정이 되었는데, 카메룬 출신인 그에게는 신분증이 없었기 때문이었다. 나는 조만간 그가 체포될 것 같은 예감에 시달렸다. 나도 그와 함께 끌려가고 싶지는 않았다.

부인의 집에서의 삶은 휴식이나 다름없었다. 여기에서는 아무 일도 일어나지 않으리라는 것을 나는 알고 있었다. 굽은 골목과 정원이 딸린 작은 집들과 부자들의 맨션과 교복 입은 금발머리 아이들이 있는 구역이었다. 경찰이 이곳에 와서 어슬렁거리는 법은 없었다. 파시에서 살기 시작한 지 얼마 되지 않았을 무렵에 나는 종일 잠만 잤다. 수년 동안 잠을 자지 못했던 사람 같았는데, 그도 그럴 것이 항상 어딘가로 떠나야 한다는 위기감 속에서, 조라가 보낸 경찰에게 잡힐까봐 두려워하며 살아왔던 것이다. 게다가 장 부통 거리에서는 흑인들과 마예르 부인 사이의 충돌이 끊이지 않았고, 펑크족들이 아랍인들을 두들겨패려고 막대기를 들고 길을 내달렸다. 그런가 하면 경찰차의 경적이 수시로 울렸고, 밤에는 구급차가 내는 불길한 소리가 끊이지 않았다.

나는 아홉시나 열시까지 잤다. 때로 부인이 나를 깨우기도 했다. 그녀가 커튼을 걷으면 햇빛이 내 눈까풀 사이로 밀려들어오곤 했다. 창문 밖으로는 불그스름한 포도밭이 보였다. 새들이 지저귀는 소리도 들려왔다. 내가 몸을 웅크리고 침대에 누워 일어날 시간을 마냥 늦추고 있으면, 부인은 침대 가장자리에 앉아 마치 새끼고양이 다루듯 손바닥으로 내 뺨을 부드럽게 쓰다듬었다. 그녀의 목소리도 나를 어루만지는 것 같았다. 그녀의 부드러운 말 한마디 한마디는 꿈 속에서처럼 내 속으로 스며들었다. "귀여운 것, 일어나지 마, 그러고 있어. 여기는 네 집이야. 내가 널 재워줄게. 넌 내 어린 딸이니까. 나는 너 같은 아이를 기다렸어. 내가 널 보살펴줄 거야. 나하고라면 걱정할 게 없어. 내가 모든 걸 알아서 해줄게. 너는 내 딸이야. 내 작은 아가." 그녀는 그 외에도 많은 말들을 약간 쉰 듯하면서도 아주 낮고 부드러운 목소리로 내 귀에 속삭였다. 그 동안에 그녀의 따뜻하고 건조한 손은 얼굴 위로 미끄러져서 목에 머물며 머리카락을 애무했고, 손가락은 귀고리를 만지작거렸다. 그녀가 그러는 것을 내가 좋아했는지는 잘 모르겠다. 기분이 이상한 것이, 길게 늘어지는 꿈을 꾸는 것 같았고, 구름 위를 떠다니는 것 같았다. 나는 몸을 떨었다. 내 속에서 어떤 물결이 등을 타고 내려갔다가 배로 거슬러올라오는 것이 느껴졌고, 그럴 때면 발에서 손까지 모든 신경세포들이 생생하게 감지되었으며, 꼼짝도 할 수 없었다. 그러다가 나는 잠이 들었다. 다시 눈을 떴을 때는 환한 대낮이었으며, 부인은 일하러 가고 없었다. 나는 자리에서 일어나 욕실로 가서 정신을 차리려고 오랫동안 시원한 물로 샤워를 했다.

나는 더이상 장을 보러 멀리까지 가지 않았다. 이제 나는 이 구역을 떠나기가, 이 조용한 길로부터 멀어져서 8번지의 철책이 시야에서 사라지는 것을 보기가 두려웠다. 나는 길 끝의 지하철 역 근처에 있는 빵집에서 과일과 채소와 치즈를 샀다. 그러나 돈이 충분하지 않았다. 돈을 더 달라고 하고 싶지 않아, 나는 내가 저축한 돈에서 꺼내 썼다. 프로메제아 부인이 나를 고용한 까닭이 내가 영리하고 물건 사는 법을 알기 때문이라고 생각했기 때문에, 내가 게을러졌고 더는 돈을 절약하지 못하게 되었다는 사실을 그녀에게 알리고 싶지 않았다. 그러다보니 돈이 모자라서 나는 여러 번에 걸쳐 물건들, 연어 통조림, 비스킷, 혹은 집 안에서 쓰는 천 종류들을 훔쳤다. 내 손은 실수하지 않았다. 나는 여전히 민첩했으며, 그 구역의 상인들은 순진해서 나를 전혀 의심하지 않았다. 꼭 한 번 문제가 생겼었다. 금방 납득이 가지 않는 일이었는데, 여하튼 그 경험은 마치 내가 이해할 수 없는 어떤 비밀, 혹은 어떤 비밀스러운 의미를 가진 것처럼 내게 불가해한 인상을 남겼다. 작은 슈퍼마켓에서 일하는 여점원으로 광대뼈가 나오고 색바랜 금발머리를 가진 젊은 여자와의 사이에서 있었던 일이었다. 내가 곁을 지날 때 그녀는 나를 뚫어지게 바라보았다. 나는 그녀가 나를 주시하고 있었음을, 내가 재떨이를 훔치는 장면을 보았음을 알았다. 나는 주머니에서 재떨이를 꺼내어 돈을 치르려 했다. 그러나 그녀는 한마디 한마디에 힘을 주어 아주 천천히 이렇게만 말했다. "너 신참이니?" 나는 더듬거리며 말했다. "신참이라니?" 그녀는 창백하고 싸늘한 눈으로 나를 빤히 응시하고 있었다. 그녀가 말했다. "그래, 됐어, 귀여운 아가씨." 그러고서 그녀는 물건들을 내 가방에 집어넣고는 돈도 받지 않고 건네주었다. 나는 곧 그녀가 다시 나를 부르기라도 할 것처럼 뛰어 달아났다.

때때로 나는 오후에 후리야에게 전화를 걸었다. 마예르 부인이 그녀에게 전화를 바꿔주도록 하느라 나는 멀리 영국이나 미국에 와 있다고 말했다. 그러면 그녀는 가늘고 빠른 목소리로 말했다. "아, 그래?" 잠시 후 후리야의 낮고 쉰 듯한 목소리가 들려왔다. 그녀는 아랍어로 말했고, 나는 프랑스어로 대답했다.

"어디에 있니?"

"파리야. 미국이 아니라."

"언제 돌아올 거니?"

"모르겠어. 사실 일이 많아서 너무 바빠."

"우아."

"내 말은 사실이야. 정말 시간이 없어. 게다가 너무 멀어. 도시 반대쪽 끝에 있거든."

"우아, 우아."

"왜 자꾸 '우아' 소리를 내는 거지? 내 말 못 믿겠어?"

침묵.

"이것 봐. 시간이 나는 대로 곧 언니를 보러 갈 거야. 뭐 필요한 거 없어? 돈은 아직 남았어?"

"난 괜찮아. 아직 조금 여유가 있어."

"이만 끊어야겠어. 다시 전화할게."

"왜 거짓말을 하니? 너는 내가 죽을 때까지 돌아오지 않을 거야."

"그러지 마. 거짓말하는 게 아니야. 지금 당장은 돌아갈 수 없어. 대신 다시 전화 걸게."

"알았어."

"안녕."

"살라마, 라일라."

"살라마 할티."

부끄러웠다. 지하철을 타고 삼십 분이면 그곳에 갈 수 있었다. 그러나 장 부통 거리에 발을 들여놓는다는 생각만으로도 속이 메스꺼웠다. 그곳과 나 사이에 벽이 가로놓인 것 같았다.

아침녘에 노노가 왔다. 어떻게 내가 있는 곳을 알아냈는지 알 수 없었지만, 마리 엘렌이 말해주었는지도 모른다. 그러나 그녀는 노노를 그다지 신뢰하지 않았으므로, 그가 직접 병원에 물어보았을 수도 있었다. 장을 보러 나갔을 때, 그가 그곳에 있었다. 그는 가죽 점퍼만을 걸치고 가을철의 찬바람을 맞으며 대문 옆 귀퉁이에서 상당히 오랫동안 기다리고 있었던 모양이었다. 그는 코를 훌쩍거렸다. 감기에 걸린 것이었다. 나를 보게 되어 정말 기뻐하는 기색이어서, 나로서는 그를 그냥 보낼 수 없었다. 그는 의기소침해 있었다.

"넌 변했어."

"그래? 나아진 거야?"

그는 미소를 지었다. "그러고 있으니 아줌마처럼 보여."

프로메제아 부인이 사다준 옷 때문이었다. 나는 끝이 좁은 검은색 바지와 브이자 형 칼라의 스웨터와 목에 감아 매듭 지은 빨간 머플러 차림이었다.

나는 나와 다른 삶에 속하는 사람을 만나면 겁이 날 것 같았다. 그러나 놀랍게도 노노를 다시 보게 되니 무척 기뻤다.

그는 장을 보는 동안 나와 동행했다. 그가 장바구니를 들어주었다. 그는 어깨가 넓고 목이 두터웠으며 얼굴은 장난꾸러기 같았다. 나는 그의 키에 놀랐다. 생각보다 훨씬 키가 작아 보였던 것이다. 상점 주인들은 그에게 쉽게 호감을 느끼고 농담을 건넸다. 이렇게 묻는 사람도 있었다. "네 동생이니?" 지난 몇 주 사이에 나는 처음으로 즐거움을 느꼈다. 나는 꿈에서 벗어나고 있었다.

노노는 장 부통 거리의 소식도 전해주었다. 마예르 부인은 곤란을 겪고 있었다. 경찰이 검색을 강화한 것이다. 그녀는 세입자들을 모두 신고하지 않았다. 경찰은 벌금을 매기겠다고 으름장을 놓았다. "그 마귀할멈, 울면서 이러더군. 그건 내 잘못이 아니에요. 저 흑인들은 하나같이 생긴 게 똑같아요. 분간할 수 없었다구요!"

"우리 아주머니는?"

나는 후리야를 아주머니라고 불렀다. 그녀는 말이 없다고 했다. 문을 빼꼼히 열어보았다가 얼른 다시 닫곤 한다는 것이었다. 그녀는 경찰을 무서워했다. 경찰이 자기를 붙잡아 남편에게 되돌려보낼 것이라고 생각하고 있었기 때문이었다. 그러나 경찰관들은 서인도제도 사람들과 아프리카인들만으로도 할 일이 너무 많았다. 노노는 빗물받이 홈통을 타고 빠져나왔다. 그리하여 내게까지 오게 된 것이다.

"지금은 어디에 있니?"

그는 여기서도 볼 수 있다는 듯이 도시의 반대쪽을 가리켰다.

"친구 하나가 차고를 빌려줬어. 잠은 거기서 자."

"거기가 어딘데?"

그는 잠시 생각에 잠긴 표정을 지었다.

"이름이 괴상해. 자블로 거리라고." 그는 내게 종이쪽지를 보여주었는데, 거기에는 자블로 거리 28번지라는 주소가 갈겨쓴 글씨로 적혀 있었다. 나는 그 이름이 카메룬 전사에게 썩 잘 어울린다고 생각했다.

"밤에는 견딜 만해. 하지만 낮에는 너무 어두워. 그래서 체육관에 나가 훈련할 생각이지. 다음 달에 시합을 가지기로 했어. 관장 말로는 내가 프로에 데뷔할 수 있을 거래. 그렇게만 되면 필요한 서류를 모두 구해주겠다고 했지."

8번지로 돌아왔을 때 그가 추위에 떠는 기색이 역력해서, 나는 그에게 안에 들어가 커피를 마시자고 했다. 그는 집 안을 보고 놀랐다. 그는 마룻바닥이 부서질까봐 두려워하는 것처럼 아주 천천히 걸었다. 우리는 거실을 가로질러 흰색으로 칠한 넓은 주방으로 들어갔다. 나는 그가 놀라는 모습이 재미있었다. 나는 이미 오래전부터 부잣집에 익숙해져 있었다. 들라예 부인의 빌라를 보고 난 후에는 무엇도 그리 대단해 보이지 않았다. 그러나 노노는 처음 보는 장난감들 앞에 선 어린아이 같았다. 그는 전기 커피 포트와 빵 굽는 기계를 살펴보고, 바퀴 달린 서랍장도 밀어보고, 스테인리스 바구니를 돌려보기도 했다.

"이 집 정말 부자구나."

"맞아. 마음에 드니?"

그는 씁쓸하게 웃었다.

"내가 사는 차고보다는 낫지!"

나는 두 팔로 그의 목을 감았다.

"유명한 권투선수가 되면, 너도 이런 집을 살 수 있을 거야."

그가 머뭇거리며 말했다.

"그렇게 된다면 난 너와 결혼할 거야."

그가 무척 진지한 표정을 짓고 있어서 나는 웃음을 터뜨렸다. "바보 같은 소리 하지 마. 네가 유명한 권투선수가 되면 나 따위는 생각도 하지 않을 거고, 인형처럼 예쁜 금발 여인과 결혼할 거야."

노노는 나무라는 듯한 표정으로 나를 바라보았다.

"왜 그런 말을 하니? 난 너와 결혼할 거야."

그는 거의 매일 아침 찾아왔다. 주말은 예외였는데, 프로메제아 부인이 집에 있기 때문이었다. 그는 내가 시장 보는 것을 도왔고, 나는 그에게 달걀과 버터 바른 구운 빵과 더운 우유 한 사발로 푸짐하게 아침식사를 대접했다.

프로메제아 부인은 아무 말도 하지 않았는데, 어느 날 갑자기 표정이 바뀐 것을 보니 누군가가 귀띔해준 모양이었다. 그녀는 성질이 급해지고 고약해졌으며, 사사건건 트집을 잡았다. 어떤 때는 화가 잔뜩 나서 예고도 없이 집으로 돌아왔다. 열쇠꾸러미나 서류 따위를 두고 나갔다는 이유에서였다. 그러나 나는 그녀가 그러는 것이 나와 노노가 함께 있는지 알아보고 그 현장을 잡기 위한 것임을 알고 있었다. 나는 곧바로 사태를 파악하고, 노노에게 집에 오지 말고 길에서 기다리라고 했다. 그가 나를 놀리는 듯한 어조로 한마디 했다. "네 여주인이 질투를 하는구나!"

그녀의 달라진 모습을 보자니 마음이 착잡했다. 나는 모종의 일이 준비되는 중이라는 느낌을 받았다. 그러나 나는 그것이 무엇인지 알지 못했다. 얼마 후에 프로메제아 부인은 내게 봉투 모양이 낯선 편지 한 통을 건네주었다. 그 편지 앞머리에는 이렇게 쓰여 있었다. '파리 제16구 경찰서.' 그것은 내 신분을 법적으로 정리하기 위한 소환장이었다. 프로메제아 부인은 그것이 무엇을 의미하는지 잘 알고 있었다. 그녀가 모든 일을 꾸몄다. 경찰서장은 그녀의 친구였다. 그녀는 거주증명서와 호적신고서를 제출했다. 모든 준비가 끝나 있었다. 그러면서도 그녀는 영문을 모르는 척했다. 그녀가 말했다. "내 생각에는 나라에서 네 신분의 법적 보장 요청을 받아들이려는 것 같구나. 그렇게 되면 곧 프랑스 국적을 가지게 될 거야." 나는 깜짝 놀라지 않을 수 없었다. 하마터면 나는 이렇게 말할 뻔했다. "하지만 나는 그런 걸 요청한 적이 없는데요!" 그때 나는 조라와 그녀의 남편을, 그리고 몇 달 동안 나를 가둬놓았던 그들의 아파트를, 타브리케트 천막촌과 그곳 지붕 위에서 발톱으로 함석판을 긁어대며 뛰어다니던 쥐들을 기억했다. 나는 말했다. "고마워요." 그녀는 나를 껴안았다.

아마도 부인은 후에 섭섭하게 여겼을 것이다. 너무 더웠던데다가 경찰서 직원이 공연히 서둘러대는 바람에 얼굴이 조금 상기되어 경찰서에서 돌아왔을 때, 나는 모든 것에 대해, 그러니까 서류들에 서명하고, 지문을 찍고, 그들이 말하는 대로 받아적은 일, 그리고 그들이 리즈 앙리에트라고 지어준 이름에 대해서도 남김 없이 이야기해야 했다. 직원은 그 이름이 내게 어울린다고 했다. 프로메제아 부인은 내 말을 들으며 웃고 손뼉을 치면서, 마치 내가 겪은 일 하나하나가 자기에게 상관되는 일이기라도 한 것처럼 감격스러워했다. 그러나 내게는 그녀에게 하지 않은 이야기가 있었다. 그것은 직원이 내 위로 몸을 굽히고 내 목덜미를 어루만지며 은근한 목소리로 "'너를 사랑해'라는 말을 아랍어로 어떻게 하지?"라고 물었던 일과, 그 대답으로 내가 알고 있는 가장 상스러운 말인 "사피……"라고 대꾸했던 일이었다. 사실 그 말은 타브리케트에서 후리야가 자기를 못살게 구는 남자들에게 내뱉던 말이었다. 그녀는 알지 못했을 것이다. 그녀는 그 모든 일이 어차피 내게는 별로 중요한 것이 아니고, 이미 때가 늦었으며, 새로 만든 그 서류들의 임자는 내가 아니라 바로 후리야라는 것을 알지 못했을 것이다.

부인은 다시 조금 부드러워졌다. 그녀가 말했다. "떠나지 않을 거지? 그렇지? 나를 버리지 않겠지?" 그녀는 후리야처럼, 타가디르처럼 말했다. 사람들은 모두가 똑같았다.

나는 아마도 그녀와 오랫동안 함께 지낼 수 있었을 것이고, 어쩌면 아직도 그곳에 머물러 있을 수도 있었을 것이다. 만약 그날 밤 그 일이 일어나지 않았다면 말이다. 어쩌다가 그렇게 되었는지 지금도 이해하기 어렵다. 우리는 저녁식사를 하고 나서 대화를 했다. 얼마 전부터 나는 그녀와 함께 미제 담배를 피우며 이야기를 나누곤 했다. 그러면서 우리는 별로 관심을 두지 않고 그저 곁눈으로 텔레비전 화면을 힐끔거렸다. 구월말이라 아직 날씨가 더워 창문들은 활짝 열려 있었고, 나뭇잎 위로 가는비가 내리고 있었다. 마로니에 거리는 조용했다. 그런 끔찍한 일이 이토록 큰 도시에서 일어나리라고는 누구도 생각지 못했을 것이다.

프로메제아 부인은 잠을 자기 전에 이파리와 꽃잎을 넣어 만든, 후추와 바닐라맛이 나는 약간 역한 차를 준비했다. 얼마 후, 나는 긴의자에서 잠이 들었다. 허공에 떠 있는 듯한 기분이었다. 아니, 나는 잠들어 있지 않았고, 단지 몸이 너무 가볍게 느껴져 팔도 다리도 움직일 수가 없을 뿐이었다. 부인의 얼굴이 아주 가까이에 있는 것 같았는데, 묘한 미소와 암코양이의 눈처럼 길쭉한 검은 눈이 자리잡고 있는 그 얼굴은 별처럼 빛났다. 그녀는 고양이가 가르랑거리듯 부드러운 목소리로 같은 말을 되풀이했다. "내 귀여운 아가, 내 귀여운 아가." 그때 나는 그녀의 메마르고 뜨거운 손이 내 살갗을 쓰다듬다가 단추 풀린 셔츠 틈으로 미끄러져 들어와 내 젖꼭지를 만지작거리는 것을 느끼고 있었다. 내 가슴은 터질 것처럼 뛰었다. 귓전에는 그녀의 속삭이는 목소리가 들려왔다. "내 귀여운 아가." 나는 그녀가 멈추기를, 아무 말도 하지 말기를, 내 곁을 떠나주기를 바랐으며, 나 자신도 아무도 없는 장소, 이를테면 내가 가곤 하던 바닷가 공동묘지, 잡초 사이의 흰 묘석들, 이름도 없는 그 흰 묘석들에 부딪혀 햇살이 반짝이고 새들이 두 날개로 바람을 낫처럼 가르며 공중에 정지해 있는 그 공동묘지로 돌아가고 싶었다.

아침에 잠에서 깨어났을 때 나는 입술이 마르고 목이 아팠다. 무슨 일이 있었는지 기억할 수 없었다. 분명 거실의 긴의자에서 잠이 들었는데, 부인의 일본식 가운에 감싸여 있었다. 가장 먼저 나를 놀라게 한 것은 러시아산 가죽 냄새였는데, 그 때문에 머리가 지끈거렸다. 나는 가구에 몸을 부딪히면서 텅 빈 집안을 이리저리 헤매고 다녔다. 내가 뭘 하려고 하는지도 알 수 없었고, 아무것도 생각해낼 수 없었다. 나는 커피를 마시려고 물을 끓였다. 햇살이 주방 안으로 들어오고 있었다. 바깥은 날씨가 화창했는데, 붉게 익어가는 개머루가 창문으로 내다보였으며, 그 위로 한떼의 참새가 지저귀며 날아다니고 있었다.

그때 갑자기, 커피를 마시던 바로 그 순간에, 모든 것이 명확해졌다. 이곳을 벗어나야 했다. 심장은 격하게 뛰었고, 이마에 강한 통증이 느껴졌다. 나는 빙글빙글 돌며 의자들을 쓰러뜨렸다. 나는 마리 엘렌이 마예르 부인을 두고 그랬던 것처럼 뇌까렸다. "고약한 할망구! 고약한 할망구!"

비로소 나는 랄라 아스마가 했던 말을 기억했다. "네가 잘 알지 못하는 사람의 차는 마시지 마라. 원하지 않는 것을 마시게 될 수도 있으니까." 그녀는 여자들에게 커피를 마시러 오라고 초대해서 음료수를 마시게 하고는, 여자들이 잠들면 자기 집으로 데려가 강간한 후에 목을 딴다는 어떤 남자에 대해 이야기한 것이었다.

나는 부인이 준 차와 내가 고개를 끄덕이며 졸 때 나를 바라보던 그 타는 듯한 검은 눈을 기억했다. 어제 그녀는 차에 로입놀을 탄 것이 분명했고, 그로 인해 나는 정신을 잃었다. 나는 그녀를 증오했다. 그녀는 나를 기만한 것이다. 그녀는 내 편이 아니었다. 그녀도 다른 사람들, 조라나 들라예 씨나 경찰서 직원과 다를 바가 없었다. 나는 그녀가 미워서 죽여버리고 싶을 지경이었다. "비열한 늙은이, 비열한 늙은이."

　나는 옷을 입었다. 이곳에 올 때 입었던 청바지와 스웨터를 걸치고, 프로마제아 부인이 사다준 것들은 죄다 내던져버렸다. 그 중에는 그녀의 이름이 새겨진 배지가 달린 짧은 금줄도 있었다. 나는 그것을 변기에 집어넣고 물갈음 손잡이를 잡아당겼다. 그러나 물줄기는 그것을 삼키지 못했다. 나는 어떻게 해야 복수할 수 있을까 생각했다. 도둑질은 하고 싶지 않았다. 그 집에 있는 어떤 것에도 손대고 싶지 않았다. 단지 기억 속에서 그녀 자신과 그녀가 내게 할 변명을 지워버리고 싶었다. 나는 그녀의 서재로 가서 책을 바닥에 내팽개치기 시작했다. 나는 서가에 꽂힌 책들을 집어들어 제목을 살핀 후에 방 한가운데로 던졌다. 그러다가 점점 더 광기 같은 것에 사로잡혀, 더욱 빠른 속도로 책들을 허공으로 내던졌고, 그때마다 책장이 찢어지고 책이 벽에 부딪히는 소리가 요란하게 났다. 나는 그녀의 사진과 편지와 서류들도 똑같이 했다. 그러면서 쉬지 않고 중얼거리고 소리를 질렀으며, 아랍어와 프랑스어로 내가 아는 모든 욕을 그녀에게 퍼부어댔다. 그러고 나니 속이 후련해지는 기분이었다.

　끝내고 나서 보니 부인의 서재와 거실은 회오리바람이 휩쓸고 지나간 벌판을 방불케 했다. 나는 가방과 고물 라디오를 집어들고 그곳을 떠났다.

8

 자블로 거리는 파리에서 가장 특별한 곳이었다. 처음에는 그런 곳이 존재한다는 사실을 믿고 싶지 않을 정도였다. 노노가 와서 나를 오토바이(그의 것이 아니라 빌린 것)에 태우고 지하로 난 길로 접어들었을 때, 나는 그가 지름길로 가느라 터널을 통과하는 것으로 생각했다. 그러나 땅 밑으로 길이 구불구불 이어지면서 시멘트로 지어진 아케이드와 차고 입구가 줄줄이 나타났다. 곳곳에서 오토바이가 굉음을 일으키고 있었다. 전조등을 켜고 경적을 울려대며 달리는 자동차들도 있었다. 그 동안 치른 일들로 너무 피곤했던 터라 나는 노노의 점퍼에 바짝 매달렸다. 길을 잃은 듯한 기분이었다. 어디로 가는지도, 앞으로 무슨 일이 일어날지도 알지 못했다. 나는 로입놀이 여전히 효력을 발하고 있다고 생각했다.

그 후, 나는 병에 걸렸다. 지하에 있는 노노의 아파트는 좁았고, 주방까지 내려온 지하통로를 통해서가 아니고는 전혀 햇빛이 들지 않았다. 듣던 대로 그곳은 아파트라기보다 차고나 동굴 같은 곳이었다. 화장실과 주방이 갖추어져 있긴 했으나 지하실에 사는 사람들이 공동으로 사용하도록 되어 있었다. 그리고 나머지 부분은 긁힌 자국이 어지럽게 나 있는 육중한 쇠문과 작은 아치형 천장이 있는 시멘트 방들로 나뉘어 있었다. 그러나 때때로 배수관으로 물이 흘러내리는 소리나 환기장치에서 이는 바람소리를 제외하고는 아무 소음도 들리지 않아 다행이었다. 나는 내게 무슨 일이 일어나고 있는지 알지 못했다. 나는 노노가 나 혼자 쓸 수 있도록 방 안에 깔아놓은 매트리스에 거의 하루 종일 누워 있었다. 그는 바깥의 넓은 방에서 잤는데, 그곳이야말로 진짜 차고여서, 바닥은 회색 칠을 한 시멘트로 되어 있고 두 개의 문짝이 달린 커다란 문이 입구를 막고 있었다. 그는 그곳에 오토바이를 세워두었다. 노노는 부랑자처럼 바닥에 판지를 몇 장 깔아놓고 그 위에서 잠을 잤다. 그는 자상했다. 내게 자기 방을 내준 것이다. 그는 내가 매트리스에 꼼짝도 않고 누워 있는 모습을 보며 가슴아파했다. 나는 담배를 피우며 기침을 했다. 힘이 하나도 없어 팔을 움직이거나 머리를 돌리기도 어려웠다. 나는 음식을 입에 대지 않았다. 전혀 배가 고프지 않았다. 간간이 입 안에 침이 고여서 옆으로 고개를 돌려 뱉어내야 했다. 더이상 월경도 하지 않았다. 내 속의 모든 것이 정지해버린 것 같았다.

노노는 그것이 얀죽, 주주, 즉 운명이라고 했다. 그는 이런 경우에 어떻게 해야 하는지 아는 것 같았다. 그는 취해야 하는 모든 조처들,

불에 소금을 뿌리고 깃털이나 갈대를 꽂고 바닥에 표식들을 그리고 연기를 일으키고 하는 것들에 대해 이야기했다. 나는 그의 말에 귀기울였다. 그의 말과 그의 미소를 모두 들이마셨다. 그는 나를 외부세계와 이어주는 유일한 존재였다. 연습을 마치고 돌아올 때면 그에게서는 거리와, 땀과, 자동차 가솔린 냄새가 났다. 나는 그의 손, 각지고 손가락이 단단하고 손바닥이 닳은 조약돌처럼 부드러운 손을 잡고 말했다. "밖에서 뭘 봤는지, 거리에서 무슨 일이 일어나고 있는지 이야기해줘." 그는 사고가 나는 것을 목격했는데 버스가 승용차를 들이받아 한쪽 문짝을 날려버렸다고 했다. 스코틀랜드인들이 백파이프를 연주하는 것을 보았고 마리 엘렌을 다시 만났다고 했다. 그는 장 부통 거리의 소식을 전했다. "그럼 후리야 아줌마는?" 그는 고개를 저었다. "만나지 못했어. 하지만 내가 보기에 그 여의사, 그러니까 이름이 프로⋯⋯" 그가 그녀의 이름을 발음하지 못하는 것을 보고 나는 웃었다. "네 여주인 말인데, 너를 찾고 있는 모양이야. 잡으면 가만두지 않겠대. 하지만 너를 이렇게 만든 건 바로 그 늙은 할망구야. 내가 죽여버리고 말겠어!" 그는 아무에게도, 마리 엘렌에게도 내가 그의 집에 있다는 것을 말하지 않았다. 만약 부인이 나를 찾아낸다면 범죄자처럼 프랑스 밖으로 추방해버릴 것이었다. 그러나 나는 그녀에게서 아무것도 훔친 것이 없었다. 오히려 그녀가 내게서 뭔가를 훔쳐갔다. 그녀는 거짓말을 한 것이다.

나는 악몽을 꾸었다. 나는 밤인지 낮인지조차도 분간할 수 없게 되었다. 마치 아주 커다란 동물의 뱃속에 들어앉아 천천히 소화되는 듯한 느낌이었다. 어느 날 나는 소리를 질렀고, 노노가 왔다. 그가 나의 얼굴을 쓰다듬었다. 그는 어린아이에게 하듯이 부드럽게 말했다. 그가 판지로 돌아가려 했을 때 나는 그를 붙들었다. 그러고는 그를 한껏 세게 껴안았다. 그의 등에서 밧줄 같은 힘살이 느껴졌다. 그는 내게 몸을 붙이고 불을 껐다. 그의 온몸은 잔뜩 긴장해 떨고 있었다. 나는 그 이유를 알지 못했으며, 겁을 내고 있는 게 내가 아니고 그라는 사실이 이상했다. 그러나 우리 사이에는 아무 일도 없었다. 나는 그에게 몸을 꼭 붙이고 잠이 들었다. 노노는 꼼짝도 하지 않았다. 그는 두 팔로 나를 감고서 내 목에 코를 대고 숨을 내쉬었다. 어느 날 그는 아주 부드럽게 나를 가졌다. 그러고 나서 그는 미안해하며 말했다. "아프지 않았어?" 내게는 첫 경험이었지만, 나는 그다지 놀라지 않았다. 마치 이미 오래전부터 알고 있던 행위를 한 듯한 느낌이었다.

그 후로 모든 것이 조금씩 나아졌다. 나는 거동을 시작했고, 주방을 드나들 수 있었다. 아침식사를 할 때 나는 노노에게 묻곤 했다. "오늘 날씨가 좋아?" 그가 말했다. "기다려. 보고 올게." 그러고서 그는 등받이 없는 의자를 뒤로 밀고 일어나, 문 위의 작은 창을 열고 상체를 비틀어 빛이 들어오는 지하통로 안으로 반쯤 들이밀었다. 그는 티셔츠에 땀이 밴 채 제자리로 돌아왔다. "하늘이 아주 파래!" 그는 내가 자기와 함께 오토바이를 타고 한 바퀴 돌아보았으면 했다.

처음 밖으로 나가게 되었을 때, 나는 차고 문 옆의 계단을 걸어올라가 승강기를 타고 건물 위로 올라갔다. 아침이었는데, 노노는 이미 체육관으로 연습하러 떠나고 없었다. 주위는 너무도 조용했다. 단지 각 층에 이를 때마다 승강기가 삐걱거리는 소리만이 들릴 뿐이었다. 나는 15층까지 올라갔다. 그곳은 사무실이었는데, 보험회사나 변호사

사무실이나 건축회사나 그와 비슷한 곳이었다. 나는 사무실 안으로 들어가 커다란 유리창 앞까지 곧장 걸어갔다. 비서는 흑인 소녀가 부풀어오른 머리카락에 닳아빠진 청바지 차림으로 멍하니 앞을 바라보는 모습을 보고 단번에 겁에 질렸다. 그때 나는 처음으로 나 또한 누군가를 겁에 질리게 할 수 있음을 깨달았던 것 같다.

나는 창에 기대서서 밖을 내다보았다. 현기증 때문에 잠시 몸이 얼어붙었다. 이렇게 높은 곳에서 도시를 내려다본 적은 한번도 없었다. 거리들, 지붕들, 건물들, 까마득히 뻗어나가는 대로들, 광장들, 공원들, 더 멀리로는 야산들과 햇빛을 받아 반짝이는 강줄기까지도 시야에 들어왔다. 하늘에서 갈매기들이 활공하는, 바닷가 공동묘지의 절벽 꼭대기에 서 있는 듯했다. 연기가 피어오르는 곳도 있었다. 조그맣게 보이는 자동차들의 차체는 풍뎅이처럼 반짝였다. 자동차 경적, 경찰차 경보음, 구급차 울어대는 소리, 동시에 한데 뒤섞여 귀가 멍멍하게 지속적으로 울리는 웅웅 소리. 도처에서 올라오는 도시의 소음이 나를 어지럽게 했다. 나는 두 손으로 두터운 유리창을 짚은 채 보이는 광경으로부터 눈을 뗄 수 없었다. 거대한 검은 구름으로 뒤덮인 하늘에서는, 한쪽으로는 햇살이, 다른쪽으로는 빗줄기가 아래로 그어지고 있었다. 단언하건대 여태껏 그처럼 아름다운 모습은 한번도 본 적이 없었다.

그때 내 뒤에서 조금은 애처로운 목소리가 들려왔다. 어떤 여인이 낮은 목소리로 말하고 있었는데, 언뜻 알아들을 수 없었다. "아가씨! 아가씨! 어디 불편한가요?" 나는 돌아서서 웃으며 그녀를 바라보았다. 내 눈에는 눈물이 글썽거리고 있었다. 갑자기 무척 행복하다는 느낌을 받았던 탓이었다. "아뇨, 괜찮아요, 아주 좋아요. 그저 경치가 너무 아름다워서 바라보고 싶었을 뿐이에요." 내 미소가 그녀를 안심시키지 못했는지, 그녀는 옆으로 비켜섰다. 젊고 얼굴이 창백했으며, 긴 금발에 눈은 초록색이었다. 그녀 말고 다른 여자들도 있었는데, 그 중 하나는 살이 찐 편이었고, 또 하나는 프로메제아 부인과 비슷한 인상이었다. 그녀들이 경비원을 부른 모양이었다. 내가 사무실을 나와 승강기 쪽으로 걸어갈 때 철문이 열리더니, 허리띠에 수갑을 찬 푸른 제복 차림의 남자가 나와 나를 노려보았다. 나는 승강기 안으로 들어갔고, 곧 문이 닫혔다. 나는 무척 피곤해서 조금 취한 듯하기까지 했다. 지하실 차고로 돌아온 나는 매트리스에 누워 낮 시간 내내 잠을 잤다. 권투 연습장에서 돌아온 노노도 나를 깨우지 않았다. 그는 아무 소리도 내지 않고 벽에 등을 기대고 앉아 마치 오빠처럼 내가 자는 모습을 지켜보았다.

그 후로 다시 외출을 시작했다. 나는 내가 그토록 오랫동안 유폐된 생활을 해왔다는 사실을 받아들일 수 없었다. 밖은 하늘이 희끄무레했고, 구름들 사이로 태양이 낮게 떠 있었으며, 날씨가 쌀쌀했다. 센 강변의 나무들도 변화가 역력했다. 누런 이파리들이 바람에 날려 떨어지고 있었다. 나는 후리야를 생각했다. 걸을 수 있게 되자마자 나는 걸어서 리옹 역 방향으로 갔다. 추위가 느껴졌다. 노노는 내게 가죽 점퍼를 빌려주었는데, 어깨 부분이 너무 크기는 해도 노노의 냄새가 나는 그 옷이 마음에 들었다. 팔꿈치가 다 닳았지만, 일종의 갑옷처럼 나를 보호한다는 느낌을 받을 수 있었다.

장 부통 거리는 조금도 달라지지 않았다. 마치 바로 어제 떠났다가 돌아온 기분이었다. 꾀죄죄한 호텔들, 쓰레기봉지들, 마약밀매자들도 여전했다. 길 끝으로 막다른 골목에 이르기 바로 전에 유리창이 더러운 건물이 하나 서 있고, 그곳에 검은 철제 대문이 나 있었다. 초인종을 누르자 처음 보는 흑인이 나와 문을 열어주었다. 키가 작고 말랐으며 턱수염을 기르고 있었다. 그는 아무 말 없이 나를 바라보더니, 몸을 돌려 그릇을 씻고 있던 주방으로 들어갔다. 마리 엘렌은 여전히 남자들을 부려먹고 있었다. 마예르 부인의 방문은 반쯤 열려 있고, 불이 켜져 있었다. 나는 소리 죽여 복도를 지나 후리야의 방 문을 두드렸다.

후리야가 나왔을 때 나는 그녀를 얼른 알아볼 수 없었다. 그녀는 너무 뚱뚱해졌고, 눈가에는 거무스름한 테가 둘러져 있었다. 그러나 나를 보자 그녀의 얼굴은 환해졌다. "널 기다리고 있었어. 네가 오늘 오는 꿈을 꾸었거든." 그녀는 항상 그런 식이었다. "그래, 이렇게 왔어." 그녀는 내게 아무것도, 그 동안 무엇을 했는지, 어디에 있었는지 묻지 않았다. 아마도 이 방 안에 깊이 파묻혀 있던 그녀에게는 시간이 그리 빨리 흐르지 않은 것 같았다. "심심해서 혼났어. 매일 혼자서 이렇게 묻곤 했지. 그애가 오늘은 올까? 전화를 걸지 않을까?"

잠시 후에, 나는 그녀의 소지품을 모두 챙겼다. 내의류와 약과 곡류가 든 상자들, 그 모든 것을 몇 개의 가방에 쑤셔넣었다. 후리야는 밖으로 나가는 것을 무척 두려워했다. 벌써 몇 달째 집세를 내지 않았기 때문이었다. 그러나 이제 나는 마예르 부인도, 그 누구도 무섭지 않았다. 나는 밖으로 나오면서 문을 소리나게 닫았는데, 어찌나 손에 힘을 주었던지 천장의 회반죽 조각이 계단으로 떨어져내렸다. 기분이 날아갈 것 같았다. 바야흐로 새로운 삶이 시작되려는 듯한 느낌이었다. 나는 후리야의 배에 손을 얹고 물었다. "움직여?" 그녀는 숨을 몰아쉬며 천천히 걸었다. "그래, 한시도 가만히 있질 않아. 꼬마 악마 같아."

자블로 거리에서의 처음 며칠은 축제였다. 나는 후리야를 되찾은 것이 너무도 즐거워서 그녀 곁을 떠나지 않았다. 노노는 커다란 전축과 필요한 모든 것, 특히 화면이 큰 컬러 텔레비전을 가져왔다. 내가 어디서 생겼느냐고 묻자, 그는 미소지으며 대답을 얼버무렸다. 음악이 곧 차고 벽 안을 가득 채웠다. 그는 아프리카 친구들을 초대하여 다 함께 카세트에서 흘러나오는 아프리카 음악과 라이와 레게와 록에 맞춰 춤을 추었다. 곧이어 그들은 준 준이라는 작은 북을 꺼내어 두드리기 시작했다. 노노의 단짝인 하킴은 작은 연장주머니처럼 생긴 가방에서 산자라는 처음 보는 악기를 꺼냈는데, 축소시킨 하프 모양의 그 악기에서는 여러 곳에서 동시에 울리는 듯한 유연하고 은은한 소리가 흘러나왔다.

우리는 코카콜라와 함께 럼과 보드카와 맥주를 마셨다. 후리야는 긴의자에 탈진한 듯 앉아서 줄담배를 피웠다. 그러다가 자기도 춤을 춰보려 했는데, 그녀가 아는 춤이라는 것이 발바닥으로 바닥을 울리며 허리를 비트는 것이어서, 커다랗게 부풀어오른 배가 여간 방해가 되지 않았다. 그때 그녀는 프랑스에 도착한 이후 처음으로 웃었다. 그녀는 모든 것을, 장 부통 거리와 마귀할멈을 잊어버렸다. 땅 밑에서 올라온 음악은 건물의 모든 벽을 진동시키고 33층 높이까지 울리면서 인근의 거리들, 샤토 데 랑티에, 톨비아크, 잔 다르크 거리로부터 살

페트리에르와 리옹 역까지 퍼져나갔다. 그 소리는 모든 벽에 붉은 모래를, 아프리카의 흙을 끼얹었다. 책상다리를 하고 산자 위로 몸을 숙이고 연주를 하는 하킴의 뺨에서는 땀이 줄줄 흘러내려 턱수염을 적셨다. 하킴은 마술사처럼 보였다. 그런가 하면 노노는 땀에 젖어 번들거리는 몸을 거의 드러내놓고서 손가락 끝으로 북을 두드려대고 있었고, 후리야는 구리팔찌를 찰랑거리며 거기에 맞춰 맨발로 시멘트 바닥을 구르고 있었다.

승강기는 작동되지 않았다. 나는 후리야를 끌고서 계단을 타고 건물 꼭대기로 올라갔다. 그리고 그곳에서 소방용 계단을 올라 작은 문(그 문의 자물쇠는 노노가 떼내버렸다)을 통해 지붕으로 나갔다. 세상은 이미 어두워져 있었다. 그러나 파리에서는 어둠이 완전히 내리는 법이 없었다. 도시 위에는 마치 기포처럼 붉은 빛이 떠 있었다. 하킴과 노노가 우리가 있는 곳으로 왔다. 우리는 자갈이 깔린 곳을 골라 환기구 옆에 앉았다. 노노는 북을 치기 시작하고 하킴은 산자를 탔다. 우리는 노래를 불렀다. 그저 아, 우, 에오, 에에, 아에, 야우, 야 따위의 소리를 부드럽게 이어나갔다. 우리는 젊었다. 돈도 없고 미래도 없었다. 우리는 마리화나를 피웠다. 그러나 이 모든 것, 지붕과 붉은 하늘과 도시의 웅웅거리는 소음과 해시시와 같이 그 누구의 것도 아닌 그 모든 것이 바로 우리의 것이었다.

우리는 매일 저녁을 그렇게 보냈다. 그곳은 우리의 극장이었다. 우리는 낮이면 바퀴벌레처럼 땅밑에 숨어 지내다가, 밤이면 구석에서 기어나와 어디든 돌아다녔다. 지하철 통로를 통해 톨비아크 역까지

가기도 하고, 때로는 더 멀리 오스테를리츠 역까지 간 적도 있었다. 노노의 단짝인 하킴은 검은 대륙 아프리카에서 들어온 물건들, 보석이나 목걸이 따위의 싸구려 장신구를 팔았다. 그러나 그는 돈 버는 일에 별로 개의치 않았다. 그가 그 일을 하는 것은 파리 7대학에서 역사를 공부하는 데 드는 돈을 마련하기 위해서였다. 그는 앙토니의 대학생촌에서 살고 있었다. 그는 프랑스 군대의 저격병으로 독일군과 싸웠다는 자기의 할아버지 얌바 엘 하즈 마포바에 대해 말했다. 플라스 디탈리, 오스테를리츠, 바스티유, 오텔 드 빌 지하철 역의 통로에서는 매일 저녁 탐탐 북이 울렸다. 통로를 메우는 그 둥둥 소리는 때로는 우르릉거리는 뇌우처럼 위협적으로, 때로는 심장 고동처럼 부드럽게 규칙적으로 들려왔다.

　나는 지하철의 음악가들을 모두 알게 되었다. 나는 이 역 저 역으로 옮겨다니면서 벽에 기대어 앉아 귀를 기울이곤 했다. 오스테를리츠 역에는 월로프에서 온 그룹이, 생 폴 역에는 말리 출신의 사람들이, 톨비아크 역에는 서인도제도와 아프리카에서 온 사람들이 자리잡고 있었다. 그들도 나를 알고 있었다. 내가 다가가면 그들은 손짓을 보내기도 하고 연주를 멈추고서 나와 악수를 하기도 했다. 그들은 나를 서인도제도 출신이나 아프리카인으로 보았다. 그리고 나를 노노의 애인으로 생각했다. 아마도 그가 그렇게 떠벌리고 다녔기 때문일 것이다.

　그렇게 하여 나는 하킴과 함께 자주 바깥 나들이를 하게 되었다. 나는 그를 만나러 톨비아크나 오스테를리츠 역으로 갔다. 그는 장신구 가판대를 친구들에게 맡기고서 나와 함께 거리로 나섰다. 우리는 차가운 밤바람을 맞으며 발길 닿는 대로 걸었다. 우리는 강 쪽으로 갔다. 하킴은 세네갈에 있는 큰 강에 대해 말했다. 그는 그 강을 본 적이 없었다. 그러나 그가 어렸을 때 그의 아버지는 그 강의 느린 물살과 거기에 실려 바다로 떠내려가는 통나무에 대해 이야기하곤 했다. 이제는 눈이 멀어버린 그의 할아버지 엘 하즈도 그 강 이야기를 자주 입에 담았는데, 그 이야기가 너무도 생생하고 실감나서, 뿌옇고 누런 물이 바로 눈앞에서 흘러가고 여자들과 아이들을 태운 카누가 뱃머리 깃털 장식을 펄럭이며 나아가고 있는 것이 눈에 보이는 듯하다는 것이었다. 그러면 나는 부 르그레그 강 어귀에 대해 이야기했다. 마치 그 강 어귀와 세네갈의 강 사이에 공통점이 많기라도 한 것처럼 말이다. 그러나 여하튼 그곳은 내가 얼른 떠올릴 수 있는 유일한 강이었고, 랄라 아스마의 저택을 떠난 후 가장 먼저 본 강이었으며, 나는 매일 타브리케트 천막촌으로 돌아오느라 그 강을 건넜던 것이다.

우리는 카페에 앉아서 이야기를 나눴다. 하킴은 키가 크고 말랐으며, 항상 검은 양복을 말끔하게 차려입고 있었다. 그는 내가 알아듣기 어려운 말도 했다. 어느 날 그는 수없이 많은 기름때 낀 손이 뒤적여 닳아서 너덜너덜해진 작은 책 한 권을 가져다주었다. 그 책의 제목은 『자기 땅에서 유배당한 자들』이었고, 저자는 프란츠 파농이었다. 하킴은 그 책을 내게 건네주며 이해할 수 없는 표정으로 말했다. "읽어봐. 많은 걸 배우게 될 거야." 그는 그것이 무엇인지는 말하려 하지 않았다. 그는 내 앞에 있는 커피 탁자에 책을 내려놓았다. "다 읽고 나면, 다른 사람 아무한테나 줘도 돼." 나도 더 알려고 하지 않고 책을 가방에 집어넣었다.

그는 노노를 좋아하지 않았다. 그는 노노가 새처럼 폴짝거리고 재밋거리나 찾으려 하고 향수나 뿌리고 다니며, 그런 것들이 그가 할 줄 아는 전부라고 했다. 또한 그는 권투선수라는 직업도 탐탁하게 여기지 않았다. 그의 말로는 권투선수란 정신 나간 짓이며, 백인들의 졸이나 인형 같은 것에 불과해서, 일단 망가지면 당장 쓰레기통에 던져질 것이라고 했다. 그는 노노가 친구, 지구 반대쪽 끝인 타히티를 여행하고 다니는 정체불명의 이브라는 자에게 신세지고 있다는 이유로 노노를 빈대라고 불렀다. 나는 그의 말에 불만이었다. 내가 보기에 노노는 험담을 들을 이유가 거의 없는 사람이었다. 분명 하킴에게는 노노의 사생활과 관련하여 뭔가 이야기하고 싶지 않은 것이 있었다. 그는 여러 번 내게 뭔가를 털어놓으려 했다. 그가 이런 식으로 서두를 꺼낸 적이 있었다. "정신이 온전치 않다는 게 뭔지 아니?" 내가 말했다. "미쳤다는 거 아냐?" 그는 특유의 빈정거리는 듯한 미소를 지었다. "그건 틀린 대답이야. 하지만 따지고 보면 그렇다고 할 수도 있겠지." 그러고서 그는 말을 이으려 하지 않았다.

비가 오던 어느 일요일, 그는 나를 데리고 포르트 도레로 가서 아프리카 박물관을 관람했다. 나는 그때까지는 박물관 같은 곳에 들어가 본 적이 없었다.

박물관 안에서 하킴은 열광적인, 거의 넋이 나간 듯한 모습을 보였다. 나는 그에게 그런 면이 있는 줄은 몰랐다. 그가 내 손을 잡고 말했다. "저 가면들을 봐." 그는 흥분으로 목이 메어 잔뜩 가라앉은 목소리로 말을 이었다. "저걸 봐, 라일라. 그자들이 모든 것을 베껴오고 훔쳐왔어. 저 조각상들, 가면들을 훔쳐왔고, 영혼까지도 도둑질했어. 그 영혼들이 지금 이곳에, 이 벽들로 가로막힌 공간 속에 갇혀 있는 거야. 저 모든 것들이 싸구려 장신구나 잡동사니처럼, 톨비아크 지하철역에서 파는 물건들처럼, 모사품이나 대용품으로 여겨지는 것과 다를 바 없어."

나는 그의 말을 잘 알아들을 수 없었다. 그는 내가 달아날까 두려워하는 듯이 내 손을 잡은 손에 잔뜩 힘을 주었다. "저 가면들을 잘 봐, 라일라. 우리를 닮았잖아. 모두들 포로야. 그래서 아무 말도 할 수 없어. 뿌리째 뽑힌 셈이지. 하지만 그래도 저들은 지상에 존재하는 모든 것들의 근원에 자리잡고 있어. 저들은 멀고 먼 과거에 뿌리를 내렸어. 이곳 사람들이 지하동굴에서 살면서 그을음으로 얼굴이 시커메지고 영양실조로 이가 부러지고 하던 그 시절에, 저들은 이미 인간다운 삶을 시작했던 거야." 그는 유리창으로 다가가 주먹을 가져다 댔다. "아, 라일라, 저들을 해방시켜야 해. 여기서 멀리 떠나가게 해야 해. 저들이 잡힌 곳, 아로 추쿠, 아보메이, 보르고즈, 콩, 그곳의 숲과 사막과 강으로 데려다줘야 해." 하킴이 갑자기 격앙된 목소리로 소리치며 주먹으로 유리창을 두드리자, 경비원이 불안한 기색으로 다가왔다. 하킴은 나를 더 안쪽으로 데리고 들어갔다. 그는 부서진 토기, 땅 파는 막대, 나무로 만든 일종의 삽 조각들이 전시된 진열장 앞에 우뚝 멈춰 섰다. "잘 봐, 라일라. 아무리 작은 것이라 하더라도 저기에 있는 것들은 모두 보물이고 눈부신 보석들이야." 나는 무시무시한 입을 가진 도곤의 가면, 죽음의 신과 흡사한 작은 혹들로 덮인 송계의 가면, 유령 군대처럼 도열한 아샨티의 인형들, 꿈꾸는 듯 눈을 감고 있는 팡 신의 긴 두상을 보았다. 나는 손길에 닳고 세월로 벗겨진 사금파리들과 검게 변색된 나무조각들을 유심히 바라보았다. 나는 지금은 그 진열대의 안내판에 어떤 글귀가 적혀 있었는지 기억하지 못한다. 아마도 아샨티에 대한 내용이었던 것 같다. "저게 바로 우리의 뼈고 우리의 이야. 우리 몸의 일부라구. 우리 피부와 같은 색이야. 밤이 되면 반딧불처럼 빛나지." 내가 보기에 그 또한 미친 것 같았다. 그러면서도 그의 말은 나를 전율케 했다. 진실처럼, 깊은 곳에서 우러나오는 듯이 여겨졌던 것이다. 우리는 계속하여 장신구와 북과 성상들 앞을 지났다. 통나무로 만든 길쭉한 카누도 있었는데, 흰개미에게 파먹힌 모습으로 그 자리에 놓여 있는 것이, 마치 이름 모를 강에서 물이 빠져나가면서 난파된 채 방치되어 있는 듯이 보였다.

그러나 이리저리 오가는 경비원의 들릴 듯 말 듯한 발짝소리에 하킴은 신경을 곤두세웠다. 우리는 빠른 걸음으로 박물관을 빠져나왔다. 그는 잔뜩 화가 나 있었다. 그가 말했다. "너도 보았지? 그 작자는 내가 뭘 훔치지 않을까 감시하고 있었어. 내가 우리 조상들의 뼈를 집어 들고 달아나기라도 할 것처럼 쳐다보더라구." 그는 지친 기색이었고, 그래서인지 더 늙어 보였다. "그것들도 보았지? 쇠를 벼려서, 뭐랄까 투창이나 화살 모양으로 만든 장식들, 바나니아 전사의 복장 말이야!"

밖으로 나온 우리는 에브리 쿠르쿠론 행 기차를 타고 그의 할아버지를 만나러 갔다. 엘 하즈 마포바는 고속도로와 가까운 빌라베 부근의 큰 흰색 건물에 혼자 살고 있었다. 승강기는 작동되지 않았다. 현관문은 부서져 있고, 계단은 군데군데 발판이 떨어져나가고 없었다. 여기저기에서 아이들이 눈에 띄었다. 우리가 올라가고 있을 때, 피부가 무척 흰 뚱뚱한 남자아이가 계단을 네 단씩 뛰어내려왔고, 저 위쪽에서 한 여인이 외치는 소리가 들려왔다. "살바도르! ¿아돈데 바스?"

황금 물고기 143

젊은 아랍인들이 계단에 모여 앉아 담배를 피우고 있었다. 좀더 올라가자 안경을 쓴 금발머리 꼬마가 두 여자아이를 따라 내려오면서 볼멘소리를 했다. "젠장, 나도 같이 가자. 내 덕분에 외출할 수 있게 된 거잖아." 여자아이들이 대답했다. "그래, 너 때문이다, 꼬맹아. 여섯 시까지는 들어와야 하는 게."

노인은 방에 혼자 있었다. 그는 밖을 볼 수 있는 것처럼 창문 앞 철제 의자에 앉아 있었다.

"안녕하세요, 할아버지."

엘 하즈는 두 손으로 손자의 얼굴을 만지고 미소를 짓더니 고개를 돌렸다.

"누굴 데려왔지?"

하킴은 웃었다. "귀가 참 밝으세요. 아무도 할아버지를 속일 수 없겠어요."

"누구냐?"

하킴은 나를 그 앞으로 이끌었다. 엘 하즈는 두 손을 내 얼굴에 대고 뺨을 따라 천천히 아래로 미끄러뜨리며 손가락으로 눈썹과 코와 입술을 어루만졌다.

그가 중얼거렸다. "마리마를 닮았구나. 넌 누구냐?"

나는 속삭이듯 내 이름을 말했다. 목이 메었다. 이처럼 좋은 인상을 가진 사람을 만난 것은 처음이었다. 아주 잘생겼고, 피부는 검은 돌과 같은 색에 주름살로 덮여 있었으며, 흰 고수머리가 후광처럼 그의 머리를 감싸고 있었다. 방 안에 다른 의자가 없었기 때문에 나는 벽에 등을 기대고 바닥에 앉았고, 하킴은 차를 타기 위해 물을 끓였다.

엘 하즈는 신경써서 선택한 단어 하나하나에 힘을 주며 약간 쉰 듯한 목소리로 서두르지 않고 느릿느릿 말했다. 그는 나나 자신의 손자 중에 어느 하나를 대상으로 말을 건네지 않았다. 지난 일들을 하나씩 헤아리듯이, 혹은 이야기를 지어내듯이, 곰곰이 생각에 잠겨 말을 이어나갔다. 얼마 후 그는 차를 음미하며 내가 듣고 싶었던 이야기, 붉은 물살에 고사한 나무들과 악어들이 함께 떠내려가는 세네갈의 큰 강에 대해 말했다. 나는 목을 울리며 노래하듯 흘러나오는 그의 목소리에 귀를 기울였다. 그는 자신의 이름처럼 얌바라고 불리는 고향 마을과, 여인네들이 손가락에 맨드라미 꽃즙을 묻혀 그림을 그려넣은 그곳의 진흙 벽들에 대해 말했다. 자신의 아버지와 어머니, 그들 슬하의 열 명의 자식들에 대해, 아침녘에 들곤 하던 목소리에 대해, 그리고 그 중 막내였던 그가 두 시간이나 걸려 강변의 학교로 가 저녁까지 코란을 송독하던 일에 대해서도 이야기했다. 그러면서 그는 여덟 살짜리 아이처럼 콧노래를 부르기도 하고 상체를 까닥거리기도 했으며, 그럴 때면 그의 목소리는 어린아이의 목소리처럼 가늘고 맑아졌다.

"그만하세요, 할아버지. 라일라가 지루하겠어요." 하킴은 곧 나가려는 사람처럼 문 옆에 서 있었다.

"지루해한다니? 듣기 싫어하는 건 바로 너다." 그는 얼굴을 옆으로 돌려 창문을 통해 들어오는 빛을 받으며 내게 말했다. "저애는 성스러운 책을 읽으려 하지 않아. 예언자 마호메트에 대해 말하는 것도 들으려 하지 않지. 좋아하는 거라고는 그저 그 뭐라더라, 파노……"

"파농이요."

"그래, 파노, 파농. 나도 그 사람이 훌륭한 말을 했다는 건 안다. 하지만 그 사람은 중요한 걸, 가장 중요한 걸 잊고 있는 거야."

그러고서 그는 오래 침묵을 지켰다. 이윽고 내가 물었다.

"뭐가 중요한 건가요, 할아버지?"

"아무 가치가 없는 사람이라 해도 신의 눈에는 보석처럼 보인다는 사실이지."

하킴이 짜증스러워하자, 노인은 장난스러운 어조로 말을 바꿨다.

"하지만 그 이야기는 그만두자. 저 아이는 귀를 기울이려 하지 않아. 그런데 라일라야, 너는 내 말을 믿느냐?"

"잘 모르겠어요."

"하지만 저애가 좋아하는 파농이라는 사람이 무척 정확한 얘기를 한 건 사실이다. 부자들은 가난한 사람들의 살을 먹는다는 것 말이다. 프랑스인들이 우리 마을에 왔을 때, 그자들은 젊은 남자들을 데려다 밭에서 일을 시켰고, 젊은 여자들은 식탁 시중을 들게 하거나 요리를 만들게 하거나, 아니면 자기들 여자는 프랑스에 두고 왔으니 그 대신 데리고 자곤 했지. 그리고 흑인 아이들에게 겁을 주기 위해 여차하면 자기들이 잡아먹을 거라고 떠벌리곤 했단다."

"그런 후에 그자들은 흑인들을 프랑스 땅의 도살장으로, 트리폴리텐의 그 전쟁터로 내몰았지요."

엘 하즈는 상을 찡그렸다.

"그건 사정이 다르다. 우리는 인류의 적에 대항해서 싸운 거야."

"왜 죽으러 가는지 알기나 했을까요?"

"우리는 알고 있었다……"

다시 침묵이 찾아들었고, 엘 하즈는 열린 창문을 마주하고 꿈꾸는 표정으로 담배를 피웠다. 조용히 비가 내리고 있었다. 엘 하즈는 연한 푸른색에 가장자리를 흰색으로 두르고, 깃이 없고 품이 큰 아프리카산 셔츠와 검은색 바지를 입고 있었으며, 광택나는 커다란 검은 가죽 구두와 면 양말을 신고 있었다. 그는 길다란 손가락 사이에 담배를 끼고, 꼿꼿이 상체를 세우고 의자에 앉아 꼼짝도 하지 않았다.

우리가 떠나려 할 때, 그는 다시 나의 얼굴을 만지고 내 눈과 입술을 쓰다듬었다. 그가 천천히 말했다. "라일라야, 너는 아직 어리니까 조금씩 세상을 알아나가기 시작할 거다. 그러면서 이 세상에는 도처에 아름다운 것들이 많다는 걸 알게 될 테고, 멀리까지 그것들을 찾아나서게 될 거야." 마치 그가 내게 축복을 내리는 것 같았다. 나는 그에 대한 경의와 사랑으로 몸이 떨리는 것을 느꼈다.

건물을 나서니 이미 밤이었다. 그때 나는 처음으로 집시들의 야영지를 보았다. 그들은 섬에 난파한 사람들처럼, 고속도로들이 지나는 사이의 진흙투성이 땅에 자리잡고 있었다.

9

 그렇게 하여 나는 수시로 엘 하즈 할아버지를 만나러 가게 되었다. 일주일에 한 번 정도, 그보다 더 자주 가기도 하고 뜸하게 가기도 했다. 나를 편하게 했던 것은 그가 나를 기다리지 않는다는 것, 아니면 적어도 나를 기다렸다는 내색을 하지 않는다는 점이었다. 내가 좁은 방 안으로 들어서면 그는 평소처럼 하킴에게 말을 건네지 않았다. 그는 내가 그곳에 있다는 것을 알고 고개를 돌렸다. "라일라냐?" 하킴의 말로는 맹인들은 다른 감각을 가지고 있어서, 개처럼 냄새를 더 잘 맡는다고 했다.
 에브리로 가는 기차 안에는 기껏해야 열두 살이나 열세 살쯤 되어 보이는 아직 어린 남자아이들과 여자아이들이 모여 있곤 했다. 옷차림이 남루하고 뻔뻔스럽고 소란스럽기는 했지만 나는 그들을 바라보는 것이 좋았다. 재미도 있었다. 그들은 담배를 돌려가며 피우고 상을 찡그리기도 하고 큰 소리로 상소리를 내뱉기도 하면서, 그런 자기들을 보고 불만스런 표정을 짓는 교외 생활자들을 눈꼬리로 흘겨보았다. 에브리에 도착하기 조금 전에 두 명의 검표원이 그들을 잡으러 왔고, 아이들은 창문을 통해 역 앞의 비탈면 위로 뛰어내렸다. 그들은 몸을 밖으로 내밀어 유리창에 잠시 매달려 있다가 소리를 지르며 손을 놓아버리곤 했다.

내가 주아니코를 만나게 된 것도 그곳에서였다.

얼마 전부터 나는 이른 시간에 자블로의 불법 거주지를 나와 한 시간에서 두 시간가량 일을 하러 갔다. 나는 제5구에 사는 신문기자인 베아트리스와 잔 다르크 가의 은퇴한 부부 집에서 가정부로 일했다. 후리야는 집에 머물며 음식을 만들었고, 정오경에 잠깐씩 외출을 했다. 그녀는 부른 배를 안고 혼자 건물에 딸린 공원에서, 그러니까 우리 머리 위에서 산책을 했다. 그녀는 우리 동네의 식당에서 지배인으로 일하는 부 씨라는 베트남인을 알게 되었다.

나는 노노를 자주 보지는 못했다. 집을 나설 때 그는 차고 바닥에 깔아놓은 판지들 위에서 잠들어 있었다. 내가 이곳에 도착한 날 우리가 안았던 이후로 나는 그를 내 곁에 오게 한 적이 없었다. 그러고 싶지 않았다. 표현하기 쉽지 않지만, 그런 일로 말썽이 생기는 것을 두려워했던 것이다. 견디기 힘들었을 테지만, 노노는 아무렇지 않은 듯 계속 나를 친절하게 대해주었다.

오후에 나는 하킴을 만나러 소르본 근처의 카페로 가곤 했다. 하킴은 그 카페의 이름을 '절망'이라고 불렀다. 입구가 지옥문처럼 생겼기 때문이라는 것이었다. 그는 책과 공책을 가져왔고, 나는 공부를 시작했다. 그는 내가 교과과정을 뛰어넘어 대학입학 자격시험의 자유응시생이 되거나 법과 적격자격증 취득을 준비해야 한다고 결정했다. 프랑스어와 역사와 철학에 관한 한 나는 별 어려움을 겪지 않았다. 랄라 아스마가 내게 시킨 공부는 놀라운 것이었다. 그녀는 다른 아이들이 인형을 가지고 놀거나 만화영화 앞에 몇 시간이고 앉아 있을 때 내 정신을 키워주었던 것이다. 하킴은 내게 니체와 흄과 로크와 라 보에티의 글을 읽게 했으며 복사물들을 가져오기도 했다. 그는 나를 돕는 일에 집착했다. 갑자기 그 일이 자기 자신이 시험을 통과하는 일보다 더 중요해진 것처럼 여겨질 정도였다.

그가 할아버지에게 나에 관한 일들을 털어놓아서, 내가 에브리 쿠르쿠론에 갈 때면 엘 하즈는 이렇게 묻곤 했다. "철학 공부는 어디까지 나갔니?" 나는 엘 하즈와, 도덕과 폭력과 교육과 사회이념과 자유 등등의 문제에 관해 이야기를 나누었다. 그때마다 그는 멋진 생각들을 들려주었는데, 마치 시간의 저 깊은 곳에 들어 있는 생각들을 기억 속에서 재생해내는 듯했다.

그가 말했다. "신은 낟알과 씨앗을 쪼개어, 죽은 자에게서 산 자를 꺼내고 산 자에게서 죽은 자를 꺼낸단다." 그가 말했다. "프라팡트가 뭔지 아니?" 그것은 남자들이 나비처럼 분분히 날아오르고 산들이 잘 솔질한 양털 같은 것이 되는 한나절을 말하는 것이었다. 그가 말했다. "나는 악에 대항하여, 덮쳐오는 밤에 대항하여, 목을 조이는 밤의 악에 대항하여, 시기심에 불타는 질투하는 자의 악에 대항하여 오로라의 신에게서 안식을 구했단다." 그의 얼굴은 창 쪽을 향하고 있었다.

한마디 한마디가 그의 가장 깊은 곳에서부터 부드럽게 울리며 흘러나오는 것처럼.

그는 예언자 마호메트와 가장 먼저 기도에 헌신했던 그의 종 빌랄에 대해 말했다. 헤지라 이후 예언자 마호메트가 아이샤의 팔에 안겨 숨을 거두었을 때, 빌랄은 아프리카로 돌아갔다. 그곳에서 그는 밀림을 헤매다가 만난 큰 강을 따라 내려가 대양의 연안에 이르렀다. 엘 하즈는 빌랄에 대해 잘 알고 있는 것처럼, 그리고 그 일이 자기 가족에게 있었던 것처럼 이야기했다. 그때마다 하킴은 바닥에 앉아서 빨려들어가듯 귀를 기울였다. 그 후 나는 빌랄의 이야기를 결코 잊지 못했다. 내게 있어서 그것은 또한 나 자신의 이야기였다.

하킴은 내게 그를 만나러 앙토니의 대학생촌으로 오라고 했다. 그곳은 전혀 다른 세상이었다. 자블로 거리나 지하철 역과는 조금도 닮은 구석이 없었고, 쿠르쿠론과도 멀리 떨어져 있는 듯이 느껴졌다. 마치 들판처럼 널찍하고 아름다운 푸른 정원으로 둘러싸여 있으며, 까치와 티티새가 놀고 있는 곳이었다. 전 세계에서 온 학생들, 미국인, 이탈리아인, 그리스인, 일본인, 벨기에인, 터키인과 멕시코인들도 있었다. 그는 나를 구내식당으로 데려가 식권으로 점심을 사주었다. 나는 라비올리와 이탈리아식 파이와 이름을 알 수 없는 요리를 먹었고, 디저트로는 프티스위스와 초콜릿을 바른 슈크림, 감자튀김과 편도크림과자를 맛보았다. 그는 재미있어하는 듯한 표정으로 내가 정신없이 먹는 모습을 말없이 지켜보았다. 그는 그런 내게 익숙해져 있었다. 그는 많이 먹지 않았고 비스킷 조각을 조금씩 잘라먹을 뿐이었다. 그는 모든 요리가 불결하다고 생각했다.

한동안 시간이 흐르자 그는 내게 자기 방에 올라가자고 말했다. 책들을 보여주겠다는 것이었다. 나는 그의 청을 거절하고 싶지 않았다. 나는 그가 나를 안고 싶어한다는 것을 알고 있었지만 그와의 관계가 그런 쪽으로 발전하는 것을 원하지 않았다. 우리가 친구 사이로 남아, 지금처럼 엘 하즈 할아버지가 예언자 마호메트에 대해 말하는 것을 들으러 갈 수 있기를 원했다.

그가 나의 그런 태도에 불만을 가지리라는 것은 분명했다. 그는 노노가 나의 애인이라고 믿고 있었기 때문에 질투를 하고 있었다. 그러나 그는 입을 다물었다. 우리는 기숙사에 딸린 응접실로 가서 소파에 앉았고, 나는 가방에서 『선과 악을 넘어서』를 꺼냈다.

"왜 니체가 계약에 대해 말했는지 설명해줘. 네 말에 따르면 니체는 새로운 개념을 내세우지 않았고, 모든 사회가 계약 위에 근거한다고 말한 건 흄이잖아." 그는 안경알 너머로 나를 바라보았다. 턱수염을 기르고 쇠테 안경을 걸친 그는 강인한 인상을 주었다. 내 생각에 그는 말콤 엑스를 닮으려 하는 것 같았다. 외출할 때면 항상 흰 셔츠를 다려 입고 넥타이를 신중하게 고르는 것도 그 때문이었다. 그는 돼지꼬리 모양의 머리에 드레드락스를 걸치고 다니는 낭테르의 아프리카인들이나 솔르의 서인도제도인들을 닮고 싶어하지 않았다. 그는 그런 풍조를 혐오했고, 그로 인해 괴로워했다. 어느 날 그가 내게 말했다. "나를 가장 고통스럽게 하는 게 뭔지 아니? 그건 저런 자들을 볼 때마다 저 중에 반도 제대로 어른이 되지 못할 거라는 생각이 든다는 거야. 그건 마치 죽음으로 나아가는 통로 속에 들어 있는 거와 다를 바 없어."

또한 그는 아프리카에 대해, 그곳의 예산 규정과 비아프라의 용병들과 굶주림으로 죽어가는 아이들과 에이즈와 콜레라에 대해 말했다.

그는 니체를 무척 좋아했지만, 그래도 파농을 항상 앞에 두었다. 그는 질베르투 프레이리가 쓴 『주인과 노예』의 몇 부분도 읽었다. 그러나 그는 마흐무드 다르위시와 티마젠 후아를 제외하고는 소설도 시도 좋아하지 않았다. "소설은 하찮은 거야. 그 안에는 진실도 거짓도 아무것도 없어. 그저 한바탕의 바람뿐이지." 그래도 그는 랭보와 존 던만은 인정했다. 하지만 랭보가 흑인들을 깎아내리는 말을 했고 밀수에 빠져든 것을 유감으로 여겼다. 어느 날 내가 그에게 말했다. "따지고 보면 너는 네 할아버지와 똑같이 생각하고 있어. 코란이 모든 것을 말해주고 있다는 식이지." 나는 그가 화를 낼 것이라고 생각했다. 그러나 그는 잠시 생각하더니 대답했다. "그건 사실이야. 코란보다 위대한 시는 없어. 천 년도 더 전에 모든 말이 이루어진데다가, 이제 우리로서는 그보다 더 잘 말할 수 없으리라는 걸 생각하면 아찔해." 내가 말했다. "그렇다고 더 못할 수도 없는 거 아니겠어?" 그는 얼떨떨한 얼굴로 나를 바라보았다. 아마도 그는 내가 한 말을 이해할 수 없는 듯했다.

나는 이중의 삶을 살고 있었다. 낮에는 후리야와 함께 지내고, 여기 자의 집에서 일하고, 중국인 구역에 가서 장을 보았다. 사람들은 모두 나를 착한 여자라고 생각했다. 나는 때로 바르베스에 있는 권투도장에 가서 노노가 훈련하는 모습을 지켜보곤 했다. 그리고 나서 소르본이나 아사 거리 근처에서 하킴을 만났다. 그는 동료 학생들에게 나를 소개하며 자랑스러워했다. "얘는 라일라야. 독학생이지. 올해 자유응시생으로 문학부 대학입학 자격시험을 볼 거야."

밤이면 모든 것이 달라졌다. 나는 한 마리의 바퀴벌레가 되었다. 그리하여 톨비아크, 오스테를리츠, 레오뮈르 세바스토폴 역으로 다른 바퀴벌레들을 만나러 갔다. 우리만이 아는 길을 통해 지하철 통로 안으로 들어서면 북소리가 들려왔다. 나는 그 소리에 몸을 떨었다. 그야말로 마술적인 소리였다. 저항할 수 없었다. 나는 그 음악에 이끌려 바다와 사막을 건넜다.

아프리카인들은 주로 바스티유나 생 폴 역에 있었고, 서인도제도인들은 레오뮈르 세바스토폴 역에 모였다. 그러나 간간이 시몬 같은 여자도 있었다. 그녀에 대해 말해준 사람은 노노였다. 통로에는 사람들이 많았지만, 나는 그들 사이를 비집고 맨 앞줄로 나아갔다. 그녀는 키가 크고, 피부가 아주 까맸으며, 얼굴은 약간 길고 눈은 활처럼 휜 모양이었다. 머리에는 붉은 헝겊으로 만든 터번 모양의 모자를 썼고, 진한 붉은색의 긴 드레스를 입고 있었다. 나는 그녀가 이집트인을 닮았다고 생각했다. 노노가 말했다. "저 여자는 시몬이야. 아이티인이지." 그녀의 낮고 울림이 풍부하고 뜨거운 목소리는 내 속으로, 내 뱃속까지 스며들었다. 그녀는 아프리카 단어가 섞인 크레올어로 노래했다. 아이티 섬에서 사람이 죽었을 때 주민들이 부르는 것으로, 바다 건너로 돌아가는 여행에 관한 노래였다. 그녀는 선 채 거의 움직이지 않고 노래부르다가, 갑자기 엉덩이를 두드리며 빙글빙글 돌기 시작했고, 그러면 넓은 옷자락이 그녀의 몸을 감싼 채 펄럭거렸다. 그녀가 너무 아름다워서 나는 숨이 막힐 것 같았다.

어느 날 저녁 그녀가 내게 말을 걸었다. 경찰 단속이 있어서 사람들이 뿔뿔이 흩어진 날이었다. 그녀와 나는 역 안의 긴 복도 끝에서 만났다. 우리 둘뿐이었다. 우리는 그곳을 떠야 했다. 나는 그녀에게 차표를 주고 함께 플라스 디탈리 방향으로 가는 지하철에 올랐다. 그녀는 보조의자에, 나는 그 곁에 앉았다. 지저분한 지하철 객차 안에서, 눈꺼풀이 도톰하고 아랫입술이 야무지고 뺨이 넓고 매끄러운 그녀는 공주님처럼 보였다. 그녀는 내게 어디에서 왔느냐고 물었다. 나로서도 이유를 알 수 없는 노릇이었지만, 나는 그 누구에게도, 노노나 마리 엘렌이나 하킴에게도 하지 않은 이야기를 그녀에게 털어놓았다. 어디에서 왔는지 모르며, 어느 날 밤에 사람들이 나를 잡아다가 초승달 모양의 귀고리 한 쌍과 함께 팔아버렸다는 사실을 밝힌 것이다. 그녀는 물끄러미 나를 바라보더니 미소를 지었다. 아마도 내 말이 가슴을 울렸던 모양이었다. 그녀는 내 손을 잡았다. 그녀의 손은 크고 뜨거웠으며 힘이 잔뜩 들어가 있었다. 그녀가 말했다. "너도 나와 같은 신세구나, 라일라. 우리는 우리가 누구인지 몰라. 우리 몸이 우리 것이 아닌 거야." 지나치는 역의 불빛이 그녀의 얼굴을 스쳐 송진처럼 투명한 갈색 눈동자를 비추는 광경을 지켜보며, 흔들리는 객차 안에서 그런 말을 들으니 기분이 이상했다.

그녀는 나를 자기 집으로 데려갔다. 그녀는 뷔트 오 카유라는 묘한 이름의 좁은 거리에 있는, 자그마한 뜰이 딸린 작은 집에 살고 있었다. 그녀는 그곳에서 남자친구인 키가 무척 크고 마르고 멋쟁이인 아이티 출신 의사와 다른 사람들, 몇몇 아이티 사람들과 도미니카 공화국 사람들과 동거하고 있었다. 그들은 내가 알아들을 수 없는 부드러우면서도 빠른 언어로 이야기했다. 시몬이 없었다면 나는 곧 그 집을 나왔을 것이다. 그들은 나를 두렵게 했다. 특히 시몬의 남자 친구인 마르시알 주아외는 내 영혼을 읽으려는 듯이 뚫어지게 나를 바라보았다. 백인도 몇 있었다. 그들 중에 나이가 지긋하고 자신을 예술비평가라고 밝힌 한 남자는 들라예 씨와 비슷하게 생겼으며, 여자들은 아프리카식 옷차림에 하킴이 파는 싸구려 장신구와 흡사한 묵직한 목걸이를 걸고 있었다. 담배와 해시시의 연기가 둔중한 소용돌이를 이루며 조명등의 빛줄기를 휘감으면서, 도처에서, 바닥과 심지어 창문에서도 울려오는 것 같은 느린 가락의 음악을 뒤따랐다.

아무도 내게 관심을 기울이지 않았다. 나는 거실 입구에 서서 담배를 피우며, 시몬을, 그녀의 선홍빛 터번과 금귀고리를 눈으로 더듬었다.

예술비평가가 내게로 와서 낮은 목소리로 뭐라고 했다. 내가 알아듣지 못하자 그는 몸을 굽혀 내 귀에 대고 다시 말했다. "저 여자는 정말 멋져." 아마도 그렇게 말했던 것 같다. "모든 순교자의 생명과도 같은 여자야." 나는 그 말에 긍정도 부정도 하지 않았다. 그러나 그의 얼굴에 내가 자기 말을 이해하지 못한다고 여기는 기색이 어린 것을 보고, 나는 그를 빤히 바라보며 그가 알아듣도록 큰 소리로 에메 세제르의 시를 낭송했다.

내게는 나의 춤을
못된 흑인의 춤을
내게는 나의 춤을

족쇄를 깨는 춤

감옥을 날려버리는 춤

흑인이란 아름답다—착하다—정당하다는 춤을

비평가는 꼼짝 않고 나를 바라보다가 갑자기 박수를 치기 시작하더니 이렇게 소리쳤다. "들어봐. 이 젊은 아가씨가 하는 말을 들어보라구. 여러분한테 들려줄 말이 있대!" 이윽고 시몬은 노래를, 오직 나만을 위한 노래를 부르기 시작했다. 나는 그녀가 나만을 위해 노래한다는 것을 알고 있었다. 그녀는 거실 안쪽에 서서 나를 향해 손을 뻗고 있었으며, 프랑스어 가사를 발음하는 그녀의 너무도 부드러운 목소리는 북소리의 가락 속으로 부드럽게 스며들고 있었다.

나는 그들과 해시시를 피웠다. 이미 나는 사람들이 해시시를 피우는 것을 여러 번 본 적 있었다. 여인숙에서 공주님들은 때때로 한 방에 모여서 돌아가며 해시시를 피우곤 했다. 약간 시큼하면서도 들큰한 그 냄새는 나를 취하게 했고, 잠들게 했다.

그러나 이번에는 사정이 달랐다. 한 아이티인이 내게 해시시를 말아 건네주었을 때, 음악이 흐르고 부드럽게 감기는 시몬의 목소리가 있었기에, 나는 연기를 아주 깊이, 마치 그것이 내 속을 관통해주기를 바라는 사람처럼 깊이 들이마셨다. 거기에다 나는 술을, 위스키와 맥주와 럼주를 마셨다. 지금도 그때 내가 결코 멈출 수 없었던 것을 기억한다. 당연히 나는 금세 만취해버렸다. 의식을 잃은 것은 아니었지만, 영화에서 간혹 그러는 것처럼 정말로 취기에 흠뻑 젖어 있었다. 나는 시몬 앞에 서서 그녀를 따라 노래불렀고 그녀가 읊조리는 가사를 되풀이하며 춤을 췄다. 나는 취해 있었지만 정신만은 말짱했다. 오히려 모든 것이 너무도 선명해졌다. 나는 작은 북들이 내는 박자에 맞춰 시몬이 부르는 노래의 가사를 들리는 대로 따라불렀다.

나는 내 심장에서 내 핏속에서 울려나오는
마을의 소리를 듣네
우리 모두는
멀리 바다를 잃어버리고
……만제 테
파스 페
이곳에서 노예로……

지진이 일어나는 것처럼 세상이 진동하고, 내 눈 앞에서 벽들이 물결치고, 사람들의 윤곽이 풀려나갔으며, 시몬이 두른 선홍빛 터번이 점점 커지더니 온 방 안을 가득 채웠다. 의사인 주아외가 나를 보살펴 주었다. 그는 나를 소파에 누였고, 시몬이 찬물에 적신 수건으로 내 얼굴을 닦아주었다. 그녀의 손길은 무척 다정했고, 어머니 같은 따뜻함을 담고 있었다. 그녀는 뭐라고 천천히 말했는데, 내게는 마치 그녀가 그 특유의 약간 쉰 듯한 낮은 목소리로 오직 나만을 위해 노래를 계속하는 것처럼 여겨졌다. 북들에서 울려나오는 둥둥 소리도, 내 심장에서 일어나서 나 자신의 귀로 전해지는 것처럼 들려왔다.
  사람들은 이윽고 하나 둘 떠나갔다. 아마도 내가 말썽이라도 일으키지 않을까 걱정스러웠던 모양이었다. 그들은 사회적으로 지위가 높은 사람들, 예술비평가, 영화관계자, 정치가들이었다. 항상 먼저 자리를 뜨는 사람들은 바로 그런 사람들이었다.

시몬과 그녀의 남자 친구는 약간 언쟁을 벌였다. 그들이 나누는 말이 아주 멀리서 들려오는 것 같아 나는 무척 재미있었다. 나는 마치 내 몸 위에 둥둥 떠 있고, 그들은 나 아닌 어떤 다른 사람 앞에서 말하고 있는 것 같았다. 그러다가 그들은 나를 소파에 내버려둔 채 안으로 들어갔다. 곧이어 의사의 낮은 목소리에 뒤이어 시몬이 외치는 소리가 들려왔다. 처음에는 그가 시몬을 때리거나 아니면 고통을 주는 듯했는데, 점차 그녀가 규칙적으로 신음을 내기 시작했고, 그제야 비로소 나는 그들이 사랑을 나누고 있다는 것을 알았다.

나는 소파 위에서 열에 들떠 몸을 떨었다. 얼마 후 나는 토할 것 같아 자리에서 일어나 의자들을 넘어뜨리며 비틀비틀 부엌으로 갔다. 그곳에는 두 명의 아이티인이 남아서 계속 술을 마시고 있었다. 그들은 내 상태가 심상치 않다고 판단하고 의사를 불러왔다. 내 귓전에 그들이 크레올어로 말하는 소리가 들렸다. 마르시알 주아외가 말했다. "아무래도 미성년자인 것 같아. 집에 데려다주는 편이 낫겠어." 그가 여기저기에 전화를 거는 것 같더니 마침내 하킴과 연결이 되었다. 그렇게 하여 그는 자블로 거리에 있는 차고의 주소를 알아냈다. 그때 나는 세상이란 참으로 좁아서 실만 제대로 끌어당기면 모든 것이 끌려온다는 것, 이를테면 누구든 어떤 일에 관련되면 서로 한 동아리를 이루게 되고, 그들이 다른 사람들을 끌어들이게 되며, 노노와 나같이 그들과 무관한 사람들도 예외가 아니라는 사실을 깨달았다. 시몬의 남자 친구가 전화를 하는 동안 나는 내내 그런 생각을 하고 있었다. 내 머릿속은 부글부글 끓고 있었다. 그런 와중에도 나는 몹시 걱정스러워하는 기색이 담긴 시몬의 얼굴과 암소처럼 커다란 그녀의 눈을 바라보고 있었는데, 그때 문득 나는 왜 그녀가 우리 둘이 서로 닮았으며 둘 다 자신의 육체를 가지지 못한 존재라고 했는지 짐작할 수 있었다. 그것은 우리가 뭔가 진정으로 원한 적이 없고 항상 타인이 우리의 운명을 결정했기 때문이었다.

   그녀는 그 작은 집에 남았고, 마르시알과 한 남자가 나를 자동차에 싣고 그곳을 떠났다. 밖에는 비가 내리고 있었다. 거리의 어두운 포장도로에 고인 물이 빛을 받아 어른거렸다. 자동차는 적막하고 텅 빈 거리를 달렸다. 그들은 야간에 문을 여는 약국을 찾는 것 같았다. 의사는 내게 주려고 프랭페랑 물약이던가, 여하튼 그런 유의 약을 사왔다. 그들은 나를 문 앞의 길 위에 내려놓았다. 나를 차에서 내리게 하고, 차고 문에 기대고 앉게 한 것이다. 마르시알 주아외는 잠시 조용히 나를 바라보았다. 의사의 친구가 크레올어로 뭐라고 한마디 했다. 나는 그 말을 흘려버렸다. 어쩌면 자바어였는지도 모른다. 이윽고 그들은 떠났고, 두 개의 붉은 등이 길모퉁이를 돌아 사라졌다.

10

 겨울이 왔다. 이런 추위는 처음이었다. 전에 타가디르가 내게 프랑스의 겨울이 어떤지 상세히 말해준 적이 있었다. 잿빛 하늘, 네시에도 가로등이 밝혀진 거리, 눈, 빙판, 헐벗은 채 유령처럼 뒤틀려 있는 나무들 등등. 그러나 이 추위는 그녀가 이야기한 것보다 훨씬 더 혹독했다.
 후리야의 아기는 이월에 태어날 예정이었다. 그런 일은, 그러니까 햇빛으로부터 멀리 떨어져 거대한 동굴과 다를 바 없는 지하에서 아기가 태어나기는 처음일 것이라고 나는 생각했다.
 내가 남쪽을 생각하며 태양이 있는 곳으로 돌아가고 싶어하기 시작한 것도 그 때문일 것이다. 아기가 살갗에 햇살을 느끼도록, 하늘 없는 이 지하 거리의 썩은 공기를 줄곧 마시지 않도록 하기 위해서 말이다.

노노와 나는 계획을 짰다. 그가 페더급 경기에서 이겨 자동차를 사면, 후리야와 아기를 태우고 모두 함께 에브리 쿠르쿠론을 지나는, 강처럼 넓은 8차선 고속도로를 타고 남쪽으로 내려간다. 칸과 니스와 몬테 카를로와 이탈리아의 로마까지도. 아기가 여행할 수 있을 만큼 자라려면 사월이나 오월까지는 기다려야 할 것이다. 내가 대학입학 자격시험을 치러야 하니까 어쩌면 유월까지 늦어질 수도 있다. 하지만 그러면 너무 오래 기다려야 할 뿐 아니라 떠나기에는 이미 너무 늦었을 테고, 우리는 남쪽으로 갈 수 없을지도 모른다. 대규모 선수권 시합이 8일에 있었다. 노노는 쉬지 않고 훈련했다. 바르베스의 도장에서 돌아오면 그는 차고에서 연습했다. 그는 헝겊으로 감자를 담았던 포대를 채워 펀칭볼을 만들었다.

자블로 거리는 무척 추웠다. 다행히도 노노가 비행기 소리를 내며 더운 공기를 내보내는 전기 방열기를 가져왔다. 돈을 아껴야 했으므로, 노노는 자기가 어떻게 계산대의 점원을 속였는지 말해주었다. 송곳으로 방열기 덮개 한쪽에 작은 구멍을 뚫고 바늘을 집어넣어 회전판이 도는 것을 막았다가, 제동기가 작동하려 할 때 바늘을 빼고서 푸른색 물을 들인 찰흙으로 그 구멍을 가렸던 것이다. 돈이 부족했다. 노노는 훈련하느라 일할 시간이 없었고, 체육관에서 나오는 돈은 빠듯했다. 그는 저녁에 집에 돌아오면 피로에 지쳐 쓰러졌다. 그를 후원하는 사회당 소속 하원의원이 시합에 이기면 체류증을 만들어주겠다고 약속했고, 그는 이 기회를 놓치고 싶지 않았다. 그 즈음 후리야는 점점 더 여왕벌을 닮아가고 있었다. 그녀는 윙윙거리는 방열기 옆 침대에 누워 온종일을 보냈는데, 살이 쪄서 잔뜩 부푼 얼굴에, 덩치만

컸지 아무짝에도 쓸모없는 존재와 다를 바 없었다. 그녀는 사회사업 요원이 집에 방문하여 자기를 돌봐주는 것을 원하지 않았다. 의사도 마다했다. 단지 사람들이 경찰에 고발하여 자기를 남편에게 돌려보내지 않을까 하는 걱정뿐이었다. 그녀는 알주머니에서 새끼를 키우는 거미처럼 지하에서 안전을 보장받고 있었다. 아무도 그녀를 찾아내지 못할 것이었다. 유일한 위험은 노노의 친구였는데, 최근의 소식에 따르면 보라 보라에서 잘 지내고 있다니 비와 싸락눈이 내리는 파리로 돌아올 가능성은 거의 없는 셈이었다.

분만의 순간이 닥쳐왔을 때 후리야는 의사가 아니라 산파를 불러달라고 했다. 노노는 정신이 하나도 없었다. 그는 어찌할 바를 모르고 백방으로 뛰어다녔다. 나도 어디로 가야 좋을지 몰라 에브리 쿠르쿠론 행 기차를 타고 집시들의 야영지로 갔다. 주아니코가 산파를 데려왔다. 그는 그 집시 여자와 흥정을 했고, 그녀는 오백 프랑에 나의 제안을 받아들였다. 그녀의 이름은 조즈파였는데, 키가 크고 얼굴이 길고 각이 진데다가 손이 억세 보여서 남자 같은 인상을 주는 여자였다. 그녀는 프랑스어를 거의 하지 못했는데, 내가 에스파냐어로 말하는 것을 듣고 마음이 놓이는 기색이었다. 그녀는 갈리시아 지방의 강한 억양을 지니고 있었다.

나는 그녀와 함께 기차를 타고 파리로 돌아왔다. 자블로 거리로 가기 전에 그녀는 자기 자신과 미래의 어머니를 위해 간단히 장을 보겠다고 했다. 그녀는 솜과 반창고와 베타딘과 습포 따위를 사고, 중국인 상점에 들러 야채와 백리향과 샐비어와 호랑이 그림의 둥근 상자에 든 연고를 샀다. 그 외에도 그녀는 코카콜라와 비스킷과 담배를 샀다.

집시 여자는 일단 차고에 자리를 잡자 아무도 후리야를 귀찮게 하지 못하도록 방을 가로질러 커다란 천을 걸어놓았다. 그녀는 거의 외출을 하지 않고 아무 말도 하지 않으면서 그곳에 사흘 동안 머물렀다. 그녀는 냄새가 고약하다면서 향을 태웠고 자신은 담배를 피웠다. 그 무렵 노노와 나는 집에 있을 수가 없었다. 우리는 항상 밖에 나와 있었다. 베아트리스의 집에서 일이 끝나고 나면 나는 노노를 만나러 바르베스의 도장에 가곤 했다. 그는 섀도 복싱을 하거나 줄넘기를 했다. 나는 구석에 앉아서 그가 움직이는 모습을 지켜보았다. 모두들 나를 그의 애인이라고 생각했다. 한번은 사회당 하원의원이 다가와서 말했다. 그는 노노나 레옹이라는 이름 대신에 그의 성인 아디조를 호칭으로 사용했다. 그가 말했다. "아디조는 훈련을 해야 해. 그러니 그따위 어리석은 짓은 그만두라고 해." 아마도 그는 노노가 어울리는 친구들에 대해, 그들이 별장을 털거나 간간이 자동차를 부수고 음향기구들을 훔쳐내어 팔아넘기는 일에 대해 말하는 것 같았다. 하원의원은 키가 작고 머리를 짧게 깎은 것이 운동선수나 경찰관처럼 보였다. 나는 그가 내게 말을 거는 것이 싫었다. '아디조' 운운하며 말하는 것이, 자기는 그렇게 말해도 된다고 여기는 것이, 마치 자기가 우리와 같은 부류인 것처럼 느끼게 하는 것이 싫었다. 한두 번, 그는 내가 법적으로 어떤 상황에 있는지, 체류증을 가졌는지 알아보려 했다. 나는 그가 내게 그런 질문을 하는 것과 누구에게나 반말을 하는 것이 마음에 들지 않았다. 마치 자기와 우리 사이에 아무 차이도 없지만 단지 자기가 너무 정이 많아서 그런다는 식이었다. 그는 왼팔이 불구였는데, 아마도 그 때문에 오히려 더욱 그렇게 행동하는 것 같았다. 그는 아무에게

나 다가가서 큰 소리로 말하곤 했다. "이봐, 스웨터 벗는 것 좀 도와주겠어?" 그러나 그의 다정함에는 다분히 공격적인 면이 있었다. 그는 날마다 노노에게 이렇게 말했다. "걱정하지 마. 네 체류증은 이미 결정되어 있는 거야." 마치 무엇이든 다 '결정되어' 있다는 투였다.

후리야는 딸을 낳았다. 내가 베아트리스 기자의 집에서 돌아왔을 때 아기는 후리야의 가슴에 안겨 있었다. 산파는 지친 기색이었다. 그녀는 포도주를 여러 잔 마시고 소파에 누워 잠이 들었다. 네온 불빛이 켜졌을 때도 그녀는 깨어나지 않았다.

후리야도 졸고 있는 것 같았다. 방 안에서는 오줌과 땀냄새가 뒤섞여 시큼한 냄새가 났다. 방 어딘가에 창문이 있다면 활짝 열어젖혀 바람과 햇살이 들어오도록 했을 것이다. 나는 빨리 아기를 다른 곳으로 옮겨야 한다고 생각했다. 아기는 이런 지하에서는 살아남을 수 없을 것이었다.

며칠이 지나면서 흥분이 가라앉았다. 우리는 마치 각자가 아이를 낳기라도 한 것처럼 탈진했다. 우리는 아기가 젖을 빠는 시간에 맞추어 번갈아 잠을 잤다. 후리야는 젖꼭지의 살이 터서 젖을 먹이기가 힘들었다. 그녀의 침대에는 피가 묻어 났다. 산파가 다시 와서 후리야에게 우유와 아니스 열매를 먹이고, 지방성 크림으로 유방을 문질러주었다. 후리야는 오한으로 몸을 떨었고, 아기는 악을 쓰며 울었다. 결국 베아트리스 기자가 인턴인 여자친구를 보내주었고, 그녀는 후리야와 아기를 자선병원의 산부인과로 데려갔다. 후리야는 많이 아팠던 모양이었다. 들것에 누워 한마디 말없이 병원으로 실려갔으니 말이다.

나는 매일 오후에 그녀를 보러 갔다. 그녀는 일층에 있는 온통 하얀

게 칠해진 방에 다른 아기 엄마들과 함께 있었다. 창밖으로는 삼나무와 쥐똥나무와 그 위로 날아다니는 참새들이 보였다. 회색 하늘도 무척 보기 좋았다. 나는 과자와 보온병에 넣은 차를 가지고 갔다. 기분을 풀어주기 위해 나는 후리야에게 아무 이야기나 했다. 아기에게 이름을 지어줘야겠다고, 파스칼이 어떨까 했다. 아주 적절한 시기에, 그러니까 혈연과 관련한 새로운 법안의 시행령이 공포되기 전에 출생했기 때문이었다. 후리야는 찬성했다. 단지 말리카라는 이름을 덧붙이자고 했는데, 말리카는 그녀 어머니의 이름이었다. 그리하여 아기는 파스칼 말리카라고 불리게 되었다. 호적부에 이름을 올릴 때, 그녀는 자신의 딸이 아비를 모르는 자식이 되지 않게 하려고 애아버지의 이름인 모하메드를 성으로 삼았다. 하킴도 그녀를 보러 왔다. 그는 후리야 곁에서 요람에 누워 깊이 잠든 그 붉고 생기 있는 어린것을 들여다보았다. 그가 말했다. "정말 프랑스 여자아이 같군요."

후리야는 갑자기 불안해했다. "그런데 내가 집으로 돌아가고 싶다고 하면 아이를 빼앗아가지 않을까?" 나는 힘 닿는 대로 그녀를 안심시키려 애썼다. "아무도 언니한테서 아기를 빼앗아가지 않아. 언니 아기니까. 바로 언니 자신의 아기라구." 나는 그녀가 처음으로 무엇인가를 자기 것으로 가지게 되었다고 생각했다. 그러고 보면 그 동안 힘한 일을 많이 겪었고 미래가 불확실하기는 하지만 그녀는 운이 좋은 셈이었다.

파스칼 말리카가 집으로 돌아오자 자블로 거리의 생활은 실로 완전히 달라졌다. 나는 모든 것이 전과는 같지 않을 것이고 사정이 훨씬 나아지리라는 것을 알 수 있었다. 우선 후리야는 더이상 떠날 생각을 하지 않았다. 그녀는 고향으로 돌아가고 싶어하지 않았다. 이제는 아기가 있어 스스로 더욱 강해진 것을 느끼고 있었고, 도시와 사람들도 더는 그녀를 두렵게 하지 않았다. 매일 아침 그녀는 아기를 커다란 숄에 싸 안고 밖으로 나가 공원과 거리를 거닐기도 하고, 친구처럼 지내는 부 씨를 방문하기도 했다.

그녀에게 일자리를 마련해주기 위해 나는 베아트리스에게 나 대신 그녀를 써달라고 부탁했다. 베아트리스는 아기 요람을 사왔고, 아침마다 후리야는 그녀의 집에 가서 일했다. 베아트리스와 그녀의 남편은 아기를 가질 수 없었던 터라, 자기들 집에서 잠들어 있는 아기의 모습에 깊이 매료되었다. 그렇게 되자 후리야는 시장을 보러 가거나 글자 공부를 하러 갈 때 아기를 점점 더 오래 그 집에 놓아두게 되었다. 파스칼 말리카는 예쁜 방을 가지게 되었다. 베아트리스와 그녀의 남편이 책들로 가득한 책상과 선반을 치워버리고, 벽에 장밋빛 벽지를 발라 햇살이 잘 드는 아늑한 방을 만든 것이다. 밤이 되어 후리야가 자블로 거리의 그 어두컴컴한 무덤 같은 곳으로 돌아오면, 아기는 악을 쓰고 울어대며 자려 하지 않았다. 베아트리스와 그녀의 남편은 그런 말을 입에 담지는 않았지만, 아마도 처음부터 파스칼 말리카를 입양할 생각을 하고 있었던 것 같았다.

나는 시몬을 다시 만났다. 어느 날 저녁 나는 레오뮈르 세바스토폴 지하철 역을 찾아갔다. 그곳에 가본 지가 몇 년은 된 것처럼 여겨졌다. 통로 저 멀리에서 울려오는 북소리를 들었을 때 나는 몸을 떨었다. 나는 내가 그 소리를 얼마나 그리워했는지 모르고 있었다. 그와 동시에 지나간 모든 일들, 아기의 탄생과 같은 일들이 나를 변화시켰고, 어쩌면 늙게 했는지도 모른다고 생각했다. 이제 비로소 그 모든 몸짓과 행동 뒤에 가려져 있는 것들, 귀에 들려오는 그 음악의 숨겨진 의미를 간파해낼 수 있을 것 같았다.

통로 안의 터널이 만나는 곳에 연주자들이 앉아서 북을 두드리고 있었다. 그 중에는 내가 아는 사람들, 서인도제도 사람들과 아프리카인과, 한번도 본 적 없는 사람들, 머리가 길고 피부가 황갈색인 것이 산토 도밍고 출신인 듯한 사내아이가 섞여 있었다. 시몬은 노래를 부르고 있지 않았다. 그녀는 얼굴을 검은 색안경으로 가리다시피 하고서 벽에 등을 기대고 앉아 있었다. 내가 옆에 앉자 그녀는 나를 알아보고 미소를 지어 보였다. 그때 나는 그녀의 오른쪽 뺨이 부풀어올라 있는 것을 보았다.

"무슨 일 있었어요?"

그녀는 아무 대답 없이 어깨를 으쓱했다. 줌베와 준 준 북의 음악이 부드럽게 흐르고 있었다. 너무도 느리고 은은한 그 소리는 땅 밑으로 스며들어서 지구 반대편에 이르러 바다 건너의 음악을 깨웠다. 한 곡의 노래, 한 마디의 말과도 같은 그것을 나는 필요로 했다. 그 소리를 들으면 나는 행복했다. 그 소리는 내게, 지붕 위로 미끄러지고 랄라 아스마의 정원으로 흘러들던 무에진의 목소리, 힐랄 고장에 사는 내 조상들의 목소리와도 같았다.

어느 순간, 경찰이 온다는 신호가 있었는지 모두들 재빨리 자리를 떴다. 북들이 눈앞에서 사라지고 구경꾼들도 흩어졌으며, 나는 지난번 시몬의 집에 갔던 날처럼 그녀와 단둘이 남겨졌다. 그녀가 고통이 밴 잔뜩 억눌린 목소리로 물었다. "라일라, 오늘 밤 네 집에 가도 괜찮겠니?" 그녀는 마르시알이 나를 차고 문 앞에 내려주고 간 날 밤 이후로 내가 어디에 사는지 알고 있었다. 우리는 촉촉이 내리는 가는비를 맞으며 파리를 가로질러 집으로 향했다.

그녀는 우리 집에서 이틀을 보냈다. 그녀는 노노가 가져다준 매트리스에서 꼼짝도 않고 누워 지냈다. 자다 깨면 코카콜라를 조금 마시고 다시 잠들곤 했다. 그녀는 엄청난 양의 진통제를 복용하고 있었다. 그녀는 자신에게 일어난 일을 내게 조금 이야기해주었다. 남자 친구가 갑자기 화를 내더니, 그녀가 자기를 속였다고 비난하며 때리고는, 친구를 끌어들여 둘이서 그녀를 강간했다는 것이었다. 그녀는 내가 경찰에 신고하는 것을 원하지 않았다. 그래 봐야 아무 소용 없는 것이, 주아외 의사는 워낙 거물이라 도처에 친구가 있으며, 파리 시립병원에서 일하고 있어서 아무도 자기 말을 믿어주지 않으리라는 것이었다.

어느 날 밤 그가 그녀를 찾아왔다. 나는 자동차가 차고 문 앞에 서는 소리를 들었다. 나로서는 시몬이 우리 집에 숨어 있다는 것을 그가 어떻게 알아냈는지 알 수가 없었다. 그는 도처에 정보원을 두고 있었다. 그는 소란을 피우지는 않았다. 단지 방화문을 가볍게 두드렸을 뿐이고, 나는 잠결에 그 작은 소리를 들었다. 불을 켰을 때 나는 시몬이 마치 기다리고 있던 것처럼 눈을 크게 뜨고 침대에 앉아 있는 것을 보았다. 그가 문 뒤에서 노래부르듯이 살랑거리는 특유의 크레올어로 그녀에게 부드럽게 말을 건넸다. 나는 시몬에게 말했다. "꺼져버리라고 할까?" 그녀의 눈은 무엇엔가 홀린 듯한, 절망과 매혹을 동시에 느끼는 묘한 빛을 띠고 있었다. 나는 그녀의 부풀어오른 뺨과 눈두덩에 말라붙은 피를 보는 순간 분노와 수치를 느꼈다. "저 사람 말 듣지 마. 대답도 하지 마. 저러다가 가버릴 거야." 그러나 그가 그녀보다 강했다. 시몬은 문을 사이에 두고 그에게 말을 하기 시작했다. 그녀는 아기를 깨우고 싶지 않아서 낮은 목소리로, 처음에는 프랑스어로 나중에는 크레올어로 속삭이듯 그에게 욕을 했다.

결국 그녀는 문을 열었다. 어슴푸레한 빛 속에 전조등을 켠 메르세데스가 서 있었다. 환기구에서 점점 더 크게 울려나오는 윙윙 소리 외에는 아무 소리도 들려오지 않았다. 그들은 밤새도록 그곳에서 이야기를 나누었다. 나는 잠깐 잠이 들었다. 한기가 느껴졌다. 차고 문의 벌어진 틈으로 습기 찬 바람이 들어오고 있었다. 메르세데스가 보였는데, 불은 모두 꺼져 있고, 시몬과 그녀의 애인은 뒷좌석에 앉아 여전히 이야기를 주고받고 있었다. 아침이 되자 그녀는 내게 아무 말도 하지 않고 그와 함께 떠났다. 나로서는 시몬 같은 여자가 어떻게 그런 남자에게 저토록 매일 수 있는지 이해할 수가 없었다.

그 후로 거의 매일 나는 마르시알 주아외가 없는 오후에 시몬의 집에 가서 노래를 부르고 악기를 연주하는 법을 배웠다. 그녀는 하루 종일 거의 아무것도 하는 일 없이 뷔트 오 카유의 작은 집에서 겉창을 닫아놓고 혼자 지냈다. 그녀는 아래층 거실에 불을 켠 양초로 커다란 삼각형을 만들어놓고, 그 한가운데에 자기가 좋아하는 것들, 시장에서 산 망고와 파인애플과 파파야 같은 과일들을 놓아두었다. 나는 감히 그 이유를 물을 수 없었다. 사실 나는 그녀에게 아무것도 묻지 않앉고, 그녀가 나를 좋아하는 것도 그 때문이었다. 그녀는 마법사였고 약물중독자였으며, 검은 흙으로 빚은 작은 파이프로 크랙을 피웠다. 이집트 여인을 연상시키는 커다란 눈과 검은 대리석처럼 빛나는 볼록한 이마를 가진 그녀는 참으로 아름다웠다.

그녀는 두 개의 스피커와 연결된 전자 피아노를 연주했다. 그녀는 내가 잘 들을 수 있도록 아주 낮고 무거운 음을 쳤다. 그녀는 내 한쪽 귀가 잘 들리지 않는다는 이유로 내가 음악을 해야 한다고 말했다. 모든 위대한 음악가들은 나름대로 문제가 있어서, 귀가 먹거나 눈이 멀거나 아니면 약간 정신이 이상하다는 것이었다.

주아의 의사는 낮 동안에는 돌아오지 않았다. 그는 파리 시립병원에서 미친 사람들을 치료하면서 매일매일을 보내고 있었다. 그 자신도 미친 사람이었다.

그는 시몬이 촛불을 켜놓고 제물을 바치며 벌이는 짓을 좋아하지 않았다. 만약 그가 알았다면 불같이 화를 냈을 것이다. 그러나 시몬은 그가 귀가하기 전에 정리를 마쳤다. 양초를 치우고 향 냄새를 빼고 양탄자와 걸상과 안락의자 들을 제자리에 돌려놓았다.

그녀는 내게 노래하는 것을 가르칠 생각에 점점 더 골몰하기 시작했다. 나는 그녀 옆 바닥에 책상다리를 하고 앉고, 그녀는 긴 옷자락을 다리 위로 끌어당겨 진홍빛 꽃부리처럼 만들어놓았다. 그녀는 왼손으로 건반을 눌러나갔다. 그녀의 길고 가벼운 손이 음표를 더듬으면서 셋, 넷, 다섯 소절 혹은 길게 끄는 화음을 쳐나갔고, 나는 거기에 맞춰 목소리를 내야 했다. 그녀가 왼손으로 피아노를 친 까닭은 내 잘 들리는 귀 쪽 가까이 자리를 잡고 노래를 부르기 위해서였다. 나는 아무 말도 하지 않았지만 그녀는 내가 반쯤 귀가 먹었다는 것을 알고 있었다. 나는 그녀가 내게 음악을 가르칠 생각을 했다는 사실이 잘 믿기지 않았다. 그녀는 마치 내 속에 음악이 깃들어 있고, 내가 살아가는 이유가 그것 때문이라고 생각하는 것 같았다.

　우리는 뷔트 오 카유의 집에서 오후의 많은 시간을 함께 보냈다. 우리는 음악을 연주하고 차를 마시고 담배를 피우고 수다를 떨었다. 나는 여태까지 시몬 같은 친구를 한번도 가져본 적 없다는 느낌을 받았다. 그러자 여인숙에 살던 시절, 내 춤을 보아주고 나를 목욕탕이나 바닷가의 카페로 데려가곤 했던 공주님들이 떠올랐다. 시몬도 공주님다운 모든 면모를 가지고 있었다. 단지 그녀에게는, 비밀로 남아 있는 그녀 삶의 한 부분처럼, 혹은 어떤 광기의 한 부분처럼, 어딘가 내가 이해할 수 없는 비극적인 면이 있을 뿐이었다.

　그녀는 내게 음악에 맞추어 노래하는 법을 가르쳐주었다. 그 중에는 지미 헨드릭스의 〈심야 가로등의 열기〉〈여우 같은 아가씨〉〈자줏빛 안개〉〈거울이 가득한 방〉〈네 사랑의 햇살〉〈부두교의 아이〉는 물론이고, 니나 시몬의 〈검은색은 내 진정한 연인의 머리카락 색이네, 내가 당신에게 주문을 걸었지〉와 머디 워터스와 빌리 할러데이의 〈세련된 여인〉이 있었다. 그러나 나는 가사를 따라하지는 않았다. 그저 입술과 목뿐만 아니라, 더 깊은 곳, 허파와 창자의 밑바닥을 울려 소리를 낼 뿐이었다. 네 소절, 여섯 소절을 부르고 나면 그녀가 멈추라고 했고, 우리는 그런 식으로 계속해나갔다. 그녀의 손이 건반 위에서 춤추고, 나는 한 옥타브 위에서 그녀의 손짓을 따라했다. 때로는 그녀가 저음으로 연주하고 나는 제대로 건반을 누르면서 노래를 불렀다.

"바블리부, 바블로라리, 랄리랄로라……"

간간이 그녀는 세상 반대편 그녀가 태어난 섬에 대해, 그리고 바다 건너 그녀의 조상들이 붙잡혀 팔려나갔던 먼 옛날의 땅으로 울려퍼지는 음악에 대해 말했다. 그녀는 여러 고장의 이름을 말했는데, 그 이름들은 노래 가사처럼 내 속에 묘한 울림을 일으켰다.

"이보, 모코, 템네, 만딩카, 샴바, 가나, 키오만티, 아샨티, 폰……"

그 이름들은 내가 잊어버린 바로 내 친척들의 이름 같았다.

그녀는 가난에 대해 말했다. 그녀는 이런 말을 했다. "아이티 사람들은 세상에서 가장 무자비한 얼굴을 가진 사람들이지." 그녀가 말했다. "데살린*의 시대처럼 흑인들을 배신한 건 흑인들이야." 그녀가 말했다. "사람이 배가 고프면 눈을 자신의 내면으로 돌리지." 그녀는 포르 토 프랭스에 있는 세자르 거리에 대해, 군중 속에서 뛰는 심장에 대해, 어머니인 로즈 카롤에 대해 말했다. 그녀의 어머니는 예전에 죽은 자들을 부르기 위해 부두교의 노래를 불렀으며, 시몬이 여기에 촛불을 가지고 만들어놓은 것과 같은 커다란 삼각형과 그 한가운데에 눈 하나가 자리잡고 있는 형상을 집 마당에 꾸며놓았다. 그녀는 이야기하고 노래하고 북과 더불어 말을 했으며, 로즈가 이곳까지, 그녀가 사는 거리까지 오는 것을 보았다. 그녀는 그들의 이름, 라잠이라는 나무들의 이름, 진실의 칼날, 진실된 영혼의 과일들, 파파야나무들, 그림자가 섬을 덮는 시커먼 거인 자만에 대해 말했다. 나는 귀기울여 듣

---

* 아이티의 정치인(1758~1806). 노예 출신으로 프랑스 식민정부에 맞서 독립투쟁을 벌여 자크 1세라는 이름으로 황제의 자리에 올랐으나 독재자로 군림하다가 비참한 최후를 맞았다.

다가 그 아름다움에 취해 잠들곤 했다. 나를 위해 그녀는 건반을 눌러 항상 반복되는 가락을 나지막이 연주하거나, 말하는 북 라다와 준 준을 손가락 끝으로 두드렸다. 그러면 그 둥둥거리는 울림은 레오뮈르 세바스토폴 역의 통로에서처럼 내게로 스며들어 내 속에 자리를 잡고 나를 완전히 채웠으며, 나는 조련사 앞에서 춤추는 뱀처럼, 제의(祭儀) 때의 아이사우아*들처럼 현기증이 날 때까지 제자리에서 빙글빙글 돌았다.

우리는 거의 말을 하지 않았다. 그녀는 긴 옷으로 몸을 감고 웅크린 자세로 상체를 흔들며 음악을 연주하면서 바다 저편까지 울려퍼지는 아프리카의 노래를 불렀고, 나는 마치 자력으로 이끌리듯 의미도 모르면서 그녀 눈의 움직임이나 두 손의 자세에 이르기까지 모든 행동을 따라하고 그녀가 읊조리는 가사를 되풀이했다.

그녀는 초의 불꽃이 촛농에 빠져 꺼질 때까지 계속했다.

마침내 끝나면 우리는 탈진했다. 우리는 방석이 널린 바닥에 누워 연기의 냄새를 맡으며 잠이 들었다. 분명 밖에서는 세상이 부산히 움직이고, 지하철과 기차와 자동차와 인간들이 미친 곤충들처럼 달리고, 사람들은 사고 팔고 계산하고 늘리고 곳간에 쌓아놓고 투자하고 있을 것이었다. 나는 모든 것을 잊었다. 후리야, 파스칼 말리카, 베아트리스와 레이몽, 마리 엘렌, 노노, 마예르 부인, 프로메제아 부인, 그 모두를. 모든 것이 빠져나가고 쓸려나가버렸다. 단지 하나의 영상이 눈앞에 떠올라 나를 침잠시킬 뿐이었다. 그것은 세네갈의 커다란 강

---

* 북아프리카의 이슬람 밀교회의 회원으로 불 주위에서 춤을 춤으로써 무아상태에 이르는 의식을 치렀다.

과 팔레메의 하구, 황토 위로 난 제방, 엘 하즈의 나라였다. 시몬의 음악이 나를 이끄는 곳이 바로 그곳이었다.

어느 날 저녁, 마르시알 주아외가 예상보다 일찍 돌아왔다. 그는 거실의 문을 열고는 문간에 멈춰 서서 한참 동안 안쪽을 바라보며 서 있었다. 밝은 밤이었다. 꺼져가는 촛불이 희미한 빛을 드리웠고, 나는 의사의 눈이 어슴푸레한 실내를 훑어나가는 것을 보았다. 그는 시몬의 북에 부딪히며 거실을 가로질러 곧바로 욕실로 갔다. 아무 말 없이 그 아수라장을 가로질러 걸어간 것으로 보아 그는 무척 화가 나 있었다. 시몬은 나를 일으켜 문 쪽으로 밀었다. "어서 가. 어서 가라구. 부탁이야." 그녀는 겁에 질린 기색이었다. 내가 그녀에게 말했다. "같이 가요. 여기 있지 말아요." 나는 이 순간 그녀가 떠날 수 있다면 자유로워질 수 있으리라고 확신했다. 그러나 그녀는 그럴 엄두조차 내지 못했다. 그녀는 내 손에 돈을 쥐여주었다. "어서 가. 택시를 타고 집으로 돌아가도록 해. 날이 추워." 왠지 모르지만 그때 나는 그녀를 다시 보지 못하리라는 생각이 들었다. 그녀는 결단을 내리지 못했으며, 그녀가 노예처럼 지내는 것도 그 때문이었다. 단 한 번만이라도 마음을 정할 수 있었다면 그녀는 마르시알도, 혼자가 되는 것도 두려워하지 않았을 것이며 그의 뒤치다꺼리를 하거나 그의 학대를 받지 않아도 되었을 것이다. 그녀는 자유를 얻었을 것이다.

엘 하즈 할아버지는 그다지 잘 지내지 못하고 있었다. 그 늙은 전사는 겨울을 두려워했다. 나는 쿠르쿠론 행 기차나 버스를 타고 빌라베의 도로변으로 찾아가곤 했다. 벌판은 얼어붙었고, 비탈진 언덕에는 서리가 앉아 있었다. 드넓은 잿빛 들판을 까마귀들이 배회했다. B동의 작은 아파트에서 엘 하즈는 창문 앞에 앉아 있었다. 그는 푸른 셔츠 위에 품이 큰 스웨터를 입었고, 잠잘 때나 쓰는 털을 댄 모자를 쓰고 있었다. 그는 높은 곳에 앉아, 밤이 되어도 빛을 발하며 사막을 가로질러 도도히 흐르는 거대한 강을 꿈꾸었다. 또한 그는 팔레메 강과 카예스, 메딘, 마탐과 같은 마을들, 그리고 고향인 얌바에 대해서도 이야기했다. 그때 그는 다시금 아내와 아이들과 함께 카누를 타고 강 위를 미끄러지며, 강변의 집들이 지나치는 것과 두루미들이 날아오르는 것과 가마우지들이 서성이는 것을 바라보는 듯한 표정이었다. 그는 처음으로 자신의 손녀이자 하킴의 누이동생인 마리마에 대해 말했다. 그녀는 어느 여름날 우기에 아프리카로 어머니를 만나러 가던 중에 백혈병에 걸려 죽었다. 그녀의 몸 속으로 한기가 들어가 매일 조금씩 그녀를 식어가게 하더니 마침내 죽음으로 몰아넣었다. 엘 하즈는 내게 사진을 보여주지 않았다. 그런 것은 아무짝에도 쓸모없다는 것이었다. 대신 그는 그녀의 성적표를 보여주었다. 그녀가 얻은 점수가 자랑스러웠기 때문이었다. 그녀는 생 루이 중학교에서 졸업을 앞두고 있었다.

간혹 그는 그녀가 죽었다는 사실을 잊었다. 그는 내가 그녀인 것 같다고, 새로운 마리마 같다고 말했다. 그의 아주 깊은 곳에는 상처가 있어서 그것이 부러진 뼈처럼 계속하여 그에게 고통을 주고 있었다. 그는 결코 돌아가고 싶어하지 않았다. "사람들이 모든 걸 망쳐버렸어. 여기저기 할 것 없이 길이 나고, 다리와 공항이 지어지고, 카누들은 하나같이 뒤를 잘라내고 발동기를 달았지. 나 같은 늙은이가 거길 뭐 하러 가겠어? 하지만 내가 죽으면 네가 나를 내 집에 데려다주었으면 좋겠구나. 팔레메 강가의 암바에 있는 아버지와 어머니 곁에 묻힐 수 있도록 말이다. 내가 태어난 곳이 거기니까 거기로 돌아가야지." 나는 거의 불가능한 일이라는 것을 알면서도 함께 가주겠다고 약속했다. 내게도 죽었을 때 묻히고 싶은 묘지가 있는 것이었다.

그는 아라비아에서 가브리엘 천사의 검은 돌에 입맞출 때 보았던 것들을 이야기한 적도 있었다. 그는 젬 젬 샘의 물을 작은 플라스틱 병에 담아 가져왔으며, 여행자들의 눈을 뜨겁게 달구는 사막의 바람 속에서, 아라파트가 진을 치고 있는 고원에도 올라가보았다. 그는 창 쪽으로 얼굴을 돌리고 있었고, 내 눈에는 주변 건물들의 거대한 흰색 벽이 보였으며, 내 귀에는 그리 멀지 않은, 집시들이 모여 사는 곳 근처의 고속도로가 울리는 소리가 들려오고 있었다. 그러나 그는 그곳에 있지 않았다. 그는 다른 곳에, 그 자신의 빛 속에 들어 있었다. 나는 어둠이 내릴 때까지 엘 하즈와 함께 있었다. 나는 그에게 차를 끓여주고 설거지를 하고 집 안을 정리했다. 아마도 나는 마음속으로 그를 다시 보지 못하게 되리라는 것을 알고 있었던 것 같다. 랄라 아스마가 주방에서 넘어졌던 무렵에, 그녀가 세상을 떠나게 되리라는 것을 알 수 있었던 것처럼.

그를 죽게 한 것은 겨울이었다. 그는 항상 추워했다. 하킴이 기름 침전물을 사용하는 방열기를 사와서 밤낮으로 틀어놓았던 탓에, 좁은 방 안은 너무 더웠고 바닥에 물기가 맺힐 정도였다. 엘 하즈는 기침이 나와 자주 말을 멈춰야 했다. 폐부에서 화덕 소리가 날 만큼 큰 기침

황금 물고기 177

이어서, 그는 많은 고통을 받았다. 그는 내게 수종이라는, 숨을 제대로 쉬지 못하는 병을 앓고 있다고 했다. 그러나 내 생각에 그를 쇠진시킨 것은 추위와 바람과 비, 잿빛 구름으로 덮인 하늘, 창백한 태양이었다.

나는 그가 피곤해하는 것을 느끼고 자리에서 일어났다. 나는 그의 손에 입을 맞춘 뒤에, 그의 손바닥을 잠시 내 이마에 댔다가 아래로 내려 내 눈과 코와 뺨과 입술을 만지게 했다. 그가 말했다. "잘 가라, 내 손녀야." 내가 정말로 마리마인 듯한 어투였다. 아마도 그는 정말로 내가 그녀라고 믿었을 것이다. 아마도 그는 지난 일을 잊었을 것이다. 어쩌면 나 자신이 그의 조상에 대해 알게 되고 그가 아프리카의 강변에서 살며 겪은 일을 듣다 보니 차츰 그녀를 닮아가게 되었는지도 모르는 일이었다. 나도 내가 누구인지 알 수 없었다.

쿠르쿠론으로 갈 때면 집시들이 모여 사는 곳을 지났다. 나는 약간 우회하여 주아니코를 보러 가곤 했다. 어느 날 저녁 그가 기다리고 있었던 듯이 내게로 걸어왔다. 그의 안색은 아무래도 이상했다. 그는 담배를 달라고 하더니 약간 잠긴 목소리로 말했다. "브로나가 아기를 팔려고 해." 내가 이해하지 못하겠다는 표정을 짓자, 그는 초조해하는 기색으로 되풀이했다. "내가 한 말은 사실이야. 브로나가 아기를 판다구." 어둠이 내렸다. 도로 양 옆으로 가로등이 노란색 별들을 피워올렸고, 그리 멀지 않은 곳의 시멘트로 덮인 평평한 공터 끝에는 슈퍼마켓 건물이 동화 속 성처럼 환히 불을 밝히고 있었다.

나는 심장이 거세게 뛰는 것을 느꼈다. 나는 곧바로 주아니코를 따라 집시들의 야영지로 통하는 샛길을 걸었다. 나는 빨리 걸음을 옮겼다. 주아니코가 내게 한 말을 믿을 수 없었다. 그가 마치 내 이야기를 한 것 같았다. 낯선 사람들이 자루에 넣어 어디론가 데려가 팔아버려서 랄라 아스마의 저택에 이를 때까지 여러 사람의 손을 거쳐야 했던 나 자신의 이야기를.

주아니코는 흰색 트레일러 옆에 양철 지붕을 얹고 판자로 지은 오두막집으로 나를 데려갔다. 아이들 몇이 땅바닥에 놓인 가스등 불빛을 얼굴에 받으며 앉아 있었다. 오두막 주변에는 온통 쓰레기들, 판지들, 녹슨 깡통들 천지였고, 그 중에는 바퀴 빠진 손수레도 하나 있었다. 대형 트레일러 안에서는 여자들과 남자들이 음식을 먹고 있었고, 텔레비전 소리가 흘러나왔다. 털이 누렇고 뻣뻣한 개들이 쇠사슬에 묶여 있었다. 주아니코가 오두막 문을 열었다. 안에는 양쪽 끝이 말려 일어난 비닐 장판에 야전침대 하나가 놓여 있었고, 브로나는 그 위에 앉아 있었다. 그녀 곁에는 두 아이가 앉아 있었는데, 하나는 여섯 살쯤 되어 보이는 여자아이였고, 또 하나는 눈빛이 날카롭고 영리해 보이는 열두 살가량의 남자아이였다. 그들은 루마니아어로 말했다. 주아니코가 그 여인에게 질문했다. 그녀는 얼굴이 갸름하고 머리카락은 구릿빛 나는 금발이었으며, 진한 초록색의 작은 두 눈은 동물의 눈처럼 강렬했다. 그녀는 주아니코가 하는 말을 주의 깊게 들었다. 진실을 간파하려 애쓰는 듯 그녀의 시선은 그에게서 내게로 계속하여 오갔다. 이윽고 그녀가 일어서서 안쪽으로 들어가더니 커튼을 걷었다. 벽면이 파인 곳에 검은색 유모차가 있고, 그 안에 한 아기가 잠들어 있었다. "계집애야." 주아니코가 말했다. 그러고는 목소리를 낮추어 속삭이듯 덧붙였다. "저 여자에게 네가 의사나 변호사 같은 부자들을 알고 있다고 했어. 그러지 않았으면 아이를 보여주려 하지 않았을 거야." 나는 어떻게 대답해야 할지 알 수 없었다. 나는 뜨개질한 천과 홑이불에 덮이다시피 한 채 잠들어 있는 아기를 들여다보았다. "이름이 뭐죠?" 내가 물었다.

브로나는 고개를 저었다. 어느새 그녀의 얼굴은 잔뜩 굳어진 채 아무 감정도 내비치지 않고 있었다. 한참 후에 주아니코가 말했다. "그 아기는 이름이 없어. 아기를 사는 사람이 이름을 지어줄 거야."

그러나 오두막을 나왔을 때, 주아니코는 낮은 목소리로 말했다. "그 말이 사실이 아니라는 걸 너도 알지? 그 아기는 이미 이름이 있어. 마그다라고 하지." 나는 베아트리스 기자를 머리에 떠올리며, 그녀가 후리야의 아기를 두고 했던 말을 생각했다. 만약 후리야가 아기를 돌볼 수 없다면 자기가 입양하고 싶다고 했던 것이다. 나는 주아니코에게 말했다. "들어봐. 만약에 저 여자가 정말로 자기 딸을 팔고 싶어한다면, 내가 살 사람을 알고 있다고 전해줘." 나는 목멘 목소리로 그 말을 했다. 예전에 내가 유괴되었을 때 누군가가 같은 말을 했을 것이고, 랄라 아스마도 그 말에 "내가 그 아기를 사겠어요"라고 같은 대답을 했을 것이라는 생각이 들었기 때문이었다. 그날 저녁은 날이 흐리고 어두웠으며, 자동차들이 요란한 소리를 내며 사납게 흐르는 강물처럼 집시들의 거주지 양쪽으로 내달리고 있었다. 주아니코가 버스 정류장까지 나를 바래다주었고, 나는 파리로 돌아왔다.

11

엘 하즈 할아버지는 사흘 뒤에 죽었다. 하킴이 친구를 통해 내게 그 사실을 알렸다. '절망' 카페에서 철학 강의를 받으려 준비하고 있던 중에 그 소식이 도착했고, 나는 곧바로 에브리 쿠르쿠론 행 기차를 탔다. 날씨가 여전히 흐리고 하늘은 낮아서, 하루도 지나지 않은 것처럼 여겨졌다. 라디오에서 눈에 대한 예보가 나올 정도였다. 좁은 아파트의 현관문은 빠끔히 열려 있었다. 나는 그가 아직 그곳에 있어서 놀라게 하지 않으려는 듯이 조용히 안으로 들어갔다. 평소에 그가 앉아 있곤 하던 주방은 비어 있고, 방 안에는 블라인드가 반쯤 내려져 있었다. 나는 먼저 침대 옆으로 하킴의 등을 보았고, 이어서 내가 알지 못하는 다른 사람들, 이웃들이라 짐작되는 사람들을 보았다. 그 중에는 키가 크고 살이 찐 여인이 있었다. 나는 그녀가 하킴의 어머니일 것이라고 생각했다. 하지만 그러기에는 너무 젊었으며, 피부가 흰 편이고 퍼머한 머리카락을 헤너 염료로 물들인 모습이, 아프리카인이 아니라 아랍인처럼 보였다. 어쩌면 그녀는 단지 하녀이거나 건물 관리인인지도 모르는 일이었다.

엘 하즈 할아버지는 바로 그 깃 없는 푸른색의 긴 셔츠와 주름이 잘 선 회색 바지 차림으로 침대에 누워 있었다. 여행을 떠날 준비를 마친 사람처럼 발에는 광이 나는 커다란 검은 구두가 신겨져 있었다. 나는 엘 하즈 할아버지에게서 이런 모습을 본 적이 없었다. 그의 얼굴은 마치 주먹을 꽉 쥔 듯 잔뜩 찌푸려져 있었고, 눈썹이 부풀어오른 두 눈과 입술과 코까지도 고통과 슬픔의 표정을 담고서 단단히 닫히고 오므라들어 있었다. 나는 그가 세네갈의 강과 얌바 마을과 팔레메 강에 대해, 그리고 자신이 세상에서 사랑하는 모든 것에 대해 했던 이야기를 생각했다. 이제 그는 그곳으로부터 멀리 떨어져서, 빌라베 도로 옆에 서 있는 아파트 단지 내의 B동 9층의 한 방에서 홀로 죽은 것이다.

모두 아무 말도 하지 않았다. 하킴은 내가 할아버지의 이마를 만지는 것을 바라보았다. 나는 차갑고 단단하게 뭉쳐 있는 피부에 아주 잠깐 손가락 끝을 대보았다. 방 안은 너무도 조용하고, 너무도 적막했다. 나는 누구라도 소리를 내주기를 바랐다. 영화에서처럼 여인네들이 비장한 오열을 터뜨리며 스스로를 제어하지 못하고 오랫동안 울어주기를, 남정네들이 죽은 자들을 추모하여 커피를 마시며 웅성거려주기를, 그렇지 않으면 기독교인들처럼 웅얼거리며 기도를 해주기를 바랐다. 개 한 마리가 정원에서 짖었고, 조종 소리도 들려왔다. 그 외에는 아무 소리도 없었다. 단지 건물 위쪽 어디에선가 텔레비전에서 시끄러운 소리가 흘러나오고 있을 뿐이었다. 방문객들은 내 쪽을 바라보기를 피하면서 망연한 표정을 지으며 돌아갔다. 나는 지하철에서 북을 치는 사람들이 이곳에 와 끝없이 연주해주기를, 그리하여 천둥처럼 우렁찬 음악이 숲을 가로지르고 강을 따라 울려퍼지기를, 그리고 시몬이 낮은 목소리로 〈검은색은 내 진정한 연인의 머리카락 색이네〉를 불러주기를 간절히 원했다. 헤너 염료로 머리카락을 물들인 뚱뚱한 여자가 사람들 사이에서 조용히 빠져나왔다. 나는 그녀가 랄라 아스마를 닮았다고 생각했다. 안경 렌즈에 가려진 노안의 약간 어릿한 눈길도 똑같았다. 나는 나도 모르게 그녀의 손목을 잡고 침대 쪽으로 데려갔다. "부탁입니다. 잠시만 더 있어주세요. 떠나지 마세요." 그녀는 고개를 끄덕이더니 약간 쉬고 묵직한 목소리로 말했다. "좋은 분이셨어요." 그녀는 마치 미안해하는 듯이 그렇게 말했다. 그녀는 천천히 몸을 뺐다. 그녀는 내 손가락을 손목에서 하나씩 하나씩 떼어냈다. 그녀의 초록빛 눈에는 두려워하는 빛이 어려 있었고, 검은 동공은 홍채 한가운데에서 떠다니고 있는 것처럼 보였다.

결국 하킴이 그녀를 보내주었다. 그녀는 히스테리를 일으키는 미친 여자를 다루듯이 내 어깨를 꼭 붙잡았다. 하킴은 나의 오빠였다. 나는 마리마였다. 나는 할아버지의 닳아서 반들반들한 손가락이 내 얼굴에 머물며 내 눈과 뺨과 입술을 부드럽게 어루만지는 것을 느꼈다. 숨을 제대로 쉴 수 없었다. 무엇인가가 내 속에서, 내 가슴속에서 부풀어올라 목구멍을 막았던 것이다. "그분은 내 할아버지였어. 정말이야. 그럼 나는 이제 어떻게 되는 거지?" 나는 앞뒤가 맞지 않는 말을 더듬거렸다. 말 한마디 한마디에 나는 숨이 막혔다. 하킴은 내가 울고 있다고 생각했지만, 그것은 눈물이 아니라 분노였다. 나는 건물 안의 모든 것을 파괴해버리고 싶었고, 할아버지의 시야를 가로막았던 불투명한 하늘에 구멍을 뚫어버리고 싶었고, 유리창과 블라인드를 깨버리고 싶었고, 열차의 차량과 버스의 차창과 철로, 그리고 세네갈의 강줄기와 팔레메 강변의 얌바 마을에 닿기까지 오랜 시간이 걸리는 배를 부숴버리고 싶었다.

하킴이 꽉 껴안는 바람에 나는 침대 곁 바닥에 넘어졌다. 그때 나는 엘 하즈 할아버지에게서 생명을 빼앗아간 모든 것들, 오줌 받는 통과 코르티손 신경통약이 든 병들을 보았다. 그 병들은 모두 쓰러져 있었다. 장례 행렬을 준비하느라 미처 치울 시간이 없었던 것이다.

그는 한참 동안 나를 껴안은 채로 있었다. 아마 그에게도 누군가 위로해줄 사람이 필요했을 것이다. 그가 내게 입을 맞추었고, 나는 그의 뺨에 눈물이 번져 있는 것을 느꼈다. 그것으로 끝이었다. 나는 일어나서 그곳을 떠났다. 나는 옷을 갖춰 입고 침대에 누워 있는 노인의 몸을 보지 않았다. 나는 그가 강변에 있는 자기 집으로 돌아가지 않을 것이라고 생각했다. 그는 사람들이 공동묘지에 마련한 좁은 공간에 묻혀 빌라베에 머물 것이며, 강물 흐르는 소리 대신에 고속도로를 달리는 자동차들의 소음을 들을 것이었다. 그런 일들이 과연 중요한 것일까? 그 시간이면 텅 비게 마련인 기차에서 나는 더러운 차창 너머로 어둠이 내리는 것을 바라보았다. 엘 하즈 할아버지보다는 마그다에 대해 더 골똘히 생각하고 있었던 것 같다. 입 안에서 자꾸 구역질이 느껴졌다. 아침부터 아무것도 먹지도 마시지도 않았던 것이다.

파리로 들어서기 얼마 전에 나는 검표원들에게 붙잡혔다. 평소에는 경계를 소홀히 하지 않아서 그들이 기차에 오르는 순간 내리곤 했다. 그러나 그날은 방심했고, 꿈에 잠겨 있었으며, 심하게 앓고 난 후처럼 멍해 있었다. 아마도 그들은 벌써부터 나를 점찍어둔 것 같았다. 내가 그들을 보았을 때, 그들은 이미 나를 노리고 있었다. 그들은 다른 승객들은 개의치 않고 곧장 내 쪽으로 걸어왔다. 내가 주아니코와 함께 처음 만났던 집시 부랑아들이 달아나면서 손가락질로 욕을 보냈지만, 검표원들이 원하는 것은 바로 나였다. 처음에 그들은 예의를 지켰고 정중하기까지 했다.

"아가씨, 차표가 없으시군요. 신분증을 보여주시겠습니까?" 내가 우선 신분증이 없다고 대답하고서, 있다 해도 그것을 제시하라고 할 권리가 어디에 있냐고 묻자, 그들은 훨씬 덜 공손해졌다. "그렇다면 우리와 함께 역 사무실로 가셔야겠습니다만……"

그들은 묘한 짝을 이루고 있었다. 한 사람은 크고 건장하고 이중턱에 짧은 금빛 콧수염을 기르고 있는 데 반해, 다른 한 사람은 작고 머리카락이 갈색이고 신경질적인 인상에 툴루즈 억양으로 말했다. 그들은 양쪽에서 각기 내 팔을 잡고는, 객실에서 객실로 기차를 거슬러올라가 기관실까지 갔다. 그들은 문 쪽에 놓인 딱딱한 긴의자에 나를 앉히고 자기들도 내 양쪽에 앉았다. 내가 공권력 남용이라고 항의하면서 이처럼 폭력적으로 해결하지 않아도 되지 않느냐고 말했지만, 그들은 못 들은 척했다. 기차는 계속하여 파리를 향해 달렸으며, 이윽고 밤이 되었다. 두 간수는 내 머리 위로 말을 주고받았다. 그들은 마치 내가 그곳에 없는 듯이 서로 사무실 소식을 전하고 잡담도 늘어놓았다. 그들에게 할아버지가 돌아가셨고 내가 오늘 붙잡힌 것도 그 때문이라고 하여 그들을 착잡하게 만들 수도 있었다. 그러나 나는 어떻게든 그들이 내게 동정심을 가지게 되기를 원하지 않았다. 더욱이 이런 보잘것없는 사람들로부터 호의를 받겠다고 엘 하즈 할아버지를 들먹이는 일은 결코 하지 않을 것이었다.

오스테를리츠 역에서 그들은 창구 뒤의 한 작은 사무실로 나를 데려갔다. 그들은 나를 한 시간은 족히 기다리게 했고, 그러는 동안에 자기들은 문 앞에서 담배를 피우며 계속하여 잡담을 주고받았다. 제복을 입고 수갑과 자동권총을 지니고 있는 힘센 남자들 앞에서 나는 나 자신이 아주 작고 하찮은 물고기라는 생각이 들었다. 그러나 그들은 아마도 인생에는 무의미한 일이 전혀 없다고 생각하는 듯했다. 어디에나 그렇게 믿고 싶어하는 사람들이 있는 법이었다.

역장이 들어와서 내게 질문을 시작했다. 그는 바싹 얼굴을 들이밀고 소리치듯 말했다.

"이름은?"

"라일라."

"성년인가요?"

"모르겠어요. 그래요. 아니에요. 아마도 아닐 거예요."

"부모님은 어디 있나요?"

"아프리카요."

그곳에서의 일은 점점 더 꼬여갔다. 역장은 보잘것없는 외모의 작은 남자였고 이름은 카스토르였는데, 그 이름도 내가 그의 책상에 놓인 봉투의 글귀를 거꾸로 읽어서 알아낸 것이었다.

"신분증이 없나?"

반말을 쓰는 것은 심기가 불편하다는 증거였다.

나는 게임을 유리하게 끌어나가기 위해, 그럴듯한 생각을 해냈다.

"내 변호사를 불러주세요."

"따귀 한 대 맞을래?"

방금 전의 생각은 그들을 다루는 데 좋은 방법이 아니었다. 나는 한 발 뒤로 물러섰다.

"좋아요. 사실 내 변호사는 아니에요. 나를 돌봐주는 부인이지요. 교사예요."

마지막 단어가 그들을 누그러뜨렸다. 나는 베아트리스의 이름과 전화번호를 댔다. 기자든 교사든 크게 다를 바 없었다. 나는 단지 자블로 거리가 거론되지 않기만을 바랐다. 그 동안 노노와 후리야는 그런 유의 곤란을 충분히 겪은 것이다. 다행히도 나는 파리에 도착하자마자 전쟁영화에 나오는 코만도처럼 내 신원을 알아내는 데 단서가 될 만한 것은 모두 제거해버렸다.

베아트리스는 영국제 소형차를 타고 곧바로 달려왔다. 그녀는 모든 것을, 기차표 요금과 벌금을 지불했고, 심지어 장황한 설교조의 말도 들어야 했다.

이슬비가 내리고 있었다. 마치 모래비가 뿌리듯이, 와이퍼가 앞 유리창에서 삐걱거렸다. 내가 베아트리스에게 말했다.

"난 집에 돌아갈 수 없어요."

그녀는 잠시 나를 바라보며 대답할 말을 찾았다.

"원한다면 우리 집에 가서 자도 좋아. 레이몽도 아무 말 하지 않을 거야."

그 말은 나를 더할 나위 없이 기쁘게 했다. 나는 그녀의 어깨에 머리를 기댔다. 그날 밤 나는 내게 누군가가, 친구가, 언니가 있다는 사실을 확인하지 않으면 도저히 견딜 수 없었을 것이다.

나는 한동안 레이몽과 베아트리스의 집에 머물렀다. 그 동안 무척 피곤했던 모양이었다. 이리저리 분주히 다니고, 후리야의 아기와 노노와 강의와 장보기 같은 잡다한 일들에 시달리고, 게다가 시몬이 집에 와 있고, 엘 하즈 할아버지가 죽고 하다 보니 피곤한 줄 몰랐던 것이다. 그러다가 갑자기 전에 프로메제아 부인 집을 나온 나를 노노가 자블로 거리로 데려오던 무렵처럼 내게는 아무 힘도 남아 있지 않았다.

열흘이던가 한 달이던가 정확히는 잘 모르겠지만 여하튼 나는 그곳에 머물렀다. 바깥은 춥고 어둠침침했으며 눈도 내렸던 것 같다. 나는 거실 한켠의 서재로 쓰던 방에서 매트리스에 누워 지냈고, 베아트리스는 랩톱 컴퓨터를 침실로 들고 가 그곳에서 일했다. 서재에는 온통 판지 상자들이 널려 있었고 서가에는 책들이 넘쳐났다. 나는 내키는 대로 소설책과 역사책과 때로는 시집도 읽으며 시간을 보냈다. 나는 말라파르트, 카뮈, 앙드레 지드, 볼테르, 단테, 피란델로, 쥘리아 크리스테바, 이반 일리치를 읽었다. 내게는 모두 똑같았다. 같은 단어에 같은 형용사들이었다. 가슴을 찌르는 것은 없었다. 고통스럽게 하지도 않았다. 나는 프란츠 파농이 그리웠다. 그가 종교라는 문제에 대해 뭐라고 했을지, 어떻게 말을 이끌어갔을지 상상해보려 애썼고, 이런 노작들을 앞에 두고 그가 지었을 비웃는 듯한 미소를 그려보려 했다. 시는 낯설었다. 시가 이제껏 나와 별로 상관없었듯이, 내게는 별로 와

닿지 않았다. 나는 단어를 수집하는 일을 무척 좋아했다. 단어들을 가지고 노래를 부르기도 하고, 방 안에서 발음하여 그 소리가 되돌아오거나 수천 조각으로 갈라지거나 아니면 반대로 농익은 과일처럼 바닥에 납작하게 녹아내리는 것에 귀를 기울이곤 했다. 나는 공책을 펼쳐놓고서, 날마다 발견한 단어나 문장의 부분들을 적어넣었다.

기후
그림자들
금조(琴鳥)
새벽녘의 종달새
회절
파도가 치다
하늘에서 들려오는 따르륵 소리

그렇다고 그것들이 어떤 의미를 가지는 것은 아니었다. 여섯시경에 귀가하는 베아트리스가 문을 활짝 열어젖히면 그녀를 따라 도시와 소음과 연기가 담긴 바람이 안으로 들어왔다. 레이몽은 더 늦게 돌아왔다. 그는 포도주를 사오곤 했다. 우리 셋은 주방에서 야채 수프를 곁들여 국수와 치즈를 먹었다. 나는 그들과 함께 있는 것이 정말 좋았다. 그들은 행동이 분명하고 앞으로 어떤 모습을 보이리라 예측 가능하고 마음을 편하게 해주는 사람들이었다.
나는 마그다에 대해 말하는 순간을 늦췄다. 그 이름을 입에 담자마자 그곳을 떠나야 할 것 같았다. 그러면 다시금 자유분방한 거리, 몸으로 부딪쳐오는 사람들, 자동차의 경적, 땅 밑 중심으로 뻗어 있는 통로와도 같은 자블로 거리, 그 거리의 입구와 더불어 살아가야 할 것이었다.

그들은 직장에서의 일에 대해 말했다. 베아트리스는 신문과 사장이 퍼붓는 심한 욕과 끊임없이 계속되는 전화 통화에 대해 이야기했다. 때로 내가 이해하기 어려운 문제가 화제에 오를 때면 내게는 그녀가 몸담고 있는 세계가 완전히 암호화되어 있는 것처럼 여겨졌다. 레이몽은 무뚝뚝한 편이었다. 그는 집에서 먼 사르셀이던가 아니면 플뢰리 메로지에 있는 변호사 사무실의 시보로 일하고 있었다. 타인의 업무가 곧 그의 일이었다.

나는 그들의 집에 와 있는 마그다를 상상해보았다. 마그다가 장밋빛으로 새로 칠한 작은 방에서 예쁜 순백색 침대에 누워, 아기들이 혼자 놀 수 있도록 머리 위에 걸어놓는 음악이 울리는 유리장식을 바라보는 모습이 눈에 그려졌다. 마그다가 주방에 있는 레이몽에게 팔을 뻗고 달려가며 "아빠!" 하고 소리친다. 그러면 레이몽은 "쥘리!" 혹은 "로미!" 하고 대답한다. 그들이 그 아이의 진짜 이름을 아는 것은 중요한 일이 아니었다. 언젠가 어른이 되면, 나는 그 아이의 이모처럼 진실을 알려줄 것이다. "오늘 네게 진짜 이름을 알려주겠어. 네가 태어났을 때 가지고 있었던 이름 말이야." 그렇지 않으면 주아니코가 그 일을 맡을 것이다. 레오뮈르 세바스토폴 지하철 역의 통로에서 마그다가 우연히 그와 마주쳤을 때, 그는 그녀를 부르며 소리칠 것이다. "마그다! 내 사촌!"

그들은 아기를 클레르라고 불렀다. 그 이름은 레이몽의 어머니의 이름이었다. 또 조안나라는 이름도 붙였는데, 베아트리스가 그 이름을 특히 좋아했기 때문이었다. 그녀는 이런 노래를 부르곤 했다. "김 미 호프, 조안나." 그녀는 그 또래의 다른 아이들처럼 베트남전쟁시에 열다섯 살을 맞았었다.

나는 그들이 얼마를 지불했는지 알지 못했다. 나는 오두막 밖에서 바람을 맞으며 서서 집시들의 거주지 주위로 자동차들의 물결이 내는 소리에 귀를 기울이고 있었다. 하늘에는 내가 태어난 날 그러했을 것처럼 까마귀들이 날았다. 그러나 그 비명을 지르는 듯한 울음소리를 내지는 않았다.

그 무렵 많은 일이 일어났다. 아마도 후리야가 부 씨의 집으로 거처를 옮긴 것이 그 원인인 듯했다. 이제 나는 혼자가 되었다. 조금이나마 돈을 벌기 위해 나는 귀머거리-벙어리 조합에 가입하여, 식당을 돌아다니며 탁자에 카드와 열쇠고리를 놓고 동전을 받곤 했다. 나는 쇼핑 센터의 식당에 열쇠고리를 돌리러 가거나 레오뮈르 지하철 역으로 음악을 들으러 갈 때는 특히 조심했다. 같은 곳을 두 번 가지 않았고, 왕래가 드문 통로나 자동차가 드나드는 정문은 피했으며, 상대의 눈을 바라보지 않았다.

나는 멀리서도 건달들을 알아볼 수 있었다. 그들은 이브리 쪽이나 잔 다르크 광장 쪽에서 몇 명씩 집단을 이루어 거리를 돌아다녔다. 나는 그들을 발견하면 곧바로 자동차 사이를 지나 차도를 건너서 다른 쪽으로 사라지곤 했다. 무척이나 재빠르고 민첩해서, 아무도 나를 따라올 수 없었을 것이다. 때때로 나는 그곳이 정글이나 사막이고, 길들은 강, 곳곳에 암초가 있어 물이 소용돌이를 일으키는 큰 강이며, 그 위에서 내가 바위에서 바위로 춤추며 뛰어넘고 있다는 느낌을 받았다. 경적 소리와 엔진의 붕붕 소리가 바닥에서 일어나 내 다리를 타고 올라와 아랫배를 가득 채웠다. 그러나 나는 그 남자가 다가오는 것만은 보지 못했다. 바람이 바닥을 쓸고 가로등이 불빛을 드리운 넓은 공터에, 그가, 다른 사람들과 다를 바 없이 레인코트를 걸치고 모자를 쓰고 두 손을 주머니에 찌른 약간 회색빛 나는 얼굴의 한 남자가 나타났다. 그때 나는 베트남인들 식당에서 벌어들인 돈을 세는 데 정신이 팔려 있었다. 각 탁자의 가장자리에 귀머거리-벙어리임을 알리는 판지와 함께 열쇠고리를 놓는 것만으로 불과 몇 분 만에 백 프랑인가 백오십 프랑이 생겼던 것이다.

  마지막 순간에 이르러서야 나는 그의 눈빛을 보았고, 겁에 질렸다. 차갑게 쏘아보는 그의 눈에서 세탁장에 들어서던 아벨의 눈빛을 보았기 때문이었다. 그러나 때는 이미 늦었다. 그는 내 손목을 잡더니 한 마디 말도 없이 엄청난 힘으로 조이기 시작했다. 내 뒤를 따라온 것이 분명했다. 상점들을 한 바퀴 돌아 이곳까지 쫓아와서, 내가 정확히 자신이 원하는 장소, 높은 건물의 벽과 문 닫은 상점들 사이의 외진 곳에 있는 것을 발견한 것이다.

  나는 소리를 지르고 싶었으나, 순간 그가 내 아랫배를 주먹으로 치더니 나를 두 동강 내려는 듯이 으스러지게 껴안았다. 나는 팔과 다리가 부러진 채 온몸이 부서져버리는 것 같았다. 그런데 이상하게도 그때 나는 내게 무슨 일이 일어나고 있는지 너무도 잘 알고 있었다. 단지 악몽을 꾸는 듯이 아무 힘도 없었을 뿐이었다. 그는 힘이 세면서도 민첩했다. 그는 한 손으로 내 청바지를 벗겼다. 그리고 다른 손으로는 나를 움푹 파인 건물 벽에 밀어뜨려 꼼짝 못하게 했다. 오줌 냄새가 풍기던 기억이 난다. 그 끔찍한 악취가 내 속으로 마구 쏟아져 들어와 구역질을 일으켰다. 그때 그가 성기를 꺼내더니 내 속으로 들어오려고 했다. 그의 허리가 격하게 움직였고, 헐떡거리는 숨소리가 건물 사이의 구석진 공간을 울렸다.

얼마나 지났는지 알 수 없었지만, 내게는 영원이나 다를 바 없었다. 내 가슴을 누르고 있는 손과 아랫배에 가해지는 가격으로 나는 아무것도 생각할 수 없었고, 숨을 쉴 수조차 없었다. 그 순간이 언제까지고 끝나지 않을 것만 같았다. 그러다가 그 남자가 몸을 뗐다. 아무리 애를 써도 뜻을 이룰 수 없었던 모양이었다. 아마도 내가 그에게 너무 좁았거나 아니면 방해자가 나타났기 때문이었을 것이다. 그는 재빨리 사라졌고, 나는 건물 모퉁이에 남겨졌다. 몸이 얼어붙는 것 같았고 힘이 하나도 없었으며 시멘트 바닥 위로 피를 흘리고 있었다. 나는 계단을 통해 자블로 거리로 내려간 뒤 동굴과 다름없는 차고로 들어가, 후리야의 아기 욕조에서 몸을 씻으려고 주전자로 물을 덥혔다.

세상은 조용했다. 이제 두 귀가 모두 먼 것 같았다. 내가 어디에 있는지 알 수 없었다. 복도 끝에 있는 화장실에서 토했던 것 같다. 그리고 소리를 질러댔던 것 같다. 철문을 열고 터널 같은 통로 안에서 건물 꼭대기까지 울리도록 울부짖었다. 그러나 아무도 듣지 않았다. 환풍기의 모터가 하나씩 가동되면서 비행기의 진동음을 일으켰던 것이다. 그 소리가 모든 소음을 덮어버렸다. 나는 시몬을 생각했다. 그녀를 보고 싶었고, 그녀가 음악의 한 소절을 반복하여 들려주는 동안 그 곁에 있고 싶었다. 그러나 나는 그것이 불가능하다는 것을 알고 있었다. 나는 바로 그날 밤 어른이 되었다고 생각한다.

베아트리스의 집에 머물며 모든 것과 거리를 둘 수 있었던 것은 좋은 경험이었다. 다음날을 생각하지 않고 아무 근심 없이 보호받고 있다는 느낌을 받은 것은 실로 오랜만의 일이었다. 그곳에서는 하고 싶은 대로 하면 되었다. 조용히 물건을 정리하고, 후리야가 병원에서 돌아왔을 때처럼 아기를 보살폈다. 차고와는 달리 그곳은 빛이 있고 해가 들고 따뜻하며 걱정할 것이 없었다. 거실의 창문은 담쟁이가 자라는 자그마한 안뜰에 면해 있고, 잎이 무성한 나뭇가지에는 참새떼가 앉아 있었다.

어느 날 아침 나는 그 중 한 마리가 깃털이 엉망이 된 채 창틀 위에서 기진맥진해 있는 것을 발견했다. 나는 그 참새에게 해리라는 이름을 붙였다. 그러고는 벽장에서 구두가 들었던 판지 상자를 꺼내어 안에 솜을 깔아 포근한 둥지를 만들었고, 아기의 방으로 가져다가 요람 옆에 놓았다. 나는 따뜻하고 다정한 마음으로 충만해 있었다. 이 세상에 비열한 것도, 건달들도, 형사들도, 얻어맞는 여자들도, 겉창이 닫힌 누추한 방에서 굶어죽는 노인들도 없다고 믿고 싶은 심정이었다. 그러고 나서 나는 클레르의, 아니 조안나(나는 이 두번째 이름이 더 마음에 들었다)의 젖병을 준비했고, 더운 우유 몇 방울을 빵 부스러기에 섞었다.

구두 상자 속에 든 해리는 모양이 우스웠지만, 깃털이 마르기 시작했다. 해리는 내가 빵 부스러기를 둥글게 뭉쳐 그 중 몇 개를 앞에 놓는 동안, 검은 눈을 굴릴 뿐 꼼짝도 않고 나를 바라보았다. 그런 후에 나는 젖병을 마그다(나는 결코 그 아기의 진짜 이름을 잊을 수 없었다)에게 물렸다. 아기가 우유를 다 마셨을 때쯤 참새가 상자 안에서 지저귀며 푸드득거리기 시작했다.

해리가 그 빵 부스러기를 뭉친 덩어리를 먹을 수 있었는지는 잘 모르겠다. 그러나 작은 방 안의 훈훈한 공기에 완전히 기운을 되찾았는지, 얼마 지나자 울어대며 날아올라 창문의 사각형 유리에 몸을 부딪쳐댔다. 바깥에서는 나뭇가지에 앉아 있던 그의 조그만 동료들이 사방으로 날아오르며 해리를 불렀다. 창문을 열자마자 해리는 밖으로 빠져나갔고, 나는 해리가 다른 참새들 사이에 섞이는 것을 보았다. 참새들은 바람에 날리는 이파리들처럼 빙글빙글 돌며 날아올랐고, 해리는 순식간에 그 참새들과 함께 내 시야에서 사라졌다.

내가 조안나에게 젖병을 물리고 있을 때, 저 아래 거리에서 형사들이 서성이는 것이 보였다. 그들은 보통 사람들처럼 레인코트와 후드 달린 재킷을 입고 운동화를 신고 있었지만, 나는 그들이 누군지 분명히 알아볼 수 있었다. 나는 그들에 대해 본능적인 감각을 지니고 있었다. 그들은 커튼 너머로 안을 들여다보려는 것처럼 창문들을 힐끔거렸다. 그들은 이윽고 안으로 들어왔다. 아마도 나를 별로 좋아하지 않는 포르투갈인 관리인에게 이것저것 질문했을 것이다. 잠시 후에 그들은 초인종을 눌렀다. 그칠 줄 모르고 계속되는 그 소리에 조안나가 울어댔고, 내 머릿속에서는 곤충의 울음소리처럼 멍멍한 울림이 일어났다.

나는 그들이 떠날 때까지 움직이지 않았다. 나는 열에 들떠 있었다. 더이상 잠시도 그 집에 머물러 있을 수 없었지만, 그렇다고 조안나가 요람에서 혼자 울어대도록 내버려둘 수는 없었다.

나는 베아트리스가 근무하는 신문사의 전화번호를 찾았다. 너무도 불안해서 들리지 않는 쪽 귀에 수화기를 댔던 탓에 상대방이 하는 말을 전혀 알아들을 수가 없었다. 나는 앵무새처럼 같은 말을 반복했다. "부탁이에요, 베아트리스, 어서 돌아와줘요, 부탁해요, 어서 돌아와요, 급한 일이에요, 부탁해요, 베아트리스." 내가 막 문을 닫고 나가려 할 때, 전화벨이 울렸다. 잘 들리는 쪽 귀에 수화기를 대자 베아트리스의 목소리가 들렸다. "라일라, 무슨 일이니?" 나는 당장 떠나야 하니 빨리 집으로 오라고 말했다. 이제 나는 완전히 평정을 되찾고 있었다. 나는 그녀가 다른 질문을 던지기 전에 수화기를 내려놓았다. 다행히 아기는 잠들어 있었다. 나는 거리로 나와 오스테를리츠 역을 향해 걸었다.

나는 자블로 거리로 돌아왔다. 긴 터널을 지나 28이라는 숫자가 그려진 차고 문 앞에 이르는 동안, 심장이 옥죄어드는 것을 느꼈다. 이제 더이상 그곳에서 살 수 없을 것 같았다. 나의 삶은 어디든 다른 곳에서 새로이 시작되어야 했다. 나는 떠나야 했다. 주아니코가 언젠가 이런 말을 했다. "난 말이야, 때때로 어디론가 달아나야 해. 그러고 싶은 충동을 억제할 수 없어. 그러고 나서 언젠가는 돌아오겠지. 하지만 머물러 있어야 한다면, 나는 너를 죽이거나 나 자신을 죽이고 말 거야." 이제 나는 그 말을 이해할 수 있었다.

차고 안은 여전했다. 방열기가 더운 공기를 과도하게 뿜어내는 바람에 숨이 막혔다. 나는 노노가 가져다놓은 새 기기들을 보았다. 짝을 이룬 텔레비전과 비디오가 여러 대 있었고, 얼룩말 가죽으로 만든 안장이 달린 붉은색 새 오토바이도 있었다. 이유는 잘 알 수 없었지만, 인형의 집에 들어와 있는 기분이었다. 그런 기분 탓에 나는 웃고 싶기도, 울고 싶기도 했다.

침대에는 내 이름이 적힌 봉투가 하나 놓여 있었다. 우아하면서 고풍스러운 필적이 누구 것인지는 알아볼 수 없었다. 단지 이렇게만 쓰여 있었다. "라일라 씨께. 파리." 나는 봉투를 열었다. 그러나 영문을 알 수 없었다. 단지 마리마 마포바의 이름으로 된 프랑스 여권이 들어 있었던 것이다.

방 안에는 아무도 없었다. 후리야나 파스칼 말리카의 자취도 남아 있지 않았다. 요람도 없었다. 기분이 허전하고 울적했다. 마음속으로는 후리야가 떠나기를 잘했고, 이제는 돌아오지 않는 편이 나으리라는 생각을 하고 있기는 했지만.

여권 안에는 사진이 붙은 페이지에 편지가 들어 있었다. 나는 파리가 기어가는 것 같은 하킴의 글씨체를 알아보았다. 편지에 쓴 내용은 간단했다. 그러나 나는 이해할 수 없어서 읽고 또 읽었다.

사랑하는 친구 라일라에게

돌아가시기 전에 할아버지는 이 여권을 네게 남겨놓으셨어. 할아버지는 네가 당신의 손녀 같다고 하시면서, 네가 이 여권을 가지고 다른 프랑스인들처럼 가고 싶은 곳으로 갈 수 있도록 하겠다고 말씀하셨지. 마리마는 이 여권을 사용할 시간이 없었으니까. 너는 네가 하고 싶은 대로 하면 돼. 사진은 걱정할 필요 없어. 알다시피 프랑스인들에게 흑인들은 모두 비슷해 보이잖아.

떠나기 전에 너를 만나고 싶었어. 결국 할아버지를 고향으로 모셔가기로 결정했거든. 나는 공부를 계속하려고 은행에서 융자를 받았어. 많은 도움이 될 거야. 네가 우리와 함께 얌바에 있는 할아버지 집에 같이 가지 못하는 게 정말 유감이야. 하지만 이제 네게는 여권이 있으니까 언젠가는 그곳에 갈 수 있을 거야. 할아버지 무덤이 어디에 있는지는 나중에 알려줄게. 안녕.

하킴.

글의 내용을 이해하게 되자, 내 두 눈에 눈물이 가득 찼다. 랄라 아스마가 죽은 후에 처음으로 흘리는 눈물이었다. 아무도 내게 이런 선물을, 내 이름과 신분이라는 선물을 준 적이 없었다. 무엇보다도 그 눈먼 노인이 닳아서 반들반들해진 손가락 끝으로 내 얼굴과 눈썹과 뺨을 만지던 감촉이 생생하게 되살아났다. 단 한번도 엘 하즈 할아버지는 착각한 적이 없었다. 그는 나를 마리마라 불렀지만, 그것은 머리가 혼란스러웠기 때문이 아니었다. 그는 내게 이름과 여권과 떠날 수 있는 자유를 주고 싶었던 것이었다.

12

 종합상가 주변의 나무들이 꽃을 피우기 시작할 때, 나는 봄이 멀지 않음을 알았다. 베트남인들은 가지가 흰 빛이나 장밋빛 솜털로 덮인 자두나무, 벚나무, 난쟁이복숭아나무 같은 묘한 모양의 작은 나무들을 심어놓았다. 하늘은 여전히 잿빛이고 싸늘했지만 낮이 훨씬 길어졌고, 나는 딱딱한 빵을 먹으며 그런대로 잘 지냈다.
 몇 주 전부터 노노에게서도, 다른 누구에게서도 소식이 없었다. 나는 더이상 레오뮈르 세바스토폴 역으로 좀베 소리를 들으러 가지 않았다. 시몬에게 전화를 걸었지만, 응답기에는 주아와 의사의 목소리만 들어 있었다. 그 세련되고 오만한 목소리에 온몸에 소름이 돋았다. 나는 내 이름을 남기지 않았다. 때로 밤에 차고에 혼자 있다 보면 문 앞에서 디젤 기관차의 덜컹거리는 소리가 들리곤 했다. 그럴 때면 가

숨이 두근거리고 겁이 났다. 그러나 모두 내 상상일 뿐이었다.

노노는 정오에 돌아왔다. 나는 하마터면 그를 못 알아볼 뻔했다. 그는 머리를 빡빡 밀고 있었다. 게다가 불안해하고 한쪽으로 쏠리는 묘한 시선이 그를 더욱 낯설어 보이게 했다. 나는 그가 좋아하는 치즈 크레이프와 개암 열매와 뉴텔라 초콜릿을 바른 빵을 주었다. 나는 그가 무슨 일을 했는지 지금 어떤 상태인지 이야기하리라 생각했다. 그러나 그는 말이 없었다. 그는 빠르게 음식을 먹어치웠고, 코카콜라를 큰 잔으로 거푸 들이켰다. 그가 면도를 제대로 하지 않은 모습을 보기는 처음이었다. 뺨과 턱과 윗입술에 수염이 삐죽삐죽 솟아 있었다.

"감옥에 갔었니?"

그는 대답하지 않고 대신 고개를 끄덕여 그렇다고 했다. 그는 다 먹자마자 매트리스에 누워서 두 팔로 머리를 감쌌다. 그러고는 곧바로 잠이 들었다.

나는 그의 따뜻한 몸을 느끼고 싶었다. 며칠째 나는 아무와도 말을 나누지 않고 그저 낡은 라디오로 음악을 들으며 차고 안에서 혼자 지냈던 것이다. 나는 노노 곁에 누워 두 팔로 그의 몸을 껴안았다. 그러나 그는 깨어날 기미조차 보이지 않았다. 우리는 꼼짝도 않고 몇 시간을 그러고 있었다. 나는 그의 숨소리에 귀를 기울였고, 그 동안 그가 어디를 돌아다니고 있었는지 알아내고자 애썼으며, 그의 목과 등에서 풍기는 냄새를 맡았다. 그가 깨어났을 때, 우리는 사랑을 나눴다. 처음처럼 부드럽게. 행위를 시작하기 전에 그는 상의 주머니에서 콘돔을 꺼내왔다. 그는 그것을 모자라고 불렀다. 그것을 원한 것은 내가 아니라 그였다. 나는 미처 생각도 못했다. 미래에 대해서, 아기들에 대해서, 질병에 대해서.

그 후에 우리는 함께 지붕으로 올라갔다. 비밀 통로를 지나 승강기를 타고 33층까지 올라간 후에 방화문을 통과해 소방용 계단과 사다리를 올라갔다. 우리 머리 위에 사각형으로 잘려 있는, 강철처럼 푸른색을 띤 하늘이 마치 영원으로 난 창문처럼 보였다. 그 순간 나는 떠나야 한다는 사실을 깨달았다.

지상의 지붕들 위로 바람이 텔레비전 안테나를 돛대줄처럼 울렸다. 바다에서 멀리 떨어진 도시 한복판에서 듣기에는 낯선 소리였다. 그러나 이브리 대로와 이탈리 광장, 그보다 더 멀리 강둑길과 순환도로에서 자동차가 내는 낮은 소리가 더할 나위 없이 부드러운 물결처럼, 조수처럼 밀려오고 있었다. 갑자기 나는 공허함을 느꼈다. 그때 알지 못할 욕망이 내 속을 채우며 나를 고통스럽게 했다. 바다 소리 때문이었다. 그 소리를 마지막으로 들은 것은 이미 오래전 일이었다. 현기증이 났다. 나는 지붕 가장자리로 걸어가, 저 멀리에 있는 바다를 볼 수 있기라도 하듯이 바람을 맞으며 몸을 앞으로 기울였다. 노노가 나를 붙잡았다. 그는 이해하지 못했다. "뭘 하는 거야? 미쳤니? 죽고 싶어?" 나는 생각했다. '그래, 사람들이 창문으로 뛰어내리는 까닭도 이 때문이야. 저 아래에 바다가 있다고 믿는 거지.' 나는 그에게 매달렸다. "안아줘. 꼭 껴안아줘, 노노. 몸이 아파." 그는 거센 바람을 피해 나를 승강기 모터의 덮개에 기대어 앉혔다. 나는 추위와 피로로 덜덜 떨었다. 노노는 술장식 달린 멋진 가죽 상의를 벗어 내 등을 덮어주더니 짧게 말했다. "라일라, 이 옷을 줄 테니 항상 내 생각을 해줘." 그의 얼굴은 매끄럽고 납작했으며, 머리는 난쟁이처럼 약간 큰 편이었다. 그러나 그의 눈은 부드럽고 새카맣고 무척 부드러웠다. 나는 내가 떠나려 한다는 것을 그가 알고 있다고 생각했다. 어쩌면 나보다 그가 먼저 알았던 것인지도 몰랐다. 그가 돌아온 것도 아마 그 때문이었을 것이다.

이제 모든 것이 변하려 하고 있었다. 끝나는 것은 한순간이었다. 나는 사다리 위, 33층 건물의 지붕에서 바람소리를 듣고 있었고, 내 눈은 처음 이곳에 왔을 때처럼, 노노가 나를 처음 이곳으로 데려왔을 때처럼, 너무도 푸른 하늘을 바라보며 눈물짓고 있었다.

어느 날, 내가 하킴 선생에게 제출하기 위해 철학 숙제를 하던 발판 모양의 탁자 위에 관리인의 편지가 놓여 있었다. 수도와 전기 계량기에서 절취 행위가 이루어지고 있음을 알아냈다는 것이었다. 곧 조사가 있을 것이고, 범법자들을 밝혀내서 추방하거나 거기에 상응하는 벌을 받게 할 것이라고도 쓰여 있었다. 나는 노노가 사정을 알 수 있도록 편지를 눈에 잘 띄는 곳에 놓아두었다. 차고를 나설 때 28호의 철문을 어찌나 세게 닫았던지, 아마도 그 소리가 건물 꼭대기까지 울렸을 것이었다.

13

 우리는 니스 행 기차를 탔다. 우리라고 말했지만, 사실은 나 혼자 표 한 장을 가지고 여행하는 중이었다. 주아니코는 작별인사를 하려는 것처럼 나와 함께 기차에 올라 객실을 가로질러 걸어가더니 짐 없는 선반 위에 자리를 잡았다. 나를 웃기려고 그렇게 한 것이지만, 사실 그에게는 표가 필요 없었다. 그는 어떻게 검표원들을 따돌리는지 알고 있었다. 그것이 그의 직업이었다.
 객실 안에는 세 사람밖에 없었다. 아래칸에 둘, 그리고 침대가 있는 위칸에 내가 있었다. 나는 한참 동안 통로에 서서 줄담배를 피우고 뒤로 흘러가는 불빛들을 바라보며 시간을 보냈다. 주아니코가 자기 횃대에서 내려왔다. 그는 아무 말도 하지 않았다. 뺨에 난 멍 자국은 검푸르게 변해 있었다. 양아버지가 때렸다는 것을 알았을 때 나는 그와 함께 떠나기로 마음을 정했다.

　우리 중에 누가 먼저 그럴 생각을 했는지 모른다. 아마도 그일 것이다. 그는 "언젠가는 도망치고 말 거야"라는 말을 입버릇처럼 하곤 했으니까. 그날이 온 것이다.

　그는 니스에 있는 외삼촌에 대해 말했다. 어머니의 형제이고 이름은 라몽 위르쉬였다. 그에게는 단지 기차에 탈 사람이 필요했을 뿐이었고, 내가 나서자 일이 훨씬 수월하게 풀렸다. 어찌 되었든 조만간 그는 떠났을 것이다. 룅지스 역이나 주유소 같은 곳에서 대형트럭을 얻어타고서.

　떠난다는 것은 내게 큰 의미 있는 일이었다. 나는 실로 오랫동안 파리에 머물러 있었다. 정말 많은 세월이 흐른 것 같았고, 그런 탓인지 후리야와 함께 오스테를리츠 역에 도착하던 때의 일이 잘 생각나지 않을 정도였다. 그 동안 많은 일이 일어났었다. 나는 이제 내가 무척 늙어버렸다는 느낌을 받았다. 물론 실제로 늙은 것은 아니지만, 여하튼 달라진 것은 사실이었다. 지금까지의 경험들과 더불어 무거워졌다고나 할까. 이제는 그따위 일들이 두렵지 않았다. 나는 사람들의 눈을 똑바로 바라볼 수도 있었고, 그들에게 거짓말을 할 수도, 심지어 욕을 할 수도 있었다. 나는 사람들의 눈에서 그들의 생각을 읽어내고 간파하고, 그들이 질문을 던지기에 앞서 대답할 수 있었다. 사람들이 자주 그러하듯이 짖어댈 수도 있었다.

　그러나 전에 하던 행동을 다시 할 수는 없을 것 같았다. 커다란 상점에서 물건을 훔치거나, 다른 사람 뒤에 슬그머니 따라붙어서 내 가족이라고 상상하거나, 아니면 한 남자를 뒤따르며 내 목숨만큼이나 소중한 연인이라고 나 자신에게 속삭이거나 하는 일들 말이다.

나는 위험한 사람들은 마르시알이나 아벨이나 조라 들라예 씨가 아니라는 것을 깨달았다. 위험한 사람들은 그들의 희생자들이었다. 그들은 동조자이기 때문이었다.

만약 사람들이 우리와 그들의 행복 사이에서 선택을 해야 한다면 결코 우리를 선택하지 않을 것이라는 사실도 깨달았다.

리옹에 도착했을 때, 나는 기진맥진해 있었다. 나는 더듬더듬 침대로 기어올라갔다. 아래층에는 장밋빛 옷을 입은 부인이 잠들어 있었다. 먼저 눈에 들어온 것은 그 에스파냐 여인의 둥근 머리가 역의 불빛을 받아 빛나는 모습이었다. 내가 그녀를 에스파냐 여인이라고 부른 것은 그녀의 새카만 머리카락과 눈을 보고서였다. 나는 그녀가 내게 무슨 말인가를 하려 한다고 생각했다. 그러나 그녀는 눈을 깜박이거나 미소를 짓지도 않고서 나를 뚫어지게 응시할 뿐이었다. 주아니코는 침대에 널브러져 코까지 골며 잠들어 있었다. 그의 더러운 옷에서 나는 땀냄새가 코를 찔렀다. 마치 부랑자 곁에 누워 있는 듯한 기분이었다. 나는 그를 벽 쪽으로 밀었지만, 기차의 요동에 그는 계속하여 내 쪽으로 되돌아왔다. 그러다가 겨우 잠이 들었다. 빛이 번쩍거리고 바퀴가 철로에 부딪힐 때마다 언뜻언뜻 끊기는 힘겨운 잠이었다.

혼수상태와 같은 잠에서 나를 끌어낸 것은 주아니코였다. 그는 조용히 아래로 내려와 원숭이처럼 사다리에 매달리더니 소리지르고 싶은 충동을 억누르려는 듯 내 귀에 바싹 입을 대고 말했다. "이리 와서 봐, 라일라 누나, 이리 와서 보라구." 나는 더듬거리며 침대에서 내려섰다. 객차 안은 어둠침침했고, 후텁지근했으며, 사람들의 숨결에서 나는 냄새가 강하게 풍겼다. 통로로 나가자 직사각형 모양의 창문으로 빛이 쏟아져 들어와 눈이 부셨다. 저 멀리 바다가 건물과 철탑에 순간순간 가려지며 햇빛을 받아 빛나고 있었다. 기차는 해안선을 따라 구불구불 나아가며 터널을 통과하여 다시 밖으로 나왔고, 그때마다 바다는 항상 그곳에서 햇빛을 받아 빛났다. 눈이 아플 정도로 푸른 바다의 물빛에 내 눈은 눈물로 가득 찼다.

주아니코는 그 자리에서 춤을 추었다. 그가 바다를 본 것은 이번이 처음이었다. 루마니아를 떠날 때, 그와 어머니와 형제들을 태운 기차는 국경을 지날 때를 제외하고는 티미소아라로부터 곧바로 한번도 멈춰 서지 않고 독일과 프랑스 사이의 들판을 가로질러 집시들의 야영지에 도착했던 것이다.

때때로 그가 얼굴 가득 미소를 지으며 내 쪽으로 고개를 돌렸다. 검은 얼굴 위로 하얀 이를 반짝이며 그가 말했다. "보이지? 저거 보이지?"

아게, 생 라파엘, 칸, 앙티브 같은 도시에 도착할 때마다 사람들이 하나 둘 기차에서 내렸다. 니스에 도착할 때쯤에는 객차 안에는 우리밖에 없었다. 기차는 자갈 깔린 넓은 해변을 따라 달렸고, 그 옆으로 이어진 도로에서는 자동차들이 똑같은 속도로 달려갔다. 파도가 찰랑거리며 비스듬히 밀려왔고, 갈매기들은 바다 쪽으로 난 하수구 위에서 선회했다. 태양이 유리창 저편에서 불타고 있었다. 나는 그저 잠에서 깨어난 듯한, 질병과도 같은 긴 꿈에서 벗어난 듯한 기분이었다.

우리는 통로 옆 자리를 떠나지 않고 내가 파리에서 가져온 모로코산 오렌지와 초콜릿을 넣어 만든 눅눅해진 빵 조각으로 아침식사를 했다. 우리는 결코 햄을 먹지 않을 생각이었다. 내게는 그것이 금지되어 있었고, 그는 햄을 인간의 음식으로 여기지 않았다. 햄에 대한 이야기가 나올 때마다, 그는 어디서 그런 생각을 끌어왔는지 모르지만 이렇게 말하곤 했다. 사람들에게 햄이라고 말하기만 하면 인간의 살도 얼마든지 먹일 수 있다는 것이었다. 그렇게 말하면서 그는 자기 말을 증명이라도 하려는 듯이 손바닥으로 궁둥이를 쳤다.

 니스는 내가 상상하던 대로였다. 둥근 지붕들과 구근식물들이 많고 비둘기와 노인들이 눈에 자주 띄는 아름다운 하얀 도시였다. 특히 플라타너스가 늘어서 있고 인도까지 자동차로 넘쳐나는 넓은 대로가 인상적이었다. 아랍인들이 많긴 했지만, 아프리카와는 닮은 데가 없었다. 에스파냐와도 전혀 달랐다.
 그곳은 웃음과 꿈의 도시였고, 산책하기에 좋은 도시였다. 주아니코와 나, 우리 둘은 누나와 남동생처럼 손을 잡고 산책했다.
 사람들은 이상한 눈길로 우리를 바라보았다. 우리의 거동과 옷차림 때문이었다. 나는 술장식이 달린 노노의 상의와 청바지를 입고 텍스멕스 구두를 신고 있었으며, 주아니코는 여전히 헐렁한 누더기 차림이었다. 그는 색이 다른 티셔츠 세 장을 껴입고 있었는데, 가장 긴 것을 안쪽에, 그리고 가장 짧지만 품이 크고 푸른색, 흰색, 붉은색, 장미색 줄무늬가 있는 것을 그 위에 걸치고 있었으며, 곱슬곱슬하고 더부룩한 검은 머리카락에 인디언처럼 구릿빛 얼굴을 하고 있었다. 우리에게는 아무것도, 심지어 짐가방도 없었다. 내게만 낡은 트랜지스터와, 여성용품들과, 무엇보다도 애지중지하는 프란츠 파농의 책이 든 비치백이 있을 뿐이었다.

날씨는 감미로울 정도로 온화했다. 우리는 발길 닿는 대로, 바닷가와 구시가의 거리와 오래된 정원이 많은 언덕 등지를 하루 종일 돌아다녔다. 주아니코는 라몽 외삼촌이 어디에 사는지 알지 못했다. 단지 이름과 주소가 비뚤비뚤 쓰여 있는 봉투를 가지고 있을 뿐이었다. 봉투 위의 글귀는 다음과 같았다.

라몽
위르쉬
크레마 구제소

정오에 우리는 자갈 깔린 넓은 해변에서 구름같이 몰려 있는 갈매기들에 둘러싸여 다시 빵과 초콜릿 음료로 점심을 들었다. 주아니코는 강아지 같았다. 바다를 따라 갈지자로 달리기도 하고, 갈매기들 사이의 자갈 바닥에 넘어지기도 하며, 그 비슷한 장난을 그치지 않았다. 나는 그가 그러는 모습을 본 적이 없었다. 갑자기 주아니코는 정말로 어린아이가 되어버렸다. 그는 자유로웠고, 미래는 존재하지 않았다. 그리고 나 또한 앞으로 뭘 할 것인지, 어디서 잘 것인지, 오늘 저녁에 뭘 먹을 것인지에 대해 더이상 생각하지 않았다. 나는 마지막 빵 덩어리를 갈매기들에게 던져주었다. 먹기에는 너무 딱딱하기도 했다. 그럴 수만 있다면, 나는 푸른색 비치백을 물건들이 든 채로 바다에 던져버리고 싶었다. 그러나 그렇게 못하게 한 것은 트랜지스터도 프란츠 파농의 책도 아니었다. 라디오는 음악 상자에 불과한 것이고, 책은 다른 것도 얼마든지 있었다. 그보다는 봉투에 들어 있는 마리마의 여권과, 하킴이 팔레메 강가의 얌바로 할아버지를 모시고 떠나기 전에 쓴 편지가 무엇보다도 소중했던 탓이었다.

  우리는 오월 한 달을 니스에서 보냈다. 아무 하는 일 없이 아침에는 구제소에 나가고, 오후에는 해변에서 시간을 보내거나 구시가의 거리를 어슬렁거렸다.
  처음에는 구제소에서의 생활이 약간 힘들었다. 북쪽 골짜기 지대에 자리잡은 구제소는 교외지역을 지나고 고속도로를 이어주는 다리도 몇 개 건너야 갈 수 있는, 모든 것으로부터 멀리 거리를 둔 곳에 있었다. 바다에서 멀리 떨어진 야산에 지어져 있다는 점을 제외하고는 타브리케트 천막촌과도 크게 다르지 않았다. 그 가파르고 헐벗은 야산에서는 바람이 윙윙 소리를 내며 거칠게 불어왔고, 먼지에서는 시멘트 냄새가 났다. 구제소는 초벌한 장밋빛 이음돌로 지어지고 지붕에 기와를 올린 프로방스 양식의 별장식 건물들이었는데, 그 아래쪽으로는 시가지가 펼쳐져 있었다. 모두 합해서 오십 채가량의 작은 가옥이 모인 이곳은 도지사의 대리인들과 시장과 공단주택 재단의 지역 대표들이 참석한 자리에서 개관식을 가졌을 때는 멋지고 사진을 잘 받는 곳이었을 터였다. 구제소의 헛간에 초점을 맞추지만 않는다면 말이다. 그러나 몇 년 사이에 이곳도 다른 빈민굴과 다를 바 없게 되었다. 쓰레기 소각로에서 나온 그을음이 벽에 들러붙었고, 종잇장과 비닐봉지들이 철조망 울타리에 주렁주렁 매달려 있었으며, 길바닥은 대부분 쩍쩍 금이 가거나 바퀴 자국이 팬 진흙탕투성이였다.

그런대로 쓸 만한 것은 캠핑용 트레일러였다. 이곳에 자리잡은 떠돌이들은 각기 자기 집 앞에 한두 대의 트레일러를 가지고 있었는데, 어떤 것들은 바퀴가 다 빠져 벽돌로 괴어 있었다. 라몽 위르쉬가 거처를 정한 곳도 그 트레일러들 중 하나였다. 그에게는 말코, 게오르그, 에바라는 세 아이가 있었는데, 나이는 주아니코와 비슷하거나 좀더 어렸다. 밤이 오면 그들은 트레일러 바닥에 슬리핑백과 이불을 깔고, 추위를 막기 위해 서로 꼭 껴안은 채 잠을 잤다.

공사판 노동자로 일하는 라몽 위르쉬는 키가 크고 건장한 체격에 머리카락과 눈썹이 무척 검은 남자였다. 그는 프랑스어를 잘 하지 못했다. 그러나 주아니코의 말에 따르면 그렇다고 루마니아어를 더 잘 하는 것도 아니라고 했다. 그는 별로 말을 하지 않았다. 그뿐이었다. 저녁에 일을 마치고 돌아오면 그는 단 하나뿐인 침대 가장자리에 앉아 담배를 피우며 텔레비전을 보았다.

주아니코가 찾아갔을 때, 그는 별로 놀라는 기색을 보이지 않았다. 아마도 우리를 기다리고 있었거나, 누군가가 미리 귀띔해준 모양이었다. 라몽 위르쉬는 키가 크고 금발에 얼굴이 붉은 엘레나라는 여자와 살고 있었다. 에바는 그녀의 딸이었고, 게오르그와 말코는 라몽을 버리고 떠난 다른 여자의 소생이었다.

매일 아침 일찍 나와 주아니코와 아이들은 함께 구제소로 갔다. 주아니코는 그것을 '일하러 간다'고 표현했다.

분쇄기가 놓인 넓은 홀에 광주리들이 속속 들어와 쌓였다. 야영지의 아이들은 양쪽에 모여 있다가, 광주리에 담긴 쓰레기 더미가 바닥에 부어지자마자 삽을 든 여자가 그것들을 퍼서 분쇄기의 강철 턱뼈

속으로 던져넣기 전에 생쥐처럼 달려들었다.

 나는 이미 타브리케트에서 분뇨처리장을 본 적이 있었다. 그러나 이런 광경은 실로 처음이었다. 공기 속에 자극적인 가는 먼지가 가득 차 있어 눈과 목이 따끔거렸고, 곰팡이와 톱밥과 죽음의 냄새가 코를 찔렀다. 새벽녘의 어슴푸레한 빛 속에서 전조등을 컨 트럭들이 후진할 때마다 경적을 울려대며 작업을 했고, 천장에서는 빛줄기들이 먼지 속에 빛의 기둥을 만들며 쏟아져내렸다. 분쇄기가 작동해 나무 조각과 가지와 매트리스 따위를 잘게 부수기 시작하면 귀가 멍멍할 정도의 소음이 일었다.

 주아니코와 말코와 게오르그는 그 쓰레기 더미에서 찾아낸 것을 내게 가져왔다. 망가진 의자, 찌그러진 냄비, 터진 방석, 녹슨 못이 삐져나온 판자 같은 것들이 대부분이었고, 옷과 구두와 장난감과 책도 있었다. 주아니코는 주로 책을 가져다주었다. 제목은 보지도 않았다. 그는 내가 서 있는 홀 입구 옆의 연석(緣石) 위에 책을 올려놓고는 또다른 광주리를 덮치러 달려갔다.

 온갖 것이 다 있었다. 오래된 『리더스 다이제스트』, 철지난 『히스토리아』, 전쟁 전의 교과서, 추리소설, '가면 총서', '녹색 총서', '분홍색 총서', '적색과 황금색 총서', '흑색 시리즈' 등등. 나는 바람을 맞으며 연석 위에 걸터앉아 『풀잎 하프』라는 책을 펴들고 몇 장을 읽어나갔다. 그 중에 이런 구절이 있었다.

 "풀잎 하프라는 말을 처음 들었던 것이 언제였던가?

 우리가 숲속으로 살러 갔던 그해 가을보다 훨씬 전에, 아마도 몇 해 전 가을이었을 것이다. 항상 그러하듯이 그 말을 내게 한 사람은 돌리였다. 풀잎 하프와 같은 말을 생각해낼 수 있는 사람은 그녀밖에 없다."

나는 손에 잡히는 대로 읽었다. 이 구제소라는 지옥에서, 단어들은 평소와는 다른 가치를 가지는 듯했다. 훨씬 강하고, 훨씬 지속적인 울림을 일으켰던 것이다. 『사마귀』『열리는 문』『황금 문』『좁은 문』 따위와 같이 읽고 던져버리기에 마땅한 소설들의 제목도 그러했다. 그때 다음과 같은 문장 하나가 내 눈에 들어와 기억 속에 그대로 각인되었다.

"왜 언젠가는 도망치지 않을 수 없는가?"

그 잡동사니의 산 속에는 놀랍게도 전혀 손상되지 않은 오래된 책이 한 권 들어 있었다. 나는 그 중의 한 면을 찬찬히 읽었다.

넓은 들판은 흰 빛이다.
미동도 없고 말도 없다.
소리도 없고 음성도 없다. 모든 생명이 스러졌다.
그러나 때때로 음울한 탄식처럼
집 없는 개가 숲 한 구석에서 짖는다.

오! 작은 새들에게는 끔찍한 밤이다!
싸늘한 바람이 몸서리를 치면서 가로수 길을 내달린다.
작은 새들, 요람 속의 나무그늘 드리워진 안식처를 잃고서
언 발을 동동거리며 잠 못 이룬다.

> 빙판에 덮인 헐벗은 커다란 나무들 사이에서
> 작은 새들, 보호해주는 이 아무도 없는 그곳에서 떨고 있다.
> 겁에 질린 눈으로 눈을 바라본다
> 오늘도 오지 않는 밤을 기다리면서.

그 후로, 주아니코와 나는 그 시의 구절들을 외워 서로 주고받았다. 때때로 거리에서나 아니면 슬리핑백 속에 들어가 트레일러 바닥에 누워 있을 때, 주아니코는 특유의 묘한 억양으로 읊조리곤 했다. "작은 새들에게는 끔찍한 밤이다!" 때로는 내가 먼저 시작하기도 했다. "소리도 없고 음성도 없다." 아마도 지금까지 살아오면서 그가 시를 낭송해보기는 이번이 처음이었을 것이다!

아침마다 나는 남자애들과 구제소로 달려갔다. 우리에게 그것은 놀이였다. 나는 이번에는 무엇을 찾게 될까 하는 기대감에 마음이 설렜다. 광주리들이 커다란 벌레처럼 언덕을 오르내렸다. 엄청난 양의 쓰레기들이 쏟아부어지고 헤집어지고 쌓아올려지고 분쇄되었으며, 자극적인 먼지가 골짜기 안을 가득 채우고 하늘 높이까지 차올라 푸른 성층권에 거무스름한 얼룩을 만들어놓았다. 도시의 다른 지역에 사는 사람들은 왜 그런 사실을 모르는 것일까? 그들은 쓰레기를 버리고는 곧 잊어버렸다. 그들의 배설물처럼. 그러나 미세한 먼지가 꽃가루처럼 날마다 그들 위로, 머리 위로, 손 위로, 장미 화단 위로 떨어지는 것이다. 여하튼 그 쓰레기 더미 속에는 온갖 것이 다 들어 있었다. 어느 날 아침 말코가 의기양양한 표정을 지으며 내게로 왔다. 그의 손에는 장난감 하나가 들려 있었다. 붉은 옷을 걸치고 흰색 터번을 쓰고 허리띠에 군도를 찬 메하리 기병이 가죽 봉제 낙타를 타고 있는 것이었다.

종종 싸움이 벌어지기도 했다. 꽃무늬 셔츠를 입고 머리에 띠를 두른 스무 살가량의 에스파냐인들 패거리가 있었다. 그들은 말코와 게오르그가 루마니아어를 쓴다고 우리를 놀려댔다. 그들은 우리 쪽으로 와서 우리가 찾아낸 것들, 자전거 바퀴, 냄비, 커튼 가로대, 녹슨 철사, 양철 조각, 타자기, 검정 우산, 장화 따위를 뒤적거렸다. 그들은 내 책들, 탐정소설 몇 권과 레오파르디나 다눈치오 같은 시인들의 이탈리아어 시집을 힐끔거렸다. 그들 중에 하나가 책을 집어들고 책장을 넘겨보더니 경멸하는 듯한 표정을 지으며 내던져버렸다. 그러고는 갑자기 내 목덜미를 움켜쥐고 입을 맞추려 했다. 내가 밀쳐내자 주아니코가 그에게 달려들어 팔로 목을 조였다. 그들은 쓰레기 속에서 굴러다니며 무섭도록 격렬하게 싸웠다. 그러나 결코 비명은 지르지 않았으며, 주먹질이나 발길질을 할 때마다 기합 소리를 내지를 뿐이었다. 그러자 트럭들이 멈춰 섰고, 싸움 구경을 하려고 사람들이 몰려들었다. 말코와 게오르그는 한 에스파냐인과 싸우고 있었고, 주아니코는 또 다른 에스파냐인을 상대하고 있었다. 나는 미친 듯이 소리를 질러댔다. 내 머리카락은 바람에 마구 흐트러졌고, 술장식이 달린 가죽 상의는 먼지로 범벅이 되었으며, 미리 점찍어두었다가 내 곁의 연석에 올려놓았던 장화 한 켤레도 마찬가지였다.

그때 구제소 직원이 나타났다. 그 늙은이는 항상 흑인과 아랍인과 집시들에 대해 인종차별적인 발언을 일삼던 자였는데, 구제소의 마당을 청소하는 데 쓰는 호스를 집어들더니 우리에게 얼음처럼 찬 물을 뿌려대기 시작했다. 그 물살이 얼마나 센지, 주아니코는 바퀴벌레처럼 뒤로 벌렁 넘어졌고 내 책들은 갈가리 찢어져서 공중으로 날아올랐다.

그 순간 그 찬물, 회초리처럼 단단하고 내 책들을 모두 엉망으로 만들어버린 그 물줄기가 나를 분노하게 했다. 그자가 미웠다. 나는 소리쳤다. "나쁜 놈! 돼지 같은 자식! 쓰레기!" 나는 계속하여 아랍어로 할 수 있는 모든 욕을 쏟아부었으며, 그것을 마지막으로 다시는 구제소에 가지 않았다.

새라라는 여자를 만났다. 나는 산책로에 있는 콩코르드 호텔의 바에서 우연히 그녀를 처음 보았다. 나는 그 호텔을 좋아했다. 두 덩어리의 콘크리트 사이로 빠져나가려 안간힘을 쓰는 모양의 커다란 청동 여인상 때문이었다. 나는 누가 그 조각상을 만들었는지 물어보러 홀 안으로 들어갔다. 포터가 내게 소스노브스키라는 조각가의 이름을 알려주고는, 그 이름을 종이에 써주었다. 해가 질 무렵에 나는 주아니코와 헤어져서 혼자 거리로 나왔다. 그는 외출할 수 있는 상태가 아니었다. 껴입은 티셔츠들이 하나같이 더러웠던데다가, 머리카락은 엉망으로 헝클어져 있었던 것이다(그에게서 풍기는 악취에 대해서는 언급을 피하겠다). 호텔에 들어서자 홀 안쪽에서 음악소리가 들려왔다. 이상한 일이었다. 평소에는 왼쪽 귀 때문에 멀리서 울리는 음악소리를 잘 들을 수 없었던 것이다. 그러나 분명 그 소리는 내게까지 전해지고 있었고, 그 떨림이 내 살갗을 줄달음질쳐서 뱃속으로 스며들고 있었다.

나는 그 소리에 이끌려 홀을 가로질러 안으로 걸어들어갔다. 잠시 나는 가슴이 두근거리는 것을 느꼈다. 시몬을 다시 만났다고, 바 안쪽의 단 위에 서서 〈검은색은 내 진정한 연인의 머리카락 색이네〉를 부르는 여인이 바로 시몬이라고 믿었기 때문이었다.

좀더 잘 듣기 위해, 나는 그녀 가까이에, 단 아래쪽의 계단에 앉았다. 그때 그녀가 나를 보더니 마치 나를 알아보는 것처럼 미소를 지어보였다. 지배인이 나를 밖으로 쫓아내지 않았던 것도 아마 그 미소 덕분이었을 것이다. 분명 그는 곱슬머리에 술장식 달린 가죽 상의를 걸친 이 우스꽝스러운 모습의 흑인 여자아이를 곱지 않은 눈길로 흘겨보고 있었을 것이다.

밤이 올 때까지 나는 그녀가 부르는 노래를 모두 들었다. 바 안에서는 사람들이 대화를 나누며 스카치 위스키를 마시고 있었고, 남자와 여자들이 서로 만나고 헤어졌다. 어떤 사람들은 춤을 추기도 했다. 그러나 나는 노랫말과 음악을 마시고 있었고, 그 젊은 여인의 늘씬한 몸매와 몸에 꼭 끼는 검은색 드레스와 그녀의 얼굴과 짧게 깎은 머리카락을 바라보고 있었다.

얼마 후, 그녀가 내게 말을 걸었다. 나는 알아듣기 어려워서 그녀 입술의 움직임을 읽으려 했다. 바에서 그녀는 탄산수를 한 잔 마셨다. 그녀는 내게 자기 이름이 새라이며 시카고에서 왔다고 했다. 그녀는 나를 '스월로 자매'라고 불렀는데, 그 이유는 알 수 없었다. 그리고 또 이런 말도 했다. "네 머리카락이 마음에 들어." 그녀는 곧 자리를 떠야 했기 때문에 봉투에 이름과 주소를 적어서 내게 주었다. 나도 내 이름을 적기는 했지만 주소는 알 수 없었다. 하는 수 없이 나는 그녀에게 베아트리스의 주소를 가르쳐주었다.

피아니스트가 다시 연주를 시작했다. 그녀는 단 위로 돌아갔다. 나는 밤이 깊어져 공연이 끝날 때까지 그곳에 머물렀다. 갈색 머리의 키 큰 남자가 그녀를 데리러 왔다. 그는 영화에 나오는 사람처럼 정장 양복에 초록색 겉옷을 걸치고 흰색 스카프를 두르고 있었다. 그가 새라를 이끌자, 그녀는 물결치는 듯한, 허공으로 꺼져버릴 듯한 걸음걸이로 출구를 향해 미끄러지듯 걸어갔다. 그러면서 다시 한 번 내게 그녀의 검은 얼굴을 환히 밝히는 미소를 지어 보였다. 그녀는 내게 별처럼, 여신처럼, 요정처럼 보였다.

　그 후로 나는 매일 저녁 그곳으로 가서 다섯시에서 아홉시까지 단 가장자리의 구석진 곳에 앉아 있곤 했다. 종업원이 뭔가 묻는 경우를 대비해서 나는 대답을 마련해놓고 있었다. "저분이 우리 언니예요." 그러나 그녀가 미리 말을 해두었는지, 아무도 내게 질문하지 않았다.

　새라는 오월 내내 나를 위해 노래를 불렀다. 비바람이 쳤다. 비가 내리는 광경은 장관이었다. 바다는 사납기는 했지만 초록색으로 빛나는 모습은 바라보기 황홀했다. 주아니코는 매일 나와 함께 해변이나 콘크리트 덩어리로 지어진 널찍한 방파제로 나가곤 했다. 그러나 그런 곳은 여자에게 그다지 어울리는 곳이 아니었다. 어느 날 주아니코를 기다리고 있을 때, 한 남자가 다가와서 내게 포경수술을 한 성기를 꺼내 보였다. 그는 눈빛이 이상했고 어딘가 멍해 보였다. 나는 지난번에 공동묘지에서 늙은이에게 그랬던 것처럼 "개 같은 늙은이"라고 소리치고 싶은 마음은 없었다. 배를 타고 그물을 걷어올리는 어부들도 마찬가지로 음란한 자세를 취해 보이거나 알아들을 수도 없는 망측한 말들을 외쳐댔다. 주아니코는 분통을 터뜨렸다. "빌어먹을 놈들, 죽여버리겠어!" 그는 바위 위를 경중경중 뛰어다니며 화가 난 몸짓으로 그들에게 돌을 던지는 시늉을 했다.

자주 벌어지는 그런 일들이 나를 무척이나 힘들게 했다. 이 세상에는 그 어디에도 평화로운 장소가 없었다. 한적한 곳이나 시야가 가려진 곳이나 동굴이나 사람들 발길이 뜸한 공원 같은 곳을 발견하면, 그곳에는 어김없이 외설적인 행동을 일삼는 자들, 한마디로 너절한 녀석들, 관음증 환자들이 나타나곤 했다.

여하튼 저녁마다 나는 새라를 만나서 애무처럼 나를 감싸는 그녀의 노래를 들었다.

그리고 저녁마다 우리는 통역을 사이에 두고 말을 주고받았다. 그러나 우리는 정말로 대화를 나누는 것이 아니었다. 그녀는 프랑스어를 할 줄 몰랐고, 여전히 나는 그녀가 하는 말을 잘 들을 수가 없었던 것이다. 그녀는 미소를 지었다. 그러면서 매번 같은 말을 되풀이했다. "스월로 자매, 네 머리카락이 마음에 들어." 우리에게 그 말은 노래의 반복되는 후렴 같은 것이 되었다.

나는 매일 저녁 공연이 끝날 때까지 남아 있었다. 남자 친구가 데리러 오면, 그녀는 마치 우리가 모르는 사이인 것처럼 아무 말도 하지 않고 내 앞을 지나쳤다. 단지 장난스럽게 반짝거리는 두 눈과 얼굴을 환하게 하는 작은 미소만이 우리 사이를 이어줄 뿐이었다. 그리고 나서 그녀는 물결치는 듯한 몸짓으로 호텔 정문을 향해, 밤을 향해 걸어나갔다. 나는 그 달 내내 새라와 사랑에 빠져 있었다.

그 무렵에 나는 크레마 구제소의 두 사내아이와 어울려 말썽을 일으키기 시작했다. 다니와 위그 형제가 그들이었다. 다니는 컬이 진 갈색 머리였고, 키가 큰 위그는 머리카락이 붉은색이었다. 나는 그들을 인디언이라고 불렀다. 그들이 꽃무늬 셔츠를 입고 머리에 띠를 두르고 크라이슬러 자동차를 타고 다녔기 때문이었다. 그들은 자동차를 타고 로데오를 했다. 주아니코와 말코와 나는 그들의 자동차에 동승했다. 그들은 내키는 대로 방향을 꺾으며 거리를 내달렸고, 타이어가 바닥을 긁는 소리를 요란하게 일으키며 고함을 질러댔다. 미친 짓이었다. 눈앞에서 길이 전속력으로 펼쳐졌고, 찬바람이 열린 창문을 통해 안으로 밀려들어왔다. 아마도 그럴 때의 기분이 그들을 취하게 만드는 모양이었다. 그러나 이미 그들은 그 전에 마리화나를 피웠고, 오후 내내 눈이 벌게 있었다.

나는 두렵지 않았다. 내게는 다니와 위그 같은 부류의 인간들을 두려워할 이유가 없었다. 그 까닭은 아마도 그들에게서 매번 어린아이의 모습을, 무례하고 우스꽝스럽고 약하기 짝이 없는 사내아이들의 모습을 보았기 때문이었던 것 같다.

다니는 이제 갓 스무 살이 되었고, 그의 동생은 나처럼 열여덟 살이었다. 밤이 오기 얼마 전에 그들은 집 안을 꾸미거나 수리하는 데 소용되는 물품들을 취급하는 대형 매장의 주차장에 차를 세웠다. '브리콜투'나 '푸른 집' 같은 상호를 가진 곳이었는데, 자세히는 기억나지 않는다. 우리는 모두 차에서 내렸고, 두 형제는 야만인들처럼 어깨를 덮을 정도로 길게 자란 머리카락을 휘날리며 추운 날씨에도 불구하고 꽃무늬 셔츠의 앞섶을 열어젖힌 채 매장의 진열대 사이를 돌아다니기 시작했다. 그 모습에 사람들은 두터운 옷으로 몸을 꽁꽁 감싼 채 얼어붙은 듯 서 있었다. 그들은 당장이라도 두 마리의 늑대가 줄지어 선

자기들에게 달려들지도 모른다고 생각하는 듯 겁먹은 시선으로 두 사람을 지켜보았다. 두 형제는 에스파냐어로 시끄럽게 떠들어댔고, 홀 한쪽 끝에서 다른쪽 끝으로 서로의 이름을 불러댔다. 그들이 웃을 때마다 검은 얼굴과 대조되는 하얀 이가 반짝거렸다. 그러다가 우리는 그곳을 떠났고, 강을 따라 마구 내달려 산에 이르렀다. 그러고는 다시금 잠이 든 도심을 가로질렀다. 세상은 안개 속에 잠겨 있고, 가로등의 노란 원륜이 맥없이 주위를 비추었다.

우리는 정신나간 짓들을 벌였다. 공동묘지로 가서 죽은 자들의 숨소리를 듣겠다고 무덤에 귀를 대보기도 했다. 다니는 약간 돌았던 것 같다. 주아니코의 외삼촌이 우리에게 경고했다. "그 녀석들과 나다니지 마라. 골치 아픈 일만 생길 거야." 나는 위그를 무척 좋아했다. 나는 항상 앞자리에서 두 형제 사이에 끼어 앉았다. 술을 마시려고 차를 멈췄을 때, 나는 위그와 장난을 쳤고, 말코와 주아니코는 차 밖으로 나가서 보닛에 앉아 담배를 피웠다. 그때 다니가 내게 입을 맞추려 했다. 내가 밀쳐내자 그는 불같이 화를 냈다. 이마의 혈관이 불거졌고, 눈에서는 불똥이 튀었다. 그가 자동차의 장갑 넣어두는 칸에서 라이터용 가솔린이 든 작은 병을 꺼내들더니 내게 뿌리고 불을 붙였다. 따귀를 맞은 듯이 강한 바람이 훅 끼쳐왔다. 다음 순간 나는 가슴과 손에 불이 붙은 채로 비명을 지르며 차 밖으로 뛰쳐나갔다. 불을 끈 것은 위그였다. 그는 상의를 벗어 나를 감쌌다. 그러고는 나를 땅바닥에 굴리면서 주먹으로 쳤다. 나는 정신이 몽롱해져서 아무 생각도 할 수 없었다. 그러는 동안에 다니와 위그는 서로 치고받고 하며 욕을 퍼부었다. 주아니코와 말코는 꼼짝도 않고 지켜보고만 있었다. 그들도 놀라서 얼떨떨해 있었던 것으로 생각된다. 정신을 차렸을 때 나는 그 자리를 떠나 도로를 가로질러 걸어갔다. 나는 그들을 돌아보지 않았다. 얼마 지나지 않아서 자동차가 멈춰 서더니 나를 태우고 응급실로 갔다. 차 주인은 친절한 사람 같았다. 그가 내 곁에 있어주겠다고 했지만, 나는 고맙다는 인사를 하고서 아무 일도 아니라고, 작은 사고였을 뿐이라고 말했다. 당직 인턴이 내게 붕대를 감아주었다. 나는 가슴과 목과 팔에 화상을 입었다.

인턴이 내게 물었다. "누가 네게 이런 짓을 했니?" 나는 그들이 자주 경찰에게 정보를 제공한다는 사실을 알고 있었다. 나는 아팠고 몸에 힘이 하나도 없었지만, 곧 괜찮아질 거라고 말했다. 그러고는 덧붙여 말했다. "아무것도 아니에요. 불을 피우려다가 생긴 작은 사고일 뿐이에요." 그는 내 말을 믿는 것 같았다. 나는 그에게 크레마로 돌아갈 수 있도록 택시를 불러달라고 부탁했다.

그 일이 있고 나서 나는 떠나야 했다. 라몽 위르쉬는 아무 말도 하지 않았지만, 엘레나가 트레일러로 왔다. 그녀는 내 소지품을 챙겨 가방에 넣어주었다. 그녀는 내게 붉은색과 검은색 양모로 짠 새 스웨터를 주었다. 그녀는 미운 듯 차가운 시선으로 나를 바라보았다. 말코와 주아니코는 파헤쳐진 길 위에서 풍선을 가지고 놀고 있었다. 내가 엘레나에게 물었다. "주아니코는요?" 그녀는 주아니코가 그들과 함께 그곳에 남을 것이라는 뜻의 몸짓을 보였다. 그녀가 옳았던 것 같다. 일이 그 지경에 이른 것은 나 때문이었다. 액운을 가져온 것은 나였다. 구제소의 입구에서 잠시 한 무리가, 잡은 동물의 살을 발라내고 난 사냥꾼들처럼 뼈대만 남은 쇳덩이 주위에 둘러앉아 뭔가 토론을 벌이고 있었다. 일요일 아침이었으므로 분쇄 공장이 가동되지 않았던 것이다. 나는 화상 때문에 가방을 왼쪽 어깨에서 허리로 비스듬히 멨다. 하늘은 무척 푸르렀고, 제비들이 창공에서 이리저리 날아다니고 있었다. 제비들의 울음소리가 귀에 선연히 들려왔다. 나는 역으로 가는 버스를 탔다. 내게는 다음에 떠나는 파리 행 열차의 차표를 사기에 충분한 돈이 남아 있었다.

14

그해 여름이 오기 전까지 많은 변화가 있었다. 우선 나는 자유응시생 자격으로 문과계 대학입학 자격시험을 치렀다. 그리고 예상했던 대로 낙방했다. 나는 수학과 역사 과목에서 백지를 냈다. 구술시험의 프랑스어 과목에서 시험감독관 여자는 내가 자유응시생이라는 것을 믿으려 하지 않았다. 그녀는 내 여권을 살펴보고 서류를 검토하고 나서 말했다. "거짓말 말아요. 어디서 공부했는지 말하세요." 그러고는 덧붙였다. "학적부는 어디 있나요?" 그러다가 그녀는 화를 낸 것이 부끄러운 듯이 물었다. "그럼 누구에 대해 설명해보겠어요?" 나는 주저하지 않고 대답했다. "에메 세제르입니다." 그 이름은 프로그램에 들어 있지 않았다. 그녀는 놀라는 기색을 보이더니 말했다. "좋아요. 들어보기로 하죠." 나는 프란츠 파농이 인용한 바 있는 「귀향 수첩」의

한 부분을 암송했다.

> 이가 하얀 저 신사분
> 목이 가는 남자들
> 받아들여 감지해보라, 치명적인 것, 고요한 것,
> 삼각형 모양의 것을
> 그리고 내게는 나의 춤을
> 못된 흑인의 춤을……

이어서,

> 묶어라, 나를 묶어라, 가혹한 우정이여
> 그리고 네 별들의 올가미로 내 목을 조르고는
> 날아올라라, 비둘기야
> 날아올라
> 날아올라
> 날아올라
> 내 너를 뒤쫓는다, 예로부터 전래하는 내 흰 각막에
> 네 모습을 새겨놓고서
> 날아올라라, 하늘의 아첨꾼아
> 나는 저 광대한 검은 구멍 속에서 익사하고 싶구나
> 또 하나의 달
> 바로 그곳에서 이제 나는 부동의 진실 속에 들어 있는

어둠의 불길한 혀를 낚아올리고 싶구나!

철학 과목에서는, 그해의 논제가 인간과 자유였던가 그 비슷한 것이었는데, 이십 페이지에 달하는 장문의 답안지를 열에 들뜬 듯이 써 내려갔다. 그 글에서 나는 프란츠 파농과 레닌을 끊임없이 인용했다. 레닌의 말 중에는 이런 것이 있었다. "지구상에서 타인을 착취할 가능성이 더이상 남지 않게 될 때, 지주와 공장 노동자가 사라질 때, 한쪽에서는 배불리 먹는데 다른쪽에서는 굶주리는 일이 없게 될 때, 그런 모든 일이 더는 가능하지 않게 될 때, 그때 우리는 정부라는 기계를 고물상에 넘겨버릴 것이다."

그리하여 나는 시험에서 떨어졌다. 나는 얼음이 녹아내리듯 단숨에 여러 장에 걸쳐 답안을 작성했고, 다시 읽지도 않고 감독관의 책상에 내던지고는 뒤도 돌아보지 않고 밖으로 나왔다. 신문의 합격자 명단에서 내 이름을 찾아보지도 않았다. 나는 내 이름이 빠져 있으리라는 것을 이미 알고 있었다.

파리는 모든 것이 전과 같으면서도 또한 달랐다. 제5구에 있는 베아트리스의 집은 따뜻했고, 거실의 커다란 창문은 아름다운 빛으로 환히 빛나고 있었다. 그리고 조안나는 많이 커서 머리카락이 자라 있었다. 그 아이는 여전히 구슬처럼 생긴 눈에 고집스러우면서도 어딘가 불안해하는 듯한 눈빛을 담고 있었다.

나는, 레이몽이 변호사 사무실에, 베아트리스가 신문사에 있는 아침 나절 내내 조안나와 함께 보냈다. 담쟁이덩굴에 새들이 수없이 날아와 앉았다. 나는 조안나를 열린 창가로 데려가 새들이 지저귀는 소리를 들려주었다.

　나는 떠나기로 마음을 정했다. 예전에 알았던 문화원의 교수와 나를 좋아했던 USIS의 관리 덕분에 교환비자를 발급받을 수 있었고, 보스턴에 있는 새라 립캡의 집에도 묵을 수 있게 되었다. 나는 미국 체류증을 받을 수 있는 제비뽑기에 이름을 올리는 것도 주저하지 않았다. 그 당시에는 아프리카인들에게 허락된 쿼터가 좋은 편이었기 때문이었다. 내게 부족한 건 단지 돈뿐이었다. 조상들이 물려준 초승달 귀고리를 파는 대신에, 나는 베아트리스에게서 이만오천 프랑을 빌렸다. 약간은 낯 뜨거운 일이기도 했지만, 그러나 내게는 사느냐 죽느냐, 혹은 그와 거의 흡사한 상황이 달린 문제였다. 나는 레이몽과 베아트리스가 내게 돈을 건네줄 생각을 한 것이 내가 그들의 삶에서 영원히 떠나주기를, 그리하여 조안나와 친엄마 사이를 이어주는 끈이 없어지기를 바라는 마음에서 비롯된 것이라는 인상을 받았다.

　실제로 나는 그들과 작별인사도 제대로 나눌 수 없었다. 자블로 거리의 지하 차고는 잠겨 있었다. 노노의 친구인 이브가 무레아에서 돌아오는 길로 관리인에게 지시해 자물쇠를 바꿔버린 것이었다. 어느 날 오후에 우연히 택시를 타고 그 앞을 지나게 되었을 때, 나는 녹색으로 칠해진 철문과 콘크리트 블록 위에 검은 페인트로 쓰인 28이라는 숫자를 보면서 묘한 느낌에 빠져들었다. 정말 그곳이 차고이거나 계량기들이 설치되어 있는 공간이거나 그런 종류의 어떤 다른 곳이어서, 아무도 그곳에서 살지 않았고, 파스칼 말리카가 태어난 그날 밤도 없었던 것처럼 여겨졌던 것이다. 모든 것이 낯설었고 거꾸로 뒤집혀 있는 것 같았다. 터널을 빠져나왔을 때 나는 운전사에게 말했다. "뒤로 돌아가주세요." 그가 백미러로 나를 바라보았다. 나는 같은 말을 되풀이했다. "부탁해요. 아까 그곳으로 돌아가고 싶어요." 그가 속도를 줄이고 실내등을 켰다. 나는 지난번에 마르시알 주아외의 메르세데스가 밤을 새다시피 하며 시몬을 기다리던 곳을 바라보았다. 그곳 바닥에는 핏자국처럼 기름 얼룩이 번져 있었다. 아마도 그녀는 죽었을 것이었다. 그는 수시로 그녀를 죽여버리겠다고, 만약 그녀가 자기를 떠나려 하면 죽여버리겠다고 소리치곤 했던 것이다. 그녀는 그의 감옥에 갇혀 있는 것이나 다를 바 없었다. 그녀는 결코 그로부터 벗어날 수 없을 것이었다. 그녀가 아편 가루를 흡입하고, 정제들을 삼키는 것도 그 때문이었다. 그녀에게는 그것이 그를 떠나는 방법이었다.

택시는 나를 노노의 체육관이 있는 바르베스 대로에 내려주었다. 나는 잼 따위를 파는 가게와 음향장치 판매대 사이의 계단을 올라갔다. 이층에 있는 체육관의 문은 잠겨 있었지만, 안에서 떠드는 소리가 들렸다. 유리창을 두드리자 한참 있다 사람이 나왔다. 땀복을 입은 큰 키의 아랍인이었는데, 모르는 남자였다.

"노노는 어디 있지요?" 내가 물었다.

내가 한 번 더 질문을 반복하자, 그는 체육관 안까지 울리도록 큰 소리로 되물었다. "노노를 아니?" 그는 내 앞을 가로막았고 내가 안을 들여다보는 것도 막았다. 사십 세쯤 되어 보이는 한 남자가 다가왔다. 큰 키에 창백한 안색, 큼직한 코, 컬이 지고 희끗희끗한 머리카락 등등의 점에서 들라예 씨와 닮은 사람이었다. 이유는 알 수 없었지만 나는 첫눈에 그가 노노의 친구인 이브 르 갱이라는 것을 알 수 있었다. 그는 한동안 말없이 나를 바라보았다. 그도 또한 나를 알아본 것이 분명했다. 그러나 그는 아무런 반응도, 호감이든 반감이든 어떤 반응도 겉으로 드러내려 하지 않았다. 그러나 어찌 되었든 그와 나는 노노를 공유하고 있었다.

그는 끝났다고, 모든 게 끝장났다고 말하는 듯한 손짓을 보였다. 나는 그가 하는 말을 듣는다기보다 그의 입술의 움직임을 읽었다. 그가 낮은 목소리로 말했기 때문이었다. "이제 노노는 여기에 없어. 돌아오지 않을 거야. 시합에서 졌어. 끝난 거지. 다시는 권투를 하지 않을 거야." 내가 소리치듯 말했다. "지금 어디에 있어요? 어디 가면 노노를 만날 수 있나요?" 그 남자는 어깨를 으쓱했다. "나도 전혀 몰라. 아프리카로 돌아갔을 수도 있지. 어쩌면 추방당한 건지도 몰라. 종친 거야."

나는 그 말을 믿을 수 없었다. 바보처럼 나는 두 남자가 내게 뭔가를 숨기고 있기라도 한 듯 그들 어깨 너머로 안을 넘겨다보았다. 더러운 홀과 임시로 만든 링과 춤추는 듯한 동작으로 모래주머니를 치는 젊은 사내들이 눈에 들어왔다. 하나같이 노노처럼 마르고 나이 어린 흑인들이 연습하고 있었다. 그때 그 남자가 나를 돌려세웠고, 아랍인이 손바닥으로 나를 밀어내더니 문을 닫았다. 노노가 훈련을 마치고 집에 돌아왔을 때 나던 것 같은 시큼한 냄새와 곰팡이 냄새가 한데 섞인 땀냄새가 코를 찔렀다. 갑자기 혼자 버려졌다는 느낌을 받았다. 실제로 내가 어딘가로 멀리 떠나와 있는 듯한 기분이었다. 모든 사람들이 내 앞에서 사라져버린 것이었다.

나는 후리야를 보러 이탈리 광장으로 돌아왔다. 부 씨는 나를 별로 좋아하지 않았지만, 상관없었다. 나는 잠깐만이라도 후리야와 파스칼 말리카를 만나보기로 마음을 정했다. 잠시 나는 어떻게 해야 할지 몰라 망설였다. 부 타이 타오 식당은 저녁 시간을 위하여 벌써 문을 열고 있었다. 그러나 좁다란 홀 안은 텅 비어 있었다. 부 씨가 사무실 문틈으로 머리를 내밀더니 듣기 거북한 목소리로 말했다. "여기서 뭘 하는 거야?" 나는 안쪽으로 들어가려 했다. 그러자 그가 통로를 막았다. 그는 키가 작고 여윈 사람치고는 힘이 무척 셌다. 그가 소리쳤다. "나가! 나가라니까!" 나는 그 외치는 소리가 후리야를 불러내주기를 바랐다. 그러나 그녀는 나타나지 않았다. 어쩌면 그가 방 안에 가둬둔 것인지도 몰랐다. 아니면 그녀 쪽에서 더이상 나를 만나고 싶어하지 않는 것일 수도 있었다. 어쩌면 내가 정말로 액운을 불러들이는 것인지도 모르는 일이었다.

 그날 저녁 나는 레오뮈르 역이나 리옹 역에서부터 당페르 로슈로에 이르기까지 많은 지하철 역을 돌아다녔다. 지하철 안에든 승차장에든 어디에나 이상한 사람들이 있었다. 술을 마시며 노래를 부르는 제대 군인들, 부랑자들, 눈이 풀린 여자들, 길잃은 여행자들, 장바구니를 들고 숄을 걸치고 모자를 쓴, 지나칠 정도로 평범한 사람들. 다르 에 메티에 역에서 나는 늙은 군인 에리트레를 찾았다. 그는 이사의 전사처럼 망토로 몸을 감싸고 발에 누더기 같은 천을 두른 차림을 하고 다녔다. 무릎을 꿇고 두 팔을 십자가형으로 꼰 채 구걸을 하는 제쥐와, 봉두난발에 언제나 방금 깨물었는지 입술이 피투성이인 푸른 눈의 마리 마들렌도 찾았다. 그러나 오스테를리츠 역에서는 이상하게도, 아마 처음 있는 일인 것 같았는데, 북소리가 들려오지 않았고, 뇌우가 지나간 듯이, 종소리가 그친 듯이, 침묵만이 통로를 울리고 있었다.

그것은 불길한 전조였다.

　보스턴 행 비행기를 타기 전의 마지막 며칠 동안 나는 정말로 꼭 찾아야 할 뭔가가 있는 사람처럼 장 부통 거리 부근을 헤매고 다녔다. 물론 가출소녀들이나 싸구려 마약밀매자들에게 볼일이 있었던 것은 아니었다. 마예르 부인의 하숙집 앞을 지날 때, 나는 막연히 마리 엘렌이 건물에서 나와 내게로 걸어와서 나를 꼭 껴안아주었으면, 그리고 그녀의 방 부엌에서 벌거벗은 채 줌베를 연주하고 있는 노노를 볼 수 있었으면 하고 바랐다.

　비가 내렸다. 시커먼 물 웅덩이 위로 물방울이 톡톡 떨어져내렸다. 아무것도 변한 것이 없었다. 그러나 이미 나는 예전과는 전혀 다른 삶을 살고 있었다. 경찰차 한 대가 천천히 곁을 지나갔다. 나는 서둘러 그곳을 떠났다. 사람들이 내가 얼마나 검은지 보지 못하도록 얼굴을 한쪽으로 돌린 채. 마리마의 여권과 내가 제비뽑기에서 뽑혔음을 알리는 미국 대사관 이민국의 편지에도 불구하고, 나는 국외로 추방될까봐 항상 마음을 졸였다. 그때 나는 이 세상에 나를 위한 공간은 단 한 곳도 없다고, 그리고 앞으로 어딜 가든 그곳 사람들에게는 내가 나의 집에 있는 게 아닐 것이라고, 그래서 다시 다른 곳으로 떠날 꿈을 꾸게 되리라고 생각했다.

15

 보스턴의 여름은 숨막히게 더웠다. 마천루가 하늘을 찌르며 솟아 있고, 도시 위쪽으로는 안개 같은 것이 끼어 있었다. 새라 립캡은 방 두 개짜리 작은 아파트에 살고 있었다. B.U. 쪽의 찰스 강 가까이에 지어진 붉은 벽돌 건물이었다. 그녀는 아침에는 신학교에서 음악을 가르쳤고, 저녁에는 피아니스트인 남자 친구 저프와 함께 재즈 클럽에서 노래를 불렀다.
 처음에는 그런대로 좋았다. 그런 자유로운 느낌은 여태 가져본 적이 없었다. 여인숙에서 공주님들과 보내던 시절과 비슷했다. 다른 점이 있다면 호감가는 사람이 전혀 없다는 것 정도였다. 나는 시가전차를 타고 어디든 가고 싶은 대로 갔으며, 하루 대부분의 시간을 바깥에서, 주로 백 베이, 헤이마켓, 알링턴, 항구 부근에서 보냈다. 강을 따라가다가 다리를 건너서 도보로 케임브리지까지 가기도 했다. 새라가 강의하러 나간 동안에는 내가 집안일을 했다. 나는 빨래하고 설거지하고 점심이나 저녁식사를 위해 먹을 것을 준비했다. 새라가 그렇게 하기를 요구한 것은 아니었다. 그러나 베아트리스의 집에서처럼 함께 집을 쓰는 마당에 그 편이 자연스러울 것 같았다. 그렇다고 새라나 저프가 돈을 준 것이 아님은 물론이다. 그들은 내가 먹을 것을 사느라 돈을 얼마나 쓰는지도 묻지 않았고, 나로서는 그들에게 돈을 요구한다는 것은 생각조차 할 수 없었다. 그러나 내 수중에는 돈이 거의 남아 있지 않았고, 녹색카드가 없는 한 직장을 얻을 가능성도 없었다. 날마다 나는 봉투에 이민국 소인이 찍힌 편지가 도착할지도 모른다는 기대감에 우편함 근처를 서성거렸다. 나는 날마다 점점 더 초조해졌으며, 빠져나갈 희망도 없이 천천히 입구가 닫히고 있는 함정에 들어와 있다는 기분을 떨칠 수 없었다.

새라와 저프는 그날 벌어 그날 먹고살았다. 그들은 경제적으로 전혀 여유가 없었다. 집세는 새라가 음악 선생 봉급으로 냈고, 다른 경비, 예를 들어 친구들과 파티를 하거나 식당에 가거나 옷을 사는 데 드는 돈은 재즈 클럽에서 나오는 돈으로 충당했다. 때때로 그들은 나를 식사에 초대했다. 그들은 나를 백 베이에 있는 C. T. 웨이요 클럽으로 데려갔다. 저프는 그 클럽을 블랙 베이라고 불렀는데, 가장 멋진 재즈를 들을 수 있는 곳이라는 이유에서였다.

새라는 나를 친구들에게 보여주기를 즐겨했다. 그녀는 나를 자기처럼 꾸몄다. 검은색 타이츠와 검은색 셔츠에 베레모를 쓰게 했고, 때로는 여인숙에서 공주님들이 그랬듯이 내 머리카락을 조금씩 모아서 따주었다. 그녀는 나를 자랑스러워했다. 내가 누구와도 닮지 않았으며 나야말로 진정한 아프리카인이라는 것이었다. 마리마, 이 여자는 아프리카에서 왔다. 그녀가 친구들에게 하고 싶은 말은 바로 그것이었다. 그러면 사람들은 '아?'라거나 '오!' 따위의 감탄사를 발하며 어리석은 질문을 늘어놓았다. 그 중에 이런 질문이 있었다. "거기에서는 어떤 말을 쓰지요?" 내가 대답했다. "거기에서요? 거기에서는 말을 하지 않아요." 처음에 나는 새라의 장난에 맞장구를 쳐주었다. 그러나 차츰 그들의 질문과 시선과 완벽한 무지가 견딜 수 없을 정도로 지겨워졌다. 바에서 듣는 음악은 너무 컸고, 묵직한 리듬은 내 뱃속에 거북한 울림을 일으켰다. 잘 들리는 쪽 귀를 손으로 막아도 소용없었다. 그래봐야 이번에는 낮게 울리는 음들이 몸 속으로 스며들어와 나를 아프게 할 뿐이었다. 나는 맥주와 마가리타와 자유 쿠바라는 칵테일을 마셨다. 빛과 연기도 마셨다. 나는 후리야가 밖에서 파티를 하고 돌아왔을 때처럼 취하곤 했다.

아마도 나는 그런 생활을 좋아했던 것 같다. 아니, 어쩌면 좋아하지 않았는지도 모른다. 여하튼 새로웠고, 누군가가 내 몸을 바꿔놓은 것 같은 느낌이었다. 나는 무척 말라서 수척해져 있었고, 눈에서 열이 났으며, 손에서 느껴지는 저릿저릿한 감각이 머리카락 끝까지 번져나가고 있었다. 나는 술기운이 몸의 관절을 부풀려 무력하게 만드는 것을 느꼈다. 내가 사람들이 모여 앉은 곳을 전전할 때면 저프가 내 허리를 잡아주었다. 그는 큰 소리로 아주 빨리 말했기 때문에 나로서는 그가 하는 말을 알아들을 수 없었다. 새라는 웃음소리가 유별났다. 처음에는 낮게 시작되어 점점 날카로워지다가 마침내 폭포소리처럼 커지는 것이었다.
　새라 립캡은 나에 대해, 그리고 우리가 어떻게 만나게 되었는지에 대해 이야기하는 것을 무척 좋아했다. 엑셀지오르, 아니 콩코르드였던가, 이름은 기억하지 못했지만 여하튼 우리가 처음 만난 호텔과 그곳에 있는 청동 여인상, 지진이라도 일어났는지 벌거벗은 채 양쪽 벽 사이에 끼여 있는 그 조각상에 대한 이야기도 빼놓지 않았다. 그리고 내가 매일 저녁 단 가장자리에 앉아서 어린 소녀답지 않은 진지한 얼굴로 자신이 머핼리아 잭슨과 니나 시몬의 노래를 부르는 것을 경청했다는 말도 했다. 그녀는 나의 언니와 다름없었고, 지상에 정붙일 사람 하나 없는 나를, 다르부카를 연주할 줄 알고 노래를 잘 부르는 나를—정말 뛰어난 솜씨라구요—만나서 이곳 보스턴에 있는 자기 집으로 오게 했다는 사실도 밝혔다. 그녀의 말에 따르면 보스턴은 썩은 도시, 빌어먹을 앵글로 색슨 족의 도시, 그리고 아무도, 재능 있는 사람들조차도 이 바퀴자국투성이의 진흙탕 속에서 뭐 하나 제대로 끌어내지 못한 채 그저 살아남기 위해 버둥거리는 도시였다.
　처음에는 대충 그런 식이었다. 그러나 여름이 끝나갈 무렵 사이클론이 몰려왔고, 그것이 모든 것을 엉망으로 만들어버렸다. 정말로 사이클론이 우리에게 일어난 일들의 원인이었는지는 자신 있게 말할 수 없지만. 팔월 초부터 날씨가 더워 사람들은 무척 답답해했다. 때로 안개가 자욱하게 끼어서 건물 꼭대기와 항구 쪽을 시야에서 지워버리기도 했다. 케이프 코드 쪽에서 사이클론이 닥쳐오자 주의보가 내려졌다. 사람들은 문과 창문에 바리케이드를 쌓았고, 유리로 된 건물 꼭대기에는 두텁게 종이를 발랐다. 그러나 새라는 피아노 강의를 하러 신학교에 가는 일을 거르지 않았다.

 아침이면 저프는 항상 집에 남아 있었다. 그에게는 나를 도와 집안일을 하거나 점심식사를 준비한다는 구실이 있었다. 그러나 실제로는 거실의 긴의자에 누워서 텔레비전을 켜놓고 화면 너머로 나를 힐끔거리며 맥주를 마시는 것이었다.

 그러던 어느 날 아침, 나로서는 정말 유감스럽게 생각하지 않을 수 없는 어처구니없는 사건이 벌어졌다. 저프가 아무 말 없이, 마치 주방에서 마실 것을 찾으려는 듯이 내 쪽으로 걸어왔다. 날씨가 무척 더워서 그는 팬티를 제외하고는 옷을 모두 벗고 있었으며, 그의 검은 피부는 땀에 젖어 번들거리고 있었다. 나는 대걸레에 물을 묻혀 바닥을 닦고 있었는데, 그가 걸레를 타넘는 대신 내 뒤로 돌아가더니 나를 껴안았다. 처음에는 장난을 치려 한다고 생각했다. 나를 얼싸안고 입을 맞추려 했기 때문이었다. 그러나 내 가슴을 만지려고 티셔츠 밑으로 손을 밀어넣자, 나는 온 힘을 다하여 소리를 지르기 시작했다. 그러자 그는 나를 놓아주었다. 그것으로 끝난 줄 알았다. 그러나 그는 다시 다가와서 나를 붙들고 방 안으로, 침대로 데려가려고 했다. 저프는 그렇게 건장한 편은 아니었지만, 술이 그의 힘을 훨씬 강하게 만들어놓았다. 그는 나를 안아올려 방 쪽으로 끌고 갔다. 나는 계속하여 악을 쓰면서 그를 주먹으로 쳤다. 그러자 그는 처음에는 내 옆머리를, 그러다가 뺨과 목을 때리며 마구 소리를 질러댔다. "나쁜 년"이었던가 아니면 "까불지 마" 같은 말이었다. 그러다가 아무래도 안 되겠다는 생각에서였는지, 아니면 이웃 사람들이 와서 초인종을 누르고 무슨 일이냐고 묻지 않을까 걱정이 되어서였는지, 다시 나를 놓았다. 그는 내 손을 잡아 발기된 자신의 성기 위에 올려놓았다. 그는 내가 손으로 해주기를 바랐다. 그는 아프다고 말했다. 자기를 그런 상태로 내버려두면 병에 걸릴 것이라는 뜻인 것 같았다. 나는 그에게 "빌어먹을 놈!"이라고 욕을 하고서, 뒈져버리라는 말을 남기고 집을 나왔다.

나는 하루 종일 보스턴의 거리를 돌아다녔다. 결국 사이클론은 오지 않았다. 케이프 코드에 부딪혀 방향을 바꾸어 마서스 비니어드*의 부자들이 사는 목제 가옥들의 지붕을 날려버리러 가버린 것이었다.

오후에는 비가 왔다. 나는 케임브리지로 가는 영국풍의 골목을 통해 강 반대편 기슭으로 갔다. 사람들이 집 밖에 나와 있었다. 학생들이 눈에 띄었고, 골프용 우산을 쓰고 풀밭에 앉아 있는 연인들의 모습도 보였다. 미지근한 빗물이 풀과 땅의 냄새를 피워올리고 있었다.

나는 허탈했고, 지쳐 있었다. 시가전차 역 근처의 한 카페에서 나는 장 빌랑을 만났다. 그는 내게 하버드에서 강의를 듣기 위해 왔으며 시카고 알리앙스에서 프랑스어를 가르치고 있다고 했다. 그의 낮은 목소리는 잘 들렸고, 그의 커다란 손은 아름답게 보였다. 그 동안 그렇게 많은 말을 해본 적이 없는 것 같았다. 그렇게, 하킴의 할아버지를 대하는 듯한 기분으로 이야기해본 것이 수년 전 일인 것처럼 여겨졌다. 우리는 공원의 나무 밑에서 비를 피했지만 빗물에 몸이 흠뻑 젖게 되어 카페 안으로 들어가 마주 앉았다. 그러다가 밤이 되었을 때 우리는 '더 인'이라는 호텔의 꼭대기 층으로, 매사추세츠 대로 쪽으로 창이 나 있는 그의 방으로 갔다.

---

* 케이프 코드 해안 남서쪽, 대서양에 면한 섬으로, 문인이나 예술가들이 주로 산다.

우리가 정말로 많은 말을 나눴다고 할 수는 없었다. 나는 귀가 잘 들리지 않았고, 그는 피곤했기 때문이었다. 내 머릿속은 텅 비어서 공허한 울림을 일으키고 있었다. 새라의 집에서 있었던 일에 대해서는 생각조차 하고 싶지 않았다. 나는 입에 담기는 대로 아무 말이나 했고, 장도 자기 이야기를 했다. 그는 브르타뉴와 파리에서 보낸 행복했던 어린 시절과 형제들과 누이들에 대해 말했다. 우리는 마치 그럴듯한 농담이라도 주고받는 듯이 서로를 바라보며 웃었다.

돌아가기에는 이미 늦은 시각이었다. 무슨 일이 있어도 나는 새라의 집으로 돌아가고 싶지 않았다. 우리는 냉장고에 들어 있던 짭짤한 비스킷을 먹고, 진이나 보드카 같은 술을 조금씩 마셨다.

아침이 올 때까지 나는 잠을 자지 않았다. 장은 소파에 누워 있었다. 얼굴은 창백하고 몹시 피로해 보였으며, 턱수염이 그 위에 그림자를 만들어놓고 있었다. 함께 호텔을 나설 때, 나는 사람들이 나를 그의 정부나 아니면 길거리의 창녀로 여길 것이라고 생각했다.

우리는 정원 안쪽의 호텔에 딸린 카페테리아로 가서 아침식사를 했다. 여러 잔의 차, 달걀, 강낭콩. 장은 정오에 시카고 행 비행기를 타야 했다.

나는 새라의 집으로 돌아왔다.

그러나 그 후의 나날은 그때까지와는 영 딴판이었다. 저프가 새라에게 뭐라고 했는지 알 수 없었지만, 여하튼 그녀는 거칠고 짜증스러운 태도로 나를 대했다. 그녀에게 사실을 말할까 생각도 해보았지만, 그런다고 무슨 소용이 있겠는가? 그녀는 내 말을 믿으려 하지 않을 것이었다. 여자들은 언제나 자기 쪽에서 착각을 하거나, 심지어 남자들이 속이는 경우에도 그들 편을 들게 마련이었다.

나는 그레이하운드 버스표를 샀고, 비치백에 내 물건들을, 예의 그 낡고 얼룩진 라디오와 하킴의 추억이 어린 프란츠 파농의 책을 집어넣었다. 그러고서 곧바로 시카고로 떠났다.

나는 아무것도 두렵지 않았다. 내게는 세상과 대면할 용기가 있었다. 도착한 지 이틀 후에 나는 캐널 스트리트의 한 호텔에서 일자리를 얻었다. 주인인 에스테반 씨는 미국으로 망명한 쿠바인이었으며, 사람들은 보통 그를 '엘 세뇨르'라고 불렀다. 나는 그 호텔의 바에서 이른바 '행복한 시간'—그레이하운드의 승객들이 들르는 시간에 유리잔들을 수거하고 씻는 일을 했다. 그곳에도 흑인 여가수가 있었는데, 새라와는 비슷한 면이 전혀 없었으며 항상 지쳐 보이는 피아니스트의 반주에 맞추어 서툰 솜씨로 블루스곡들을 불렀다. 나는 사우스 로빈슨 지역의 한 주거용 건물에 방을 하나 세냈다. 그곳에는 영화관처럼, 방이 있다는 공고문이 아래층 창문에 한 장 붙어 있을 뿐이었다. 현관 앞 층계와 지붕이 초록빛으로 칠한 널빤지로 되어 있고 벽돌로 만든 두 개의 굴뚝이 높이 솟아 있는, 낡고 허름한 회색 목조 건물이었다.

얼마 후에 피아니스트가 병이 나 내가 피아노를 맡았다. 시몬과 새라의 가르침이 내게 큰 도움이 되었다. 나는 기억에 의존해서 연주했기 때문에 악보를 읽을 필요가 없었다. 모든 것이 아주 단순해졌다. 나는 매일 저녁 오십 달러를 벌었고, 나흘째 되는 날 저녁에 방세를 치를 수 있었다. 나는 단에 오르기 전에 호텔에서 스테이크와 왕새우로 저녁식사를 했고, 다음날 저녁까지 슈레디드 휘트 대용식에 우유를 부어 먹는 것으로 견딜 수 있었다. 호텔 주인은 내 음악을 무척 좋아했다. 내가 연주를 할 때면 그는 항상 살롱으로 와서 자리에 앉아 탄산수를 마시며 귀를 기울였다. 여가수가 호텔을 떠나자, 그녀를 대신해서 내가 피아노를 치며 노래를 불렀다. 나는 새라의 애창곡인 빌리 할러데이와 니나 시몬의 노래들을 불렀다. 때때로 즉흥곡을 부르기도 했는데, 우리가 레오뮈르 세바스토폴 역의 통로에서, 혹은 자블로 거리의 지붕에서 부르던 노래를 되살려낸 것이었다. 피아노의 은은한 음률, 멀리서 뇌우가 우르릉거리는 소리, 대로를 달리는 자동차들의 묵직한 소음, 외침, 서로 부르는 소리, 산토 도밍고의 밭에서 일꾼들이 사탕수수를 베며 고함치듯 내는 "아우하! 후아!" 소리, 그런 것들로만 이루어진 음악이었다.

엘 세뇨르는 별로 말이 없었다. 그러나 의자에 앉아 상체를 뒤로 약간 젖히고서 눈을 감고 담배를 피우는 모습으로 미루어보아, 그가 내 음악을 무척 마음에 들어하고 있음을 짐작할 수 있었다. 나는 바에서 술을 마시는 다른 사람들에게 주의를 기울이지 않았다. 내가 노래를 부르는 것은 오직 그를 위한 것이나 다를 바 없었다. 나는 그의 지나온 삶을, 이곳에 정착하기까지 어떤 우여곡절을 겪었는지를 상상해보려 했다. 어쩌면 쿠바 군대의 연대장이었는지도 모르며, 아니면 카스트로가 집권하기 이전에 치안판사였을지도 모르는 일이었다. 실제로 그에게서는 치안판사의 분위기가 강하게 느껴지고 있었다. 저녁에 바에서 탄산수가 담긴 잔을 앞에 놓고 앉아 있을 때를 제외하고는 그를 전혀 볼 수 없었다. 그는 흙길이 끝나는 곳에 있는 호텔의 부속건물에서 혼자 살았다. 그는 아무것에도, 심지어 종업원들에게 보수를 주는 일에도 관심을 두지 않았다. 매일 저녁 내게 돈을 주는 사람은 그의 심복인 삼보였다.

나는 장 빌랑을 다시 만났다. 그는 앤절리나라는 여인과 레이크쇼어 근처의 파인 그로브에 있는 멋진 아파트에서 살고 있었다. 간간이 나는 모든 일을 잊고 싶어서 그와 함께 오후를 보냈다. 우리는 중심가에 위치한 한 호텔로 가서 맨 꼭대기에 있는 방에 들곤 했다. 그와 함께 있던 그곳은 실로 편안하고 조용했으며, 살롱처럼 꾸며진 최고급 방이었다. 동쪽으로 향한 커다란 유리창을 통해, 나는 마치 삼만 피트 상공에 떠 있는 기분으로 푸른 밤과 호수와 저 밑에서 자동차들이 고속도로 위를 구불구불 나아가고 있는 광경을 내려다보았다. 우리는 간간이 말을 주고받기는 했지만, 하버드의 호텔 방에서의 상황과 별로 달라진 것이 없었다. 우리는 사랑을 나눴고 함께 음식을 먹었고, 그러고 나서 나는 저녁 때까지 깊은 잠에 빠졌다. 대부분의 경우 잠에서 깨어나 보면 장은 강의를 하러 떠나고 없었다. 그는 시카고 남쪽 교외에 사는 멕시코계 이민들에 관하여 사회학 박사논문을 준비하고 있었다. 한두 번, 그는 나를 데리고 로젤, 틴리, 네이퍼빌, 오로라 지역으로 간 적이 있었다. 그는 그곳 사람들의 결혼식이나 세례식에 초대받곤 했다. 그때마다 나는 그가 화성에 다녀오는 듯한 느낌을 받았다. 비록 학위를 여러 개 가지고 있다 하더라도, 그가 자신이 보는 것을 나보다 더 잘 이해하고 있는지는 의심스러웠다.

로빈슨 거리에는 이상한 사람들이 있었다. 저녁이 되면 밤이 오기 얼마 전쯤에 그들은 널빤지로 창문을 막아놓은 집에서 나와, 소량으로 나눈 마약가루와 작은 사각형 모양으로 만든 수지(樹脂)를 팔았다.

나는 그들을 피하는 요령을 알고 있었다. 그러나 내 방 창문 맞은편으로 길 건너편에 사는 알시도르는 달랐다. 어린아이 같은 얼굴에 흑곰처럼 몸집이 큰 거인이었다. 언제나 진으로 만든 가슴받이가 달린 작업복에 흰색과 붉은색이 섞인 티셔츠를 입고 있었는데, 북풍이 불어올 때도 마찬가지였다. 그는 어머니와 함께 다 쓰러져가는 집에서 살고 있었다. 그의 어머니는 카페에서 일하는 작달막한 흑인 여자였다. 그는 나에게 호감을 가지고 있었다. 매일 아침 열한시경 장을 보러 나갈 때면, 알시도르는 자기 집 현관 앞 계단에 앉아 있다가 나를 향해 커다랗게 손짓을 했다. 그러나 말을 하지는 못했다. 그의 머릿속에는 뭔가가 결핍되어 있었다. 내가 말을 걸면 그는 그저 고개를 끄덕였는데, 그 모습이 커다란 개, 무섭게 생기기는 했지만 전혀 사납지 않은 개를 연상시켰다. 그 지역의 사내아이들이 놀려대며 과일 씨앗 같은 것을 던져도 그는 결코 화를 내지 않았다. 그는 문 앞의 계단 아랫단에 앉아서 크래커를 먹으며 몇 시간이고 어머니를 기다리곤 했다. 마약밀매자들도 그를 건드리지 않았다. 그들은 그에게 때로 장난 삼아 해시시가 든 담배를 피우게 했다. 어떤 효과가 나타나는지 보려는 생각에서였다. 알시도르는 담배를 피우고는 다시금 조용히 크래커를 먹기 시작했다. 평소보다 조금 더 웃기는 했지만, 그뿐이었다. 그에게는 실로 엄청난 힘이 있었다. 어느 날 술취한 사람이 운전하던 소형 트럭 한 대가 인도로 뛰어올라서 잠시 달리다 한 건물의 벽을 들이받는 바람에, 대들보 하나가 인도 위로 반쯤 떨어지다가 한 지붕들보에 아슬아슬하게 걸렸다. 잠시 후 알시도르가 오더니 기울어진 대들보를 잡고는 혼자 힘으로 다시 제자리로 돌려놓았다. 전쟁을 일으키려는 마음이 있는 사람이라면 고용할 생각을 할 법도 했다. 그러나 알시도르는 너무 유순하고 마음이 착했으며 싸움을 하려는 생각은 조금도 없었다. 말도 많이 하지 않았다. 그가 하는 말이라고는 겨울철의 날씨가 어떠했다는 것 정도였다. 말하자면 이런 식이었다. "비가 왔던가, 눈이 왔던가, 난 모르겠어."

그의 어머니가 그를 보호하고 있었다. 어느 날, 나는 알시도르의 집 계단에 그와 나란히 앉아 만화책을 펼쳐들고 그에게 읽는 법을 가르치려 했다. 그때 그의 어머니가 오더니 나를 보고 화를 냈다. "이 깜둥이 계집애는 대체 누구야? 내 아들에게 무슨 짓을 하려는 거지?" 그 후로 나는 다시는 그럴 엄두를 내지 못했다.

그러던 어느 날 오후에 경찰과의 사이에 끔찍한 사건이 벌어졌다. 시장이 몇몇 마약밀매자들을 잡아들이라는 지시를 내린 모양이었다. 그래봐야 기자들에게 자기 사진을 찍게 하고 신문에 기사 몇 줄 실리게 하려는 목적에서였을 것이다. 나는 왜 그들이 하필 로빈슨 거리를 택했는지 알 수 없었다. 아마도 그곳에서는 실제로는 아무 일도 일어나지 않기 때문일 것이다. 갑자기 경찰차들이 무더기로 들이닥쳐 거리를 봉쇄하더니, 경찰들이 건물 안으로 공격해 들어갔다. 특히 창문을 널빤지로 막은 길 끝 쪽에 있는 집들이 대상이었다. 그들은 조무래기들 몇을 잡았다. 그때 그들은 알시도르와 마주쳤다. 그 거인은 막 낮잠에서 깨어나 현관 계단을 내려서는 참이었다. 평소처럼 그는 가슴받이가 달린 진 작업복과 흰색과 붉은색이 섞인 티셔츠를 걸치고 있었는데, 경찰차의 번쩍거리는 회전 경보등을 보고는 호기심을 느끼고서, 대체 무슨 일인지 알아보려고 몇 걸음 걸어나갔다. 나는 가슴이 두근거렸다. 그가 전혀 위험을 감지하지 못하고 있고, 경찰들이 그 하나쯤은 아무것도 아니게 여기고 있다는 것을 알기 때문이었다. 나는 외치고 싶었다. "알시도르! 저리 가, 집으로 돌아가!" 경찰의 확성기가 시끄럽게 명령을 하달하고 있었지만, 알시도르는 여전히 아무것도 모르고 있었다. 그는 주머니에 손을 찌르고 기분좋은 듯 건들거리며 그들 쪽으로 계속 걸음을 옮겼다. 그때 세 명의 경찰이 갑자기 달려들어 그를 땅바닥에 쓰러뜨리려 했다. 그러나 그는 그들을 단번에 밀쳐버렸다. 그들이 장난을 치려 한다고 생각하는 것이 분명했다. 그는 자기를 겨냥하고 있는 총구를 무심히 바라보며 길 한가운데로 나섰다. 그때 그는 주머니 속에 손을 넣고 있지 않았다. 경찰들은 그가 무기를 지니고 있지 않다는 것을 알고 그제야 마음을 놓았다. 그들은 다시 그에게 달려들어 곤봉으로 등과 팔과 머리를 내리치기 시작했다. 알시도르는 코와 머리에서 피를 흘렸지만 여전히 버티고 서 있었고, 뭔가를 잡으려는 듯 두 팔을 뻗치고 제자리에서 빙글빙글 돌았다. 그러자 경찰들은 그의 다리를 쳤고, 결국 그는 바닥에 넘어졌다. 그러고도 그들은 곤봉으로 내리치기를 그치지 않았는데, 어찌나 세게 때리는지 퍽퍽 소리가 들릴 정도였다. 우리는 결국 알시도르가 바닥에 누운 채 울면서 곤봉 세례를 피하려고 두 팔로 머리를 감싸는 것을 보았다. 그는 비명을 지르고 신음소리를 내면서 엄마에게 도와달라고 소리쳤다.

노파는 그들이 알시도르를 자동차에 싣는 바로 그 순간에 나타났다. 경찰들은 그의 몸집이 워낙 커서 차 안에 바로 들어가게 할 수 없었다. 그들은 머리를 먼저 들이게 하고는, 다리를 때려 몸을 웅크리게 했다. 흑인 노파는 소리를 지르며 달려가 그들을 붙들려 했다. 그러나 그들은 떠나버렸고, 노파는 집으로 들어가 문을 닫았다. 그녀는 경찰을 보내 아들을 잡아가게 한 것이 이 저주받은 거리에 살고 있는 우리 모두라고 확신했다. 이틀 후에 돌아왔을 때 알시도르는 어딘가 달라져 있었다. 이제 그는 더이상 바깥에 나와 앉아 사람들이 지나가는 것을 지켜보지 않았다. 그는 집 안에 갇혀 지냈다. 그는 두려워하고 있었다. 얼마 후 우리는 그 집에 공고문이 한 장 붙어 있는 것을 보았다. 노파가 알시도르를 데리고 다른 구역으로 이사를 간 것이었다. 그 후로는 그가 어떻게 되었는지 알 수 없었다.

그 일이 있고 나서 나는 표류하기 시작했다. 나는 장을 앤절리나와 공유하는 것이 지긋지긋해졌다. 내가 벨라라는 에콰도르인과 교제한 것도 그 때문이었다. 졸리엣에 사는 벨라는 키가 크고 마르고 영화 속의 인디언처럼 머리가 길었으며, 왼쪽 귀에 작은 다이아몬드를 달고 다녔다. 그는 레게와 라가의 가수로 이름을 날리고 싶어했다. 그때를 기다리면서 그는 바레트와 암페타민과 약간의 아편을 밀매했다. 그 자신도 마약을 사용하고 있었지만, 나는 그런 줄 모르고 있었다. 나는 그와 함께 여러 곳의 바와 블루스 클럽을 드나들었으며, 음악가들을 만났다. 나는 밤 시간 내내 바깥에서 보내며 많은 사람들과 알게 되었는데, 그 중에는 농구스타, 파산한 마권업자, 능력 없는 디제이들, 〈살아남고 싶으면 도망쳐라〉를 부르는 재닛 잭슨처럼 되고 싶어하는 여자들, 지기 말리에 열광하는 자메이카인들, 퍼기 그룹을 우상으로 여기는 아이티인들도 있었다. 내가 좋아하는 그룹은 루츠였다. 그 외에 라젤의 〈소음의 대부〉, 블랙 소트, 허브, ?퀘스천 마크, 캐멀, 그리고 코먼 센스, KRS, 코드 등도 마음에 들었다. 나는 고물 트랜지스터를 이어폰 달린 라디오와 바꿨다. 이제 나는 한쪽 귀 깊숙이 음악을 넣고 어디든 갈 수 있었다. 마치 온 세상이 벙어리가 된 것 같았다. 나는 다른 사람들처럼 옷을 입었고, 다른 사람들처럼 걸었고, 다른 사람들처럼 담배를 피웠고, 다른 사람들처럼 말했다. 이런 말을 할 때도 있었다. "내가 무슨 말을 하는지 알겠어?" 아무도 내가 지구 반대편에서 왔다고는 생각하지 않을 것이었다. 한번은 내가 모로코에서 왔다고 하자 상대방은 모나코라고 알아들었다. 나는 입을 다물어버렸다. 사람들은 아프리카에서 왔다는 말 자체를 잘 이해하지 못했다. 그때까지 나는 아직 내게 모든 권리를 부여하는 그 초록색 비닐 쪼가리를 받지 못했다. 간간이 나는 장을 다시 만났다. 그러나 그는 나를 다른 사람, 예컨대 벨라와 공유하는 것을 좋아하지 않았다. 그는 턱이 갸름했는데, 그 때문인지 훨씬 더 슬퍼 보였다.

엘 세뇨르 덕분에 나는 사회보장제도의 혜택을 받을 수 있게 되었고, 운전면허증도 발급받았다. 어느 날 저녁 그가 내게 미리 알리지도 않고 르로이 씨를 초대했다. 내 노래를 들려주기 위해서였다. 그날 공연을 마쳤을 때, 르로이 씨는 명함에 다음날 만날 시간과 장소를 써서 주었다. 나는 벨라나 장이나 그 누구에게도 말하지 않고 녹음실로 쓰는 스튜디오로 혼자 갔다. 르로이 씨가 뭘 원하는지 잘 알 수 없었다. 나는 그가 나를 가지려고 덤벼들 경우에 대비하여 몸에 꼭 끼는 바지와 헐렁한 검은색 터틀넥 스웨터를 입고 있었다. 스튜디오는 오하이오라는 건물 지하에 있었는데, 바닥에 검은색 방음재가 깔리고 가운데 흰 피아노가 놓인 넓은 홀이었다. 그 모습은 다소 위압적이었다.

나는 낮은 음이 울리는 소리를 더 잘 듣기 위해 피아노 위로 몸을 기울이고, 전에 뷔트 오 카유의 집에서 시몬으로부터 배운 대로 연주했다. 나는 니나 시몬느의 노래를 불렀다. '나는 당신에게 주문을 걸었네. 검은색은 내 진정한 연인의 머리카락 색이네'. 그리고 나서 나 자신의 노래를 불렀다. 사탕수수밭 일꾼들이 고함치는 것 같은 노래, 랄라 아스마의 정원 위쪽 하늘에서 명매기들이 울어대는 듯한 노래, 노예들이 농장 옆 바다에 서서 부르는 것과 같은 노래를. 나는 자블로 거리와 온 세상의 지붕으로 통하는 소방용 사다리를 기념하여 내 노래에 〈지붕 위에서〉라는 제목을 붙였다. 심장이 몹시 두근거렸다. 나는 용기를 불러일으키려고, 타브리케트 천막촌에서 라디오를 귀에 바짝 대고 듣던, 젬마가 탕헤르 라디오 방송국인 '아프리카의 목소리'를 통해 캣 스티븐스를 소개하던 그 신비하고 맑은 목소리를 생각했다.

수년이 지난 지금 비로소 나는 내가 듣고 싶었던 소리가 무엇인지 알 수 있다. 그것은 끊임없고 막막하고 낮고 깊은 울림, 파도가 육지에 부딪혀 부서지는 소리, 한없이 이어지는 철로 위에서 열차가 달리는 소리, 수평선 너머에서 들려오는 뇌우의 간단없는 우르릉 소리였다. 또한 그것은 모르는 사람의 한숨소리, 혹은 그 낯선 이가 웅얼거리는 소리, 밤중에 깨어나 혼자임을 절감할 때 내 동맥 속으로 피가 흐르는 소리이기도 했다.

이제 나는 아무것도 두려워하지 않으면서 연주할 수 있었다. 나는 내가 누구인지 알고 있었다. 내 왼쪽 귀 안쪽의 작은 뼈 하나가 부러졌다는 사실도 더는 중요하지 않았다. 옛날의 그 검은색 자루, 새하얀 거리, 불길한 새의 잔뜩 쉰 울음소리도 마찬가지였다. 조라도, 아벨도, 들라예 부인도, 저프도, 도처에서 호시탐탐 노리고 뒤쫓고 그물을 치는 그 모든 사람들도, 나는 잊어버렸다. 나는 오랫동안 거의 호흡을 고르지도 않으며 노래를 불렀다. 손가락 끝이 아파왔다. 나는 광대한 텅 빈 공간 속에, 사람들이 모두 떠나고 난 뒤의 지하철 역 통로에 들어선 듯한 느낌을 받았다. 르로이 씨는 아무 말도 하지 않았다. 나는 쓰린 가슴을 안고 스튜디오를 나왔다. 내 삶 전체가 좌초해버린 것 같았다. 나는 숨을 곳을 찾기 위해 장 빌랑과 함께 호텔로 들어갔다.

나는 한번도 깨어나지 않다시피 하며 이틀 낮과 이틀 밤을 잤다. 나는 내 힘의 극단에 이르러 있었다. 바닥에 쓰러진 알시도르가 경찰들에게 얻어맞으며 어린아이처럼 엄마를 찾으면서 울던 모습을 보았던 탓에 로빈슨 거리로 돌아갈 수도 없었다. 다시금 내 귓속에서는 거리를 봉쇄한 경찰차들이 울려대던 사이렌 소리가 되살아나고 있었다. 가을 하늘은 푸르렀고 나무들은 붉었다. 그러나 그 풍경은 장 부통 거리와 별로 다르지 않았고, 심지어 랄라 아스마의 정원이나 내가 어렸을 때 유괴당했던 그 거리와도 크게 다를 것이 없었다.

십일월, 눈이 내리기 얼마 전에 나는 체류증이 든 이민국의 편지와 〈지붕 위에서〉를 녹음하기 위해 만나자는 르로이 씨의 전갈을 동시에 받았다. 스튜디오에는 제작자와 녹음연출 조수들과 기술자들이 있었다. 나는 아침 나절 내내 피아노를 치고 노래를 불렀다. 녹음은 아주 조금씩 진행되었다. 끊임없이 뒤로 돌아가 다시 시작해야 했다. 그러다가 마침내 끝났을 때, 나는 독집 음반과 앞으로 오 년간의 모든 제작물에 대한 계약서에 서명했다. 그렇게 많은 돈을 받아보기는 처음이었다. 내게 일어난 일이 믿기지 않아 어안이 벙벙했다. 그날 밤 나는 벨라와 음악가들과 르로이 씨와 조연출들과 함께 어울려 매직 존슨 소유의 그랜드라는 식당으로 몰려갔다. 머리가 어지러웠고 이대로 모든 일이 끝없이 진행될 것만 같았다. 흑단처럼 까만 피부의 한 신문기자가 내게 이것저것 물어왔고, 나는 되는대로 대답했다. 나는 프랑스인이기도 했고, 아프리카인이기도 했다. 그 여기자가 다음에 나올 노래의 제목을 물었을 때 나는 주저하지 않고 대답했다. "알시도르에게 사랑을 담고". 그 동안 나는 분노를 안으로 삭이고 있었다. 나는 몸을 떨었다. 내게는 레오뮈르 세바스토폴에서 듣던 북의 울림이 도처에서, 대기 속에서, 바의 담배 연기 속에서, 새벽이 될 때까지 시카고 상공에 머물러 있는 붉은 기운 속에서 울리고 있는 것처럼 여겨졌다.

아침에 나는 혼자 빠져나와 호숫가를 걸었다. 날씨가 무척 추웠다. 나는 가죽 상의만을 걸친 차림에 검은 베레모를 귀에 닿도록 눌러쓰고 있었다. 사시나무들은 불 붙은 듯 붉었고, 하늘은 진한 푸른색이었다. 태양이 호수 너머에서 떠올랐다. 나는 두루미떼가 비행편대를 이루어 뉴멕시코 쪽으로 날아가는 것을 보았다.

나는 알리앙스 프랑세즈의 복도에서 조용히 기다렸다. 장 빌랑은 검은 가죽 상의와 베레모 때문에 첫눈에 나를 알아보지 못했다. 그는 학생들에게 중요하고 시급한 일이 생겼다고 둘러대고 그들을 보냈다. 우리는 함께 넓은 대로를 걸었고 하버드에서처럼 아침식사를 들었다. 우리는 호수 근처의 정수장을 둘러싼 둑까지 걸어갔다. 벌써 사람들이 풀밭에 나와 앉아 있었다. 조깅하는 사람들은 잘 꾸민 푸들을 앞세우고 달리고 있었으며, 땀복을 입은 노인들이 태극권을 연습하고 있었다. 바람이 찼다. 셰리던 건물 앞을 지나다가 나는 한 스튜디오를 세내어, 그 자리에서 보증금과 한 달치 선금을 지불했다. 나는 장과 내가 결혼식이라는 것을 올릴 수 있으면 좋겠다고 생각했다. 증인도 없고, 교회도 없고, 결혼증서도 없이, 그리고 미래도 없이. 돌이켜보면 바로 그날 임신을 했던 것 같다.

16

나는 어떤 악마가 나를 꼬여서 벨라와 함께 졸리엣에 있는 그의 아파트로 돌아가게 했는지 알 수가 없다. 아마도 벨라가 바로 악마였을 것이다. 그렇지 않으면 장 빌랑이었을 수도 있다. 그는 나를 지겹도록 기다리게 했고, 그 역시 지겹도록 나를 기다리곤 했기 때문이었다. 그 무렵의 나만큼 심한 권태감에 사로잡힌 사람도 달리 없을 것이다.

셰리던에서 나는 도시와 얼어붙은 호수가 내려다보이는 곳, 내 두 귀가 모두 멀어버린 것 같다는 생각이 들 정도로 신비로운 그 장소에서 유리와 쇠로 만들어진 둥지 속에 갇혀 지냈다. 내게는 기다리는 것이 일과였다. 나는 장이 강의를 마치기를 기다렸고, 그가 학생들과 교수들과 자신의 논문과 끝을 보기를 기다렸다. 그리고 앤절리나와도 끝내기를 기다렸다. 네시경에 장은 꽃과 포도주와 병문안 오는 사람처럼 오렌지를 사들고서 허둥지둥 나타났다. 그때 이미 텅 빈 유리창 너머로는 어둠이 내리고 있었고, 우리는 아무것도 깔지 않은 모케트 융단 바닥에 누워 사랑을 나눴다. 예전에 랄라 아스마의 등에 몸을 꼭 붙이곤 했듯이 나는 그를 꼭 껴안고 잠이 들었다. 그는 자정에 발끝으로 살금살금 걸어나갔다. 어느 날 나는 그에게 여자 친구의 사진을 보여달라고 했다. 그녀는 수영장 앞의 넓은 잔디밭에 서서 약간 얼빠진 듯한 미소를 짓고 있었다. 앤절리나는 그녀에게 잘 어울리는 이름이었다. 키가 크고, 금발이고, 말 그대로 천사 같아서, 나와는 모든 면에서 정반대였다. 러시아인이든가 아니면 리투아니아인이었는데, 정확히는 기억나지 않는다. 그녀는 의사였다.

벨라는 또한 장과는 정반대였다. 그는 리아나나무처럼 말랐고, 마음이 착하면서도 격정적인 것이 안으로 분노를 억누르고 있는 사람 같았다. 그는 옷과 구두와 검은 실크 셔츠 따위를 고르는 데 많은 정성을 쏟았다. 벨라는 아침마다 귀에 박아넣은 다이아몬드를 반짝거리게 닦았다. 그 다이아몬드는 그의 누이 것이었는데, 부모와 함께 살던 워싱턴의 집에서 약물과용으로 죽기 직전에 그에게 주었다고 했다. 그와 함께 있으면 공허감과 기다려야 한다는 권태감을 덜 느낄 수 있었다. 실제로 거의 기다릴 필요가 없었다. 우리는 하루종일 붙어 있으면서 음악을 듣고, 바나 나이트 클럽이나 야회장에 가곤 했다. 르로이 씨는 벨라를 좋아하지 않았다. 어느 날 그가 어떻게 번호를 알았는지 내게 전화를 걸었다. 그가 내게 말했다. "그 친구는 네게 맞는 형이 아니야. 너무 약해서 너까지 망쳐버리고 말 거야." 나는 머리끝까지 화가 치밀어 다시는 녹음실에 가지 않겠다고 결심했다.

봄이 오기 얼마 전이었다. 벨라에게 경제적으로 문제가 생겨 집세가 밀리게 되었다. 우리는 자동차로 캘리포니아 쪽을 여행할 계획을 세웠지만, 선뜻 결단을 내리지 못했다. 그날 밤 우리는 너덧시까지 나이트 클럽들을 돌아다니며 술을 마시고 담배를 피우며 시간을 보냈고, 잠에서 깨어났을 때는 떠나기에 너무 늦은 뒤였다. 나는 무슨 요일인지도 알지 못했다. 결국 벨라는 라 플라자에서 쫓겨났다. 어느 날 오후, 그와 함께 우유와 파이와 저녁거리 약간을 사가지고 그의 집으로 돌아왔더니 문의 자물쇠가 바뀌어 있었다. 벨라는 불같이 화를 냈다. 나는 그가 그토록 화를 내는 모습을 본 적이 없었다. 우리 물건들은 쓰레기 봉지에 담겨 계단 아래쪽에 방치된 채 비를 맞고 있었다. 벨라는 문에 발길질을 해대며 욕을 퍼부었다. 아파트 관리인이 전자봉과 전화기를 들고 나타났다. 벨라가 한바탕 싸움을 벌이려는 기색을 보이자, 관리인은 전자봉을 작동시키고서 경찰을 불렀다. 나는 악을 쓰며 매달리고 다시 악을 썼다. 나는 벨라의 머리채를 잡고 주차장으로 끌고 갔다. 어처구니없고, 진저리쳐지는 일이었다. 우리는 쓰레기봉지를 차에 싣고 경찰이 도착하기 전에 그곳을 떠났다. 앙갚음을 하기 위해 벨라는 건물 전면에 병을 집어던졌고, 토마토 주스가 벽 위에 길고 붉은 얼룩을 만들어놓았다. 벨라는 버려진 도시의 늑대처럼 울부짖었다. 우리는 중국인 구역에 사는 그의 친구 집에 임시로 거처를 정했고, 그곳에서 캘리포니아로 떠나기로 마음을 정했다. 우리는 도중에 거의 멈춰 서지도 않고, 번갈아 운전하고 주차장에서 잠을 자며 미국을 가로질렀다. 아칸소나 아니면 오클라호마의 어디에선가였을 것이다. 날씨가 무척 추웠고 경사면에는 눈이 쌓여 있었다. 그곳에서 나는 병에 걸리고 말았다. 몸이 으슬으슬 떨렸고 머리가 아팠으며 구역질이 났다. 벨라가 말했다. "괜찮아. 곧 나을 거야. 감기에 걸린 거야." 그러나 증세는 나아지지 않았다. 그것은 감기가 아니었고, 뇌척수 계통의 열병이었다. 캘리포니아에 도착했을 때, 나는 거의 죽어가고 있었다. 등과 목줄기가 뻣뻣했고, 귓속에서는 찌르는 듯한 고통이 펄떡였으며, 심장이 멈춰버린 듯한 느낌이었다. 말을 할 수가 없었고, 벨라의 말을 들을 수도 없었다. 나는 우주를 가로질러 어디론가 떨어져내리듯이 밤이고 낮이고 눈을 뜬 채로 있었다. 샌버너디노에서 나는 아이를 유산했고, 많은 피를 흘렸다. 벨라는 내가 차 안에서 죽을까봐 겁에 질렸다. 그는 내 가방과 함께 나를 병원 문 앞에 내려놓았다. 나는 그때 그가 무슨 말을 했는지, 지나는 차를 세워서 나를 태워 병원으로 보냈는지 전혀 알지 못한다. 그 뒤로는 그를 다시 볼 수 없었던 것이다. 아마도 그는 아편가루나 정제를 밀매하다가 경찰에 체포되었을 것이다. 그렇게 하여 나는 랄라 아스마가 내게 준 금귀고리 한 짝을 잃어버리고 말았다. 그러나 나는 너무 아파 그 일로 슬퍼할 겨를조차 없었다.

샌버너디노 병원에 실려 들어갈 때, 나는 거의 의식불명 상태였다. 나는 빛에 눈이 부셔서 시트를 뒤집어쓴 채 몸을 오그리고 시간을 보냈다. 열과 탈수증 때문에 검게 변색되어 부풀어오른 입술에서는 피가 흘렀다. 내 귀가 잘 들리지 않는다는 사실도 더이상 깨닫지 못하고 있었다. 나는 누에고치 속에서, 깊은 동굴 속에서, 내 고통의 밑바닥에서 웅크리고 있었다. 내 아랫배는 내 영혼이었고, 내 전 존재였으며, 수없이 쓰다듬고 안의 것을 긁어내고 비워내고 하다 보니 아랫배 없이는 한순간도 살아 있을 수 없게 되었다. 때때로 누군가가 와 나를 깨워 대야에 오줌을 누게 하거나 약을 주사했다. 나는 주삿바늘이 내 척추에 박히는 것을 느끼며 참을 수 없는 고통에 비명을 질렀다. 그러고는 탈진하여 침대에 쓰러졌다.

그때 처음 나다를 만났다. 나는 마음속으로 그녀를 나다라고 불렀는데, 그 이유는 서늘한 손으로 내 이마를 짚어주는 그녀의 손이 아침 이슬 같은 느낌을 주었기 때문이었다. 나는 그녀의 검고 매끄럽기 그지없는 아름다운 얼굴과 아몬드 모양의 새카만 눈과 팔처럼 두껍게 한 다발로 땋아내린 머리카락을 보았다. 그녀는 침대 곁에 앉아 내 눈을 바라보았고, 나는 그녀의 눈길 속으로 잠겨들었다. 그녀가 내 곁을 떠나는 것이 싫어 나는 그녀의 손을 잡았다.

그러다가 몇 주 만에 처음으로 잠이 들었다. 꿈 속에서 나는 자지 않았다. 대신 미끄러지듯 뒷걸음질쳐서 어떤 얼굴 쪽으로 다가갔다. 매일 아침 나는 나다와 그녀의 서늘한 손과 두 눈이 돌아오기를 기다렸다. 그녀는 나를 수면 위로, 빛으로 인도하는 유일한 존재였다. 나는 차츰 내 동굴에서 벗어나기 시작했다. 그녀만이 어린 시절의 음악과, 새들의 울음소리와, 거리의 자동차들이 부르릉거리는 소리도 간간이 들려오는 세상의 입구로 나를 데려갈 수 있었다. 그녀를 위해서 나는 수면제를 모았다. 나는 그것들을 손수건에 싸서 베개 밑에 두었다가 아침에 그녀가 오면 건네주었다. 내게는 달리 줄 것이 없었다.

어느 날 아침 병원장이 학생들과 함께 나타났다. 그 자리에서 그는 강의를 했고, 학생들은 책을 뒤적였다. 나는 학생들이 눈을 내리깔 때까지 그들을 빤히 바라보았다. 주변에서 아이들이 시시덕거렸다. 그러나 나는 상관하지 않고 오직 나다를 기다렸다.

그녀는 밤이 되기 전에, 그러니까 자신의 거처가 있는 새년 사회구제시설로 돌아가기 전에 내게 오곤 했다. 그녀의 이름은 나다가 아니었다. 그녀는 흰색 블라우스 위에 '샤베즈'라고 적힌 명패를 달고 있었다. 그녀는 주아네라 족 인디언이었다. 그녀는 몸짓으로밖에는 말을 하지 못했다. 그녀는 두 손과 얼굴 표정으로 자기가 말하고자 하는 바를 표현했다. 손가락으로 글자를 쓰기도 했다. 나는 그녀에게 대답하는 방법을 배웠고, 여자, 남자, 아이, 동물, 보다, 말하다, 알다, 찾다 등등을 몸짓으로 말할 수 있게 되었다. 그녀는 내 아이 건에 대해 알고 있었다. 병원에는 그런 문제를 가진 사람들이 유독 많았다. 그녀는 내게 아무것도 묻지 않았다. 그녀는 잡지 한 권을 들고 와 눈에 띄는 대로 휴 그랜트, 새미 데이비스, 키애누 리브스, 빌 코스비 같은 남자들을 손가락으로 가리켰고, 잠시 후에야 나는 그녀가 무슨 말을 하려는지 알 수 있었다. 우리는 한참 웃었다. 내 생각에 그녀는 내 아기가 강간당해 생긴 것이 아닌가 걱정하고 있는 것 같았다. 나는 잡지 위에 장 빌랑이라는 이름을 쓰고 나서, 그래, 이게 바로 그 남자의 이름이야, 하고 덧붙였다.

어느 날 아침, 나는 그녀에게 이제 그만 여기를 떠나고 싶다는 뜻을 비쳤다. 나다는 잠시 생각에 잠기더니 내 옷을 가져다주었다. 그녀는 뒤로 물러서서 병실 문을 열었다. 그때 그녀가 갑자기 낯설게 느껴졌다. 지금까지 나는 그녀에게서 잉카의 황금 가면과 흡사한 달걀 모양의 티없는 얼굴과, 활처럼 구부러진 눈썹과, 두 방울의 새카만 눈물

같은 눈과, 검고 윤기나는 머리카락만을 보아왔던 터였다. 그런데 문을 열어놓고 그 앞에 서 있는 모습을 보니, 어찌나 뚱뚱한지 알아보기 어려울 정도였다. 내 눈에서 놀라는 기색을 읽은 모양이었다. 미소를 지으며 자기의 커다란 궁둥이를 쓰다듬어 보였던 것이다.

나는 몸에 꼭 끼는 검은색 진바지와 진홍빛 셔츠를 걸쳤고, 힐랄의 귀고리 중 남은 한 짝을 꽂아놓은 검은색 베레모를 머리에 꼭 눌러썼다. 그리고 헤어지기 전에 노노가 내게 준 검푸른 색안경을 썼다. 그 색안경은 노노에 대한 슬픈 기억을 간직하기 위한 것이었지만, 이제 파탄의 지경에 이른 사람은 바로 나였다. 나는 나다에게 무엇인가 기념이 될 만한 것을 남기고 싶었다. 나는 그녀에게 프란츠 파농의 책을 주었다. 딱딱하게 말라붙고 심하게 닳아서, 마치 쓰레기통에 박혀 있는 그림 없는 광고지들을 한데 모아놓은 것 같았지만, 그 책은 내가 가진 것들 중에서 가장 소중한 것이었다.

내가 나다 샤베즈에게 작별의 포옹을 하자, 그녀는 둥글게 말아서 고무줄로 묶은 달러 뭉치를 내게 주었다. 전에 후리야가 타브리케트를 떠날 때 그랬던 것처럼. 나는 층계를 내려가, 고개를 꼿꼿이 세운 채 뒤도 돌아보지 않고 경비실 앞을 통과했다.

실로 오랜만에 밖으로 나오는 것이어서 머리가 어지러웠고 다리도 마음대로 움직여지지 않았다. 잠시나마 병원으로 되돌아가고 싶은 생각도 없지 않았다. 나는 내 발걸음이 보도를 울리는 소리와 혈관 속에서 피가 도는 소리와 허파 속에서 바람이 일어나는 소리를 듣고 있었다. 그 외에는 아무 소리도 들리지 않았다.

17

　나는 며칠 동안 계속 걸었다. 거리 끝까지, 바다에 다다르기까지. 세상 끝까지, 죽음에 이르기까지. 나는 사람들과 자동차들 사이를 빠져다녔다. 때로는 달리기도 했다. 나는 누구보다도 빨랐다. 아무것도 나를 멈출 수 없었다. 나는 오래전에 랄라 아스마의 정원을 벗어났을 때 달리는 법을 배웠다. 함정과 위험과 조라가 보낸 경찰들을 피하는 법도 알게 되었다. 나는 곁눈으로 주위를 살피면서 앞으로 나아갔다. 나는 차도 위로 쳐놓은 줄 한가운데에 올라선 줄타기 곡예사처럼 균형을 잡고 있었다. 트럭과 버스와 철판으로 싸인 대형차들이 나를 스쳐지나갔다. 그때마다 세찬 바람이 얼굴을 때렸고, 열 개의 타이어가 일으킨 냄새가 미세한 검은 먼지들과 더불어 코에 훅 끼쳐왔다.
　나는 자동차들이 달리는 것과 반대 방향으로 걷는다. 그래야만 한다는 것을 본능적으로 알고 있다. 그러지 않으면 차들이 다가오는 것을 알 수 없다. 쉽게 사냥감이나 희생물이 되는 것이다. 길쭉하고 번쩍거리는 보닛과 검게 착색한 유리창을 가진 자동차들이 속도를 줄이며 보도 쪽으로 바싹 붙어 달린다. 그러다가 차창이 내려가면서 팔이 밖으로 나와 우리를 움켜쥐고 안으로 잡아챈다.

반대로 차들이 달려오는 쪽으로 걸어가면, 우리는 미친 사람이 되는 것이고, 그들은 견고한 차체 안에서, 어두운 차창 뒤에서 우리를 두려워한다. 그들 쪽에서 비켜가야 하므로, 우리를 어쩌지 못한다. 분명 그들은 경적을 울려댈 것이고 늑대처럼 소리를 질러댈 것이다. 그러나 우리는 기울어가는 햇살을 얼굴에 받으며 걷는다. 햇살이 어깨와 머리 위로 내려앉을 뿐, 아무 소리도 들리지 않는다.

나는 샌버너디노 여인숙의 공주님인 나다 샤베즈를 생각한다. 그녀의 아름다움과 커다란 궁둥이와 인디언 처녀 특유의 얼굴과 수면 위를 미끄러지는 바람결이 담긴 두 눈과 아침 이슬처럼 신선한 그녀의 손을. 그녀만이 내게 아무런 질문도 하지 않았고, 나를 함정에 빠뜨리지 않았다. 아침에 올 때마다 그녀는 침대 머리맡에 놓인 의자에 앉아 내게 손을 내밀고, 나는 그 손 위에 미친 사람을 잠재우는 흰색과 붉은색의 알약이 든 둥근 종이뭉치를 올려놓았다. 그러고 나서 그녀는 내 이마 위에 손을 올려놓고 자신의 힘을 내게 불어넣어주었다. 그리고 어느 날 그녀는 내가 준비되었다는 것을 깨닫고 떠날 수 있도록 문을 열어주었다.

뭔가를 먹거나 그늘이 필요하거나 아니면 아침녘에 내리는 가는비를 피하고자 할 때, 대형 종합상가가 유용하다. 7번가와 앨러미다 거리의 그레이하운드 역으로부터 샌터 모니카까지는 버스로 한 시간, 도보로 반나절 걸린다. 그곳에 도착하면 나만의 영역에 들어왔다는 느낌을 받는다. 나는 사람들 사이로 휩쓸려 들어가 복도를 따라 걷고, 작은 광장과 공터를 가로지르고, 에스컬레이터를 타고 아래로 내려가고, 투명한 승강기를 타고 위로 올라간다. 나는 어디든, 지하층과 주차장에도 간다. 나는 분주하다. 그러나 발길 닿는 대로 가는 것은 아니다. 나는 모든 구석진 곳과 모든 통로를 속속들이 알고 있었다. 전에 자블로 거리의 지붕 위에서처럼. 그러나 이곳은 섬처럼 크고 대륙처럼 넓다.

나는 그곳에서 마주치는 사람들의 이름과 얼굴과 각 진열대의 특징을 훤히 알고 있다. 나는 어디에서든 경비원들의 존재에 주의를 기울였다. 그들도 또한 일찌감치 나를 점찍고 있었다. 아마도 그들은 먼저 감시용 텔레비전 화면을 통해 내 모습을 보고 서로 주의를 주었을 것이다. "수상한 여자가 있다. 흑인 여잔데 붉은색 셔츠에 검은색 베레모를 쓰고, 베레모에는 별인지 달인지 잘 알 수 없는 장신구를 달고 있다. 그 여자를 시야에서 놓치지 말도록!" 나는 미행당했다. 어디를 가든 내 뒤에는 캐나다 숲속의 늑대들이나 코파카바나 해안의 상어들처럼 그림자가 따라다니고 있다. 나는 항상 그들을 달고 다니며, 그들이 어디에 있는지 무엇을 하는지 정확히 알고 있다. 원하기만 하면 그들을 따돌릴 수 있다. 그러나 그들이 그곳에 있고 서로 교대하고 눈으로 나를 감시한다는 사실을 알고 움직이는 편이 더 재밌다. 때로는 숨는 척하고서 오랫동안 캐시미어 제품의 옷들을 고르고, 그것들을 내 붉은색 셔츠 위에 걸쳐보기도 하고, 살까 말까 망설이는 모습을 보이기도 하고, 천의 감촉을 느껴보기도 하고, 먹이를 노리는 암탉처럼 고개를 갸우뚱거리며 상표를 살펴보기도 한다. 그러다가 그것들을 버려두고 성큼성큼 걸어서 그곳을 떠난다. 한번은 잡힌 적도 있었다. 나는 작은 방에서 한 뚱뚱하고 거칠기 짝이 없는 여자에게 몸수색을 당했다. 그녀는 자기가 누구를 상대하고 있는지 모르고 있었다. 그녀는 내 머리 뒤에도 눈이 있다는 것을 모르고 있었다. 두번째 귀가 들리지 않게 된 이후로, 나는 몇 킬로미터 떨어진 것도 모두 보고, 매장 반대쪽 끝에서 바짓가랑이를 부비는 경비원의 움직임도 느낄 수 있었다. 나는 물건을 훔쳐 그들에게 마침내 나를 붙잡았다는 즐거움을 주고 싶은 생각은 추호도 없었다.

옷을 입어보는 것, 그것이 내가 원하는 전부이다. 내게는 그것이 다른 사람이 되어보는 것이자, 동시에 나 자신이 되어보는 방법이었다. 검은 가죽이나 인조견사 제품의 짧은 치마, 몸에 꼭 붙는 흰색 신축가공 제품의 드레스, 긴 바지, 짧은 바지, 자루처럼 불룩한 진. 그 외에도 짧은 상의, 비단 셔츠, T. 힐피거와 노티카 상표가 붙은 스웨터, 갭, R. 로렌, C. 클라인, 리 상표가 붙은 폴로 티셔츠, L. 애실리 상표의 흰색 셔츠. 또한 나는 남성복 매장으로 가서 정장과 땀복과 오시코시 작업바지, 맨즈 스토어 앳 시어즈의 코트를 입어본다. 그러고는 내 검은 진바지와 진홍빛 셔츠와 베레모를 쓰고 그곳을 나와버린다. 내가 원하는 것은 거울에 비치는 내 모습이다. 그것이 나를 두렵게 하기도 하고 매혹시키기도 한다. 그것은 나이기도 하고 내가 아니기도 하다. 나는 제자리에서 돌면서 옷감의 선명한 색깔과 반짝거림을 바라본다. 나의 눈은 더이상 나의 눈이 아니다. 나의 눈은 길쭉하고 활처럼 구부러진 것이 그림 속 모습과 흡사하며, 나다의 눈처럼 나뭇잎 모양이고 시몬의 눈처럼 불꽃 모양이다. 내게는 이미 늙은 타가디르의 눈가에서 보던 것과 같은 잔주름들이 잡혀 있다. 또한 내게는 후리야가 지하에서 아기를 낳았을 때 눈가에 그려졌던 거무스름한 무리도 나타나 있다.

나는 내 몸과 이야기하고 싶다. 나는 공주가 발코니로 나가듯이 복도를 따라 거울 쪽으로 걸어간다. 걷고 돌고 허리를 흔들면서, 사람들의 시선이, 보이지 않는 사진기의 렌즈가 내게로 향하는 것을 느낀다. 때때로 여점원들이 멈춰 서서 나를 바라본다. 아이들이나 십대들이 그러기도 한다. 한번은 한 소녀가 작은 수첩을 들고 와서 할리우드의 여배우라도 되는 줄 알았는지 거기에 내 이름을 써달라고 했다. 나는 나다 마포라고 썼다. 그녀는 열네 살이었는데, 새끼 고양이처럼 예쁜 얼굴, 아몬드 모양의 커다란 갈색 눈, 틀어올린 머리에 헐렁하고 무릎 부분이 해진 청바지를 입고 있었다. 나는 그녀에게 그 수첩의 한 장을 찢어내어 그녀의 이름을 써달라고 했다. 그녀의 이름은 애너였다.

식사는 값싼 샌드위치로 때우는 것이 대부분이다. 때로는 윌셔, 핼리팩스, 라 시네가의 식당으로 간다. 그러고는 디저트가 나오기 전에 살짝 빠져나온다. 내게 음식을 사는 남자들이 있다. 그들이 종합상가로 나를 따라오면, 나는 그들을 카페테리아로 데려간다. 그들이 내 탁자에 앉으면, 나는 미소를 지어 보인다. 그것으로 식사를 하고도 돈을 내지 않아도 되는 것이다. 그들은 내가 귀머거리라는 것을 알고 나면 겁을 먹는다. 갑자기 쌀쌀해지기도 한다. 나는 먹고 마시고 나서 그들이 눈치채지 못하게 거리로 나온다. 그러고는 사람들 사이를 헤치고 나만이 알고 있는 방향으로 달려간다. 한번은 호락호락 물러서지 않는 남자에게 걸렸다. 그는 자동차를 타고 그 근방을 몇 차례나 돌아 마침내 나를 찾아냈다. 키가 크고 잘생기고 옷도 잘 차려입은 사내지만, 개 같은 놈이었다. 그는 내게 달려와 주먹으로 쳤다. 나는 바닥에 나가떨어졌고, 색안경과 가방도 내동댕이쳐졌다. 아무도 나를 일으켜 주려 하지 않았다. 사람들은 이렇게 생각하고 있었을 것이다. "잘했어. 저런 년은 혼이 나야 해!"

나는 밤이 오기 전에 7번가로 가는 버스를 탄다. 나는 돈을 내지 않고 운전사 앞을 지나친다. 때때로 그들은 아무 말도 하지 않는다. 그들이 화를 내는 경우에, 나는 듣지 못한다는 시늉을 하며 동전을 내민다. 간이 숙박시설은 앨러미다 근처의 벽돌로 지어진 커다란 건물이다. 그곳에는 항상 사람들이 줄을 서서 기다리고 있는데, 주로 피부가 검고 머리카락이 까만 사람들이다. 여섯시에 커피와 샌드위치가 배급된다. 여자들 숙소는 건물 뒤편의, 노란 풀이 자라고 실유카나무들에 둘러싸인 네모진 공터 한가운데에 있다. 침대에 누우면 보랏빛 하늘을 배경으로 실유카 나뭇잎들이 보인다. 시멘트로 지어 회색 페인트를 칠한 샤워실에서 여자들이 집단으로 몸을 씻는다. 그곳에서는 아무도 다른 사람을 보지 않는다. 그러나 나는 그들의 지친 등과 가슴, 노랗고 잿빛이고 초콜릿빛인 그들의 살갗, 보랏빛 흉터가 난 아랫배와 정맥이 튀어나온 다리들을 곁눈질한다. 그런 행동을 통하여 나는, 아무런 생각도 하지 않으며, 오직 눈만으로 존재한다. 그러다가 나는 낮에 개 같은 놈에게 얻어맞은 입술이 따끔거리는 것을 느끼며 뜨거운 물 속으로 들어간다.

나는 잠을 자지 않는다. 아니, 나는 눈을 뜨고 잠을 잔다.

나를 구원한 것은 음악이다.

나는 베벌리에서 검은색의 멋진 피아노를 보았다. 그 앞을 지나칠 때마다 그 피아노에서 눈길을 뗄 수 없었다. 그러던 어느 날 오후에 보니 사람들이 많지 않았고, 피아노를 지키는 사람이 바뀌어 있었다. 아주 젊은 남자였는데, 금발에 안경을 쓰고 턱이 갸름한 모습이 장 빌 랑과 비슷했다. 그는 의자에 앉아 책을 읽고 있었다.

나는 피아노로 다가가 검은색 나무로 된 몸체와 상앗빛 건반을 만져보았다. 관리인을 바라보았다. 그는 나를 전혀 의식하지 않고 계속 책을 읽고 있었다. 나는 생각했다. 이 사람도 나처럼 귀가 먼 것이 아닐까?

나는 의자에 앉아 피아노를 치기 시작했다. 처음에는 모두 잊어버린 모양인지 손가락이 자꾸 건반에 부딪혔다. 나는 머릿속에서 음들을 되살리려고 입 안에서 콧노래를 웅얼거렸다. 나는 전에 시몬이 나를 가르칠 때 그랬던 것처럼, 음을 포착하기 위해 머리를 옆으로 뉘어서 앞으로 기울였다. 그러자 갑자기 예전의 감각이 살아나기 시작했다. 손가락이 건반 위로 미끄러졌고, 화음과 가락을 되찾을 수 있었으며, 몇몇 곡의 부분들을 재구성하는 것도 가능했다. 나는 빌리와 지미 헨드릭스를 연주했다. 기억이 돌아오기도 하고 끊기기도 했다. 나는 생각나는 모든 것을 어떤 순서에도 따르지 않고 도중에 멈추지도 않으면서 연주해나갔다. 그리고 시카고에서, 뷔트 오 카유에서처럼 즉

홍적으로 연주를 했다. 뒤로 돌아갔다가 다시 시작했다. 방향을 잃어버릴 듯하면 음들이 저절로 내게서, 내 입술과 손과 아랫배에서 솟아나왔다. 내 눈에는 아무것도 보이지 않았다. 나는 피아노 안에 들어 있었다. 입술은 벌어졌고, 배와 목과 다리에서 울림이 느껴졌으며, 마치 바깥에서 햇빛을 받으며 걷고 있는 것 같은, 달리고 있는 것 같은 기분이 들었다.

이제 나는 음악을 귀가 아니라 내 온몸으로 듣고 있었으며, 전율이 나를 감싸고, 살갗을 자극하고, 신경과 뼈까지 아프도록 파고드는 것을 느끼고 있었다. 들을 수 없는 음들이 내 손가락 속으로 거슬러올라가, 나의 피와 나의 숨결, 그리고 얼굴과 등에서 흘러내리는 땀과 한데 섞였다.

젊은 남자가 내게로 다가왔다. 약간 뒤쪽에서 가만히 서 있었기 때문에 나는 그의 얼굴을 볼 수 없었다. 그러나 나는 홀 안의 많은 사람들이 걸음을 멈추고 상점의 입구 쪽에 서 있는 것을 보았다. 바닥에 앉아 있는 아이들, 서로 껴안고 있는 연인들, 소다수를 든 땀복 차림의 노인들도 있었다. 그때 나는 내게 사인을 부탁했던 소녀, 애너를 보았다. 그녀는 상점 안으로 들어와 피아노가 놓인 단 아래의 계단에 앉아 있었다. 마치 내가 니스의 콩코르드 호텔에서 새라의 음악을 처음 듣던 날 그랬던 것처럼.

그들을 위해, 그녀를 위해 나는 연주했다. 그리고 마침내 나의 음악을, 레오뮈르 세바스토폴, 톨비아크, 오스테를리츠 역에서 듣던 북 소리의 막막한 울림을 되찾았다. 아프리카 해안으로의 귀향을 노래하던 시몬의 목소리, 시카고 로빈슨 가에서 울려퍼지던 경찰차의 경적소리, 알시도르를 내리치던 곤봉의 타음도 되살아났다. 이제 나는 나 혼자만을 위하여 연주하는 것이 아님을 분명히 깨달았다. 나의 연주는 나와 함께 있던 모든 사람들, 지하 거주자들, 자블로 거리의 차고에서 살던 사람들, 나와 함께 배를 탔고 발 드 아랑 도로를 자동차로 달렸던 이주자들, 더 멀리로는 강어귀에서 배를 기다리며 조만간 무엇인가가 자기들의 삶을 바꿔주리라고 믿는 것처럼 하염없이 수평선을 바라보던 수이카와 타브리케트 천막촌의 주민들, 그 모든 이들을 위한 것이었다. 그 모두를 위하여. 갑자기 나는 열병이 앗아간 내 아기를 생각했다. 그래, 그 아기를 위하여, 나의 음악이 지금 그 아기가 있는 비밀스런 장소로 찾아가 다시 만날 수 있도록 하기 위하여 지금 나는 피아노를 치고 있는 것이었다. 나는 음악에 사로잡혔으며, 따사로운 햇살과 바다의 느린 물결소리를 듣는 맹인처럼 내 얼굴의 살갗 위로 줄달음질치는 음악의 감촉을 느꼈다. 실로 오랜만에, 에브리 쿠르쿠론에서 얌바 엘 하즈 마포바가 자신의 침대에 누워 싸늘하게 식어버린 후로 처음으로 가져보는 느낌이었다.

그런 식으로 세상이 끝날 때까지 연주할 수 있을 것 같았다. 그러나 그때 경비원들의 손이 나를 잡아 천천히 일으켜 세우는 것을 느꼈다. 나는 여전히 손가락을 건반 쪽으로 내뻗고 있었지만, 이내 모든 것이 사라지고 침묵만이 남았다. 아주 천천히, 흡사 행진하듯이, 경비원들은 나를 데리고 홀을 가로질러갔다. 양쪽으로 늘어선 사람들이 무언의 환호를 보내고 있었다. 어린 애너는 한동안 내 곁에 서서 걸었다. 그녀는 내게 환호를 보내지 않았고, 입을 굳게 다물고 있었지만, 새끼 고양이 같은 얼굴을 비스듬히 옆으로 돌린 채 내 쪽을 향해 손을 쳐들고 있었다. 짧은 순간 나는 그녀의 길쭉한 눈이 반짝거리는 것을 보았다. 그녀는 울고 있었던 것이다. 경비원들은 나를 흰색 소형 트럭에 태웠다. 트럭의 뒷자리에는 전에 도서관에서 만났던 프랑스어 선생 루시디 씨와 꼭 닮은 한 나이든 남자가 타고 있었다. 그는 나를 알고 있는 것처럼 내 몸을 꼭 껴안았다. 너무 피곤해서 아무래도 상관없었다. 나는 그의 어깨에 머리를 기댔다. 그러고는 곧 잠이 든 것 같다.

이제 나는 그늘 속에 들어와 있다. 사면이 막힌 작고 깨끗한 방 안에 앉아 있는 것이다. 방이 북쪽을 향해 있어 햇빛이 완전히 차단되어 있다. 창문은 없고 벽 맨 위에 창살 달린 환기구가 하나 있을 뿐이어서 하늘만이 보이는데, 하늘은 지금 푸른색이다. 침대 주위에는 플라스틱 의자와 머리맡 탁자가 하나씩 놓여 있다. 대야는 그 탁자 밑에 넣어두는데, 탁자의 서랍 속에는 내가 샌버너디노에 도착했을 때 들고 있던 검은색 가방이 들어 있다. 가방 속에는 내 소지품, 색안경과 힐랄의 귀고리 중에 남은 한 짝을 꽂아놓은 베레모 같은 것들이 들어 있다.

아침마다 선생은 잠깐씩 나를 방문했다. 그가 정말로 선생인지 아닌지 알지 못했지만, 박물관 옆 도서관의 친절했던 루시디 씨를 떠올리며 나는 그를 그렇게 불렀다. 나는 영어와 프랑스어와 에스파냐어를 적당히 버무려 말함으로써 그를 즐겁게 한다. 그는 내가 듣지 못한다는 것을 알고 말을 하지 않는다. 그 대신 서류철에서 단 한 번의 손길로 커다란 종잇장들을 척척 꺼내어 그 위에 뭔가를 써넣는 식으로 내게 질문한다. 그는 힘차고 큼직큼직한 글자들로 이렇게 쓴다. 지금 기분은? 좋아하는 단 음식은? 그러나 그는 무엇보다도 내가 어디 출신인지, 어떤 연유로 이곳에 오게 되었는지, 내 가족은 누구이며 나를 태어나게 한 남자의 이름은 무엇인지에 대해 알고 싶어한다.

그가 내 가족에 대해 질문을 할 때, 나는 다음과 같이 쓴다. 나다, 새라, 마그다, 말리카. 그러면 그는 수수께끼라도 풀려는 듯이 그 이름들을 꼼꼼히 읽는다. 그는 내가 멕시코인이나 아이티인, 혹은 기아나인일지도 모른다고 생각한다.

오늘 처음으로 샤베즈가 왔다. 나는 그녀가 어떻게 내가 있는 곳을 알았는지 모른다. 아마도 내가 진술한 내용이 병원에서 작성한 카드와 일치했거나, 아니면 그녀가 우연히 지방 신문에 내 사진과 함께 실린 기사를 읽은 것인지도 모른다. 그 기사의 제목은 이러했을 것이다.

이 여인을 아십니까?

그녀는 간호원 복장 대신에, 품이 큰 바지와 임신부가 입는 것 같은 꽃무늬 블라우스를 입고 있었다. 아마도 나와 비슷한 차림을 하고자 했던 것으로 생각된다. 우리는 오랜 친구처럼 포옹을 하고 나서, 그녀는 의자에 앉고 나는 침대에 걸터앉았다. 우리는 이야기를 나눴고 많이 웃었다. 그녀는 내게 정원으로 나가자고 했다. 이곳은 샌버너디노가 아니다. 베벌리의 마운트 자이언이다. 도처에 종려나무와 잎이 무성한 나무들과 푸른 풀이 있다. 요컨대 돈을 많이 들인 곳이다. 담도 없고 경비원도 없다. 나는 곧장 걸어나가 어디로든 떠날 수 있다. 어쩌면 내가 이곳에 머무르는 것도 그 때문일 것이다.

매일 아침 샤베즈는 선생과 함께 나를 찾아왔다. 그녀는 병원에서 자리를 비우기 위해 휴가를 신청해야 했을 것이다. 아니면 지금은 나를 만나는 것이 그녀가 새로 맡은 일인지도 모른다. 우리는 선생의 차에 함께 타고 기분 내키는 대로 거리를 달린다. 그 와중에도 그는 서류철에 든 질문들을 계속하여 늘어놓는다. 그는 내가 누구인지, 그 동안 뭘 하며 살아왔는지, 어디에서 피아노 치는 법을 배웠는지 알고 싶어한다. 우리는 종합상가로 가서 피아노가 있는 곳으로 가보았다. 그러나 이제 아무런 감흥도 느낄 수 없었다. 관리인이 바뀌었는지, 내 마음에 들었던 그 젊은 남자는 보이지 않았다. 그리고 그때의 그 피아노는 악마의 기계처럼 그 거대한 몸체로 저 혼자 상점 한가운데를 차지하고 있었다. 나는 패션 잡지를 사기 위해 그들을 데리고 책방으로 갔다. 아무 책이나 집어들고 뒤적거리던 중에 나는 한 철학서의 표지에서 선생의 사진을 발견했다. 그 책의 제목은 『히프노스와 타나토스』였던가, 여하튼 그 비슷한 것이었다. 제목 아래에는 에드워드 클라인이라는 이름이 쓰여 있었다. 나는 그의 이름을 알게 되어 기뻤고, 약간 멋쩍어하긴 했지만 그 역시 흡족한 표정으로 나를 바라보았다. 그는 내게 보일 듯 말 듯한 미소를 지어 보였는데, 그 미소는 내게 이렇게 말하는 것 같았다. "맞아요, 그게 바로 나예요." 그는 내게 그 책을 선물했다. "친애하는 미지의 여인에게!"라는 헌사와 함께.

어느 날 오후에, 자이언에 있는 내 방의 문이 열리더니 한 남자가 들어섰다. 나는 그가 르로이 씨임을 한눈에 알아보았다.
그러나 나는 놀라지 않았다. 이미 나는 모든 것이 어이없을 정도로

당연한 동시에 더할 나위 없이 부조리하다는 사실을 충분히 깨달았기 때문이었다.

모든 일이 설명이 가능하듯이 이번 경우에는 나다 샤베즈에게 그 열쇠가 있었다. 내가 그녀에게 준 『자기 땅에서 유배당한 자들』의 책갈피에 지난 날 작성한 계약서가 끼워져 있었는데, 그 사실을 까맣게 잊고 있었던 것이다. 그녀가 시카고로 전화를 했고, 르로이 씨는 다음 비행기로 이곳에 도착했다. 그는 내게 니스에서 열리는 재즈 페스티벌의 초대장을 주었다. 그곳에 가면 모든 것을 볼 수 있을 것이다. 귀머거리가 피아노를 연주하는 것도. 진지하긴 하지만 단순하기 짝이 없는 열정으로, 샤베즈는 장 빌랑의 전화번호도 수소문했다. 분명히 이번 일은 그와 앤절리나 사이에 문제를 일으킬 것이다. 그가 내일 도착하기로 되어 있기 때문이다. 이제 그는 리투아니아 출신의 여의사를 포기해야 할지도 모른다. 내가 누구에게든 아무것도 요구하지 않았다는 사실에 대해서는 신이 증인이 되어줄 것이다.

18

　나는 다른 이름, 다른 얼굴을 가지고 돌아왔다.
　오래전부터 나는 이 순간을 기다려왔다. 이제 나는 내가 받았던 것을 되돌려줄 것이다. 어쩌면 나는 스스로 깨닫지 못하면서도 언젠가는 이런 순간이 오도록 하기 위해 그 모든 노력을 기울여왔던 것인지도 모른다. 시몬은 이렇게 될 줄 미리 알고 있었던 것처럼 우연이란 없다고 입버릇처럼 말하곤 했던 것이다.
　니스에 도착했을 때, 페스티벌 주최측은 나를 바닷가의 그 호텔, 청동으로 만들어진 여인이 자신을 짓누르려 드는 벽들 사이로 빠져나가려 여전히 애를 쓰고 있는 그 호텔에 묵게 해주었다. 바 안쪽의 단 위에는 전처럼 피아노가 한 대 놓여 있었다. 아마도 어딘가에서 빌리 할러데이의 노래를 부르는 목소리도 떠돌고 있을 것이었다. 밤이 오면 나는 그 단 위에서 노래를 불렀다. 그리고 낮이면 매일 후끈한 열기를 온몸에 받으며 무겁게 내리누르는 잿빛 하늘을 머리에 이고서, 무엇인가를 찾으려는 사람처럼 니스의 거리를 돌아다녔다. 자갈 깔린 넓은 해변은 사람들로 덮여 있었고, 거리는 자동차들로 메워져 있었다. 나는 도처에서 지친 사람들, 빈둥거리는 사람들과 마주쳤다.

어딜 가든 주아니코와 함께 걷던 기억이 생생했다. 나는 버스를 타고 말라붙은 강줄기를 따라 고가 고속도로를 받치는 기둥들이 있는 곳까지 가서 구제소의 야영지로 통하는 입구를 찾았다. 이제 나는 정말로 다른 사람이 되어버린 모양이었다. 야영지 안으로 막 들어섰을 때, 철조망 사이로 한 남자가 소형 트럭을 타고 나타나 내 앞을 가로막았던 것이다. 눈빛이 험상궂고 사나웠다. 내가 라몽 위르쉬라는 이름을 대자, 그는 코웃음을 쳤다. 그러고는 다른 사람들을 향해 뭐라고 소리쳤는데, 거의 알아들을 수 없었고 분명하지 않게나마 이름만 겨우 건질 수 있었다. "루수! 루수!" 그러자 다른 남자가 왔다. 키가 컸고 비록 누더기를 걸치고 있었지만 세련되어 보였으며 짧은 콧수염을 기르고 있었다. 그의 몸짓을 통해 나는 그곳에 아무도 없고, 모두가 떠나버렸음을 알 수 있었다. 그는 나를 야영지의 입구까지 바래다주었다.

나는 장에게 전화를 걸어 지금 곧 와달라고 하려 했다. 우리가 낳을 아기에 대해 이야기하고 싶었기 때문이었다. 돌아온 후로 줄곧 그 생각을 하고 있었다. 그러나 서로 어긋나 응답기에 대고 말할 수밖에 없었다. 나는 뭐라고 해야 좋을 지 몰라 다시 전화를 걸겠노라고만 했다. 속이 메스꺼웠고 옆구리에서 통증이 느껴졌다. 나는 후리야가 아기를 밴 몸으로 산을 오르던 일을 기억했다. 내 뱃속은 텅 비어 있는데도 왜 내게는 그런 용기가 없는 것일까? 갑자기 음악이 내 목을 조여왔다. 이제 나는 오직 침묵을, 태양과 침묵을 원하고 있었다.

나는 페스티벌의 주최측에 모든 일정을 취소한다는 메시지를 남겼다. 그러고는 오후에 호텔을 나와 야간 열차를 타고 세르베로, 마드리드로, 알제시라스로 갔다. 휴가철이라 어디나 관광객들로 넘치고 있었다. 호텔은 모두 만원이었다. 알제시라스에서는 주차된 차량들과 트레일러들로 가득 찬 먼지 쌓인 주차장에서 이틀을 보냈다. 나는 이불로 몸을 둘둘 말고 바닥에 누워 잠을 잤다. 한 모로코인 가족이 물과 환타와 빵을 나눠주었다. 아이들은 서 있는 차들 사이에서 뛰놀며 카세트 리코더에서 나오는 음악에 맞춰 춤을 추었다. 때때로 자동소총으로 무장한 보초들이 철조망으로 둘러쳐진 울타리 저편에서 왔다갔다하는 모습을 볼 수 있었다. 태양이 백색 하늘 한복판에서 작열했다. 그러나 밤은 쾌적하고 서늘했다. 우리는 몸짓으로 대화도 하고 재미있는 이야기도 했으며, 달력을 펴놓고 시간과 날짜를 헤아리기도 했다. 아이들은 내가 귀머거리라고 놀려댔지만, 금방 그것에 익숙해졌다. 그들이 나를 놀린 것은 하나의 놀이였고, 그 이상은 아무것도 아니었다.

사흘째 되는 날 저녁에 우리는 카페리에 올랐다. 나 자신도 왜 배를 탔는지 잘 알 수 없었다. 아무 생각 없이 사람들이 움직이는 대로 따랐을 뿐이었다. 나는 아무것도 기억하려 하지 않았고, 향수에 젖어 몸을 떨지도 않았다. 고향으로 돌아가는 일도 염두에 없었다. 하기야 내게는 고향이 없었다. 엘 하즈 할아버지가 말한 두 강에 대해서도 마찬

가지였다. 지금 나의 강은 캐나다의 찬바람 아래 펼쳐져 있는 거대한 푸른 호수였다. 그리고 또한 내 아랫배 한가운데에 그어진 줄이 강이 되어 내가 모르는 어떤 장소를 향해 나를 이끌어가고 있었다.

나는 버스를 타고 남쪽으로 여행했다. 내 곁에는 짧은 바지를 입은 독일인들, 모자를 쓴 프랑스인들, 점퍼를 입은 미국인들이 있었다. 나는 그들과 함께 한동안 길을 달렸다. 그러다가 그들은 다른 방향으로 떠났다. 나는 마라케시에서 버스를 갈아타고 산으로 올라갔고, 그들은 아가디르, 에사우이라, 탄탄 해변이 있는 바다 쪽으로 출발한 것이다.

티진 티치카에서 운전사가 차를 마시는 동안에 나는 한 슐루 족 남자에게서 장에게 선물할 커다란 암몬조개 화석을 샀다. 가방에 넣고 다니기에는 너무 무거워서, 슐루 족 남자는 라피아 섬유로 만든 낡은 가방으로 배낭을 만들어주었다. 키가 크고 건장한 남자였는데, 아메리칸 인디언 같은 붉은색 피부에 거친 모직으로 만든 커다란 망토를 걸치고 있었다. 그는 내게 그의 형이 미국에서, 워싱턴 주에 있는 한 숲속 마을에서 보내온 엽서를 보여주었다.

그렇게 하여 나는 품 즈귀드에 도착했다. 남쪽으로는 길이 타타로 통하고, 북쪽으로는 자고라로 통했다. 곧장 앞으로는 트럭이 지나가며 파놓은 자국과 염소나 낙타가 다니는 오솔길이 있을 뿐이었다. 주위를 둘러보니 거칠고 황폐한 토양, 메마른 우물, 진흙으로 만든 오두막집, 말벌집처럼 생긴 돌들이 눈에 들어왔다.

드디어 나는 목적지에 이르렀다. 더 멀리로는 갈 수 없었다. 나는 바닷가에, 모래톱이 끝없이 펼쳐져 있는 강변에 서 있는 기분이었다.

나는 마을에서 얻은 방에 가방과 암몬조개 화석을 놓아두었다.

나는 호텔에서 안내인을 고용했다. 처음으로 나는 오래전부터 입속에 넣고 다니던 질문을 그에게 하고 싶었다. "십오 년 전에 여기서 아이를 유괴당하지 않았나요?" 그러나 나는 아무 말도 하지 않았다. 질문한다 해도 대답을 들을 수 없을 것임을 알고 있었기 때문이었다. 이곳에 돌아온 후로 내 귀는 많이 나아졌다. 그러나 목소리와 말을 듣는다고 해서 충분히 이해도 하는 것이라고 누가 보장한단 말인가?

이곳 사람들, 내가 만나는 사람들, 내가 알지 못하는 마을의 사람들, 그들은 이 땅에 속해 있지만, 나는 지금까지 그 어디에도 속하지 못했다. 그들은 전쟁을 벌이고, 개중에는 자기들에게 속하지 않는 땅을 취하려 하고, 자기들 소유가 아닌 우물을 파려 한다.

이곳 사람들, 아사카, 나킬라, 알루굼, 울레드 아이사, 울레드 힐랄의 사람들, 그들이 대체 무엇을 할 수 있을까? 그들은 서로 싸워 부상을 입고 사상자도 생긴다. 여인네들은 운다. 아이들은 사라진다. 그것이 현실이다. 그러니 우리가 대체 무엇을 할 수 있을까?

이곳이다. 이제 나는 확신한다. 하늘의 정점에서 쏟아져내리는 햇살에 세상이 온통 하얗게 보이고, 거리는 텅 비어 있다. 햇살에 눈이 부셔 눈물이 고인다. 뜨거운 바람이 벽을 타고 먼지를 날린다. 바람과 햇살을 견뎌내기 위해 나는 네모난 커다란 푸른 천을 사서 이곳 여인들처럼 온몸을 감싸고 틈을 만들어 눈만 내놓았다. 내 배에서는 벌써 내가 낳게 될, 그리고 자라게 될 아기의 미약한 움직임이 감지되는 것 같다. 내가 이곳까지, 세상의 끝인 이곳까지 온 것은 그 아기를 위한 것이기도 하다.

안내인은 뒤로 처져서 내가 황량한 거리를 따라 이리저리 돌아다니는 것을 눈으로 뒤쫓는다. 그는 담이 드리우는 그늘 밑으로 들어가 돌 위에 앉아서, 영국산 담배를 피우며 멀리서 내 거동을 살핀다. 그는 울레드 힐랄 족도, 아이사 족도, 그렇다고 침략을 일삼는 크리우이가 족도 아니다. 그는 키가 너무 커서 자고나라 마라케시, 혹은 카사 마을에서 온 사람임이 분명히 드러난다.

저 멀리, 길이 끝나는 곳, 마지막 오두막집 앞에, 사막이 시작되는 그곳에 검은 옷을 입은 한 노파가 텅 빈 마당으로 통하는 문을 등지고 등받이 없는 걸상에 앉아 있다. 천으로 가리지 않은 그녀의 얼굴은 불에 탄 가죽처럼 까맣고 주름살투성이이다. 그녀는 눈을 내리깔지 않고 자기 쪽으로 다가가는 나를 빤히 바라본다. 그녀의 눈빛은 돌처럼 냉혹하다. 그녀는 장에게 줄 암몬조개 화석만큼이나 오래되고 단단해 보인다. 그녀는 진정한 힐랄 족, 초승달 부족의 여인이다.

나는 그 늙은 여인 옆에 앉았다. 그녀는 여위고 너무 작아 어린아이처럼 키가 내 어깨에도 채 미치지 않는다. 거리는 여전히 텅 비어 있고, 사막의 태양에 노출된 채 더욱 메말라가고 있다. 내 입술은 마르고 갈라져 방금 전에 손등으로 문질러보니 피가 묻어났다. 노파는 아무 말도 하지 않는다. 내가 옆에 앉았을 때 그녀는 미동도 하지 않았다. 다만 검은 가죽 같은 얼굴로 나를 바라보고만 있다. 그러나 그녀의 두 눈은 빛나고 윤기가 흐르며 무척 젊다.

더이상 멀리 갈 필요가 없다. 이제 나는 마침내 내 여행의 끝에 다다랐음을 안다. 어느 다른 곳이 아니라 바로 이곳이다. 말라붙은 소금처럼 새하얀 거리, 부동의 벽들, 까마귀 울음소리. 십오 년 전에, 영겁의 시간 전에, 물 때문에 생긴 분쟁, 우물을 놓고 벌인 싸움, 복수를 위하여 힐랄 부족의 적인 크리우이가 부족의 누군가가 나를 유괴해간 곳이 바로 이곳이다. 바닷물에 손을 담그면 물살을 거슬러올라가 어느 강의 물을 만지게 되는 것이다. 이곳에서 사막 먼지에 손을 올려놓으며, 나는 내가 태어난 땅을 만진다. 내 어머니의 손을 만진다.

장은 내일 도착한다. 나는 카사 호텔에서 그의 전보를 받았다. 이제 나는 자유로우며 모든 것을 다시 시작할 수 있다. 이름을 떨친 나의 조상 빌랄처럼, 노예였다가 예언자 마호메트가 속박에서 풀어주고 세상으로 내보낸 그 사람처럼, 드디어 나는 또 하나의 빌랄 족이 되어 부족의 시대에서 벗어나 사랑의 시대로 들어선다.

떠나기 전에 나는 바닷속의 돌처럼 매끄럽고 단단한 노파의 손을 만졌다. 단 한 번만, 살짝, 잊지 않기 위하여.

해설

표류, 혹은 근원에로의 항해

　르 클레지오는 2008년에 노벨문학상을 수상한 작가다. 스웨덴 한림원에서 수상자를 선정하면서 수상대상작을 구체적으로 거론하지 않는 일은 드문데, 르 클레지오의 경우가 그러하다. 이는 그만큼 르 클레지오의 작가로서의 경력이 길고도 화려하거니와, 대표작이라고 할 만한 작품들을 많이 가지고 있다는 것을 의미한다고 할 것이다.
　나는 르 클레지오에게 노벨문학상의 영광을 부여한 작품들로 대략 네 편의 장편소설을 꼽을 수 있다고 생각한다. 시기적으로 볼 때, 그의 초기작인 『조서』와 『홍수』를 먼저 거론하고자 한다. 무엇보다도 이 두 작품은 더할 나위 없이 섬세하면서도 기존의 모든 가치를 위태롭게 하는 혁신적인 감수성을 바탕으로 하여, 의식의 세계와 일상적인 현실을 날과 올로 삼아 인간성에 대한 새롭고도 섬뜩한 진실을 재구성하는 독창적인 정신을 보여주었다고 할 수 있다.

그다음으로 떠오르는 작품이 『황금 물고기』와 비교적 최근작인 『혁명』이다. 『황금 물고기』에 대한 언급은 뒤로 미루고, 『혁명』에 대해 간단히 살펴보자면, 이 소설은 르 클레지오의 작품 세계에서 일종의 종합을 이루었다고 평가될 수 있다. 실제로 『혁명』에서는 시적 서정성, 서사적 자연스러움, 문체 실험, 내면 의식의 발현, 철학적 깊이, 역사적 이데올로기에 대한 반성, 자유와 평등의 가치에 대한 실천적 주장 등등, 그 동안 데뷔작부터 현재에 이르기까지 그의 작품 세계를 관통했던 중요한 주제들이 서로 적절히 어우러지면서 나름의 완성된 우주를 형성하고 있는 것이다. 우리는 그것이 바로 르 클레지오가 자신의 방식으로 마침내 이루어낸 변화이자 '혁명'임을 인정할 수 있으며, 그를 이 시대의 가장 중요한 작가들 중 하나로 꼽는 데 주저함이 없게 하는 요인이라 할 터이다.

르 클레지오의 작품들 중 특히 쉽게 읽을 수 있는 축에 속한다고 할 만한 『황금 물고기』는 라일라라는 한 여인이 겪는 삶의 역정을 감성적이고 생동감 있는 문체로 그려나가고 있다. 아프리카에서 태어난 주인공은 어린 나이에 인신매매범들에게 납치된 뒤에 아랍 지역과 프랑스와 미국을 떠돌다가 마침내 아프리카로 돌아가서 자신의 고향을 되찾게 된다. 따라서 이슬람교도들의 나라, 문명인들의 사회, 집시들의 거주지, 재즈의 도시에 이르기까지 무수한 장소를 전전하는 그녀의 여정은 한마디로 표류라는 말로써 표현될 수 있다. 조금이라도 틈만 보이면 자신에게 덫을 놓으려 드는 세상 앞에서 그녀는 아무런 대비책도 가지지 못한 채 숨고 달아나는 일을 거듭하고 있는 것이다.

그렇듯 그녀는 탁류에 휘말린 한 마리의 연약한 물고기이지만, 그러나 그녀는 태어날 때부터 황금빛을 지니고 있었던 물고기였다. 순진무구한 천진성과 더불어 강한 생명력을 타고난 그녀는 어디에도 얽매이지 않는 자유로운 몸과 마음으로, 심지어 스스로 자신의 삶을 방기하는 듯한 태도를 보이기도 하며 거친 세파를 헤쳐나간다. 그리하여 남들의 시선 밑으로 몸을 낮추어 수많은 올가미 사이를 빠져나가 마침내 자신의 기억 밑바닥에 가라앉아 있는 출발의 장소로 돌아간다. 이때 그녀에게서 그 표류의 과정은 출발점 혹은 원점에로의 여행에 다름 아니게 된다. 표류가 진행되는 동안 삶도 더불어 영위되어나가듯이, 고향에 도착했을 때 비로소 그녀는 자신의 표류가 그곳에 도달하기 위한 항해였음을 깨닫게 되는 것이다. 그 결과, 이제 그녀의 지나온 삶 그 자체는 자기 자신까지 포함하여 표류하는 다른 모든 이들을 향해 그어진 하나의 작은 성호로 우리 사이에 자리잡게 된다.

그런 맥락에서 『황금 물고기』는 르 클레지오의 후기 소설들이 지니고 있는 특징을 새롭게 보여주고 있다고 할 수 있다. 그의 초기 소설들은 물질화되고 기능화된 현대 도시 문명의 공격적인 현실 앞에서 인간의 자리와 삶의 의미에 대한 전면적인 회의를 수행하는 과정을 다루고 있다. 그 속에서 주인공들은 한편으로는 파괴적인 충동과 광기로 빠져들고 다른 한편으로는 자신의 정체에 대한 존재론적 탐색을 시도하면서 현대인이 상실한 예지를 되찾는 쪽으로 나아간다.

그 후 르 클레지오는 파나마 등지에서 인디언들과의 생활을 통과제의처럼 치르고 난 뒤, 기계 문명의 부정적인 그림자를 뒤로하고서 인간의 본원적인 감성과 자연의 매혹이 영원한 침묵 속에 배어 있는 덜 문명화된 땅으로 찾아 들어간다. 그리하여 그의 소설들은 특유의 시적 서정성의 세계를 회복하는 한편, 고통스러운 인식과 저항의 몸짓보다는 통찰과 화해의 모색을 중심 주제로 삼기에 이르며,『황금 물고기』는 바로 그러한 작업의 연장선상에 놓여 있다.

하지만 그렇듯 변모의 궤적이 비교적 선명하게 드러남에도 불구하고, 그의 소설들에는 일관되게 관통하는 흐름이 있으니, 그 점은 주인공들의 성격과 행적에서 발견될 수 있다. 예컨대『조서』와『홍수』로부터 시작하여『사랑의 대지』와『사막』을 거쳐 최근 소설들에 이르기까지 주인공들은 세속적 가치에 대해 무심하고 제도적인 것들을 본능적으로 거부하는 한편, 이를테면 예민한 감성과 일종의 뼈아픈 유머감각을 발휘하면서 삶의 매 순간에 잠재해 있는 아름다움과 진실을 찾아나서는 예술가적 모험을 시도하고 있다. 이번 소설의 주인공인 라일라의 경우도 예외는 아니며, 르 클레지오 소설의 근간은 그러한 중심인물들에게 나름의 독창성과 보편성을 동시에 부여하려는 노력과 맞닿아 있다고 할 수 있다.

그러나 사실을 말하자면, 그 동안 나로서는 그가 꾀하고 있는 변모와 그가 유지하고 있는 일관성이 최선의 것이라고는 생각지 않았다. 어쩌면 나는 그가 언젠가부터 일종의 표류를 하고 있다고 암암리에 생각했던 것인지도 모른다. 나로서는 그가 어느 순간 자신을 길러준 서구 문명 속에 더이상 머물러 있을 근거를 잃어버린 채 문명과 자연의 이항 대립을 화두로 품고서 낯선 땅을 배회하느라고 오히려 초기 소설들이 보여주었던 치열함과 치밀함을 스스로 조금은 희석시키고 있는 것은 아닌가 하는 일말의 의구심을 지니고 있었던 것이다.

그런 의미에서, 우리는 이 소설을 다소 비판적인 시각에서 바라볼 수도 있다. 유럽 태생의 소설가로서 르 클레지오가 이미 오래전에 고향을 떠나 지금도 남아메리카와 아프리카 등지에서 살아가면서, 그곳에서 보고 겪은 일들을, 달리 말하면 서구인의 시각으로 볼 때는 적잖이 놀랍고 흥미로운 사건들을 그다지 큰 야심 없이, 이야기 형식으로 그때 그때 담담히 기술해나가는 듯한 인상이 드는 것이다.

실제로 이제 말기로 분류될 수 있는 그의 작품들은 대부분 비슷한 배경에서 비슷한 주인공들을 통해 유사한 주제를 되풀이하여 풀어나가고 있다고 해도 과언이 아니다. 그러다보니 반복적인 스타일에 거의 클리셰에 가까운 표현들과 접하는 일도 일어난다. 더욱이 문명과 자연, 혹은 서구와 제3세계를 바라보는 시각에서도 큰 변화가 없는데, 처음에는 의식적이고 의욕적으로 설정한 두 개의 대립항이 지금까지도 내내 거리를 유지하면서, 이를테면 소재주의적 차원에서 이야기의 진행에 관여하는 정도에 멈추고 있다고도 할 수 있는 것이다.

그렇게 볼 때, 우리는 르 클레지오 특유의 서정성에 대해 그 의미를 재고해야 할 필요성을 느끼지 않을 수 없다. 실제로 그는 정치적으로 민감한 사안이기도 한 낙후된 제3세계의 삶의 조건에 대해 이야기하면서, 작가의 이념적 개입을 가능한 한 제어한 상태에서 근원적인 서정성의 세계로 들어간다. 그러나 안타깝게도 때로 서정성이란 실체의 속성을 정확히 반영하는 데 부족함이 있는 터라, 감상적이거나 허무적인 색채를 띨 수밖에 없으며, 독자들로 하여금 현실에 대한 냉철한 판단이 유보된 감각의 바다에 몸을 담그게 할 우려가 있는 것이다. 앞서 내가 그의 소설에서 서구인 취향의 소재주의적 특징을 경계했던 것도 이러한 이유에서이다.

그러나 이 소설을 다시 읽는 동안 내 속에서는 생각의 변화가 일어났다. 그의 거의 모든 소설이 그러하듯이, 나는 이 소설에서도 르 클레지오 특유의 감성적 깊이를 다시 발견했다. 제3세계 하층민들의 삶을 다루는 과정에서 이념성은 아니더라도 현장성이 생생하고 직접적으로 전달되어, 작가의 따뜻하면서도 정확한 시선을 감지할 수 있었다. 실제로 이 소설에서는 매 순간 삶의 뉘앙스라는 아주 가는 물줄기들이 한데 모여 슬프고도 기쁜 감성의 운명적 흐름을 이루기도 하고, 개인과 세상이 부딪칠 때 때로 섬뜩한 진실과 더불어 무의식의 세계가 실체를 드러내기도 한다. 뿐만 아니라, 인간의 문명과 종교와 관습에 대한 접근을 상징적이고 우화적인 시공간상의 차원에서 풀어나가는 한편, 그것을 이야기로 전개해나가는 새로운 방식에 대한 모색도 시도되고 있다. 이러한 특징들로 인해, 나는 르 클레지오의 서정성이란 자아와 세상 사이의 경계를 허물어 상호 이해와 조화를 도모하는 감응의 힘이라는 사실을 다시 확인할 수 있었으며, 나아가 그의 다음 작품에 대한 기대감을 간직할 수 있었다.

그런가 하면 나는 이 소설이 그 자체로 작가 자신의 정신적 편력의 과정을 함축하고 있다는 생각도 가질 수 있었다. 라일라의 표류가 조금씩 항해로서의 의미를 키워나가면서 새로운 출발을 위한 원점에로의 회귀를 도모할 수 있기에 이르듯이, 르 클레지오 자신도 다분히 의식적인 표류와 방황을 통해 궁극적으로 모든 억압으로부터 자유롭고 진정한 가치를 향해 자연스럽게 나아갈 수 있는 글쓰기의 근원적인 상태에 도달하려 하고 있는 것으로 파악할 수 있는 것이다. 그렇게 보자면 우리는 앞으로도 르 클레지오의 문학이 매 순간 다시금 새로워져서, 장차 그가 꿈꾸는 황금 물고기로서의 면모를 좀더 분명히 보여줄 것이라고 기대해도 좋을 것이다.

최수철

르 클레지오 연보

1940년	4월 13일, 프랑스 니스에서 태어남.
1948년	가족과 함께 아프리카 나이지리아로 이주.
1950년	프랑스 니스로 귀향.
1958~1959년	영국 브리스틀 대학에서 유학.
1960년	런던 옥스퍼드 대학에서 문헌학과 문법학 수학.
1961년	프랑스 니스 대학에서 수학.
1963년	첫 소설 『조서 Le Procès-verbal』로 공쿠르상 후보에 오르고 르노도상을 수상.
1964년	앙리 미쇼 연구로 엑상프로방스 대학에서 석사학위 취득.
1965년	소설집 『열병 La Fièvre』 출간.
1966년	소설 『홍수 Le Déluge』 출간. 군복무 대신 태국 방콕에서 파견 교사로 복무. 그러나 미성년자 매춘을 고발했다는 이유로 추방당해 멕시코에서 복무를 마치게 됨.
1967년	멕시코 체류. 소설 『사랑의 대지 Terra amata』, 에세이집 『물질적 법열 L'Extase matérielle』 출간.
1969년	『도피의 서 Le Livre des fuites』 출간.
1970년	『전쟁 La Guerre』 출간. 1974년까지 파나마 체류.
1971년	에세이집 『아야 Haï』 출간.
1972년	발레리 라르보 상 수상.
1973년	『거인들 Les Géants』 출간.
1975년	『저편으로의 여행 Voyages de l'autre côté』 출간.
1978년	『몽도와 그 밖의 이야기들 Mondo et autres histoires』, 에세

	이집 『지상의 낯선 자 L'Inconnu sur la terre』 출간.
1980년	『사막 Désert』 출간. 아카데미프랑세즈가 수여하는 폴 모랑 문학 대상 수상. 『성스러운 세 도시 Trois villes saintes』 출간.
1982년	소설집 『원무, 그 밖의 다양한 사건사고 La Ronde et autres faits divers』 출간.
1983년	멕시코 역사 연구로 페르피냥 대학에서 박사학위 취득.
1985년	『금을 찾는 사람 Le Chercheur d'or』 출간.
1986년	『로드리게스 여행 Voyage à Rodrigues』 출간.
1988년	에세이집 『멕시코의 꿈과 중단된 사유 Le Rêve mexicain ou la pensée interrompue』 출간.
1989년	소설집 『봄, 그리고 매혹의 계절들 Printemps et autres saisons』 출간.
1991년	『오니샤 Onitsha』 출간. 레지옹 도뇌르 훈장 수훈.
1992년	『떠도는 별 Étoile errante』 『파와나 Pawana』 출간.
1993년	『디에고와 프리다 Diego et Frida』 출간.
1994년	프랑스 잡지 〈리르〉의 조사에서 살아 있는 가장 위대한 프랑스 작가로 선정됨.
1995년	『섬 La Quarantaine』 출간.
1996년	『황금 물고기 Poisson d'or』 출간.
1997년	『노래가 넘치는 축제 La Fête chantée』 출간. 아내 제미아 르 클레지오와 함께 쓴 사막 기행 『하늘빛 사람들 Gens des nuages』 출간. 『황금 물고기』로 장 지오노 상 수상.
1999년	두 편의 소설을 수록한 『우연 Hasard: suivi de Angoli Mala』 출간.
2000년	소설집 『타오르는 마음 Coeur brûlé et autres romances』 출간.

2001년	대산문화재단과 주한 프랑스 대사관이 주최한 한불 작가 교류 행사로 한국 첫 방문.
2003년	자전적 소설 『혁명 Révolutions』 출간.
2004년	『아프리카인 L'Africain』 출간.
2006년	『우라니아 Ourania』 『라가: 보이지 않는 대륙에 가까이 다가가기 Raga: approche du continent invisible』 출간.
2007년	에세이집 『발라시네 Ballaciner』 출간. 한국 이화여자대학교 통역번역대학원 초빙교수로 강의.
2008년	『허기의 간주곡 Ritournelle de la faim』 출간. 스티크 다게르만 상 수상. 노벨문학상 수상.
2009년	레지옹 도뇌르 훈장 수훈. 이전에 받았던 슈발리에보다 한 등급 높은 오피시에 훈장을 받음.
2011년	소설집 『발 이야기 그리고 또 다른 상상 Histoire du pied et autres fantaisies』 출간.
2014년	제주를 배경으로 쓴 소설이 수록된 『폭풍우 Tempête: Deux novellas』 출간.
2017년	서울을 배경으로 쓴 소설 『빛나: 서울 하늘 아래 Bitna, sous le ciel de Séoul』 출간.
2023년	소설집 『겉면 Avers』 출간. 파주에서 열린 DMZ 평화문학축전 개막식에서 기조연설.

문학동네 세계문학전집 발간에 부쳐

　세계문학은 국민문학 혹은 지역문학을 떠나 존재하는 문학이 아니지만 그것들의 총합도 아니다. 세계문학이라는 용어에는 그 나름의 언어와 전통을 갖고 있는 국민문학이나 지역문학의 존재를 인정하면서 그것을 넘어서는 문학의 보편적 질서에 대한 관념이 새겨져 있다. 그 용어를 처음 고안한 19세기 유럽인들은 유럽문학을 중심으로 그 질서를 구축했지만 풍부한 국민문학의 전통을 가지고 있는 현대의 문학 강국들은 나름의 방식으로 세계문학을 이해하면서 정전(正典)의 목록을 작성하고 또 수정한다.
　한국에서도 세계문학 관념은 우리 사회와 문화의 변화 속에서 거듭 수정돼왔다. 어느 시기에는 제국 일본의 교양주의를 반영한 세계문학 관념이, 어느 시기에는 제3세계 민족주의에 동조한 세계문학 관념이 출현했고, 그러한 관념을 실천한 전집물이 출판됐다. 21세기 한국에 새로운 세계문학전집이 필요하다는 것은 명백하다. 우리의 지성과 감성의 기준에 부합하는 세계문학을 다시 구상할 때가 되었다.
　문학동네 세계문학전집은 범세계적으로 통용되는 고전에 대한 상식을 존중하면서도 지난 반세기 동안 해외 주요 언어권에서 창작과 연구의 진전에 따라 일어난 정전의 변동을 고려하여 편성되었다. 그래서 불멸의 명작은 물론 동시대 세계의 중요한 정치·문화적 실천에 영감을 준 새로운 작품들을 두루 포함시켰다.
　창립 이후 지금까지 한국문학 및 번역문학 출판에서 가장 전문적이고 생산적인 그룹을 대표해온 문학동네가 그간 축적한 문학 출판 경험을 바탕으로 새로운 세계문학전집을 펴낸다. 인류가 무지와 몽매의 어둠 속을 방황하면서도 끝내 길을 잃지 않은 것은 세계문학사의 하늘에 떠 있는 빛나는 별들이 길잡이가 되어주었기 때문이다. 우리가 자부심과 사명감 속에서 그리게 될 이 새로운 별자리가 독자들의 관심과 애정에 힘입어 우리 모두의 뿌듯한 자산이 되기를 소망한다.

문학동네 세계문학전집 편집위원
민은경, 박유하, 변현태, 송병선, 이재룡, 홍길표, 남진우, 황종연

세계문학전집 005
황금 물고기

1판 1쇄 1998년 1월 30일 | 1판 9쇄 2009년 5월 27일
2판 1쇄 2009년 12월 15일 | 2판 21쇄 2025년 9월 30일

지은이 J. M. G. 르 클레지오 | 옮긴이 최수철

책임편집 이은현 | 편집 오동규
디자인 송윤형 한충현 김민하 | 저작권 박지영 형소진 주은수 오서영 조경은
마케팅 정민호 서지화 한민아 이민경 왕지경 정유진 정경주 김혜원 김예진 이서진
브랜딩 함유지 박민재 이송이 박다솔 조다현 김하연 이준희
제작 강신은 김동욱 이순호 | 제작처 영신사

펴낸곳 (주)문학동네 | 펴낸이 김소영
출판등록 1993년 10월 22일 제2003-000045호
주소 10881 경기도 파주시 회동길 210
전자우편 editor@munhak.com
대표전화 031) 955-8888 | 팩스 031) 955-8855
문학동네카페 http://cafe.naver.com/mhdn
인스타그램 @munhakdongne | 트위터 @munhakdongne
북클럽문학동네 http://bookclubmunhak.com

ISBN 978-89-546-0906-7 04860
    978-89-546-0901-2 (세트)

잘못된 책은 구입하신 서점에서 교환해드립니다.
기타 교환 문의 031) 955-2661, 3580

www.munhak.com

문학동네 세계문학전집

1, 2, 3 안나 카레니나 레프 톨스토이 | 박형규 옮김
4 판탈레온과 특별봉사대 마리오 바르가스 요사 | 송병선 옮김
5 황금 물고기 J. M. G. 르 클레지오 | 최수철 옮김
6 템페스트 윌리엄 셰익스피어 | 이경식 옮김
7 위대한 개츠비 F. 스콧 피츠제럴드 | 김영하 옮김
8 아름다운 애너벨 리 싸늘하게 죽다 오에 겐자부로 | 박유하 옮김
9, 10 파우스트 요한 볼프강 폰 괴테 | 이인웅 옮김
11 가면의 고백 미시마 유키오 | 양윤옥 옮김
12 킴 러디어드 키플링 | 하창수 옮김
13 나귀 가죽 오노레 드 발자크 | 이철의 옮김
14 피아노 치는 여자 엘프리데 옐리네크 | 이병애 옮김
15 1984 조지 오웰 | 김기혁 옮김
16 벤야멘타 하인학교 - 야콥 폰 군텐 이야기 로베르트 발저 | 홍길표 옮김
17, 18 적과 흑 스탕달 | 이규식 옮김
19, 20 휴먼 스테인 필립 로스 | 박범수 옮김
21 체스 이야기·낯선 여인의 편지 슈테판 츠바이크 | 김연수 옮김
22 왼손잡이 니콜라이 레스코프 | 이상훈 옮김
23 소송 프란츠 카프카 | 권혁준 옮김
24 마크롤 가비에로의 모험 알바로 무티스 | 송병선 옮김
25 파계 시마자키 도손 | 노영희 옮김
26 내 생명 앗아가주오 앙헬레스 마스트레타 | 강성식 옮김
27 여명 시도니가브리엘 콜레트 | 송기정 옮김
28 한때 흑인이었던 남자의 자서전 제임스 웰든 존슨 | 천승걸 옮김
29 슬픈 짐승 모니카 마론 | 김미선 옮김
30 피로 물든 방 앤절라 카터 | 이귀우 옮김
31 숨그네 헤르타 뮐러 | 박경희 옮김
32 우리 시대의 영웅 미하일 레르몬토프 | 김연경 옮김
33, 34 실낙원 존 밀턴 | 조신권 옮김
35 복낙원 존 밀턴 | 조신권 옮김
36 포로기 오오카 쇼헤이 | 허호 옮김
37 동물농장·파리와 런던의 따라지 인생 조지 오웰 | 김기혁 옮김
38 루이 랑베르 오노레 드 발자크 | 송기정 옮김
39 코틀로반 안드레이 플라토노프 | 김철균 옮김
40 어두운 상점들의 거리 파트릭 모디아노 | 김화영 옮김
41 순교자 김은국 | 도정일 옮김
42 젊은 베르테르의 슬픔 요한 볼프강 폰 괴테 | 안장혁 옮김
43 더블린 사람들 제임스 조이스 | 진선주 옮김
44 설득 제인 오스틴 | 원영선, 전신화 옮김
45 인공호흡 리카르도 피글리아 | 엄지영 옮김
46 정글북 러디어드 키플링 | 손향숙 옮김
47 외로운 남자 외젠 이오네스코 | 이재룡 옮김
48 에피 브리스트 테오도어 폰타네 | 한미희 옮김
49 둔황 이노우에 야스시 | 임웅택 옮김
50 미크로메가스·캉디드 혹은 낙관주의 볼테르 | 이병애 옮김
51, 52 염소의 축제 마리오 바르가스 요사 | 송병선 옮김
53 고야산 스님·초롱불 노래 이즈미 교카 | 임태균 옮김

54 다니엘서 E. L. 닥터로 | 정상준 옮김
55 이날을 위한 우산 빌헬름 게나치노 | 박교진 옮김
56 톰 소여의 모험 마크 트웨인 | 강미경 옮김
57 카사노바의 귀향·꿈의 노벨레 아르투어 슈니츨러 | 모명숙 옮김
58 바보들을 위한 학교 사샤 소콜로프 | 권정임 옮김
59 어느 어릿광대의 견해 하인리히 뵐 | 신동도 옮김
60 웃는 늑대 쓰시마 유코 | 김훈아 옮김
61 팔코너 존 치버 | 박영원 옮김
62 한눈팔기 나쓰메 소세키 | 조영석 옮김
63, 64 톰 아저씨의 오두막 해리엇 비처 스토 | 이종인 옮김
65 아버지와 아들 이반 투르게네프 | 이항재 옮김
66 베니스의 상인 윌리엄 셰익스피어 | 이경식 옮김
67 해부학자 페데리코 안다아시 | 조구호 옮김
68 긴 이별을 위한 짧은 편지 페터 한트케 | 안장혁 옮김
69 호텔 뒤락 애니타 브루크너 | 김정 옮김
70 잔해 쥘리앵 그린 | 김종우 옮김
71 절망 블라디미르 나보코프 | 최종술 옮김
72 더버빌가의 테스 토머스 하디 | 유명숙 옮김
73 감상소설 미하일 조셴코 | 백용식 옮김
74 빙하와 어둠의 공포 크리스토프 란스마이어 | 진일상 옮김
75 쓰가루·석별·옛날이야기 다자이 오사무 | 서재곤 옮김
76 이인 알베르 카뮈 | 이기언 옮김
77 달려라, 토끼 존 업다이크 | 정영목 옮김
78 몰락하는 자 토마스 베른하르트 | 박인원 옮김
79, 80 한밤의 아이들 살만 루슈디 | 김진준 옮김
81 죽은 군대의 장군 이스마일 카다레 | 이창실 옮김
82 페레이라가 주장하다 안토니오 타부키 | 이승수 옮김
83, 84 목로주점 에밀 졸라 | 박명숙 옮김
85 아베 일족 모리 오가이 | 권태민 옮김
86 폭풍의 언덕 에밀리 브론테 | 김정아 옮김
87, 88 늦여름 아달베르트 슈티프터 | 박종대 옮김
89 클레브 공작부인 라파예트 부인 | 류재화 옮김
90 P세대 빅토르 펠레빈 | 박혜경 옮김
91 노인과 바다 어니스트 헤밍웨이 | 이인규 옮김
92 물방울 메도루마 슌 | 유은경 옮김
93 도깨비불 피에르 드리외라로셀 | 이재룡 옮김
94 프랑켄슈타인 메리 셸리 | 김선형 옮김
95 래그타임 E. L. 닥터로 | 최용준 옮김
96 캔터빌의 유령 오스카 와일드 | 김미나 옮김
97 만(卍)·시게모토 소장의 어머니 다니자키 준이치로 | 김춘미, 이호철 옮김
98 맨해튼 트랜스퍼 존 더스패서스 | 박경희 옮김
99 단순한 열정 아니 에르노 | 최정수 옮김
100 열세 걸음 모옌 | 임홍빈 옮김
101 데미안 헤르만 헤세 | 안인희 옮김
102 수레바퀴 아래서 헤르만 헤세 | 한미희 옮김
103 소리와 분노 윌리엄 포크너 | 공진호 옮김

104 곰 윌리엄 포크너 | 민은영 옮김
105 롤리타 블라디미르 나보코프 | 김진준 옮김
106, 107 부활 레프 톨스토이 | 박형규 옮김
108, 109 모래그릇 마쓰모토 세이초 | 이병진 옮김
110 은둔자 막심 고리키 | 이강은 옮김
111 불타버린 지도 아베 고보 | 이영미 옮김
112 말라볼리아가의 사람들 조반니 베르가 | 김운찬 옮김
113 디어 라이프 앨리스 먼로 | 정연희 옮김
114 돈 카를로스 프리드리히 실러 | 안인희 옮김
115 인간 짐승 에밀 졸라 | 이철의 옮김
116 빌러비드 토니 모리슨 | 최인자 옮김
117, 118 미국의 목가 필립 로스 | 정영목 옮김
119 대성당 레이먼드 카버 | 김연수 옮김
120 나나 에밀 졸라 | 김치수 옮김
121, 122 제르미날 에밀 졸라 | 박명숙 옮김
123 현기증. 감정들 W. G. 제발트 | 배수아 옮김
124 강 동쪽의 기담 나가이 가후 | 정병호 옮김
125 붉은 밤의 도시들 윌리엄 버로스 | 박인찬 옮김
126 수고양이 무어의 인생관 E. T. A. 호프만 | 박은경 옮김
127 맘브루 R. H. 모레노 두란 | 송병선 옮김
128 익사 오에 겐자부로 | 박유하 옮김
129 땅의 혜택 크누트 함순 | 안미란 옮김
130 불안의 책 페르난두 페소아 | 오진영 옮김
131, 132 사랑과 어둠의 이야기 아모스 오즈 | 최창모 옮김
133 페스트 알베르 카뮈 | 유호식 옮김
134 다마세누 몬테이루의 잃어버린 머리 안토니오 타부키 | 이현경 옮김
135 작은 것들의 신 아룬다티 로이 | 박찬원 옮김
136 시스터 캐리 시어도어 드라이저 | 송은주 옮김
137 고독한 산책자의 몽상 장자크 루소 | 문경자 옮김
138 용의자의 야간열차 다와다 요코 | 이영미 옮김
139 세기아의 고백 알프레드 드 뮈세 | 김미성 옮김
140 햄릿 윌리엄 셰익스피어 | 이경식 옮김
141 카산드라 크리스타 볼프 | 한미희 옮김
142 이 글을 읽는 사람에게 영원한 저주를 마누엘 푸익 | 송병선 옮김
143 마음 나쓰메 소세키 | 유은경 옮김
144 바다 존 밴빌 | 정영목 옮김
145, 146, 147, 148 전쟁과 평화 레프 톨스토이 | 박형규 옮김
149 세 가지 이야기 귀스타브 플로베르 | 고봉만 옮김
150 제5도살장 커트 보니것 | 정영목 옮김
151 알렉시·은총의 일격 마르그리트 유르스나르 | 윤진 옮김
152 말라 온다 알베르토 푸겟 | 엄지영 옮김
153 아르세니예프의 인생 이반 부닌 | 이항재 옮김
154 오만과 편견 제인 오스틴 | 류경희 옮김
155 돈 에밀 졸라 | 유기환 옮김
156 젊은 예술가의 초상 제임스 조이스 | 진선주 옮김
157, 158, 159 카라마조프가의 형제들 표도르 도스토옙스키 | 김희숙 옮김

160 진 브로디 선생의 전성기 뮤리얼 스파크 | 서정은 옮김
161 13인당 이야기 오노레 드 발자크 | 송기정 옮김
162 하지 무라트 레프 톨스토이 | 박형규 옮김
163 희망 앙드레 말로 | 김웅권 옮김
164 임멘 호수·백마의 기사·프시케 테오도어 슈토름 | 배정희 옮김
165 밤은 부드러워라 F. 스콧 피츠제럴드 | 정영목 옮김
166 야간비행 앙투안 드 생텍쥐페리 | 용경식 옮김
167 나이트우드 주나 반스 | 이예원 옮김
168 소년들 앙리 드 몽테를랑 | 유정애 옮김
169, 170 독립기념일 리처드 포드 | 박영원 옮김
171, 172 닥터 지바고 보리스 파스테르나크 | 박형규 옮김
173 싯다르타 헤르만 헤세 | 권혁준 옮김
174 야만인을 기다리며 J. M. 쿳시 | 왕은철 옮김
175 철학편지 볼테르 | 이봉지 옮김
176 거지 소녀 앨리스 먼로 | 민은영 옮김
177 창백한 불꽃 블라디미르 나보코프 | 김윤하 옮김
178 슈틸러 막스 프리슈 | 김인순 옮김
179 시핑 뉴스 애니 프루 | 민승남 옮김
180 이 세상의 왕국 알레호 카르펜티에르 | 조구호 옮김
181 철의 시대 J. M. 쿳시 | 왕은철 옮김
182 카시지 조이스 캐럴 오츠 | 공경희 옮김
183, 184 모비 딕 허먼 멜빌 | 황유원 옮김
185 솔로몬의 노래 토니 모리슨 | 김선형 옮김
186 무기여 잘 있거라 어니스트 헤밍웨이 | 권진아 옮김
187 컬러 퍼플 앨리스 워커 | 고정아 옮김
188, 189 죄와 벌 표도르 도스토옙스키 | 이문영 옮김
190 사랑 광기 그리고 죽음의 이야기 오라시오 키로가 | 엄지영 옮김
191 빅 슬립 레이먼드 챈들러 | 김진준 옮김
192 시간은 밤 류드밀라 페트루솁스카야 | 김혜란 옮김
193 타타르인의 사막 디노 부차티 | 한리나 옮김
194 고양이와 쥐 귄터 그라스 | 박경희 옮김
195 펠리시아의 여정 윌리엄 트레버 | 박찬원 옮김
196 마이클 K의 삶과 시대 J. M. 쿳시 | 왕은철 옮김
197, 198 오스카와 루신다 피터 케리 | 김시현 옮김
199 패싱 넬라 라슨 | 박경희 옮김
200 마담 보바리 귀스타브 플로베르 | 김남주 옮김
201 패주 에밀 졸라 | 유기환 옮김
202 도시와 개들 마리오 바르가스 요사 | 송병선 옮김
203 루시 저메이카 킨케이드 | 정소영 옮김
204 대지 에밀 졸라 | 조성애 옮김
205, 206 백치 표도르 도스토옙스키 | 김희숙 옮김
207 백야 표도르 도스토옙스키 | 박은정 옮김
208 순수의 시대 이디스 워턴 | 손영미 옮김
209 단순한 이야기 엘리자베스 인치볼드 | 이혜수 옮김
210 바닷가에서 압둘라자크 구르나 | 황유원 옮김
211 낙원 압둘라자크 구르나 | 왕은철 옮김

212 피라미드 이스마일 카다레 | 이창실 옮김
213 애니 존 저메이카 킨케이드 | 정소영 옮김
214 지고 말 것을 가와바타 야스나리 | 박혜성 옮김
215 부서진 사월 이스마일 카다레 | 유정희 옮김
216 사람은 무엇으로 사는가 레프 톨스토이 | 이항재 옮김
217, 218 악마의 시 살만 루슈디 | 김진준 옮김
219 오늘을 잡아라 솔 벨로 | 김진준 옮김
220 배반 압둘라자크 구르나 | 황가한 옮김
221 어두운 밤 나는 적막한 집을 나섰다 페터 한트케 | 윤시향 옮김
222 무어의 마지막 한숨 살만 루슈디 | 김진준 옮김
223 속죄 이언 매큐언 | 한정아 옮김
224 암스테르담 이언 매큐언 | 박경희 옮김
225, 226, 227 특성 없는 남자 로베르트 무질 | 박종대 옮김
228 앨프리드와 에밀리 도리스 레싱 | 민은영 옮김
229 북과 남 엘리자베스 개스켈 | 민승남 옮김
230 마지막 이야기들 윌리엄 트레버 | 민승남 옮김
231 벤저민 프랭클린 자서전 벤저민 프랭클린 | 이종인 옮김
232 만년양식집 오에 겐자부로 | 박유하 옮김
233 이상한 나라의 앨리스 루이스 캐럴 | 존 테니얼 그림 | 김희진 옮김
234 소네치카·스페이드의 여왕 류드밀라 울리츠카야 | 박종소 옮김
235 메데야와 그녀의 아이들 류드밀라 울리츠카야 | 최종술 옮김
236 실종자 프란츠 카프카 | 이재황 옮김
237 진 알랭 로브그리예 | 성귀수 옮김
238 말테의 수기 라이너 마리아 릴케 | 홍사현 옮김
239, 240 율리시스 제임스 조이스 | 이종일 옮김
241 지도와 영토 미셸 우엘벡 | 장소미 옮김
242 사막 J. M. G. 르 클레지오 | 홍상희 옮김
243 사냥꾼의 수기 이반 투르게네프 | 이종현 옮김
244 험볼트의 선물 솔 벨로 | 전수용 옮김
245 바베트의 만찬 이자크 디네센 | 추미옥 옮김
246 나르치스와 골드문트 헤르만 헤세 | 안인희 옮김
247 변신·단식 광대 프란츠 카프카 | 이재황 옮김
248 상자 속의 사나이 안톤 체호프 | 박현섭 옮김
249 가장 파란 눈 토니 모리슨 | 정소영 옮김
250 꽃피는 노트르담 장 주네 | 성귀수 옮김
251, 252 울프홀 힐러리 맨틀 | 강아름 옮김
253 시체들을 끌어내라 힐러리 맨틀 | 김선형 옮김
254 샌프란시스코에서 온 신사 이반 부닌 | 최진희 옮김
255 포화 앙리 바르뷔스 | 김웅권 옮김
256 추락 J. M. 쿳시 | 왕은철 옮김
257 킬리만자로의 눈 어니스트 헤밍웨이 | 정영목 옮김
258 오래된 빛 존 밴빌 | 정영목 옮김
259 고리오 영감 오노레 드 발자크 | 이철의 옮김
260 동네 공원 마르그리트 뒤라스 | 김정아 옮김
261 앨리스 B. 토클러스의 자서전 거트루드 스타인 | 윤희기 옮김
262 댈러웨이 부인 버지니아 울프 | 민은영 옮김

263 인간 실격 다자이 오사무 | 홍은주 옮김
264 감정의 혼란 슈테판 츠바이크 | 황종민 옮김
265 돌아온 토끼 존 업다이크 | 정영목 옮김
266 토끼는 부자다 존 업다이크 | 김승욱 옮김
267 토끼 잠들다 존 업다이크 | 김승욱 옮김
268 노인을 위한 나라는 없다 코맥 매카시 | 황유원 옮김
269 허조그 솔 벨로 | 김진준 옮김
270 보스턴 사람들 헨리 제임스 | 윤조원 옮김

● 문학동네 세계문학전집은 계속 출간됩니다